한국현대시와 구원의 담론

김윤정

박문사

：머리말：

시대마다 개인마다 문학의 본령에 대한 답은 다르게 내려질 것이다. 어떤 시대에는 문학의 참여성과 사회성을 강조할 수 있고 또 어느 시대엔 문학의 실존성이나 미학성이 요구될 것이다. 이는 개인의 세계관에 따라서도 역시 상반되게 추구되는 각기 다른 방향에 해당된다. 아주 오래 전부터, 문학이 형성된 최초의 시대 때부터 문학은 다른 가치관에 따라 다른 요구를 수용해야 했다. 그러나 이것은 과연 얼마나 다른 것이고 어떻게 갈라지는 것인가? 역사 속에서 문학을 둘러싼 이 두 가치를 두고 사조를 통해, 이념을 통해 벌여왔던 그 완강한 대결은 어느 정도의 실효성과 타당성을 지니는가?

가령 과거 리얼리즘과 모더니즘의 이념과 미학의 측면에서의 대립과 갈등이 근대 전체를 가로지르며 개인에게 특정 태도를 취할 것을 강요하였던 것을 기억한다면 우리는 문학이 시대에 따른 이념을 포지한 견고한 무엇이라는 생각으로부터 자유롭지 못하다. 문학은 가치지향적인 것이고 이에 따라 적합한 미학적 방법론을 취하게 될 것이라는 점이다. 비단 리얼리즘과 모더니즘의 대립뿐만 아니라 문학은 언제나 시대의 요구에 합치할 것인가 혹은 그 무엇으로부터도 자유로울 것인가를 두고 고민을 거듭해 왔다. 이 고민은 한 시대에 이념간의 투쟁을 낳기도 하였고 개인에겐 분열과 혼란을 낳기도 하였다.

그러나 이 대립과 쟁투는 그것이 개인의 내면의 지대에 이르러서는 결국 동일하게 뒤엉키는 문제임을 알 수 있다. 내면의 공간에서 우리는 문학에 대한 서로 너무도 다른 이 답들이 같은 질문, 같은 욕망, 같은 가치에 뿌리를 대고 있는 것임을 확인할 수 있게 되는 것이다. 너나 할 것 없이 동일하게 품고 있는 꿈과 소망이 이러한 답들을 귀결 짓는다. 아니 다르게 말해서 우리는 모두가 동일한 꿈과 소망을 지니고 있다. 이는 너무도 당연한 것이다. 모두가 같은 인간이기 때문이다. 우리 인간이 품게 되는 욕망은 대체로 같다. 우리는 모두 이 같은 욕망을 성취하기 위해 사력을 다해 매진하는 것이 아닐까. 이 과정에서 대결도 일어나고 투쟁도 일어나는 것이리라. 혹은 혼란도 분열도 발생하는 것이리라.

이러한 관점에 선다면 시대의 대결이나 자아의 분열은 그것이 세기를 흔들 정도로 치열한 것일지라도 궁극의 것은 아니라는 사실에 동의할 수 있을 것이다. 대결과 투쟁이 목숨을 건 이념 간의 차이에서 비롯되고 미학적 방법상의 차이가 그들 문학의 질적 수준을 말해줄지언정 그것들은 이것이 전부가 아니다. 그 전체를 알고자 한다면 그것들의 내면의 지대로까지 나아가야 한다. 내면은 전체성의 원리를 지니고 있고 행위의 근원을 형성한다. 너무도 당연하게 들릴 이 점을, 그러나 외면하지 않을 때라야 우리는 비로소 서로를 이해하고 화해할 매개와 통로를 확보하게 된다. 이 지점이야말로 문학의, 그리고 인간의 궁극의 지대가 아닐 수 없다.

최근 4,5 년간에 걸쳐 이루어온 나의 연구는 문학을 통해 이 지대를 탐색하는 데 바쳐졌다. 한 문학 작품은 서로 다른 관점에서 그 의미가 포착될 수 있을 것이지만 나의 연구는 되도록 작가의 욕망을 형성하는 내면의 궁극의 지대에 시선을 드리우고자 하였다. 그 궁극의 지대에서는 외면으로 드러나는 분열과 갈등의 이유 및 전체 세계에 대한 원리가 해명되겠기 때문이다. 이를 탐구함으로써 작가가 지닌 근원적인 욕망과 가치가 가늠될 수 있을 것이기 때문이다. 이 속에서 우리가 순수시인이라 칭하는 자이건 참여시인이라 칭하는 자이건 서로 공유 가능한 내면의 무늬를 형성하고 있음을 확인할 수 있었다. 그리고 그것은 일상과 사회, 시대와 분리되지 않은 상태에서 이들을 가로지르며 질주하고자 하는 욕망, 한 마디로 구원에의 욕망에 다름 아니라는 점을 말해두고 싶다. 인간은 모두 자신이 처한 사태로부터의 탈주와 구원을 소망하는 것이 아닌가. 이것이 문학을 낳고 정치를 낳고 시를 낳고 행위를 낳는다. 즉 구원은 인간의 궁극의 꿈에 해당된다.

문학과 인간에 관한 이러한 생각이 어쩌면 내겐 선험적으로 주어져 있던 듯싶다. 그래서인지 다양한 성격의 작가들을 탐색하기보다는 보다 선명하게 구원을 중심으로 세계를 형성해 왔던 시인들에 주목하게 되었다. 가령 김소월, 윤동주, 유치환, 김현승 등은 그 내면에서 분명하게 구원을 중심으로 한 담론을 형성한 종교적 문학인들이라 할 수 있는바, 이 점에서 일차적으로 연구의 계기가 되었다. 또한 오장환, 서정주, 신경림, 오세영 등의 시인들도 이러한 범주 안에 든다는 가정 아래 고찰을 시도하였다.

이들 작가들은 문학의 구원에 관한 주제, 문학의 종교와의 상관성에 관한 문제를 확인케 하는 데 그치지 않고 그들이 직접 실험하고 실현한 구체적 방법에 관해서도 유효한 정보를 제공해 주었다. 구원을 위한 구체적 방법론, 종교와 만나는 문학의 지형과 경로, 이것들은 자신의 뚜렷한 세계를 일관성 있게 견지해나간 작가가 비로소 우리에게 줄 수 있는 생의 궤적이 아닐 수 없다. 이들 궤적들은 작가들의 욕망과 무의식이 아로새긴 매우 미세한 것이었다고 생각된다. 그러나 선명했고 그들의 세계를 형성한 원리라 할 수 있을 만큼 중요한 것이었다. 이들을 찾아내고 재구성해내는 일은 다소 미숙했을지라도 매우 즐거운 일이었다. 그것들은 나에게 인간이 갈구하는 구원의 의미가 무엇인지를 차츰 보다 뚜렷이 이해하게끔 해주었기 때문이다. 이들의 문학은 아무리 내면 깊이 존재론적 성향을 보이는 것이라 해도 그것이 사회와 시대와 배리되지 않는다는 것을 또한 말해주었다. 내면에는 삶의 모든 층위가 새겨지기 때문일 것이다. 내면은 이 모든 것을 아울러 내고, 그리고 이 모든 것을 초월하는 것이 아니겠는가.

　이들 작가들을 통해 이루어진 초월의 힘, 구원의 경로, 종교적 방법들이 우리에게 문학을 통해 가능한 인식의 새로운 지평을 만나게 해주기를 바란다.

2010년 9월

김 윤 정

∶ 목차 ∶

시와 '영원성'의 감각
- 김소월론

1. 소월시의 위치

김소월은 우리 시단에서 매우 독특한 인물에 속한다. 1920년대 낭만주의 계열의 시인들과 함께 등장하지만 김소월은 여느 낭만주의 시인들과 매우 다른 자리에 위치한다. 김소월은 당대의 낭만주의 시인들이 무절제한 감정의 유로에 탐닉해 들어갈 때 오히려 냉철하다고까지 할 수 있을 시적 태도로써 그러한 세계를 훌쩍 넘어선다. 그는 낭만적 정조에 갇혀 있는 대신 매우 분명하고 확고한 태도로 자기의 세계를 확장시켜 나간다.

김소월의 이러한 점은 김소월을 연구하는 이들에게 매우 유용한 연구 틀을 제공하여 준 것이 사실이다. 김소월 시세계를 낭만주의와 고전주의의 결합으로 보는 관점[1]이라든가 민족 및 민중적 세계와의 관련성에서 언급하는 것도 이와 관련된다.[2] 이 가운데 김소월이 보여준 전통적

---

1) 김시태, 「소월의 낭만주의와 고전적 취향」, 『한국학논집』 27집, 한양대학교 한국학 연구소, 1995, pp.289-311.

세계3)는 그를 시류와 구별되도록 하는 주요한 특질로 작용한다. 또한 김소월에 대한 당대 평론가들의 집중적인 관심4)은 김소월이 단순히 낭만주의라는 사조적 관점에서 파악하기 힘든 복합적 세계의 인물임을 암시한다.

김소월의 복합성은 어디에 기인하는 것일까? 김소월이 특유의 단호함과 냉철함으로써 도달하고자 한 세계는 무엇일까? 여성적 어조로써 설움의 정서를 토해내곤 하였던 김소월에게 과연 강렬하게 지향하였던 세계는 존재하는가? 김소월에게서 어떠한 적극적이고 강인한 세계를 이끌어내는 일이 가능한 것일까? 이러한 질문들은 김소월이 보여주었던 요소들이 일종의 패배주의적 속성을 지닌다는 회의감에서 비롯된다. '한'과 설움의 정서, 이별과 사랑의 정한, 인고와 기다림의 시간 등 김소월 시 전편에 흐르는 이와 같은 여성적 특질들은 식민지라는 상황에 조응하는 성격들로서 김소월 특유의 체념적인 세계를 만들어내었다는 인식이 그것이다.5) 그러나 이러한 이해만으로는 김소월이 당대는 물론 오늘날에 이르기까지 그토록 많은 인구들에 회자되며 주목받는 까닭을 설명해주기에 부족하다.

---

2) 오세영편저, 「김소월 평전」, 『김소월』, 문학세계사, 1981, pp.317-320.

3) 김소월을 비롯한 당시 상징주의 시인들을 신비주의적 관점에서 고찰한 김옥성은 김소월이 전통적 요소를 도입함으로써 서구추수적 경향에서 국민시가로 옮겨오게 되었다고 한다. 김옥성, 『현대시의 신비주의와 종교적 미학』, 국학자료원, 2007, p.42.

4) 서정주, 「김소월과 그의 시」(『서정주 문학 전집』2, 일지사, 1972,), 김동리, 「청산과의 거리-김소월론」(『문학과 인간』, 백민사, 1948), 박두진, 「김소월의 시」(『한국현대시론』, 일조각, 1971) 등.

5) 김소월에 관한 허무주의적 세계관의 관점에서의 고찰은 결국 이와 같은 맥락에 놓인 것이라 할 수 있다. 김우창, 「한국시와 형이상」(『궁핍한 시대의 시인』, 민음사, 1977, pp.42-4), 김윤식, 「植民地의 虛無主義와 詩의 選擇」,(『文學思想』, 통권8호, 1973.5).

본고는 김소월 시가 지속적 생명력을 지니는 이유를 보다 본질적인 데에서 찾고자 한다. 그것은 단순히 정서적인 차원의 것도 아니고 민요라든가 설화 등으로 대표되는 전통성보다도 더 심화된 차원의 것에 해당된다. 또한 그것은 식민지 지식인으로서의 존재론적 성찰보다도 더욱 깊이 있는 사유를 반영하며 김소월에게 매우 일관되고 뿌리 깊은 요인으로 작동한다. 그것은 김소월 시에 주로 나타나있는 한과 사랑의 정서, 민요조의 리듬 감각, 영혼에의 관심 등 광범위한 부분에 대한 설명을 가능케 하는 것으로서, 김소월 시의 시적 원리가 된다. 그것은 곧 '영원성'[6]이다. 이 영원성에의 감각은 단 한 순간도 그에게서 떠나지 않는다. 영원성은 그의 존재, 생명, 한, 사랑, 나아가 죽음까지도 지배했던 감각이라 할 수 있다.

본고는 소월의 시의 전체적 면모가 어떻게 원리로서의 영원성과 맞물리는가를 고찰하는 것을 목표로 한다. 소월의 시는 형상화에 성공한 몇몇 일부의 시에 의해 대중성을 확보하는 것이 아니라, 혹은 민요조의 리듬에 의해 민중성을 획득한 것이 아니라 시 전체의 심층 의식에 의해 우리 민족의 고유성을 구해내고 있는 것이다. 이때 영원성에의 감각은 면면히 이어졌던 우리 민족의 전통적 사상과 관련된다. 소월의 이 점이야말로 무엇보다 민중의 내면에 작용했던 요소로서, 소월시를 지금까지

---

6) 김소월의 경우 '영원성'은 시간적 지속과 공간적 초월이라는 총체적 의미를 지닌다. 즉 시공이라는 양 국면의 초월을 뜻한다. 이것은 근대의 담론 속에서 논해졌던 시간의 지속성과 다른 차원의 영원성을 지칭한다. 가령 모더니즘에서 근대 초극의 방법으로 제안하는 무시간성, 순환론적 시간 의식, 신화적 세계 지향 등이 근대의 발전적이고 일직선적 세계에 대한 안티테제로 기능한다면 김소월의 '영원성'은 시간과 공간을 포함한 차원에서의 초월이라 할 수 있다. (모더니즘의 시간의식과 관련해서는 『한국전후시와 시간의식』(송기한, 태학사,1996, pp.42-55)참조)

도 주목받게 하는 요인이 되고 있다. 이를 밝혀내기 위해 본고에서는 소월 시에 나타난 어떠한 특징들이 영원성의 지표로 기능하는가를 살펴 보고, 나아가 그러한 특징들을 통해 구현된 영원성이 어떠한 시대적, 정신사적 함의를 지니는지를 구명할 것이다.

2. '사랑'에 의한 영원성에의 지향

소월의 시들 가운데 그 무엇보다도 절창에 속하는 것은 단연 '사랑시' 이다. 「진달래꽃」, 「초혼」, 「먼후일」, 「예전엔 미처 몰랐어요」를 비롯 하여 수없이 등장하는 그의 사랑시의 특징은 오늘날 대중가요 못지않게 애절하다는 점이다. 그의 시에서 우리는 절실하면서도 안타까운 사랑의 정서들을 가감없이 체험할 수 있게 된다.

문제는 그토록 절절한 사랑의 정서를 김소월이 어떻게 내면화할 수 있었는가에 있다. 김소월에게 그토록 애끓는 정서를 체험하게 할 만한 주인공이 과연 존재하였던가? 재미있는 것은 김소월에겐 그와 같은 추 정을 가능케 할 만한 주변 인물이 없었다는 사실이다. 그처럼 절절한 연애시를 썼지만 김소월은 어떠한 스캔들도 지니지 않았던 인물에 속한 다. 부인과의 결혼은 유교적 관습대로 부모에 의한 것이었고 소월은 별로 마음에 내키지 않았으면서도 부인에게 충실했던 것으로 기록되어 있다.7) 「초혼」 역시 애인이 아니라 친구의 죽음을 애도하여 쓴 시였다 는 사실8)은 소월의 그러한 전기적 사실을 충실히 뒷받침한다. 바로 이

---

7) 오세영 편저, 『김소월』, 문학세계사, 1981, pp.304-5.
8) 김학동, 「일상적 삶의 정서와 '窮乏'의 모티프」, 『현대시인연구1』, 새문사, 1995,

점 때문에 소월의 '님'은 조국, 민족 등 다양한 역(域)으로 확대될 수 있었고, 소월은 개인 감정을 넘어서 민족 감정을 형상화한 시인으로서 높이 평가받을 수 있었다.

그러나 그러한 정황에도 불구하고 소월의 '연시'들이 이성을 연모하는 시라는 점은 부정하기 힘들다.[9] 분명 '연시'이지만 대상이 불분명하다는 점, 그 의미역이 대상을 무한히 확장시키는 '님'이라는 점은 소월시를 문제적으로 볼 수 있게 하는 특질이 된다. '연시'와 '비연시' 사이의 모순 및 거리는 그 안에 해명해야 할 굴곡이 있음을 암시한다. '영원성'의 개념이 필요한 것도 이 때문이다.

소월의 경우 영원성이란 단지 시간을 초월하여 언제까지 지속되는 성질만을 의미하지 않는다. 그것은 시간과 공간을 모두 초월한 것으로서 '지금, 여기', 나아가 3차원적 현실 세계를 넘어서는 것과 관련된다. 소월에게는 역사시대 내에서의 초극보다 더욱 실존적 층위에서의 초월이 문제시 되었던 것으로서, 그는 현실이라는 상대적 세계 자체로부터의 탈피를 꿈꾸었던 것으로 보인다. 그의 시에 특정 이름으로 고정시킬 만한 신화적 세계가 없었다는 점은 그의 영원성의 특질이 시간이라는 단일한 축에만 놓여있지 않음을 말해준다.[10]

---

p.452.

9) 유종호는 김소월의 '사랑'이 이성간의 사랑임을 의심하지 않으면서 이를 당시에 유행했던 '낭만적 사랑'과 관련시킨다. 서구문물의 유입과 더불어 횡행했던 자유연애 사상은 낭만적 사랑을 인생의 최고의 가치로 여기게 하였으며 소월은 이를 정서적으로 합법화시켰다는 관점이다. 낭만주의가 고전주의의 물질주의, 합리주의, 계몽주의를 비판하면서 환상과 상상력, 비합리성을 주창했던 것은 주지의 사실이거니와 이 점은 소월세계의 일단을 조명해준다고 할 수 있다. 유종호, 「임과 집과 길」, 『김소월』, 신동욱 편, 문학과 지성사, 1981, pp.103-134.

10) 이 점에서 김소월은 근대초극을 논했던 동서양 무수한 모더니스트들과 다른 갈래를 보인다. 모더니즘이 근대라는 시간성을 넘어서기 위해 신화적 세계를 구축했던 것은 주지의 사실인 바, 우리의 모더니스트들이 유년세계(김기림)나

상대적인 세계 속에서 영원성은 성립될 수 없다. 인간이 현실을 살아가는 동안 영원성은 실재할 수 없다는 것이다. 이는 영원성이 부재 및 결핍과 동전의 양면이라는 점을 시사한다. 인간의 부재와 유한이라는 조건은 필연적으로 충만과 지속이라는 영원성을 지향하게 한다. 상대적 세계 안의 존재인 인간에겐 영원성이 불가능한 것이므로 인간은 끊임없이 영원을 추구하게 된다는 점이다. 다시 말해 인간은 결핍되어 있을수록 절대를 꿈꾸게 된다. 이러한 점들은 '영원성'이라는 것이 상대적 세계와 절대적 세계 사이의 함수 관계 속에서 도출되는 개념임을 시사한다. '영원성'은 인간이라는 조건 속에 필연적으로 겪게 되는 부재의 정서와 완전성이라는 절대의 감정 사이에 놓여 있는 것이라는 점이다.[11]

김소월의 경우 대상이 불분명한 연시들로부터 식민지 지식인의 민족적 감정을 유추하는 것은 물론 가능하다. 나라를 잃은 설움의 시인에게 조국의 독립과 해방은 곧 충만과 지속이요, 완전한 행복이기 때문이다. 그러나 소월의 시에서 대상을 규정하는 일은 오히려 그의 시가 지닌

고향(김광균), 동양적 세계(정지용), 신라주의(서정주) 등 탈시간적이고 공간지향적인 세계를 구축하였다면 김소월은 특정 공간을 지향하지 않는다. 그의 의식은 공간마저도 이탈하고 있다. 그에게 항존했던 그리움은 정착할 공간을 찾지 못한 자의 불안을 표출시킨 것이라 할 수 있다. 형언할 수 없는 그의 이러한 정서를 우리는 지금까지 '한(恨)'이라 불러왔다. (모더니스트의 신화적 세계와 관련하여서는 『한국 모더니즘 문학의 지형도』(김윤정, 푸른사상, 2005)와 송기한교수의 앞의 책 참조)

11) 상대적 세계와 절대적 세계의 함수들 속에서 삶의 방식을 제시하는 세계는 단연 종교라 할 수 있다. 종교는 유한한 현세를 넘어서는 것을 목표로 하기 때문이다. 불교의 해탈이나 기독교의 영생 등 모든 고등종교에서 제시하는 관념은 죽음이라는 유한조건을 다루고 있는 것이다. 김소월은 종교인이 아니다. 그가 기독교의 영향권 안에 있었다는 점은 어느 정도 편린으로 드러나지만 정통적 의미에서의 기독교인이었다는 자료는 없다. 이는 김소월의 영원성이 종교의 영역 밖에서 초월을 문제삼고 있다는 점을 말해준다. 종교외의 영역에서 고등 종교에 비견할 수 있는 절대, 즉 영원성을 꾀한다는 점은 주목을 요한다. 그 부분에서 구원의 원리가 발견될 수 있기 때문이다.

의미의 진동을 외면할 수 있다. 뿐만 아니라 그의 시가 지닌 총체적 세계를 파악하는 데도 장애가 되며 소월의 시를 단선적이고 상투적인 것으로 제한하는 오류를 낳는다.

따라서 그의 '연시'들의 본질적 성격은 부재하는 상황, 결핍의 상황에 대한 강조이자 증명에 해당한다고 볼 수 있다. 그것들은 소월의 결핍감과 부재감이라는 상태의 표현일 뿐으로서, 김소월이 어느 정도로 영원성을 갈망하였는지를 말해주는 지표가 된다. 또한 영원성에의 갈망은 곧 절대에의 그리움인 까닭에 그의 영원성에의 추구가 선명하게 드러날수록 소월의 절대성 및 순수성이 증명이 된다. 이러한 관점에서 보면 그의 시를 소위 '연시'로 규정하는 것이 매우 성급하고 피상적이라는 사실이 드러난다. 그의 사랑시는 대상을 괄호친 상태에서 받아들여져야 하며 그러할 때 소월은 부재와의 투쟁을 통해 스스로를 절대의 지평 속으로 던지고자 하였던 치열한 영혼으로 이해될 수 있다. 그리고 그 점은 소월을 더욱 큰 울림을 지닌 자아로 매김하는 동시에 그의 시의 지속적 호소력을 설명해준다.

2.1. 죽음을 통한 영적 세계로의 진입

자아의 본질을 영혼으로 규정하는 일은 근대적 사유가 아니다. 근대에 진입하면서 인간은 과거의 영혼중심적 사유로부터 단절하고 의식을 이성과 오성, 감성으로 구분한다. 과거 전통적 세계에서 영혼에 의해 통합되어 있던 인간의 의식은 각 전문 영역에 따라 기능적으로 분화된다. 인간은 자신의 전공 영역에 의해 의식의 특성화와 성격화를 체화하게 된다. 이때 문학은 감성을 전문적으로 담당하는 영역으로 전문화된다. 김소월은 당대의 시류에 해당하는 낭만주의로부터 시적 출발을 이룬다. 이때 낭만주의는 감성을 담당해야 했던 근대시의 역할을 수용하면서 우리 시단에 등장하기 시작했다. 그러나 김소월은 곧 낭만주의자들과 구별되어 자신의 세계를 고양시키는데, 이때 김소월을 차별시킬 수 있던 것은 '영혼'에의 천착때문이다.[12] 영혼은 감성과 겹치면서도 그것과 성질을 달리한다. 감성이 단일하다면 영혼은 복합적이며 감성이 고정되고자 한다면 영혼은 운동하고자 한다. 감성이 수동적이라면 영혼은 능동적이다. 영혼은 감성을 포함하며 인간의 전체 의식을 통합하여 이를 고양시키려고 하는 살아있는 에너지다. 김소월이 그의 시론에서 밝히고자 하였던 '시혼'[13]도 이와 관련된다.[14] 김소월은 '영혼'에 천착함으로써 영원성을 향한 그의 세계를 구축하기 시작한다. 이때 그의 대표작 「초혼」은 영원성의 세계에 놓이고자 하는 김소월의 열망을 반영하는 시로 해석되는 바,[15] 김소월은 인간 유한성의 최대 조건인 죽음 앞에서 그의 영원성에 관한 사유의 일단을 보여준다.

> 나보기가 역겨워
> 가실때에는
> 말업시 고히 보내드리우리다

---

12) 김억을 비롯한 당시의 다른 낭만주의자들도 '영혼'에 관해 언급한다. 그러나 그들은 영혼을 관념적으로 이해함으로써 감성에 국한되고 결국 감상성에서 벗어나지 못한다.

13) 평문 「시혼」에서 김소월은 영혼을 "우리의 몸보다도 맘보다도 더욱 우리에게 각자의 그림자같이 가깝고 각자에게 있는 그림자같이 반듯한"(앞의 책, p.247) 것이라고 말함으로써 영혼을 마음, 즉 정서와 구별되는 다른 차원의 것으로 규정한다.

14) 김소월을 다른 낭만주의자와 구별한 오장환의 글은 「朝鮮詩에 있어서의 象徵」, 『오장환전집2』, 창작과비평사, 1989, pp.68-79.

15) 김윤정, 「문학과 종교의 유사성에 관한 언어적 고찰」, 『한국언어문학』66집, 2008, pp.252-3.

寧邊에藥山
진달래꽃
아름따다 가실길에 뿌리우리다

가시는거름거름
노힌그꽃츨
삽분히즈려밟고 가시옵소서

나보기가 역겨워
가실때에는
죽어도아니 눈물흘니우리다

「진달래꽃」 전문16)

　김소월은 간혹 죽음에 관해 언급함으로써 허무주의자적인 모습을 비친다. 특히 「사노라면 사람은죽는것을」 이라든가 「죽으면?」 등의 시에서 그러하다. 그는 "죽으면 도로흙되지"(「죽으면?」)라거나 "사노라면 사람은 죽는것을"(「사노라면 사람은죽는것을」)이라고 말한다. 이처럼 그는 삶의 유한성에 대해 분명하고 직설적으로 언급한다. 그러나 이 점이 소월의 영원주의와 상반되는 것은 아니다. 소월의 사유에는 '영혼'이 가로놓여 있기 때문이다. 그에게 '영혼'은 죽음을 넘어 언제나 지속되어, 지금 여기와 차원을 달리 하는 곳에 그대로 있는 성질의 것이다. 사라지는 것, 일회적인 것은 '육'에 한정되는 것으로서, '육'과 분리된 '혼'은 다른 국면의 생으로 이어진다는 생각이다. 이러한 방식의 생각은 대단히 전통적인 것이지만 이를 직접적으로 언급하는 근대인은 없다. 때문

---

16) 시는 오세영 편저의 『김소월』 전집(문학세계사, 1981)에서 인용함.

에 「접동새」와 같이 환생 설화를 시로 직접 치환한 소월의 시창작법은 소재적 특이성으로 한정지을 수 없는 문제적 성격을 안고 있다. 소월은 '육'의 일회성을 넘어서는 무한함의 감각을 지니고 있었으며 그의 생에 대한 인식은 바로 이 점에 기반하여 제시된다. "사랏대나 죽엇대나 갓튼 말을 가지고"(「生 과 死」)와 같은 일견 허무주의적 진술도 그의 무한성의 감각에서 비롯된다.

이러한 관점에 서면 「진달래꽃」의 의미 구조가 「초혼」의 세계에 직접적으로 닿아있음이 드러난다. 주지하듯 「초혼」은 사랑하는 이의 죽음에 의한 형언할 수 없는 슬픔과 좌절을 그리고 있는 시이다. 시인은 「초혼」을 통해 죽은 이에게 조금이라도 가까이 가려는 처절한 몸짓을 보인다. 이때 죽은 이와 산 자를 함께 하도록 할 수 있는 유일한 통로는 '영혼'과의 만남이다. 소월이 「초혼」을 쓴 이유도 여기에 있다. 「진달래꽃」의 시적 자아는 어떠한가? 「진달래꽃」의 시적 자아는 님과의 이별이 기정사실이 된 상황 앞에 놓여 있다. 받아들이는 길 외에는 어떤 다른 방도가 없다. 자아의 사랑이 조금이라도 거짓이 있었다면 이러한 상황을 수습하는 일은 비교적 쉬울 것이나 절대적인 순수의 그것이었다면 놓여 있는 길은 극단적 단절뿐이다. '기(氣)가 막히는' 일이다. 이러한 상황 아래라면 그는 '혼'의 드라마를 펼쳐야 한다. 시적 자아는 님을 '죽이는 일'을 택한다. 물론 상징적 차원에서의 일이다. '영변의 약산 진달래꽃'은 죽음이 깃든 꽃이다. 영변의 藥山은 서관의 명승지로서 옛날 어떤 守領의 외딸이 떨어져 죽은 후 그의 넋이 진달래꽃이 되었다는 전설을 지닌 곳이기 때문이다.[17] 시적 화자는 그 꽃을 "아름따다 뿌리" 겠으니 그 꽃을 "삽분히즈려밟고 가"라 한다. 여기에는 섬뜩할 만큼의

---

17) 김학동, 앞의 책, p447.

증오가 서려있다. 단순한 미움이나 원망 혹은 체념의 정도로 시적 자아의 절망감이 설명되지 않는다. 시적 자아는 진달래꽃을 한 아름 가지고 님을 휘감고자 한다. 이는 님을 자기 안에 가둘지언정 절대로 보낼 수 없다는 의지의 표현이다. 그리고 화자는 무서우리만한 이러한 행위를 '아니 눈물흘니우며' 해낸다.[18] 대단히 냉철하며 이지적인, 그리고 남성적인 태도이자 어조다. 역시 강조하지만 상상 속에서의 드라마이다. 그러나 이러한 상상을 통해 김소월은 단절의 극복을 꾀한다. 죽음을 포괄하고 있는 이 드라마는 영혼의 세계에서 그 만남을 계속해 갈 수가 있음을 암시하기 때문이다.

「진달래꽃」과 「초혼」에는 죽음을 넘어서는 치열한 사랑의 정서가 녹아 있다. 사랑의 절대성이 강할수록 그만큼 지속에의 열망은 사라지지 않는다. 소월은 이들 시를 통해 생의 유한성, 사랑의 일회성을 넘어서는 길을 보여준다. 그것은 곧 영혼에 의한 것, 영적 세계에의 지평을 엶으로써 가능한 것이다. 소월이 입버릇처럼 말한 "사랏대나 죽엇대나 갓튼 말을 가지고"는 이미 영적 지평 속에 놓여있던 소월의 실존에 대한 언급일지 모른다. 그에게는 영원의 감각이 공기처럼 익숙했던 것이다.

2.2. '꿈'을 통한 영혼의 세계

정신의 통합된 성질로서의 영혼은 언제 어떻게 자신을 드러내는가? 영원성의 감각 속에서라면 자아는 어떠한 일상을 보내게 될 것인가?

---

18) 이별하는 상황에서 '아니 눈물 흘리우리다'고 노래한 이 부분은 소월을 최대로 주목받게 한 요인이라 해도 과언이 아니다. 비논리적이고 부자연스러우며 작위적이기까지 한 이 부분에 대해서는 연구자의 다양한 관점이 가필되어야 한다. 적어도 지금까지 공식처럼 이루어졌던 여성 화자의 피학적 태도라는 관점은 지양되어야 할 것으로 판단된다.

근대인들은 자신의 영혼을 어떠한 모습으로 지니고 있는가? 이에 대해 속시원한 답을 내려주는 이를 찾는 일은 쉬운 일이 아니다. 그것은 영혼에 관한 탐색이 근대의 시작과 함께 근절되었기 때문이다.[19) 그러나 영혼에의 지평이 열려있던 김소월에게 이에 대한 탐구는 외면할 수 없는 문제가 된다. 그는 생활 속에서 자연스럽게 이에 대해 질문하고 답하며 느끼고 체험한다. 그는 자신의 내면 속에서 영혼이 어떻게 호흡하며 그 존재를 나타내는가를 좇는다. 김소월의 경우 영혼이 현상하는 한 국면은 '꿈'이다.

> 나히차라지면서 가지게되엿노라
> 숨어잇든한사람이, 언제나 나의,
> 다시깁픈 잠속의꿈으로 와라
> 붉으렷한 얼골에 가늣한손가락의,
> 모르는듯한擧動도 前날의모양대로
> 그는 야저시 나의팔우헤 누어라
> 그러나, 그래도 그러나!
> 말할 아무것이 다시업는가!
> 그냥 먹먹할뿐, 그대로
> 그는 니러라. 닭의 홰치는소래.
> 깨여서도 늘, 길거리엣사람을
> 밝은대낮에 빗보고는 하노라
>
> 　　　　「꿈으로오는한사람」 전문

---

19) 영혼에 관한 관심이 억제된 것은 개화기로부터 시작된 무속탄압과 관련될 것이다. 미신이라는 이유로 터부시되었던 무속신앙이 '영', '혼'을 다루었던 만큼 무속과 함께 이들 개념은 근대인의 기억 속으로 사라지게 된다. 김열규는 개화기 때의 무속금지를 마약단속법이 발동되는 것과 같은 느낌으로 묘사한다. 김열규, 「韓國 神話와 巫俗」, 『한국사상의 심층연구』, 우석, 1982, p.82.

　　김소월의 '연시' 중에는 '꿈'을 제재로 하는 시가 상당수 있다. 인용시 외에도 대표적인 것으로 「꿈꾼그옛날」, 「눈오는 저녁」, 「님에게」 등이 있다. 흔히 사모하는 이를 꿈속에서조차(혹은 꿈속에서라도) 만나고자 하는 것이 인지상정이라 여길 수 있겠지만 김소월에게 꿈은 영혼이 통하는 장(場)으로 기능하는 특수한 영역이다. 특히 현실에서의 소통이 단절된 경우라면 영적 차원을 열어 소통을 꾀하는 일이 가능할 터인데, 이때 꿈은 현실의 장애가 작용하지 않는 자유로운 스크린이 된다. 꿈의 이러한 기능은 꿈을 억압된 욕망의 분출로 보는 프로이트의 관점과도 유사할 것이다. 그러나 소월의 영혼은 프로이트의 무의식과는 다르다. 무의식은 의식과 충돌하지만 영혼은 오히려 의식을 추동하고 의식을 깨어나게 한다. 영혼과 의식은 서로 대립적이지 않다. 소월은 꿈을 통해 만남을 적극적으로 소망하며 그 소망이 이루어질 때 님의 존재는 더욱 선명해진다. 인용시에서 시적 화자가 님을 향해 "깁픈 잠속의꿈으로 와라"라는 요구는 무의식이 아닌 영혼의 호출인 것이다. 시적 자아에게 '붉으럿한 얼골에 가늣한손가락', '擧動도 前날의모양대로', '야저시 나의 팔우헤 눕'는 그는 마치 살아있는 실체처럼 느껴진다. 시적 자아는 '님'의 영혼을 호출함으로써 그를 실재하는 이로서 대면한다.

　　영혼의 통로가 되는 꿈의 기능은 비단 '님'의 호출에만 적용되는 것은 아니다. 「悅樂」은 김소월에게 있어서의 꿈과 영혼의 관계를 보다 잘 이해할 수 있게 해준다.

　　어둡게깁게 목메인하눌.
　　꿈의품속으로서 구러나오는
　　애달피잠안오는 幽靈의눈결.

그림자검은 개버드나무에
쏘다쳐나리는 비의줄기는
흘늣겨빗기는 呪文의소리.

식컴은머리채 푸러헷치고
아우성하면서 가시는따님.
헐버슨버레들은 꿈트릴때
黑血의바다. 枯木洞窟.
啄木鳥의
쪼아리는소리, 쪼아리는소리.

「悅樂」 전문

꿈은 자아의 의식 작용이 정지하였을 때 펼쳐진다. 꿈은 의식과 무관하게 현란하고 다채로운 영상들을 그려나간다. 이러한 꿈을 작동시키는 힘은 무엇일까? 「열락」은 꿈에서 본 장면들을 묘사하고 있는 시다. 장면들은 '유령'을 둘러싼 괴기스런 분위기들을 발산하고 있다. '幽靈의 눈결', '그림자검은 개버드나무', '흘늣겨빗기는', '식컴은머리채 푸러헤치고' 등 공포영화에서나 볼 듯한 으스스한 장면들 일색이다. 꿈속 '유령'을 만들어낸 것은 자아의 억압되어 있던 욕망인가? 즉, 공포의 기억이 의식의 검열하에 무의식에 저장되어 있다가 꿈을 통해 분출된 것인가? 꿈의 작용을 분명하게 진단할 수는 없을 것이다. 그렇지만 검열에 의해 무의식이 왜곡된다고 하는 프로이드식의 해석과 달리 위 시의 장면들은 매우 논리적이다. '유령' 및 그를 둘러싼 배경은 한 편의 완성도 높은 형상화를 보인다. 뿐만 아니라 '유령'의 '애달피잠안오는' 듯한 '눈결'이라든가 '아우성하면서 가시는따님'과 같은 개연성 있는 디테일은

「열락」에서의 '꿈'이 의식과 충돌하는 무의식의 작용이라고 하기에는 너무도 생생하고 자연스럽다. 소월의 꿈은 전혀 왜곡되거나 변형되거나 하지 않은, 잘 짜여진 한 편의 영상인 것이다. 이러한 점들은 꿈이야말로 영혼의 출몰 장소에 해당한다고 말해주는 듯하다. 마치 컴퓨터의 화면이 0과 1의 조합에 의한 디지털 기호에 의해 형성되듯이 파장으로 이루어진 영혼이 그에 해당되는 꿈의 영상을 만들어내는 것처럼 여겨진다. 그렇다면 실제로 꿈은 소월의 언급대로 "靈의 해적임"(「꿈」)이라 할 수 있다. 그리고 이처럼 영혼이 자유롭게 생기한다고 한다면 '꿈' 또한 영적 차원의 세계라 할 수 있다.

2.3. 영혼의 심급으로서의 '자연'

현실적 장애의 관계 아래 놓인 '님'을 영적 차원 및 꿈의 공간에서 호출한다고 하는 설정은 영혼이 대단히 자유로운 질료임을 암시하는 것이다. 그것이 질료가 아니라 인간의 의식에 불과하다 해도 문제될 것은 없다. 분명한 것은 그것이 상상력일 따름이라 할지라도 자아의 실재하는 의식은 현실을 충분히 구동시킬 수 있기 때문이다. 특히 김소월에게 영혼 차원에서의 의식은 그 무엇에 의해서도 침해받지 않을 만큼 강렬한 에너지로 이루어진다. 김소월의 시는 영적 차원의 세계에서 님을 호출하고 님을 만난다. 영원에의 강한 지향성을 지니는 소월은 영이 자유로울 수 있는 곳이라면 언제든 님을 불러낸다. 「초혼」에서와 같은 유사 제의적 순간이나 꿈 이외에도 님을 호출하여 영원을 체험하는 일은 소월에게 거의 일상화되어 있다.

소월의 표현대로 님은 "자나깨나 안즈나서나"(「자나깨나 안즈나서나」) 함께 하는 존재다. 실제로 같은 공간을 공유하지 않는다면 함께 할 수는

없는 일이나 소월은 님을 떠올릴 때마다 독특하고 고유한 정서를 발한
다. 소월에게 일정하고 고유한 정서가 빚어질 때에는 '부재하지만 님과
함께 하는' 순간, 즉 님을 그리워하는 시간임을 알 수 있다. 소월의 경우
처럼 부재하지만 존재감을 일으키는 일상적이고 고유한 정서는 무엇인
가? 소월의 많은 시들은 이러한 사실을 추론케 하는 동질적 파장을 보여
주고 있다.

우리집뒷산에는 풀이푸르고
숩사이의시냇물, 모래바닥은
파알한풀그림자, 떠서흘녀요.

그립은우리님은 어듸게신고
날마다 뛰여나는 우리님생각.
날마다 뒷산에 홀로안자서
날마다 풀을따서 물에던져요.

흘러가는 시내의 물에흘녀서
내여던진풀닙픈 엿게떠갈제
물쌀이 해적해적 품을헤쳐요.

그립은우리님은 어듸게신고.
가엽는이내속을 둘곳업섯서
날마다 풀을따서 물에떤지고
흘너가는닙피나 맘해보아요.

「풀따기」 전문

인용시 「풀따기」는 소월의 평균적인 시들을 대표한다. 평균적인 시들이라 했거니와 이는 절창은 아니라도 대체로 유사한 형상화 원리를 따른다는 점에서 그러하다. 님에 관한 사유, 배경으로 등장하는 자연, 정연한 민요조의 율격, 그리움의 정서 등이 그것이다. 이들 요소를 따르는 시는 셀 수 없이 많다. 「山우혜」, 「마른江두덕에서」, 「비단안개」, 「가을아츰에」, 「가을저녁에」 등이 그것이다. 위의 시 역시 '우리집뒷산에는 풀이푸르고', '그립은우리님은 어듸게신고'의 진술에서 그러한 요소들이 잘 드러난다. 특히 '날마다 뛰여나는 우리님생각./ 날마다 뒷산에 홀로안자서'의 구절은 소월의 일상을 짐작케 하는 부분으로서 부재 가운데서의 '님'과의 공존이 어느 정도인가를 말해준다. 화자의 언급대로 소월은 '늘', 틈이 날 때마다 산천을 벗삼아 님과 교감한다. '님'은 산이나 바다, 강, 구름, 안개 등 소월이 쉽게 접할 수 있는 자연과 더불어 피어오르는 대상이다. 어쩌면 '님'과 '자연'은 서로가 서로를 연상시키는 서로에 대한 매개였다고도 판단된다. '자연' 속에 놓이면서 '님'이 떠오르는가 하면 '님'을 그리워하는 순간 자연의 이미지가 뒤따르는 셈이다. '자연'과 '님'은 동시적으로 존재한다. 이 점은 소월의 '하염없는' 그리움에 대한 일 설명을 가능케 한다. 즉, 소월에게 '님'은 '자연'과 등가라는 사실이다. 유구한 산천과 '님'은 닮아 있다. '님'은 '자연'의 연장이며 '님'은 자연이라는 심급과 일치한다.

 '님'과 '자연'이 동일하다는 데엔 매우 큰 의미가 있다. 우선 '님'은 단순히 속된 사랑의 대상이 아니라는 점이 지적될 수 있을 것이다. 끝없는 그리움을 통해 소월은 '님'을 육(肉)과 속(俗)과 색(色)으로부터 탈각시켜 순수하고 절대적인 대상으로 전환시켜 나갔던 것이다. 이를 통해 '님'은 자연이라는 차원 높은 심급, 곧 영원성을 획득한다. '님'은 자아가

한가할 때 하릴없이 떠오르는 가벼운 대상이 아니라 영원성이라는 범주 안에서 함께 호흡하는 중심 인물이 된다.

한편 자연과 님이 공존하는 영원성의 영역 안에서는 동질적인 감각이 형성된다. 고유한 울림이라고도 할 수 있을 그러한 감각을 드러내는 대표적인 소재는 '물'이다.

> 그립은우리님의 맑은노래는
> 언제나 제가슴에 저저잇서요
>
> 긴날을 門박게서 섯서드러도
> 그립은우리님의 고흔노래는
> 해지고 져무도록 귀에들녀요
> 밤들고 잠드도록 귀에들녀요
>
> 고히도흔들니는 노래가락에
> 내잠은 그만이나 깁피드러요
> 孤寂한잠자리에 홀로누어도
> 내잠은 포스근히 깁피드러요
>
> 「님의 노래」 부분

인용시 「님의 노래」는 '님'이 어떻게 자아의 일부가 되어 내면으로 들어올 수 있었는가를 잘 보여준다. 그것은 '님'이 '맑은노래', '고흔노래' 이기 때문에 가능한 일이었다. '님'은 자아를 불안하게 하고 헤젓는 존재가 아니라 편안하게 하고 휴식할 수 있게 하는 존재인 것이다. '맑고 고흔 노래'라면 '님'은 시적 자아에게 어떠한 저항없이 스며들 수 있다.

충돌없이 스며든 '님의 노래'는 자아를 언제까지고 지루하게 하지 않는다. 님은 부재하지만 결여감이나 고독을 느끼게 하지 않는다. 오히려 충만과 포근함, 행복을 느끼게 하는 것이다. 다시 말해 님은 영원성의 감각에 응답하는 존재다. 이때 영원성의 감각은 '맑고 고흔 노래'라고 하는 파장으로 현상하는데 이는 사실 '물'의 속성을 암시하는 것이라 할 수 있다. '언제나 제가슴에 저저잇'을 수 있는 것, '해지고 져무도록' '밤들고 잠드도록 귀에들릴' 수 있는 것이라 하였듯 '스며들고' '들리는' 것이라 할 때 이를 환기시키는 것은 '물'이기 때문이다. 위의 인용시가 '물'을 직접적인 소재로 사용하고 있지만 않지만 '물'과 밀접히 관련되는 이유도 여기에 있다. '물'의 감각, '물'의 울림은 '님'과 일치하는 것으로서 '님'이 항상 소월과 함께 하며 자연의 심급 속에 놓이도록 하는 근거가 된다. 요컨대 '물'의 속성은 '님'을 그리워할 때 소월에게 현상하는 고유한 정서이자 영원성의 감각이 됨을 알 수 있다.

3. 음양의 결합을 통한 영원성

소월에게 '사랑'은 영원성의 감각을 증명하는 매개에 해당한다. '사랑'을 위해 소월은 적극적으로 영적 존재가 되며 '사랑'을 통해 자연이라는 최종 심급, 그 심원한 파장 속에 합류하게 된다. 소월에게 '사랑'은 흔히 근대인의 사랑이 그러하듯 퇴폐 속으로 몰아가는 대신 끊임없이 영혼을 맑고 순수하게 닦도록 하는 계기가 된다. 또한 '사랑'에 의해 소월은 인간의 유한성을 극복해간다. '죽음'을 가로질러가는 것도 '사랑' 때문이고 영적 세계에 진입함으로써 우주의 넓은 지평에 놓이게 되는 것도

'사랑' 때문이다. '사랑'에 의해 소월은 우주적 존재가 된다.

영원한 사랑을 통해 자연의 심급, 우주의 영역과 만났다고 한다면, 그렇다면 소월의 세계는 완성된 것이라 할 수 있는가? 소월은 그가 구축한 영원한 세계 안에서 구원을 얻었을까? 이에 대해 긍정의 답을 내릴 수 있으려면 소월에게서 얻게 되는 이미지가 안정과 평온의 그것이어야 할 것이다. 그러나 소월과 그러한 이미지는 잘 결합되지 않는다. 여전히 소월에게서 환기되는 이미지는 설움과 한숨, 그리움과 갈망으로 점철되어 있기 때문이다. 소월에게서는 간혹 자기 세계의 완성에 도달한 시인들에게서 볼 수 있는 평정과 안식이 없다. 그렇다면 소월이 도달한 세계는 거짓인가? 그의 도정은 그저 관념에 불과한 것이었나?

이에 대한 답은 소월의 세계 안에 이미 내재되어 있다. 그것은 소월의 영원성에의 희구가 결핍 및 부재와 동전의 양면 관계에 놓여 있다는 점과 관련된다. 소월의 영원주의는 부재와 결핍에 의해 발생하는 것이지 지금 이곳이 영원하기 때문에 발생하는 것이 아니다. 그런 점에서 소월의 영원주의는 초월적 상태로 고정되는 대신 감각의 형태로 계속하여 생기한다. 소월이 민중에게 더욱 친숙한 이유도 이 때문이다. 그는 쉽사리 초월하여 영원의 세계에 안주하지 않는다. 실제로 살아있는 인간에게 영원한 안식이란 가능하지 않다. 만일 그러하다면 그것이야말로 관념이나 거짓일 터이다. 소월은 인간의 현실적 조건에 맹목일 정도로 무지하지 않았으며, 쉽게 타협하지도 않는 냉철한 성격의 인물이었다.[20] 이 점에서 그의 설움과 한은 그가 감상적이어서 나타나는 것이

---

20) 김소월의 냉철하고 이지적인 성격에 관해서는 안서가 증언하고 있다. 오세영은 김소월 평전에서 "안서는 소월이 그의 시에서 유추할 수 있는 것처럼 그렇게 감정적인 사람이 아니었다고 한다. 그와는 정반대로 그는 매우 냉철한 이성의 소유자로서 계산이 밝고 빈틈이 없었으며 이지적이었다. 이러한 주장은 소월이

아니라 현실과 세계에 대한 대단히 깊이 있고 정확한 통찰에서 비롯된 것임을 알 수 있다.

> 것잡지못할만한 나의이설옴,
> 저므는봄저녁에 져가는꼿닙,
> 저가는꼿닙들은 나붓기어라.
> 예로부터 닐너오며하는말에도
> 바다가變하야 뽕나무밧된다고.
> 그러하다, 아름답은靑春의때의
> 잇다든 온갓것은 눈에설고
> 다시금 낫모르게되나니,
> 보아라, 그대여, 서럽지안은가,
> 봄에도三月의 져가는날에
> 붉은피갓치도 쏘다저나리는
> 저긔저꼿닙들을, 저긔저꼿닙들을.
>
> 「바다가變하야 뽕나무밧된다고」 전문

소월이 영원성에의 감각을 지닌 것은 선험적인 조건이었을까? 이를 그의 천재성과 관련시킬 수 있는 문제일까? 분명한 것은 소월은 이지적인 면 못지않게 대단히 민감한 감수성을 지닌 이였다는 사실이다. 그의 감수성은 일반인의 그것을 훨씬 웃돈다. 뿐만 아니라 평균적인 시인의 그것보다도 크게 상회한다. 예민함과 명민함 이 두 가지 속성은 살아있는 내내 그를 지치고 힘들게 하였을 터이다.

'저므는봄저녁에 져가는꼿닙'을 보며 느껴오는 '설옴'을 그리는 인용

고리대금업을 했다거나 상대를 지망했다거나 하는 전기적 사실에서도 증명되는 바이다."라고 말하고 있다. 앞의 책, p.306.

시는 소월의 예민한 감수성을 잘 보여주고 있다. '三月의 봄날'에 떨어지는 꽃잎은 소월에게 '붉은피갓치도 쏘다저나리는' 모습으로 각인된다. 해마다 어디서든 누구든 볼 수 있는 지극히 평범한 한 장면 아래 소월은 '것잡지못할만한' '설옴'을 호소한다.

소월이 안타까워하는 것은 사물의 일회성이다. 지금 여기에 존재하는 사물이 속절없이 사라진다는 것은 자신의 유한성 또한 명백함을 말해준다. 시간 내의 모든 사물이 생멸을 운명으로 하는 이상 소월도 예외가 아니다. 지금 여기의 사물이 아름다울수록 변화는 두렵고 안타깝다. 이 점에서 시간은 사물들의 가장 적대적 세력이다. 소월은 여기에서 곧 시간에 대해 대결의 포즈를 취한다. 그는 불현듯 오랜 동안 전해오는 한 이야기를 떠올리는 것이다. 그것은 '예로부터 닐너오며하는말'로서 '바다가變하야 뽕나무밧된다'는 경구이다. 변화를 말하는 언술이지만 역설적이게도 오래전부터 변함없이 진리였던 이 경구는 묘하게도 지금 소월이 겪고 있는 일회성을 제어해주는 변속기가 되어 준다. 소월은 바로 지금의 한 순간에 변화와 지속, 일회성과 영원성을 대비, 결합시키고 있는 것이다.

소월의 시 가운데에는 소재의 양가적 대립과 결합을 통해 다른 국면으로의 전환을 보이는 경우가 종종 눈에 뜨인다. 위의 인용시에서도 과거와 현재, 지속성과 일회성을 대비, 결합시켜 변화라는 시간성을 중화시키고 있음을 발견할 수 있지만 이 외에도 소월은 색채의 대비(「바다」, 「붉은 潮水」), 불과 물의 대비(「닭은 꼬꾸요」, 「안해몸」), 상승과 하강의 대비(「失題」, 「저녁때」, 「찬저녁」) 등 사물의 두 대립물을 결합시킴으로써 새로운 의미를 창출하고 있다.

서로 대립하는 성질의 상반되는 에너지를 끌어내는 작업은 소월의 경우 작위적으로 이루어지지 않는다. 소월은 그러한 일들을 의식적인 차원에서 하지 않는다. 때문에 대립물들에 의한 전회의 양상은 아주 미약하게 이루어진다. 혼의 울림에 의해 이루어진 시이므로 소월이 선명한 논리에 포착되는 구도들을 확보하지 못하였을 것이라는 점은 충분히 짐작이 가는 사실이다. 이러한 정황이라면 비논리적 부분이라든가 우연적 언술, 순간적 언급 등에 나타난 의미있는 표정들을 세심하게 살펴내는 일이 오히려 생산적인 일이 될 것이다. 실제로 소월의 시에는 미세한 표징들이 숨겨져 있듯 존재하는 바, 소월의 내면 깊은 소리에 해당하는 이러한 표징들은 소월을 존립케 하는 에너지의 형태로 그려진다.

> 나는 꿈꾸엇노라, 동무들과내가 가즈란히
> 벌까의하로일을 다맛추고
> 夕陽에 마을로 도라오는꿈을,
> 즐거히, 꿈가운데.
>
> 그러나 집일흔 내몸이어,
> 바라건대는 우리에게 우리의보섭대일땅이 잇섯드면!
> 이처럼 떠도르랴, 아츰에점을손에
> 새라새롭은歎息을 어드면서.
>
> 東이랴, 南北이랴,
> 내몸은 떠가나니, 볼지어다,
> 希望의반짝임은, 별빗치아득임은.
> 물결뿐 떠올나라, 가슴에 팔다리에.
>
> 그러나 엇지면 황송한이心情을! 날로 나날이 내압페는

자츳가느른길이 니어가라. 나는 나아가리라
한거름, 또한거름. 보이는山비탈엔
온새벽 동무들 저저혼자……山耕을김매이는.
　「바라건대는 우리에게우리의 보섭대일땅이 잇섯더면」 전문

　인용된 시는 식민지 현실을 직접 다루었다 하여 흔히 민족주의적 관점에서 해석되곤 한다. 소월의 시 가운데 이처럼 대사회적 의미가 분명하게 드러나 있는 경우는 드물다. 그러한 만큼 소월은 이 시에서 다른 시들에 비해 선명하게 자신의 존재 양태를 드러내고 있다. 생활인으로서의, 민족의 구성원으로서의 소월은 그 어느 때보다도 강렬하게 자아를 드러낸다. 이 시에 대한 정밀한 분석이 필요한 이유가 여기에 있다.

　위의 시는 비교적 정황이 명확하므로 보통 이해하기 어렵지 않은 시로 분류되었을 것이다. 그러나 이 시에는 앞서 언급했던 비논리적 부분이라든가 우연적 언술, 순간적 언급 등이 숨겨져 있어서 이면의 다른 해석을 유도한다.

　위의 시는 흔히 이해되듯 나라잃은 자의 땅을 향한 염원이라는 내용으로 단순화되지 않는다. 위의 시가 민족주의적 시라 해서 이것이 논리나 의식의 차원에서 쓰여진 시임을 의미하는 것은 아니다. 이 시 역시 소월의 모든 시가 그러하듯 혼의 차원에서 쓰여진 것이다. 1연의 꿈, 2연의 탄식, 3연의 헤매임, 4연의 환영(幻影)은 모두 영혼의 소리이자 울림에 의한 현상들이다. 시의 전반에 희뿌연 영상의 그림자가 감도는 것도 이 때문이다. 소월은 한숨을 뱉어내듯 시를 그려나가고 있다. 영혼의 흐름을 따라가며 소월은 행복과 상실, 충만과 결핍, 포근함과 쓸쓸함, 절망과 희망의 궤적들을 종횡으로 그려나간다. 우리는 1연에서 소월이

형상화시켜내고 있는 한 목가적 장면에서 더없는 충일감을 맛보게 된다. 이는 소월의 피부와도 같은 영원의 감각이다. 소월이 토해내는 상실의 비애가 '걷잡을 수 없이' 큰 까닭도 바로 이 영원성의 감각 때문임은 앞서 논증한 대로이다. 어김없이 2연에서는 소월의 '탄식'이 이어진다. '집일흔 몸', '떠도는 몸'은 설움의 직접적인 이유이다. 2연의 설움과 탄식은 소월 시 전반을 가로지르는 탄식과 설움과 다를 바 없는 밀도와 강도를 지닌다. 님이 떠난 이의 탄식이나 땅을 잃은 이의 탄식은 함량상 동일한 것이다. 이는 '설움' 및 '한'이란 결국 깃들 곳을 잃어 떠도는 운명에 놓인 '넋'에 의한 것임을 방증한다. 안식하고자 하나 결여되어 있고, 정착하고자 하나 디딜 곳이 없는 이에게 영혼은 '뜰' 수 밖에 없다. 이때 걷잡을 수 없는 헤매임이 시작된다. 소월의 시가 전부 '영'의 헤적임, '넋'의 한숨이 된 것은 이 때문이다. 3연에서 소월은 "내몸은 떠가나니, 볼지어다"라고 말한다. 방향을 정할 수 없는 소월의 헤매임은 안타까움과 비애를 일으킨다. 시적 자아는 '동'이든 '남북'이든 갈래 없이 떠돈다. 그러나 소월의 영혼이 그려내는 궤적은 여기에서 끝나지 않는다. 방향을 찾지 못하는 중에 순간적으로 떠오르는 영상이 있기 때문이다. 영혼의 한 편린이 만들어내었을 그것은 '물결'이다. '희망'도 '별빛'도 아득한 가운데 아련하게 멀리 저편에서 '물결'이 '떠오르'는 것이다. '물결'은 모든 것이 폐허처럼 아득한 중에 한 줄기 빛으로서 다가온다. 시인은 "물결뿐 떠올나라"라고 말한다. 그리고 이 '물결'은 그의 '가슴과 팔다리에' 스며든다. 그리고 마치 죽어가는 이에게의 생명수처럼 '물결'은 떠도는 넋을 진정시킨다. 여기에서 소위 구원의 순간이 펼쳐지는 것이다. 4연의 어조가 지금까지의 어조와 반대되며 소월 시 전반을 채색하는 우울한 어조와도 사뭇 다른 것은 바로 이 구원의 '물결' 때문이다. 4연에서 시적 자아는 이 순간의 심정이 '황송'하다고까지 말하고 있다. 이어 시적 자아는 "날로 나날이 내압페는/ 자측가느른길이 니어가라. 나는 나아가리라/ 한거름, 또한거름"이라는 뜻밖의 진술로 시를 전개시켜 나가는데, 여기에는 소월에게서 쉽게 느낄 수 없는 차분하고 힘찬 에너지가 넘쳐난다. '물결'은 일순간에 국면을 전환시켜 처음의 어둡고 부정적 에너지로부터 밝고 긍정적 에너지로 시적 자아를 거듭나게 하는 것이다.[21]

소월은 희미하게나마 긍정적인 자신의 에너지의 형태를 지니고 있었다. 소위 기(氣)에 다름 아닌 에너지의 형태는 소월의 경우 불과 물의 결합에 의한 구원에의 의지라고 말할 수 있다. 여기에서 '불'은 떠도는 넋에서 비롯된다. 애타는 심정, 걷잡을 수 없는 탄식, 해소되지 않는 '한'이 곧 '火'이다. 이 '불'은 마음을 태우고 영혼을 태우며 몸을 태운다. 모든 것을 다 없앨 때까지 타들어가야 하는 것이 '불'인 것이다. '불'이 가득하다면 그는 더 이상 삶을 영위해갈 수가 없다. 구원이 필요한 지점도 여기이다. 이때 구원의 힘을 지닌 것이 '물'임은 의심의 여지가 없다. '불'을 다스릴 수 있는 유일한 것이 '물'이기 때문이다. 따라서 소월이 무의식중에 '물결'을 떠올린 것은 지극히 당연했던 셈이다.

---

21) 이 시에서 구원의 감각을 일으킨 '물결'은 마치 성서에서 그리스도가 말한 성령을 연상시킨다. 성서는 그리스도의 말을 전하면서 "나를 믿는 자는 성경에 이름과 같이 그 배에서 생수의 강이 흘러나리라 하시니 이는 그를 믿는 자의 받을 성령을 가리켜 말씀하신 것이라"고 말한다 (요한복음 7장 38-39절). 성령을 '물'이라고 말한 까닭은 단순한 비유일까? 그렇다기보다는 우주에 존재하는 기(氣)로서의 물(水)이라고 여겨진다. 기(氣)로서의 '물(水)'은 영혼에 작용하는 생명수이다. 부패하고 타락한 영혼, 분노와 증오, 한과 설움에 들려있는 영혼에 작용함으로써 그를 다스리고 진정시키며 맑게 씻어주는 역할을 하는 것이 곧 '물(水)'의 영(靈), 물의 기(氣)인 것이다. 구원의 성격을 지니는 이 점은 기독교에 국한된 성질의 것이 아니다. 이는 구원 일반, 통종교적 관점에서 이해될 것으로서, 구원에 대한 원리를 해석하는 하나의 관점을 제공한다.

소월에게 항존했던 정서가 해소되지 않는 그리움과 형언할 수 없는 결여감이었으며 그것이 '불(火)'의 속성을 지니는 것이라면 소월시에 나타나는 소재로서의 '물'의 의미가 더욱 분명해진다. 소월시에서 '물'을 소재로 한 시는 「풀따기」, 「바다」, 「山 우에」, 「마른江두덕에서」, 「失題」, 「개여울」, 「가는길」 등 무수히 많다. 이미 앞의 절에서 「님의 노래」에 등장하는 '물'의 성격을 분석한 바 있거니와 이 시외에 '물'을 소재로 취한 시에서도 '물'은 애타는 마음을 다스려주는 기능을 함을 알 수 있다. 열거한 '물' 소재의 시들에서 '물'이 대부분 '님'을 연모하는 순간 등장한다는 점에서 이를 확인할 수 있다. '물'은 연모의 정서로 들려있는 시적 자아의 상태에 반응함으로써 마음을 달래주고 진정시켜 준다. 다시말해 '물'은 위로 타오르려는 성질을 지닌 '불(火)'의 마음을 가라앉혀 항정심과 평상심을 유지하게 해주는 성질을 지닌다. 그러한 점에서 '물'은 마음의 고요를 찾는 길이자 구원에 이르는 길이라 일컬을 수 있는 것이다.

이 가람과 저 가람이 모도 처흘러
그 무엇을 뜻하는고?

미더움을 모르는 당신의 맘

죽은듯이 어두운 깊은 골의
꺼림칙한 괴로운 몹쓸 꿈의
퍼르죽죽한 불길은 흐르지만
더듬기에 지치운 두 손길은
불어가는 바람에 식히세요

밝고 호젓한 보름달이
새벽의 흔들리는 물노래로
수줍음에 추움에 숨을 듯이
떨고 있는 물밑은 여기외다.

미더움을 모르는 당신의 맘

저 山과 이 山이 마주 서서
그 무엇을 뜻하는고?
「失題」 전문

위의 시는 소월의 마음에서 일어나고 있는 '불'과 '물'의 상호성을 잘
보여주고 있다. 소월은 '님'에 대한 원망과 그리움의 정서를 '미더움을
모르는 당신의 맘'이라 직설적으로 제시하면서 이어 그것을 '불길'이라
명명하고 있다. 3연은 4연과 대비되면서 '님'을 향한 정서로 인해 겪는
시적 자아의 괴로움 심정을 묘사하고 있다. '죽은듯이 어두운 깊은 골',
'괴로운 몹쓸 꿈', '더듬기에 지치운 손길' 등이 그것인데 이는 모두 '퍼르
죽죽한 불길'에 해당하는 것이다. 시적 자아는 이처럼 타는 심정을 '식
히'고 싶어한다. 4연의 전개가 이루어지는 것도 이 지점에서이다. 이때
시적 자아가 바라는 정서는 '밝고 호젓한' 것으로서 '새벽'처럼 맑고 신선
한 공기이다. 이를 현상시키는 것은 곧 '물노래'가 된다. 요컨대 '물노래'
는 '불길'의 마음과 결합하여 자아에게 평정을 가져다 준다는 점을 알
수 있다.
　「失題」는 '불'과 '물', '물'과 '불'을 상호관련시키면서 정교하게 대칭화
하고 있음을 알 수 있다. 1·2·3연과 4·5·6연은 정확히 나뉘어질 뿐 아

니라 시행의 배치 면에서도 내용의 구성 면에서도 서로 대칭된다. 이때 1연의 '가람'과 6연의 '산'은 3연의 '불', 4연의 '물'과 엇갈린 채 대구를 이룬다. 1연의 '가람'은 4연의 '물'과 동일한 성격이자 6연의 '산'은 3연의 '불'과 의미의 연속성을 이룬다. 단순하게 '불'과 '물'을 기준으로 배열한 것이 아니라 '물'과 '불', '불'과 '물'의 뒤틀린 대칭성을 이룬 이유는 무엇일까? 1연과 6연에서 제기한 소월의 '?(질문)'은 이 안에 내재되어 있는 심층적 의미 지대를 암시하고 있는 것으로 해석할 수 있다. 그것은 '물'과 '불'의 결합의 역동적 성격을 내포하는 것이 아닐까. 물이 불이 되고 불이 물이 되는 상대적 성격이 그것이다. 가령 '님'이 '불'이 되고 또한 '님'이 '물'이 되는 형국도 그와 관련된다. '님'을 향한 '사랑'이 불타는 속성을 지님은 물론인데 반면 '님'은 구원으로서 기능하면서 물의 속성도 지닌다는 것을 고찰한 바 있다. '님'은 '불'인가 '물'인가? 마찬가지로 '사랑'은 '불'인가 '물'인가? '님'은 괴로움인가 구원인가?[22] 이 가운데서 선택의 답을 정하는 일은 간단한 일이 아니다. 실제로 '님'은 어느 순간 '물'이 되지만 어느 순간 '불'이 된다는 것을 알 수 있기 때문이다. '님'은 어느 순간 안식이 되지만 어느 순간 고통이 된다. 이는 '님'이 고정된 실체가 아님을 말해준다. 나아가 속성으로서의 '물'과 '불'도 고정된 것이 아니다. 이들은 서로를 조건으로 하고 서로를 전제하는 관계틀 안에 존재하며 그 안의 관계에 의해 성질을 부여받는다. 이들은 때로는 하강의 기운으로 때로는 상승의 기운으로 작용하면서 서로를 추동하고 서로에게 생명을 부여받는다.

---

22) 이 양면성을 가장 극명하게 지니는 종교는 기독교이다. 기독교에서 권장하는 '사랑' 및 그리스도에 대한 '사랑'은 이 두가지 속성이 대단히 혼란스럽게 뒤섞여 있다.

  '물'과 '불'의 결합은 동양적 세계에서 음과 양의 관계를 상기시킨다. 이때 중요한 것은 음양의 결합은 고정 불변하는 것이 아니라 언제나 상대적 성질이라는 점이다. 어느 한 가지만으로는 어느 것도 이룰 수 없는 것이 음양의 관계이다. 서로는 서로를 필요로 하며 서로가 존재함으로써 전회가 가능해진다. 즉 서로를 받아들이고 조화를 이룰 때에만 결합과 전회(轉回)라고 하는 태극의 원리가 구현되는 것이다. '태극'은 생명력이 극치에 달한 상태로서 모든 조건과 상황으로부터의 초월과 전환을 이룩한다. '불'과 '물'이라는 음양의 결합이 태극이 되는 국면은 두 양가적 속성들이 역동적으로 반응하면서 오묘한 생명성을 창출하는 형국이라 할 수 있다. 서로를 추동하는 양가적 힘은 에너지를 고도로 상승시키며 그 에너지는 곧 초월의 힘으로 작용하는 것이다. 이러한 에너지가 작용할 때라면 활기(活氣)가 넘칠 것인데 이때의 활기는 '불'의 '타오름'을 지양한 냉철한 활력이 될 것이다. 소월의 시 가운데 「붉은 潮水」는 바로 이러한 활기의 이미지를 그려내고 있다.

> 바람에 밀려드는 저 붉은 潮水
> 저 붉은 潮水가 밀려들 때마다
> 나는 저 바람 위에 올라서서
> 푸릇한 구름의 옷을 입고
> 불같은 저 해를 품에 안고
> 저 붉은 潮水와 나는 함께
> 뛰놀고 싶구나, 저 붉은 조수와.
> 　　　　　「붉은 潮水」 전문

  소월 시의 어조 가운데 탄식과 시름으로 젖어 있지 않은 경우를 떠올리는 것은 쉬운 일이 아니다. 그러한 점에서 위의 시는 낯설게 느껴질 정도이다. 그러나 소월의 세계 안에는 구원을 향한 역동적 힘이 존재한다. 부재에 대한 인식의 '간단없음', '쉼없는' 그리움과 갈망은 양적 축적을 이루어 어느 찰라 대립물과 결합하는 토대가 되고 이 지점에서 질적 전환이 이루어진다는 점, 여기에서 어느 부분을 선택하기보다는 전체적인 역동의 원리 자체를 도출해야 한다는 점이 결론으로 남는다. 이 원리 자체가 중요할 까닭은 이 속에 구현된 전체성이 곧 생명이자 초월의 동력이 된다는 점에서 그러하다. 「붉은 조수」는 '불'과 '물'이 만나는 장면을 형상화하고 있는 것으로서 이때 자아에게 생기하는 활력과 아름다움의 이미지를 잘 드러내고 있다. '붉은 조수'의 장면이 펼쳐지는 순간 '바람 위에 올라서서', '푸릇한 구름의 옷을 입고' '뛰놀고 싶다'는 등의 상승 이미지가 이어지는 것은 곧 음양의 역동성에 의한 활력에 기인한다. 그리고 그러한 활력의 정점에 '태양' 이미지가 놓이고 있다.

소월의 시세계에서 구현되고 있는 태극의 원리는 영원성의 감각에 대한 한 지표가 된다. 태극은 곧 상승과 초월의 원리이자 에너지이기 때문이다. 뿐만 아니라 이것은 모든 문화권에 존재하는 다양한 종교들에 공통되는 기본 메카니즘에 해당할 터이다. 이는 태극이 무조건적인 초월이 아니라 상대적 세계 안에서의 절대성 추구를 꾀한다는 점과 관련된다. 고등 종교에서 '고행'과 '사랑', '선행'의 '실천'들을 강조하는 것 역시 초월이란 저절로 주어지는 것이 아니라 인간에게 주어진 조건을 외면하지 않을 때라야 가능함을 역설하는 것이라 할 수 있다. 고통에 찬 인간의 유한하고 상대적 세계를 조건으로 하여 절대성과 결합할 때 구원이 가능해지는 것이다.

쉽사리 초월하기를 거부하였던 소월에게 상대적인 세계와 절대적인 세계는 언제나 양면적으로 존재했다. 민족의 비극을 끝까지 응시하며 구원을 구하던 소월 시의 전개는 민족의 암담한 현실에 대해 무의식적인 힘으로 작용하였을 것이다. 더욱이 그가 보여준 세계는 소월의 시가 우리 민족의 심층적 내면 차원에 놓여있었음을 암시한다. 소월이 우리 민족을 대표하는 시인일 수 있던 것은 그 무엇보다도 이 점에서 기인한다고 할 것이다.

4. 소월 시에서의 영원주의의 의미

흔히 민요조의 리듬이나 전통적 정서의 구현이라는 측면에서 독특성이 평가되곤 하던 소월의 시에는 보다 심층적 차원에서 구동되는 시적 원리가 놓여있다. 그것은 영원성이다. 영원성은 소월의 세계 전체를 일관되게 방향지우는 근본적인 요소이다.

본고는 소월의 시에서 영원성을 구현하는 계기가 되는 것으로 크게 '사랑'과 '태극'이 있음을 살펴보았다. 소월의 '사랑시'는 부재와 결핍을 전제로 하여 발생하는 것으로서 이의 극복을 향한 치열한 의지를 불러일으키는 요소이다. 이러한 의지에 의해 소월은 영적 세계로의 지평을 열게 되는데, 소월 시에서 영적 세계를 암시하는 지표로는 '죽음'과 '꿈', 그리고 '자연'이 있다. 소월은 이들 요소들을 통해 '님'과의 만남이라는 영원성의 세계를 이끌어낸다.

그러나 부재와 결여에 의한 것인 까닭에 소월의 '님'을 향한 그리움은 헤매임과 애탐의 성격, 즉 불(火)의 속성을 지닌다. 소월의 시가 '걷잡을 수 없는 설움'으로 가득한 까닭도 이 때문이다. 부재에 대한 극복의 의지가 강할수록 소월은 '님'의 부재와 존재를 동시적으로 환기한다. '불(火)'의 마음을 지닌 소월에게 '물(水)'이 떠오르는 것도 이러한 맥락에서 이해될 수 있다. 순식간에 소월의 마음을 다스려 생기(生氣)를 부여하는 '물'은 구원의 힘을 지니는 것이라 할 수 있다. 이러한 불과 물의 결합은 소월에게 변화를 일으키는 원리가 된다. 그리고 이처럼 변화를 일으킬 수 있는 원리란 곧 소월 시에 나타난 영원성의 또다른 계기라 할 수 있다.

이때 '물'과 '불'은 단일하고 고정된 실체가 아니다. 이들은 역동적 원리 안에서의 일 조건들에 해당한다. 이 둘이 서로를 조건으로 하여 결합될 때라야 구원이 일회적이지 않고 하나의 원리가 되어 구동될 수 있다. '물'이 '불'이 되고 '불'이 '물'이 되는 형국은 서로에 의해 촉발되는 생명성을 내포한다. 또한 생명력을 생기시킬 수 있는 한에서 이들 조건들은 의미를 부여받을 수 있다. '사랑'이 구원이 되는 순간이라든가 '태극'이 구원이 되는 순간은 동일하게 대립물에 의한 전환의 국면을 지니고 있는 것이다. 그리고 이들은 공통적으로 상대성과 절대성이 결합될 때 가능하다.

인간에게 상대성과 절대성이 동시에 작용하는 장(場)은 영(靈)과 육(肉)이 결합된 세계 안에서이다. 인간은 몸과 마음, 물질과 비물질이 분리된 존재가 아니라 이것이 결합되어 있는 존재인바, 이 지점에서라야 초월과 구원이 가능해진다. 중요한 것은 영적인 세계가 인간이라는 유한의 존재와 무관하지 않다는 점이다. 그러한 점에서 소월의 세계는 근대적 세계관과 다른 차원에 놓인다. 소월이 영적 세계의 지평을 열어야 했던 것은 물질주의적 근대의 세계 안에서 구원이나 초월이 불가능했기 때문이다. 이것이 물질적이고 현실적 조건을 외면하는 것이 아님은 물론이다.

태극은 에너지의 한 형태이다. 역동적으로 순환하는 이미지로서 태극이 현상하는 까닭도 여기에 있다. 이처럼 역동적으로 순환하는 태극의 에너지는 현실의 조건들을 넘어서는 기능을 한다. 태극은 상대적 세계에서 작동한다. 뿐만 아니라 절대적 세계 안에서도 동시적으로 작동한다. 이는 인간이 우주적 존재임을 말해준다. 태극의 세계관은 근대적 사유 안에서 보아왔던 인간에 대한 이해를 초극시켜 우주적 지평을 열어놓는다. 인간은 더 이상 감성과 이성이 모순되고 몸과 정신이 이분법적으로 분리되는 존재가 아니라 영혼이라는 몸과 마음이 통합된 정체성을 획득한다. 이는 인간이 4차원성을 회복했음을 의미하는바, 영원성은 지금 여기로부터 저 멀리 있는 초월적 관념이 아니라 바로 지금 이곳에서 구동되는 실재이자 원리임을 말해준다. 소월이 우리에게 큰 존재로 다가오는 것은 그가 현실과 구원, 상대적이고도 절대적인 세계를 동시적으로 펼쳐놓은 데서 기인한다.

시대와 '상징주의'의 의미
- 오장환론

1. 문학과 상징주의

오장환은 1948년 월북한 이유로 1988년 해금 조치 이후에야 비로소 조명을 받게 된 시인이다. 1930년대 카프의 퇴조와 상투화되고 있던 모더니즘의 자리를 대신하며 열정적인 시작 활동을 해온 만큼 당대 문단과 비평가들의 관심[1]을 끈 바 있다. 해방 이후에는 오장환이 진보적인 편에 서서 활동한 까닭에 『문학가 동맹』과의 관련 속에서 그의 작품들이 조명을 받기도 했다. 그 가운데 해방 공간에서 발간된 『병든 서울』의 이념적 성격에 대한 고증[2] 및 이전 시집 『성벽』이나 『헌사』 등의

---

1) 당대의 평문들 가운데 대표적인 것으로는 김기림과 임화, 김동석 등의 언급들이 있는데 이들은 모두 오장환에 관한 긍정적 시각들을 보여주고 있다. 단, 이들의 견해는 모더니즘 및 경향문학, 혹은 역사의식과 같은 서로 상반된 관점에서의 긍정이라는 점에서 시사하는 바가 있다.
   김기림, 「오장환 시집 『성벽』을 읽고」, 《조선일보》, 1939.8.19.
   ____, 「감각·육체·리듬」, 『인문평론』, 1940.2.
   임화, 「시단의 신세대」, 《조선일보》, 1939.8.18~26.
   김동석, 「탁류의 음악」, 『예술과 생활』, 박문출판사, 1947.
2) 김용직, 『해방기 한국시문학사』, 민음사, 1989.

서정시에 역사의식이 결여되어 있다는 비판적 시각들은 다소간에 오장
환을 이념에 편향된 연구자들의 경향을 반영하는 것이라 할 수 있다.
이들 연구자들은 오장환이 보여준 행적이『문학가동맹』을 맹목적으로
추종했었다는 점을 들면서 그의 이념이 외삽적이고 피상적 차원에 그치
는 한계를 지닌다고 했다.3)

　한편 오장환을 모더니즘의 범주에서 고찰하되 자본주의 문명에 대한
비판으로서의 퇴폐적 성향에 주목한 연구들4) 역시 많은 편이다. 이러한
관점들은 오장환의 시적 태도를 추상적이나마 이념적으로 정향시키는
면을 보여준다는 점에서 위의 연구들과 비교 지점을 제시한다. 이들
연구는 오장환 시인의 이념적 성향을 보다 내면적인 차원에서 규정한다
고 볼 수 있다. 오장환 시인이 보여주는 역사의식이 추상적으로 파악되
는 것도 이 때문이다. 그러나 이러한 관점에서 보면『성벽』이나『헌사』
에서부터『나 사는 곳』,『병든 서울』에 이르기까지의 변모의 과정들이
단절적이거나 모순적이지 않고 일련의 논리성을 지닌 것으로 밝혀진다
는 점에서 진일보한 연구라 판단된다. 시인에게의 이념적 성향이란 비
단 그것이 역사 및 현실에 대한 직접적 진술에 의해서만 증명되는 것이
아니며 그가 설정하는 전망 또한 불변 고정하는 것은 아니기 때문이다.
더욱이 사회주의적 비전의 근원엔 당연히 자본주의 문명에 대한 부정과

　　　　, 「열정과 행동」, 『한국현대시사2』, 한국문연, 1996.
　　김종윤, 「어둠의 인식과 상징적 서정」, 『1930년대 민족문학의 인식』, 한길사,
1990.
　　오세영, 「탕자의 고향 발견」, 『월북문인연구』(권영민 편), 문학사상사, 1989.
 3) 김용직, 앞의 글, 1996, pp.105-11.
　　오세영, 앞의 글, pp.310-11.
 4) 서준섭, 『한국모더니즘문학연구』, 일지사, 1988.
　　한계전, 「1930년대 모더니즘 시에 있어서의 '문명비판'」, 《국어국문학》 114호,
1995.5.

혐오가 전제되어 있는 까닭에 오장환의 모더니스트로서의 면모와 사회주의자로서의 면모 사이에 극단적 거리와 단절을 상정하는 것은 인식의 편협함을 드러내는 것이라 할 수 있다. 흔히 말하듯 모더니즘과 사회주의는 같은 몸통에 달린 서로 다른 얼굴이기 때문이다. 당대 평론가들이 서로 상반된 입장에서 모두 긍정적 시각을 보낼 수 있던 것도 이러한 상황과 무관하지 않다. 당대는 서로 다른 이념을 두고 상호간 논쟁과 대화가 이루어졌던 시기이다. 때문에 논의가 더욱 생산적이 되려면 현실 인식의 유무를 찾아내기보다 작가가 지녔던 불투명했던 전망이 어떠한 계기에 의해 어떠한 전환을 이루었는가를 면밀하게 해명하는 연구가 이어져야 할 것이다.

가장 최근에 이루어진 바 있는 오장환 시에 대한 내재적 차원에서의 분석[5]은 오장환이 지닌 현실지향적 성향과 시적 의장 사이의 관련성에 초점을 두고 있는 연구로서 보다 구체적이고 유연한 시각을 확보하고 있다고 할 수 있다. 시의 주제와 기법, 내용과 형식 사이의 연관성에 관한 통찰은 시에 관한 깊이 있는 해석을 가능케 하고 시인을 더욱 자의식적이고 창조적인 자아로 자리매김시킬 수 있다. 어떤 경우이든 시인에게 시적 의장은 선택된 것이며 그 선택 속엔 자신의 세계관이 가로놓여 있는 법이기 때문이다. 문제는 드러난 의장이 어떤 차원, 어떤 범주에서 선택된 것인지, 그러한 선택이 어느 정도의 심층 심리에 의해 비롯된 것인지를 연구자가 명확하게 인지하는 일일 것이다. 물론 시인의 의장들은 단선적이거나 기계적이지 않다. 그것은 매우 복합적이고 우연

---

5) 송기한, 「전향의 방법과 그 한계」, 『문학비평의 욕망과 절제』, 새미, 1998. 곽명숙, 「오장환 시의 수사적 특성과 변모양상 연구」, 서울대 대학원 석사논문, 1997.

적이기도 할 것이다. 이들 의장들 사이에 일련의 논리성을 제시하는 일은 연구자의 몫이며 이 의장들의 복잡성을 밝힐수록 우리는 시인에 대한 더 풍부한 이해를 얻게 될 것이다. 이러한 관점에서 보면 오장환은 유행에 이리저리 휩쓸려다니며 여러 사조를 모방한 시인이라거나 인생과 예술에 관한 소박한 논평가라거나 혹은 1920년대 퇴폐와 비애의 풍조를 답습하는 데서 멈춘 이가 아니라 자기 나름의 정조와 의식과 지향성을 지닌, 즉 스스로 온전한 존재론을 구축한 시인으로 평가할 수 있을 것이다. 그의 퇴폐적 성향과 진보의식, 건강성에의 욕구와 끊임없는 방랑과 변모라는 일련의 과정들은 서로 모순되거나 충돌하는 대로 그의 내부에서 일렁이는 물결처럼 흔들리면서 계속하여 그를 비우고 채워갔던 힘들의 결과라 볼 수 있다. 그는 누구보다도 정직하게 그러한 힘들에 순응하면서 때로는 비애로, 때로는 의지로 자신을 형성해갔던 인물이었던 바, 이 점은 오장환을 제한된 측면에서 혹은 모순된 양면성으로 보는 것이 얼마나 거친 것인가를 말해준다.

본고는 오장환이 보여준 방황과 모색의 편린들이 궁극적으로 자기동일성을 찾아가는 과정임을 전제하고 그러한 동일성추구의 지향이 심층적 차원에서의 역동성에 의해 이루어진 것임을 밝히고자 한다. 그의 심층은 강한 소망과 의지로 점철되어 있으며 이를 구현하기 위해 그는 다양한 이미지와 상징들을 끌어올리려 했던 것으로 보인다. 이러한 이미지와 상징들을 탐색하면서 시인의 존재론이 누구보다도 근원에의 지향성에 닿아있음을 확인할 것이고 그것이 표면적으로는 퇴폐 혹은 모성으로 명명되었지만 결국 문명에 대한 비판이자 모색이었음을 살펴보고자 하는 것이다.

2. 문학관의 형성 – '상징주의'에의 경도

1937년부터 1948년에 이르기까지 오장환은 많지는 않지만 꾸준히 평문을 발표한다. 「文壇의 破壞와 新文學」6)을 필두로 한 그의 평론은 몇몇의 작가론7)을 제외하고 당대 문단에 관한 비평 및 자신의 문학관을 피력한 것으로 이루어져 있다. 단지 몇 편의 산문이기 때문에 본격적인 문학관의 개요를 작성하긴 힘들지만 오장환은 이들 비평문을 통해 시창작에 임하는 자신의 관점을 명확히 제시하고 있다. 더욱이 '인간과 생활'에의 강조8)가 시기에 관계없이 일관되게 배면에 흐르고 있다는 점은 시인의 지향이 단순한 유행에 의한 것이 아니라 내면적인 근원에 뿌리를 두고 있다는 점을 암시한다. 가령 해방직후부터 가담하여 적극적 활동을 펼쳤던『문학가 동맹』기의 오장환은 1930년대 후반 '건강한 생활'에 대해 강조하였던 오장환의 면모와 결코 다른 모습이 아니라는 점을 우리에게 보여준다. 뿐만 아니라 조선의 시적 경향들 가운데에서 유독 '상징주의파'에 집중적 관심을 보이는 그의 평문이 비단『성벽』과『헌사』가 발표되던 시기인 1930년대 후반에만 쓰여진 것9)이 아니라 프로작가로서 활발히 활동하던 1940년대 후반에까지 이어지고 있다는

---

6)《조선일보》1937.1.28~29,『오장환 전집』2,(최두석 편), 창작과비평사, 1989, pp.9~13.

7) 〈백석론〉,《풍림》1937.4, 전집2, pp.14~7.
　　〈소월시의 특성〉,《조선춘추》1947.12, 전집2, pp.101~112.
　　〈에쎄닌에 관하여〉,『에쎄닌 시집』1946.5, 전집2, pp.50~61.

8) 〈문단의 파괴와 신문학〉, 앞의 책, pp.10~11.
　　〈시단의 회고와 전망〉,《중앙신문》1945.12.28, 전집2, p.45.
　　〈새 인간의 탄생〉,『백제』1947.2, 전집2, p.86.

9) 〈제7의 고독〉,《조선일보》1939.11.2.~3, 전집2, pp.24~8.
　　〈방황하는 시정신〉,『인문평론』1940.2, 전집2, pp.29~31.

점10)은 그가 매우 일관된 문학관을 지니고 있었다는 점을 방증한다. 이때 그의 문학관을 가장 본질적인 층위에서 이끌고 있던 것은 '상징주의'에의 지향이라 판단된다. 스스로 상징주의 시인으로서 규정한 김소월에 대해 구체적인 천착을 보이고 있는 점이나 조선 시단의 한계와 방향을 '진정한 상징'11)의 문제로 진단하고 있는 점은 그가 가장 적극적인 언술을 펼쳤던 주제가 '상징주의'라는 사실을 말해준다. 오장환은 상징주의가 조선의 당대 현실에 대한 정직한 반응이자 '진정한 상징'의 발견이 그러한 현실에 대한 능동적 극복이라 생각한 것이다.

> 우리가 시를 받아들일 때 피할 수 없는 것은 그 위치이다. 우리는 어떠한 사소한 감정과 정서를 통하여서도 가장 중요한 위치를 돌아보지 않을 수 없다. 더우기 시인들의 입에는 무형의 재갈이 채워져 있을 때, 적어도 그들을 통하여 무엇을 다시금 느끼고 찾으려 하는, 이 땅의 독자에게 있어서는 저절로 어떠한 **상징의 세계**를 구하지 않을 수는 없다.(강조 인용자)12)

소월의 「초혼」을 논하는 자리에서 오장환은 먼저 우리 민족의 역사적 굴레에 대해 환기시킨다. 우리 민족이 처한 '부당한 학정' 아래라면 소월의 「초혼」에서와 같은 '부르짖음'은 민족 공동의 정서요, 그러한 점에서 소월의 시는 가장 '아름다운 시'에 속한다고 오장환은 말한다. 소월의 '애절함' 등으로 향수되는 정서적 시는 '제일 먼저 느끼'게 하여 우리 스스로의 '피압박민족의 운명감'을 깨닫게 하므로 오장환에게 매

---

10) 〈조선시에 있어서의 상징〉,《신천지》 1947.1, 전집2, pp.68~79.
　　〈소월시의 특성〉, 앞의 책, p101~112.
　　〈자아의 형벌〉,《신천지》 1948.1, 전집2, pp.113~121.
11) 〈조선시에 있어서의 상징〉 앞의 책, p.73.
12) 위의 글, p.71.

우 의미있는 부분으로 다가온다. 민족의 운명에 대한 통절한 인식이야
말로 현실을 객관적으로 파악할 수 있는 계기이자 그것을 넘어설 수
있는 방법을 모색할 수 있는 것이라고 오장환은 판단한 듯하다. 그는
소월의 「초혼」과 같은 '애절하고 정열적인' 시를 썼던 1920년대 『백조』
파의 의의에 관해 일정 정도 인정하고 있다.

그러나 중요한 것은 오장환의 지향점이 현실을 환기하고 공감을 끌어
내는 데 주력했던 소위 '낭만주의시'에 그친 것은 아니라는 점이다. 어디
까지나 오장환은 정서적 공감과 유대를 바탕으로 하여 그것으로부터
초월하고 자유를 획득하는 경지에까지 이를 것을 주문하고 있기 때문이
다. 오장환에게 '낭만적' 시는 '견딜 수 없는 식민지 백성으로서의 내면
모색과 정신적 고뇌의 발현'에 해당할 뿐 그 이상은 될 수 없다는 점을
분명히 하고 있다. 이러한 점은 먼저 오장환이 상징의 '역(域)'을 '기분상
징(氣分象徵)'과 '관념상징' 두 부분으로 구분하고 있는 데서 드러나
며,13) 위의 인용글에서처럼 '상징의 세계'란 '구해'야 하는 것, '찾아야

---

13) "『백조』창간 당시 서구 상징파의 영향을 가장 많이 나타냈다고 볼 수 있는
회월과 월탄도 그 작품표현에 있어 기분상징(氣分象徵)(그것도 소시민의 입장
에서)의 역(域)을 벗어나지 못하였고 이때의 가장 위대한 시인 이상화씨도 처음
에는 이들과 같은 경지에서 더 나가지 못하였으나 차차로 그의 정신적인 발전은
관념상징의 역(域)에 이르러 의식적으로 민족적인 운명감과 바른 현실을 튀겨
내려는 노력에까지 나갔다. 그러므로 상화씨의 작품세계가 곧장 경향적인 색채
를 띠게 된 것은 당연한 일이며 또 자기의 테두리를 벗어나 더 큰 안목으로
세상을 보게 된 것은 그 당시 1920년대의 조선적인 현세에 있어서는 문단뿐
아니라 이 땅 정신사 상에 있어서도 큰 혁명적인 사실이었다" (위의 글, p.72)
여기에서 알 수 있듯 오장환은 '상징'의 차원을 구분하고 1920년대 문단의 상징
파를 낮은 차원에 머문 것으로 규정한 반면 이상화의 '관념상징'은 '바른 현실을
튀겨내려 한', 즉 현실과 대결할 수 있는 힘을 지닌 높은 차원의 것으로 평가하고
있다. 그는 이상화의 경우를 '정신사 상의 혁명'이라고까지 하고 있다. 이는
오장환의 '상징주의'가 1920년대의 낭만주의 이상의 것을 염두에 두고 있음을
말해주는 대목이다.

하는' 성질의 것임을 천명한 데에서도 암시된다. 요컨대 오장환에게 '상징'은 1920년대 상징파들이 보였던 세계에서처럼 단선적으로 파악될 수 있는 성질의 것이 아니었다. 1920년대 상징주의 시인들이 현실에 대한 비애를 직정적으로 분출하는 데 그쳤다면 오장환은 그것을 넘어서는 일이 무엇보다도 중요했던 것이다. 그것을 넘어서는 일이란 곧 현실에의 안주가 아니라 현실에 대한 인식과 동시적으로 그리고 계기적으로 전개되는 대결과 극복을 의미한다. 대결과 극복을 위해서는 당연히 강렬한 정신적 에너지가 요구될 것인데, 이 힘에의 지향이야말로 오장환 평문에서 일관되게 만날 수 있던 '생활과 인간'에의 천착과 관련된다. 그가 언제나 '생활'에 근거한 힘과 행동을 주장했던 것[14]이라든가 그의 언술에서 느껴지던 미래지향적 태도[15]는 모두 오장환의 현실 극복의 의지를 드러낸 것이라 할 수 있다. 이때 '상징'은 현실과 대결하고 극복하는 힘의 결집체로서 상정된다.

'상징'이 현실에 대한 대결의 힘이 되는 까닭은 무엇 때문인가?

수사적 차원에서 보았을 때 '상징'은 은유와 달리 언어적 국면을 넘어서는 또 다른 실재에 의해 추동된다. 은유가 제한된 테두리 내에서 단편적 유추에 의해 확정되는 의미역을 지닌다면 상징은 은유와 비교되지 않을 정도의 확장된 정신적 배경 하에 성립된다. 상징은 '다만 그것'을 생각하는 것이 아니라 '그것에 관하여' 생각[16]하고자 하는 만큼 추상적

---

14) 〈『나 사는 곳』의 시절〉, 전집2, p.99.

15) 오장환이 동시대 시인이었던 '백석'에 관해 비평한 글을 읽어보면 그 신랄함에 놀라지 않을 수 없다. 오장환은 '백석'을 '스타일만을 찾는 모더니스트'라 비난하거니와 그러한 비난의 근거에는 가장 주요하게 백석의 과거지향적 태도가 놓여 있음을 알 수 있다. 오장환은 백석을 '동화의 세계'로부터 한발짝도 벗어나지 않은 '마비된' 자아, 무책임한 인물로 묘사한다. 〈백석론〉 앞의 책, p.15.

16) E. Cassirer, *An Essay on Man: An Introduction to a Philosophy of Human*

으로 이해되는 것, 표면적인 현실의 경계를 넘어서서 보다 초월적이고 차원 높은 관념의 세계로 인도하는 것을 의미한다. 실재하는 것과 그렇지 않은 것을 동시에 이원적으로 포함한다[17)]는 점에서 상징은 구조상 대단히 역동적일 뿐 아니라 기능적인 상상력의 체계를 포함하게 된다.

'상징'의 기본 메카니즘이 이러한 까닭에 '상징'은 인간의 삶 속에서 매우 다양하게 활용되어 왔다. 사실상 인류의 문화 전체가 상징이라고 해도 과언이 아닐 만큼 '상징'적 사유는 인간의 본질적인 부분을 구성해 왔다고 할 수 있다. '상징'에 의해 포회되는 관념 세계란 사회적 규범에서부터 꿈과 같은 개인 무의식, 나아가 융이 말한 인류의 원형적 세계까지도 포함하는 광범위한 영역에 걸친다. 융의 표현에 따르면 "상징의 가치는 미지의 영역에 전적으로 속해 있는 어떤 것 또는 장차 속해야 할 어떤 것을 유사성을 통해 해명하고자 하는 시도"[18)]라 할 수 있다.

'상징'이 그 내부에 1:1의 지시 관계를 넘어서서 끊임없이 모호성이 창출되며 의미의 과잉이 넘쳐나는 세계를 품고 있기 때문에 상징은 힘과 형식의 결합이라는 2중 구조를 본질적 성격으로 지닌다.[19)] 즉, 상징에는 의미의 확정을 위한 치열한 긴장 관계가 가로놓여 있으며 이 속에서 무한한 관념세계를 언어로 형식화하는 데 따르는 역동적 힘의 구현이 요구된다. 때문에 상징화된 언어 형식에는 이미 긴장에 의한 에너지가 내장되어 있는 바, 여기에 담긴 힘에 의해 '상징'은 인간의 사유와

Culture(Yale Univ. Press), p.38, 김용직, 상징이란 어떤 것인가, 『상징』(김용직 편), 문학과지성사, 1988, p.29 재인용.

17) 김용직, 위의 글, p.36.

18) 오세정, 『신화·제의·문학』, 제이앤씨, 2007, p.76.

19) Raymond W. Firth, Symbols, *Public and Private*, Cornell Univ. Press, 1973, p.56, 오세정, 앞의 책, p.81 재인용.

행동에 강력한 영향력을 행사하는 동력으로 작용한다. 즉 상징은 수사상의 기교에 한정되는 것이 아니라 그 자체로 힘을 내포한 구조체이자 사상의 실체가 되는 것이다. 상징의 이러한 성격은 오장환이 도모했던 세계와 만나는 부분이다. 오장환이 염두에 두었던 '상징의 세계'란 이처럼 힘을 내장한 것이었다. 오장환은 역동적 긴장을 품고 있는 '상징'이야말로 식민지인의 비참한 정신세계를 극복하게 해주는 방법론인 동시에 근거이자 에너지라고 본 것이다. 그가 〈조선시에 있어서의 상징〉에서 가장 먼저 "이 땅 시인에 있어서의 상징의 역할과 독자에 있어서의 상징의 역할을 이야기하고자 한다"고 말했던 것은 바로 이러한 사실에서 비롯한 것이다.

3. '상징주의'의 실천

오장환이 '상징'을 현실과 대결하고 그것을 넘어서는 힘이자 방법으로 상정한 것은 앞서 언급했듯 상징의 차원을 '기분상징'과 '관념상징'으로 구분한 것과 같은 맥락에 놓인다. 오장환에 의하면 1920년대 상징파의 시들은 일정한 기여에도 불구하고 힘의 내장(內藏) 면에서는 실패한 경우에 해당한다. 반면 이상화의 경향파로의 '변신'은 현실에 적극적으로 대면할 수 있는 거점을 마련했다는 점에서 '기분상징'을 넘어선, 획기적인 일에 속한다.[20]

이러한 관점에서 오장환은 「초혼」에 뒤이어 곧바로 소월의 「무덤」에 대해 소개한다. 「초혼」이 1920년대 상징파들과 다르지 않은 직정적 시

---

20) 각주 13) 참조.

라면 「무덤」은 소월이 '찾은' '어떠한 상징의 세계'를 대변하는 것이라는 관점에서 그리한 것이다. 이 글에서 오장환은 「무덤」에 관한 상세한 분석은 생략하고 있지만 '무덤'이야말로 당시 조선 민족의 현실을 총체적으로 표현한 상징적 이미지이며, 따라서 「무덤」이 당대의 사회적 현실 영역과 대결하는 힘을 지닌 시임을 말하고자 한 듯하다.

이상화나 김소월에게서 어느 정도의 가능성을 발견할 수는 있지만 그러나 오장환은 이들이 본격적으로 '상징의 세계'를 구현하였다고는 보지 않는다. "이 땅의 시인은 누구 하나 상징의 세계의 핵심을 뚫은 이도 없었고 또 이 세계를 형상적으로 완성한 사람은 없다"[21]고 말한 오장환에게 이상화는 '형상화'에 미흡한 채 단지 '관념'의 세계에 발을 디딘 시인으로, 김소월은 불안정한 정서로 말미암아 '정신의 자기세계를 파악하지 못한' 나머지 '깊이를 결한 반항과 자유'에 머문 시인[22]으로 남게 된다. 오장환은 조선의 상징시가 "소위 불란서에서 베를렌느를 거쳐 말라르메가 주장한 형식의 완벽을 위한 심볼리즘이나 혹은 영국의 아더 시몬즈가 보들레르의 영향을 받아 자국내의 세기말의 일파와 행동한 그러한 상징의 세계와도 다른 것은 두말할 것도 없는 것이다"[23]고 하면서 '상징주의'에 관한 엄격한 기준과 내용을 준거로 제시한다. 뿐만 아니라 조선에서는 "상징세계의 필연성과 그 역할을 논의할 기회조차 없었다"[24]고 통렬하게 지적한다.

오장환이 언급한 프랑스 상징주의 두 가지 측면이란 말라르메, 베를렌느, 랭보로 이어지는 시에서의 음악성 추구가 그 한 가지 경향이고

---

21) 〈조선시에 있어서의 상징〉, 앞의 책, p.73.
22) 위의 글, p.72.
23) 위의 글, p.72.
24) 위의 글, p.74.

다른 하나는 보들레르로 대표되는 소위 악마주의를 의미하는 것일 터이다. 전자가 현실세계 너머의 광대하고 보편적인 이상세계를 전제하였다는 점, 또한 이상세계의 애매함과 모호함을 강조하기 위해 시적 형식으로 영상(映像) 및 음악을 도입하였다는 점은 주지의 사실이다. 시에서의 음악성 추구가 결국 랭보에 이르러 전통적인 운과 리듬을 벗어난 산문시로 귀결되었음도 잘 알려진 사실이다. 후자인 보들레르의 '퇴폐적 상징주의' 역시 지금 눈 앞에 보이는 '우울하고 비극적인' 세계 뒤에야말로 천상적이고 성스러운 세계가 존재함을 상정하고 있는 바, 그가 보인 퇴폐성은 그 자체를 위한 것이 아니라 '천국'과 대비되기 위한 '지옥'의 성격을 지니는 것임을 간과해서는 안된다. 즉 보들레르의 퇴폐성은 절망 속에서 희망을 끌어내고 악 속에서 절대 가치를 추출하고자 하였던 '상징적 세계'의 역동적 전이성을 담고 있는 것이다. 그것은 보들레르의 표현대로 "악의 꽃"이라는 변증법적 구도 속에 놓이는 것이다.[25]

오장환은 사실상 프랑스 상징주의의 두 가지 측면 모두를 의도적으로 기획한 듯하다. 오장환의 시에서는 전자와 후자가 조심스럽게 뒤엉켜 있다. 명료한 의미의 가닥이 잡히지 않는 이미지들의 나열, 그리고 행연의 구분을 무화시키려는 산문적 호흡 속에 지금 눈앞에 보이는 현실이 우울하고 암담한 어조로 채색되어 있다는 점에서 그러하다.[26] 또한 현실의 비극성은 '현실'이나 '비극성' 둘 중 어느 항목도 분명하게 그려지지 않는다. 현실은 모호한 장막 속에 갇혀있는 듯 묘사되며 '비극성' 역시 상상이나 환상처럼 제시된다. 오장환의 이와 같은 시적 기법은 그가

---

25) 프랑스 상징주의에 대한 이해는 C. Chadwick, 『상징주의』, 박희진 역, 서울대출판부, 1979, pp.5~26 참조.
26) 이러한 시 창작기법은 물론 해방 전 두 시집에 해당된다.

상징주의의 본질에 당대의 누구보다도 더 가까이 다가가려고 했던 사실을 말해준다. 오장환에게 상징주의는 그가 누차 강조했듯 '필연적'일 만큼 절실했던 것으로 보인다. 상징주의는 식민지 조선이라는 '역사적 환경'에 대한 고통스러운 인식의 공간을 마련할 뿐만 아니라 그것을 넘어서 있는 다른 세계에 대해서도 역시 사유의 공간을 허락해주는 장치가 되었던 것이다. 상징주의를 통해 오장환은 현실을 외면하지 않고 직시할 수 있었고 이 고통스러운 직시의 과정이 그것으로 끝나지 않고 다른 세상을 예비하는 데로까지 나아갈 것이라는 상상을 할 수 있었다. 물론 해방 전 암흑기 속에서 다른 세상에 대한 상상이 명쾌하거나 희망적일 수는 없었을 것이다. 다만 오장환은 모호하고도 느리게, 그러면서도 치열하게 시의 공간을 열어가고자 하였다.

> 어포의 등대는 鬼類의 불처럼 음습하였다. 어두운 밤이면 안개는 비처럼 나렸다. 불빛은 오히려 무서웁게 검은 등대를 튀겨놓는다. 구름에 지워지는 하현달도 한참 자옥한 안개에는 등대처럼 보였다. 돛폭이 충충한 박쥐의 나래처럼 펼쳐 있는 때, 돛폭이 어스름한 해적의 배처럼 어른거릴 때, 뜸 안에서는 고기를 많이 잡은 이나 적게 잡은 이나 함부로 튀전을 뽑았다.
>
> 「魚浦」 전문[27]

> 꽃밭은 번창하였다. 날로 날로 거미집들은 술막처럼 번지었다. 꽃밭을 허황하게 만드는 문명. 거미줄을 새어나가는 향그러운 바람결. 바람결은 머리카락처럼 간지러워…… 부끄럼을 갓 배운 시악시는 젖통이가 능금처럼 익는다. 줄기채 긁어먹는 뭉툭한 버러지. 유행치마 가음처럼 어른거리

---

27) 『城壁』,(『전집1』, 최두석 편, 창작과 비평사, 1989, p.17).

는 나비 나래. 가벼이 꽃포기 속에 묻히는 참벌이. 참벌이들. 닝닝거리는
울음. 꽃밭에서는 끊일 사이없는 교통사고가 생기어났다.

「花園」 전문28)

　　인용시들은 모두 제 1시집 『城壁』에 수록되어 있다. 이들 시를 보면
오장환의 시들은 상당히 상징주의의 기법에 충실했던 것으로 보인다.
시인은 산문시를 통해 명확한 의미의 전달보다는 이미지들의 연속에
의한 모호한 세계를 창출하고 있다. 연달아 이어지는 이미지들은 전체
적인 시의 분위기와 그에 걸맞는 리듬을 환기시킨다. 앞의 시가 '鬼類의
불', '어두운 밤', '안개', '박쥐의 나래' 등의 이미지에 의해 어둡고 우울한
색채를 지닌다면, 또한 그러한 이미지들에 의한 리듬이 느리고 낮은
음을 상기시킨다면 「화원」은 같은 상징주의 기법을 사용하지만 「어포」
와 상당히 다른 어조와 리듬을 전해준다. '번창하는 꽃밭', '술막처럼
번지는', '향그러운 바람결', '간지러움', '능금처럼 익는 시악시의 젖통
이', '줄기채 긁어먹는 뭉툭한 버러지', '유행치마', '어른거리는 나비 나
래', '꽃포기 속에 묻히는 참벌이', '닝닝거리는 울음' 등 「화원」에서 역시
어느 하나 이미지가 아닌 것이 없다. 시인은 관념을 아끼는 대신 정교하
게 이미지들을 길어올리고 있다. 「화원」에서 정교하고 일관되게 빚어
진 이미지들은 차곡차곡 쌓여 맑고 건강한 세계를 창조하고 있다. 이
시에서의 리듬은 이미지와 어울리게 밝고 경쾌하다.29)

---

28) 『城壁』, 위의 책, p.30.
29) C.Chadwick는 보들레르의 시 〈저녁의 하모니(Harmonie du Soir)〉를 분석하면서
　　시의 거의 전부가 지는 해, 사라져가는 꽃의 향기, 의미해지는 바이올린 소리
　　등 일련의 관련성 있는 영상으로 이루어지고 있기 때문에 처음 읽으면 어떤
　　풍경의 단순한 묘사같이 보이지만 마지막 줄에 "너에 대한 나의 기억은 성스러
　　운 사원마냥 반짝인다"가 등장함으로써 이미지가 시인의 감정을 독자도 똑같이

　　더욱 재미있는 것은 오장환이 실천한 상징주의 기법이 보들레르의 그것과 구조적으로 흡사하다는 점이다. 오장환은 산문시를 통해 이미지들을 나열하고 있거니와 독자들은 그들 이미지만으로는 상황에 대한 인식을 쉽게 하지 못하지만 맨 마지막 문장의 진술로 비로소 상황에 대한 파악을 하게 되고 앞의 이미지들이 그러한 상황에 대한 객관적 상관물임을 확인하게 된다. 이러한 기법은 인용한 두 편의 시는 물론이고 오장환의 많은 시들에 나타난다. 계속하여 모호한 이미지들이 나열되다가 마지막에 이르러 관념적 진술이 제시되는 것이다. 때문에 마지막 문장에서 독자는 의식의 전혀 다른 국면으로 전이되는데 이것은 갑자기 모호한 장막이 걷히면서 현실에 대해 의식하게 하는 효과를 가져온다. 그런데 이러한 기법은 바로 보들레르가 즐겨 사용한 시적 구조인 것이다.[30] 이를 보면 오장환이 상징주의 기법을 실천함에 있어 어느 정도로 공을 들였나 짐작할 수 있다.

　　이토록 충실하게 상징주의 기법을 실천한 것을 두고 서구 사조의 수용이라는 측면에서 논의하는 것은 오장환의 경우 별 의미가 없다. 이미 상징주의의 역사적 의미에 대해 절실한 동의가 이루어진 오장환이기 때문에 그에게 남은 문제는 얼마나 철저하게 상징주의를 실천하는가, 얼마나 상징주의를 역사적 힘으로 전환시키는가일 따름이었기 때문이다. 그것이야말로 상징주의의 '핵심'에 해당했던 것이다. 오장환은 상징주의의 내포와 외연을 최대한 정확하게 따르면서 그 속에서 조선의 현실에 적용될 수 있는 새로운 세계를 창조하고자 하였다. 그것이 우리의

느끼게 하려고 쓰여진 '객관적 상관물'이라는 것에 대한 단서를 제공해준다고 말하고 있다. C.Chadwick, 앞의 책, pp.13~4.
30) **각주30 누락**

민족 감정에 부합하는 것이자 조선이라는 공동체의 문화환경에 적합한 것을 의미하는 것[31]임은 물론이다. 그리고 그것을 찾아내는 일이란 오장환에게 현실을 대결할 수 있는 것이 되게 하고 극복가능한 것으로 여기게 하는 계기에 해당되었을 것이다.

4. 모성적 상징 세계

이제 남는 문제는 오장환이 구축하고자 하였던 세계가 무엇인가에 관한 논의로 모아진다. '극도의 메카니즘'[32]이 생활과 향배(向背)[33]를 상실케 함에 따라 번민과 권태에 사로잡힌 오장환이 선택할 수 있는 세계는 무엇이었을까? 상징주의의 '핵심을 뚫으며' 그가 도달하고자 했던 민족 공동의 상징 세계는 무엇이었을까? 그것이 무엇이든 간에 그 세계는 현실과의 긴장 속에서 현실과 쟁투를 벌이며 현실 너머에서 훼손되지 않은 고귀함을 간직한 그것이어야만 했다. 그것은 부재한다는 점에서 아련하지만 그러나 상상력의 힘에 의해 현존할 수 있다는 점에서 충만하다. 부재하는 까닭에 아득하게 상상되지만 상상되므로 충일함으로 가득 차오르는 힘의 역동성을 상징적 상상력은 간직하고 있다.[34]

---

31) 〈조선시에 있어서의 상징〉, 앞의 책, p.75.
32) 〈방황하는 시정신〉, 앞의 책, p.29.
33) 〈八等雜文〉, 《조선일보》 1940.7.20~25, 『전집2』, 창작과 비평사, 1989, p.35.
34) 질베르 뒤랑은 상징주의 운동이 과학적 진보주의 이데올로기에 의해 침윤된 세계가 더 이상 해소할 수 없는 포화상태에 이르렀을 때 이와 대척할 수 있는 사유의 한 양상으로 등장한 것으로 본다. 곧 상징주의 운동은 서구의 과학 정신에 의해 비롯된 실증주의, 진보주의, 합리주의, 실용주의에 대한 상상력의 복원 운동이라는 것이다. 이 둘은 서로 대립하는 사유의 두 가지 형태로서 후자, 즉 상징화를 본질로 하는 상상력은 인류의 보다 더 오래되고 근원적인 사유방식

부재와 충만이라는 이중성은 곧 상징의 존재이유이자 기능이라 할 수 있다. 다시말해 부재와 충만의 이중성을 감당하는 장치는 곧 상징이 되는 것이다. 오장환의 시에 편만해 있는 이미지와 상징은 이러한 관점에서 고찰될 수 있는바, 이때의 이미지와 상징들이 궁극적으로 어디에 연원을 두고 있는지를 확인하는 작업이 우리의 목표가 된다.

> 나요. 오장환이요. 나의 곁을 스치는 것은, 그대가 아니요. 검은 먹구렁이요. 당신이요.
> 외양조차 날 닮었드면 얼마나 기쁘고 또한 신용하리요.
> 이야기를 들리요. 이야길 들리요.
> 비명조차 숨기는 이는 그대요. 그대의 동족뿐이요.
> 그대의 피는 거멓다지요. 붉지를 않고 거멓다지요.
> 음부 마리아 모양, 집시 계집애 모양,
>
> 당신이요. 충충한 아구리에 까만 열매를 물고 이브의 뒤를 따른 것은 그대 사탄이요.
> 차디찬 몸으로 친친이 날 감어주시요. 나요. 카인의 末裔요. 병든 시인이요. 罰이요. 아버지도 어머니도 능금을 따먹고 날 낳었소.
>
> 기생충이요. 추억이요. 독한 버섯들이요.
> 다릿한 꿈이요. 번뇌요. 아름다운 뉘우침이요.
> 손발조차 가는 몸에 숨기고, 내 뒤를 쫓는 것은 그대 아니요. 두엄자리에 半死한 占星師, 나의 예감이요. 당신이요.
>
> 견딜 수 없는 것은 낼룽대는 혓바닥이요. 서릿발 같은 면도날이요.

이라 칭한다. 『신화비평과 신화분석』(유평근 역), 살림, 1998, pp.25~45.

괴로움이요. 괴로움이요. 피 흐르는 시인에게 理智의 프리즘은 현기로웁소

어른거리는 무지개 속에, 손꾸락을 보시요. 주먹을 보시요.

남빛이요— 빨갱이요. 잿빛이요. 잿빛이요. 빨갱이요.

「不吉한 노래」 전문35)

　　제 2시집『獻詞』에 수록된 위의 시는 '오장환'이라는 실명을 거론하며 '나'의 존재에 관한 질문을 던진다는 점에서 관심을 끈다. 자신의 존재론에 관해 암시하고 있는 까닭에 이 시는 오장환 시인의 정신세계에 진입하기 위한 '문(門)'과 같은 역할을 한다고 판단된다. 위 시에 두드러지게 나타나는 시적 의장은 예의 상징주의 기법이다. 시에는 처음부터 끝까지 어김없는 이미지의 유로(流路)가 이어져 있다. '나의 곁을 스치는'의 감각적 이미지는 '검은 먹구렁'과 부드럽게 조화한다. '검은 먹구렁'은 지금의 '내' 곁에 현존한다. '이야기를 들리요. 이야길 들리요'가 일으키는 묘한 울림에 귀를 기울인다면 시인이 독자를 '불길한 노래'가 연원하였던 아득한 시원의 공간으로 인도해가고자 함을 느낄 수 있을 것이다. 시의 배경은 바로 인류의 창세 신화에까지 거슬러 올라간다. '기생충', '독한 버섯', '다릿한 꿈', '번뇌'로 이어지는 이미지의 연속은 인류에게 원죄를 안겨주었던 '뱀'의 혐오스럽고 증오서린 실체를　　드러내는 역할을 한다. 사탄으로서의 '뱀'은 시인의 형상화에 의해 그 실재를 생생하게 현존시키는 것이다. 그러나 시인은 '뱀'의 실체를 의심할 바 없는 부정적 이미지로만 채색하지 않는다. '기생충'과 '독한 버섯들' 사이에 '추억'이라는 아름다운 이미지, 혹은 '다릿한 꿈'과 '번뇌'와 같은 혼돈의 이미지 직후에 '아름다운 뉘우침'이라는 긍정적 이미지가 가로지르는

---

35)『獻詞』, 앞의 책, p.69~70.

것은 우연이 아니다. 시인은 '뱀'을 단선적으로 채색하는 대신 복합적으로 처리함으로써 이미지를 모호하게 교란시킨다. 애매모호한 이미지 속에 감싸인 '뱀'은 이브를 악의 구렁텅이에 빠트린 원흉으로서의 단일한 존재성을 부여받지 않는다. '뱀'은 보다 복합적인 의미망 속에 놓이는 존재인 것이다. 이어지는 4연에서의 이미지는 그러한 '뱀'의 성격을 한층 더 구체화시킨다. 뱀의 '낼룽대는 혓바닥'을 과연 감언이설로 이브를 유혹하던 교활한 존재의 상징으로 볼 수 있을까? 시인은 '뱀'을 곧바로 지혜의 상징36)으로 전환시킨다. '혓바닥'은 '서릿발 같은 면도날'이 되고 '理智의 프리즘'이 되는 것이다. 곧 '뱀'은 진실을 알고자 몸부림치는 고뇌하는 시인에게 통절한 깨달음을 주는 진리의 전달자에 속한다.

그렇다면 '뱀'과 결탁했던 이브는 어떤 존재인가? 인류의 어머니이지만 기독교의 창세 신화에 의해 여성의 타락성을 증명하는 존재가 되었던 이브는 대대손손 여성에게 수치스러움의 굴레를 씌워준 장본인에 해당한다. 이브에 의해 인류는 에덴 동산에서 추방되었으며 그 죄를 남편에게로 자식에게로까지 확산시키는 역할을 한 존재이다. 이브에 의해 남성과 여성 모두의 인류는 원죄를 짊어지고 사는 숙명의 길을 걸어야 했고, 이브에 의해 여성은 유사 이래 내내 천대받고 핍박받는 존재가 되지 않았는가. '음부 마리아', '집시의 계집애'와 같은 비하의 이미지는 이러한 역사에 대한 생생한 표현이라 할 수 있다. 또한 이러한 인간의 숙명이 예수의 재림과 십자가 대속에 의해서 비로소 해소될 수 있다는 이야기야말로 기독교가 유포한 남성중심의 신화인 것은 주지의

---

36) '뱀'이 지혜로운 동물이자 여성을 상징하였다는 사실은 오랜 고대 신화에 자주 등장하는 이야기다. 남성중심의 기독교 신화가 확산되기 이전 뱀은 여신 숭배 신화 속에서 지혜와 힘을 상징하는 여성의 이미지로 발견되곤 하였다. 여신 숭배 신화에 관해서는 버나드 리테어, 『돈, 그 영혼과 진실』, 참솔, 2004 참조.

사실이다.

　그러나 오장환은 이러한 기독교의 논리를 따르지 않는다. 이브를 둘러싼 창세신화를 오장환이 어떻게 전환시키는가를 살펴보는 일은 대단히 흥미로운데, 오장환은 먼저 기독교의 그러한 사실을 '풍문' 정도로 처리하고 있음을 알 수 있다. 1연의 '들리는 이야기'가 그러함을 말해주고 있으며 "그대의 피는 거멓다지요, 붉지를 않고 거멓다지요"하는 문체가 그러한 사실들이 '전해지는 이야기', '떠도는 이야기'에 불과하다는 점을 암시한다. 뿐만 아니라 오장환은 이브를 '사탄'의 꾀임에 넘어간 수동적 존재로 그리는 대신 '사탄'을 추종케 한 주체적 인물로 변환시킨다. 시인은 "충충한 아구리에 까만 열매를 물고 이브의 뒤를 따른 것은 그대 사탄이요"라고 분명하게 언급하는 것이다. 오장환에 의해 이브는 지혜로운 '뱀'과 더불어 진리를 깨달은 이로서 당당하게 인간에게 주어진 한계와 조건을 인식하고 받아들였던 주체적이고 능동적인 인물이 된다. 상황이 그러하다면 이브에 의해 태어난 '나' 역시 이러한 이브의 존재성을 거부할 리 없다. 그것이 '벌'이고 '병든 시인'일지라도 '나'는 '뱀'의 '차디찬 몸으로 친친이 감'기길 원한다. 즉 '나'는 기독교 신화에 순응하는 존재가 아닌 그것에 거부하고 진리에 눈을 여는 '카인의 末裔'이고자 하는 것이다.

　기독교 신화를 다루되 그것을 부정하고 있는 「불길한 노래」는 오장환의 시세계에서 매우 중요한 부분을 차지한다. 그것은 여성을 부정적으로 규정하는 오래된 신화를 부정함으로써 자기를 낳아준 어머니를 긍정하고 나아가 오장환 스스로의 존재를 어머니의 계보에 잇는다는 점에서 그러하다.[37] 「불길한 노래」는 자기 자신에 대한 존재론인 동시

---

37) 오장환이 모성을 긍정하고 모성에 준거하는 계보를 정립하고자 하는 것을 서술

에 여성으로서의 어머니에 대한 존재론이기도 한 것이다. 3시집『나 사는 곳』에 이르러 결국 '고향'을 발견하고 '어머니'의 사랑과 대면하는 일 또한「불길한 노래」의 귀결이자 한 형태다.[38] 오장환의 시세계 가운데 안정된 서정성을 드러냄으로써 비교적 완성된 면모를 구축하고 있는 3시집은 기실 초기시집에 이미 씨앗을 내장하고 있었음을 알 수 있게 하는 대목이다. 그러나 위의 시에서도 살펴볼 수 있었듯 오장환에게 '어머니'가 살고 계신 '고향'에 돌아가는 일, 모성을 긍정하고 그것의 숭고함을 확인하는 일은 저절로 주어질 수 없는 일이었다. 그것은 자기 존재를 건 치열한 고뇌와 '피흘리는' 투쟁에 의해 얻어낼 수 있는 인식이다. 흔히 단정짓듯 모성은 그 자체로 신성한 것이 아니다. 가부장적 남성 중심의 역사가 지속되어 온 그만큼 모성은 가장 직접적으로 훼손된 영역에 속한다. 따라서 문명사에서 모성의 신성함을 확인하려면 험난한 투쟁을 거쳐야 가능하다. 이러한 관점에 서면「불길한 노래」는 모성의 신성성을 회복하기 위해 오장환이 벌인 투쟁의 시들 가운데 하나라 할 수 있다.

이상의 고찰에 의하면 오장환에게 모성은 시인 자신의 존재론을 구축하기 위한 가장 본질적인 범주에 속한다는 사실을 짐작할 있게 된다.

이라는 그의 출생과 관련시켜 이해해봄직하다. 조선과 같은 유교적 가부장제가 뿌리깊이 박힌 사회에서 서자출신이 겪어야 했을 고통과 불이익은 상상을 초월하는 것이었다. 최두석은 시「城壁」과「성씨보」에 묘사된 '보수에의 혐오'를 서출인 오장환의 내면적 갈등에서 비롯된 것으로 해석한 바 있거니와〈오장환의 시적편력과 진보주의〉,『전집2』해설, 앞의 책, p.184~6) 이와 마찬가지로 오장환에게 '모성에의 긍정'은 자신을 방황 속에 몰아넣었던 아버지 중심의 사회, 남성 중심의 사회에 대한 반작용으로 파악할 수 있다.

38) 오장환의 시세계에서 '어머니'와 '고향'의 중요성을 강조한 논문으로 송기한의 앞의 논문 참조할 수 있다. 송기한은 "오장환이 전통의 부정과 이의 극복을 위해 근대적인 곳으로서의 항구를 동경하고 방랑했어도 고향과 어머니는 그의 정신적 지주였다"고 주장한다. 앞의 논문, p.323.

그리고 그것이 실존의 근원과 관련된다는 점에서 오장환이 추구하고자 하였던 '상징의 세계'가 결국 '모성'에 그 지향점을 두고 있는 것이 아닌가하는 질문 역시 해볼 수 있을 것이다. 실제로 제1시집과 제2시집에 등장한 이미지들 가운데 여성성을 환기시키는 부분이 상당량 된다는 점은 이러한 가설을 의미있게 한다. 「月香九天曲」, 「溫泉地」, 「賣淫婦」, 「海獸」에 형상화되고 있는 훼손된 여성 이미지의 노출, 「海港圖」, 「漁浦」, 「海獸」, 「영원한 歸鄕」, 「나폴리의 浮浪者」 등의 시에서 보이는 '바다'라는 여성 상징의 전경화, 「花園」, 「싸느란 花壇」에서의 '정원' 이미지, 2시집의 표제시라 할 수 있는 「獻詞 Artemis」가 여신을 소재로 하고 있다는 점 등은 오장환이 추구한 궁극의 세계가 '모성'에 닿아있다는 사실을 지지해준다.

물론 이들 시가 모두 긍정적 여성 이미지를 제시하고 있는 것은 아니거니와 오장환은 여성을 둘러싼 여러 이미지들을 형상화하면서 그 이면에 감춰져 있는 궁극의 신성하고 건강한 여성 이미지를 구해내려 하였다. 시들에서 발산되는 여성의 여러 이미지들은 다양한 색채로 채색되면서 서로 혼합되기도 하고 분리되기도 한다. 때로는 가장 어둡고 비애서린 이미지가 있는가 하면 때로는 눈부시게 빛나는 이미지도 있다. 예컨대 「賣淫婦」가 자본주의 문명에 의해 가장 심하게 훼손된 여성성을 암시한다면 앞의 절에서 다루었던 「花園」은 자연의 가장 충만한 생명성을 포회한 여성성을 상징한다. 오장환은 이 모두를 가감없이 포용하면서 궁극의 세계를 향한 자신의 행보를 멈추지 않는다. 이 과정에서 오장환은 끈질기고 치열한 투쟁을 전개해나간다. 진정한 모성에의 회복과 긍정은 이후의 일에 해당되거니와 이때 발견된 모성은 상처입고 지친 자아, 고뇌와 번민으로 병든 자아를 가장 큰 생명의 힘으로 치유해주는 세계 전체가 될 것이다. 제3시집의 「초봄의 노래」, 「다시 美堂里」, 「絶頂의 노래」, 「비둘기 내 어깨에 앉으라」, 「노래」, 「山峽의 노래」 등의 시편들은 모두 이러한 세계에 대한 형상화라 할 수 있다.

5. 오장환의 시와 상징주의

본고는 오장환에게 '상징주의'가 어떠한 의미를 지니고 있었는가를 고찰하는 데 목표를 두고 있다. 오장환에게 '상징주의'는 조선의 문단에서 한 시기 유행하다 사라졌던 문예사조의 하나였다는 차원에 놓이지 않는다. 오장환은 '상징주의'가 그의 존재를 정립하고 민족의 운명을 극복하도록 해주는 방법이 될 수 있다고 여겼던 바, 이는 오장환이 '상징주의'를 '사상(思想)'의 차원에서 받아들였음을 의미하는 것이다. 더욱이 이 사상으로서의 '상징주의'는 해방후 오장환이 '문학가동맹원'으로서 행동할 때에도 운위되던 것이었다. 말하자면 '상징주의'는 '사회주의'라는 이념보다도 더 높은 수위에서 오장환을 존재케 했던 동력이라 할 수 있다.

따라서 본고는 오장환에게 사상으로서의 '상징주의'가 어떻게 가동되고 있는가를 면밀히 탐색하는 데 주력하였다. 우선 평문을 통해 오장환의 '상징주의'에 대한 관점이 어떠하였는가를 살펴보았으며, 그러한 '상징주의'가 오장환을 어떻게 추동시키고 생을 초월하게 하였는가를 프랑스 상징주의자들과 대비시키며 확인했고, 오장환이 '상징주의'를 기법과 내용 면에서 어떻게 실천해 갔는가를 시 작품의 분석을 통해 고찰해 보았다.

'상징주의'는 현실 저편의 궁극적 이상세계를 설정하는 장치로 기능하는 까닭에 오장환은 '상징주의'를 통해 식민지 현실을 극복하고 식민지인으로서의 고통을 감내하고자 하였던 것으로 보인다. 이러한 시인의 의지는 분명 시의 창작방법론으로 구현되기 마련인데 오장환이 보여주었던 이미지와 상징들은 바로 현실과 현실 너머를 동시적 긴장으로 매개시킴으로써 현실을 직시하고 넘어서게 하는 장(場)으로 자리매김된다. 특히 오장환이 상당량 제시한 여성적 이미지, 여성 상징들은 그가 추구한 상징의 내용이 궁극의 여성성, 훼손되지 않은 채 건강함과 신성함을 보유하고 있는 여성성, 즉 모성에 닿아있다는 사실을 짐작케 해준다.

시적 발생의 미시공간적 특질
- 윤동주론

1. 윤동주 시의 출발

윤동주는 우리에게 신화처럼 존재하는 신비로운 인물이다. 28세의 젊은 나이에 일제의 형무소에서 옥사하였다는 점, 일제에 의해 생체실험을 당했다는 점, 뚜렷한 정치적 행적 없이 사상범으로 몰려 죽음에 이른 안타까움, 전향과 친일로 혼탁했던 문단에 주옥같은 시를 남겼다는 점 등은 그를 비극적이면서도 숭고한 인물로 부각시켰다. 부조리한 상황 아래 당한 어이없는 죽음은 그의 시를 더욱 애절하고 찬란하게 해주었고 그를 암흑기를 빛내준 저항시인으로 명명하는 데 주저함이 없도록 한 것이 사실이다.

순수한 시와 비극적 죽음, 이 두 요소가 지닌 강력한 아우라는 윤동주에 관한 고유한 평가를 낳는 데 기여한다. 그 중 대표적인 것이 '순수시인', '저항시인'이라는 평가이다. 이때 이들 평가는 윤동주를 둘러싼 아우라에 의한 것으로서 본래 개념을 넘어 적용되고 있다는 것을 알 수 있다. 윤동주에 대해 내려지는 '순수시인', '저항시인'은 언어 사용의 방식과 관련된 개념인 '순수'라든가 정치적 행적과 관련된 '저항'이라는 개념을 넘어서서 절대 지평의 의미를 내포하는 것이기 때문이다.

그러나 사실상 윤동주를 표현하는 대표적인 이들 명명은 서로 모순되고 애매모호하다는 문제점을 지닌다. 이들 용어가 사용되는 맥락이 초월적 의미망이라는 점을 감안하더라도 '순수성'과 '저항성'이란 서로 대립되는 개념이기 때문이다. 실제로 특정한 정치 행적 없는 윤동주가 사상범으로 체포되었다는 사실은 일본 군국주의의 잔혹함을 증거할지언정 그가 저항시인으로 자리매김되는 데에는 무리가 있다.[1] 살아있을 때 시를 발표하지도 않았을 뿐만 아니라 적극적 정치 행적의 미흡이라는 정황[2]은 엄밀히 말해 그의 저항성이 윤동주 본인으로부터가 아니라 일본 군국주의라는 배경으로부터 비롯된 것임을 의미한다.[3] 윤동주가 저항시인으로 불리는 것이 필연적 맥락이기보다는 우연적 조건에 의한 것이었다고 해도 강하게 반박할 수 없다는 문제점이 여기에 있다.

윤동주에 관한 명명이 이처럼 모순되고 애매하게 이루어지는 데에는 윤동주에 관한 평가의 관점이 시로부터 비롯되기보다는 주로 주변적

---

1) 오세영은 저항시란 당시의 정치 상황에 영향을 미치는 실천력을 확보할 때 부여될 수 있는 명칭임을 말하면서 윤동주를 저항시인이라 보는 관점의 문제점을 지적한 바 있다. 「윤동주의 시는 저항시인가?」, 『20세기 한국시인론』, 월인, 2005, pp.9-27.
2) 위의 글, pp.11-4.
3) 이는 논리적 차원에서만 아니라 오히려 실제 현실에서 지지되는 점이다. 윤동주의 저항성은 군국주의 국가인 일본의 사상적 맥락 속에서 의미를 띨 뿐이다. 가해자 일제라는 배경이 있을 때 윤동주 고유의 '부끄러움의 미학'이 더욱 빛나기 때문이다. 윤동주의 '부끄러움의 미학'은 제국주의자의 시각에서 볼 때 그 저항성이 성립된다는 것이다. '저항'이란 정치적 맥락 속에서 승인되는 개념이므로 식민지 지식인으로서 '부끄러움의 미학'을 구현하였다면 그것은 이미 저항이 아니다. 다시 말해 '부끄러움의 미학'은 일본 지식인의 관점이지 식민지인의 그것일 수는 없다. 윤동주가 특히 일본 지식인들 사이에서 칭송된다는 사실은 그가 저항시인이라 불리는 의미와 맥락을 다시 한 번 되짚게 한다.

요소들에 의해 형성되었다는 점이 크게 작용한다. 그러나 주변적 요소에 천착할 경우 윤동주에 대한 이해는 피상성을 극복하지 못할 것이며 윤동주를 둘러싸고 있는 신비성의 아우라는 그의 시를 객관적이고 깊이 있게 인식하는 데 장애가 될 뿐이다. 이는 윤동주의 시를 제한된 인식틀 안에서 부분적이고 선택적으로 다루게 하는 경향을 가져오기 때문이다.

이러한 문제를 고려할 때 윤동주의 시 전편을 아우르는 이론적 시각을 확보하는 일이 시급하다고 판단된다. 이때 예술적 완성도가 낮은 작은 시 한 편이라도 윤동주의 실존을 이해하는 데 귀중한 자료가 된다는 점을 놓쳐서는 안 될 것이다. 시인으로서 살 수 있었던 충분한 시간이 부재하였으므로 시적 자료 면에서 다소 부족한 윤동주의 경우 여느 시인들에게 적용할 수 있는 미학적 방법론으로 그의 시에 접근한다면 큰 성과를 얻기 힘들다. 시단에 유행했던 특정 사조라든가 이념을 적용하는 것이 용이치 않다는 점도 윤동주에 관한 연구를 어렵게 하는 요인이라 할 수 있다. 윤동주가 우리 시단에서 외로운 섬처럼 여겨지는 것도 이 때문이다.[4] 시단에서 유리되어 있었던 만큼 윤동주의 시는 프로적이기보다는 아마추어적 성격을 지닌다. 이러한 점을 고려한다면 윤동주를 이해하는 데 무엇보다 중요한 것은 완성도 높고 세련된 시들이 지닌 가치 못지않게 그가 남긴 작은 흔적들의 비중을 인정하는 일이다.

습작기 시절의 시들을 포함하여 동시 및 소품에 해당되는 시들을 모두 포함하는 이해의 틀을 확보하기 위해 우선 시들이 어떻게 생성되는가 하는 발생학적 지점을 탐색해보고자 한다. 이는 윤동주의 내적 의식을 중점으로 하여 이루어져 왔던 기존 논의들과 구별되는 것으로서 시 자체의 현상에 초점을 둔다는 특징이 있다. 이를 위해 윤동주의 전체적

---

4) 김윤식, 「윤동주론」, 『한국현대시론비판』, 일지사, 1975, p.80.

시들이 보여주고 있는 구조상의 특질은 무엇이고 이러한 특질들이 빚어질 수 있던 요인이 무엇인가를 탐구하는 작업이 이루어질 것인데, 이 과정에서 전체 시들을 일정하게 특질화시키는 원리가 드러날 것이다. 그리고 그 원리는 윤리나 주제와 같은 의식의 차원에 놓이는 것이라기보다 물리적이고 객관적인 차원의 문제가 될 것인 바, 이를 공간발생학5)적 조건이라 부를 수 있다. 이에 대한 고찰은 윤동주의 시를 하나의 원리로써 설명하는 데 유용할 뿐 아니라 궁극적으로 윤동주에게 아직 미해결로 남아있는 문제인 '천체미학'6)의 일단을 해명하는 데 기여할 것으로 보인다.

2. 문체적 특징과 공간성

언어미학적 측면에서 볼 때 윤동주 시는 시적 의장이 극도로 빈약하다는 특질을 지닌다. 기이하게도 그의 시에는 비유나 상징 등의 기교가

---

5) '공간'의 개념은 추상적이면서도 동시에 물리적인 개념이다. 이는 인식을 형성하는 틀이 된다는 점에서 추상적이지만 사물의 존재 방식을 결정짓는 물질이라는 점에서 물리적이기도 하다. 공간은 스스로 실재함으로써 사물을 존재케 하는 배경이 된다. 사물은 스스로 존재하지 않고 공간 내에서 공간의 영향력 아래 존재한다. 공간과 사물이 그러한 관계 하에 있기 때문에 사물의 형상은 우리에게 공간에 대한 정보를 제공한다. 주의할 점은 사물이 보이는 차원과 그것이 놓여 있는 차원은 항상 일치하지는 않는다는 사실이다. 보이는 사물은 사물에 대한 모든 정보를 말해주지 않는다. 사물의 보임은 실재하는 공간 속에서 보이는 차원으로의 투영에 불과하다. 때문에 보이는 사물은 보이는 것만으로써가 아니라 그 이상의 어떤 것으로서 상상되어야 한다. 이것이 사물의 전체에 대한 객관적인 정보를 제공한다. 윤동주의 시가 지니는 고유한 특질은 사물의 배후에서 사물을 더욱 완전하게 해주는 공간을 상정케 해준다. 이 배후의 공간이 어떠한 성격을 지니는가를 탐구하는 일이 이 글의 목표가 될 것이다.
6) '천체미학'에 대한 문제제기는 김윤식의 앞의 책, p.90에서 이루어진 바 있다.

거의 없다. 간혹 눈에 띄는 의장은 사은유(死隱喩)에 가까울 만큼 관습적인 것이다. 그리고 그러한 의장들은 거의 대부분 기독교적 자양 안에서 성립되는 것임을 알 수 있다. 조부가 교회의 장로였고 유아세례를 받을 정도로 안정된 기독교 집안 태생이었으므로 윤동주에게 성경이 늘 함께 호흡하는 교양의 기반이 되었으리라는 점은 쉽게 유추할 수 있다. 다시 말해 윤동주 시에 나타나 있는 시적 의장이라 하면 성경의 범위 안에서 접할 수 있는 정도의 단순한 층위에 속하는 것이다. 이를 제외하면 그의 시는 장식이 거의 배제된 채 직접적 진술로 이루어져 있다. 그의 시를 두고 고백적 일기체라 언급하는 것도 이와 관련된다.

별다른 의장 없이 진술의 문체로 구성되고 있는 시는 그의 대표시 「서시」라든가 「별헤는 밤」, 「참회록」을 비롯하여 동시에 이르기까지 대부분 시의 특질을 이루고 있다. 윤동주는 소재를 달리하여 각각의 시적 대상을 같은 방식으로 처리하고 있다. 대상을 가공하여 미학적 구조물을 직조하려 하는 대부분의 시인들이 보여주는 기교에의 노력은 윤동주의 시에서 찾아보기 힘들다. 대상이 환기하는 감각적 이미지라든가 연상되는 유추적 속성, 숨겨진 관념이나 사상 제시 등속의 조형적 시도가 그의 시에는 잘 나타나지 않는다는 점이다. 요컨대 그의 시는 단조로울 만큼 단순하다. 어쩌면 그의 시는 스스로 고백하였듯이 "쉽게 쓰여졌"(「쉽게 씌어진 시」)던 듯하다.

그의 시가 보여주는 이러한 특징은 연구자들을 당황하게 한다. 시에 관한 분석과 비평은 시적 의장들의 뒤에 놓인 비의들 사이를 누비면서 그들 사이를 가로지르는 논리를 찾아내는일에 다름 아니기 때문이다. 암호처럼 되어 있는 의장들의 숨겨진 의미들에 새로운 논리를 부여함으로써 연구는 풍성해지고 다양해진다. 연구자들은 암호를 해독하듯 감춰진 의미를 벗겨내어 편편의 시들을 엮어가면서 시인이 지니고 있던 내면의 풍경을 스토리텔링한다. 그것은 퍼즐맞추기처럼 흥미진진하면서 자기만족적인 일이 된다.

그러나 윤동주의 시는 이미 다 제시되어 있는 형국이다. 그는 비유를 통해 뜻을 숨겨 놓는 대신 직설적 언표로 그것을 모두 드러낸다. 근대 시학이 발전시킨 세련된 미적 기법들 대신 그는 소박한 언어로 단지 시라 할 만큼의 행과 연을 가르고 있다. 그 속에서 시어들은 평범하고 문장들은 어눌하게 제시될 뿐이다. 시들 가운데 주제적 의미를 강하게 드러내는 것은 연구자들의 분석이 집중적으로 이루어지고 있는 소수의 몇 편에 불과하며 나머지의 시들은 습작기의 그것이라 할 정도로 소품에 해당한다.

바람이 어디로부터 불어와
어디로 불려가는 것일까,

바람이 부는데
내 괴로움에는 이유가 없다.

내 괴로움에는 이유가 없을까,

단 한 여자를 사랑한 일도 없다.
시대를 슬퍼한 일도 없다.

바람이 자꾸 부는데
내 발이 반석 위에 섰다.

강물이 자꾸 흐르는데
내 발이 언덕 위에 섰다.
　　　　「바람이 불어」 전문7)

불꺼진 火독을
안고 도는 겨울밤은 깊었다.

재만 남은 가슴이
문풍지 소리에 떤다.
　　　　「가슴2」 전문

　위의 두 편의 시들은 같은 방법으로 창작되었다. '바람'과 '겨울밤'이 각 시에 등장하는 소재들로서 시적 화자는 이들 시적 대상들을 가볍게 소환하고 있음을 알 수 있다. 가령 '바람이 분다', '겨울밤이 깊다' 정도가 그것이다. 이들 소환된 대상들에 시인이 깊은 의미를 부여한다거나 특정한 논리를 엮어내지 않는다는 것은 "바람이 부는데/ 내 괴로움에는 이유가 없다"라는 진술에서 읽을 수 있다. 그저 '바람은 부는' 것일 따름인 셈이다. '바람'과 '겨울밤'은 시적 자아의 의미화와 상관없이 자체로 오롯이 존재할 뿐이다. 시인이 "단 한 여자를 사랑한 일도 없다./ 시대를 슬퍼한 일도 없다."라고 말하면서 '바람'과 시적 자아 사이에 유추의 고리가 없음을 새삼 강조하는데, 여기에 이르면 시 창작의 의도가 무엇인지 의아해지는 정도가 된다. 말하자면 '바람'이나 '겨울밤'은 의미의 추출을 위해 시인이 축조한 비유어가 아니라는 점이다. 굳이 기교라 할 만한 것이 있다면 "바람이 자꾸 부는데/ 내 발이 반석 위에 섰다."에서처

____

7) 시는 시선집 『하늘과 바람과 별과 시』(미래사, 1991)에서 인용함.

럼 '바람'과 '나'의 위치를 대비시켰다는 점 내지 「가슴2」에서처럼 '火독'에서부터 '재만 남은 가슴'으로 유추되고 있다는 점을 들 수 있다. 요컨대 윤동주에게 소재들은 시적 자아와 복잡한 구조물로 뒤엉켜 있지 않은 것으로서 단지 대상화되는 차원에서 처리되고 있을 뿐임을 알 수 있다. 이러한 점은 대표작에 속하는 「病院」의 경우에도 적용될 수 있다.

살구나무 그늘로 얼굴을 가리고, 병원 뒤뜰에 누워, 젊은 여자가 흰옷 아래로 하얀 다리를 드러내놓고 일광욕을 한다. 한나절이 기울도록 가슴을 앓는다는 이 여자를 찾아오는 이, 나비 한 마리도 없다. 슬프지도 않은 살구나무 가지에는 바람조차 없다.

나도 모를 아픔을 오래 참다 처음으로 이곳에 찾아왔다. 그러나 나의 늙은 의사는 젊은이의 병을 모른다. 나한테는 병이 없다고 한다. 이 지나친 시련, 이 지나친 피로, 나는 성내서는 안 된다.

여자는 자리에서 일어나 옷깃을 여미고 화단에서 금잔화 한 포기를 따 가슴에 꽂고 병실 안으로 사라진다. 나는 그 여자의 건강이—아니 내 건강도 속히 회복되기를 바라며 그가 누웠던 자리에 누워본다.

「病院」 전문

「病院」은 생전에 윤동주가 19편의 자선시집을 내려하였을 때 표제시로 삼으려 하였던 시이다.[8] 윤동주는 시집 제목을 '병원'으로 하려다가 '하늘과 바람과 별과 시'로 바꿨다고 한다. '병원'을 시집 제목으로 하였다면 '병원'은 조선의 현실을 암시하는 상징어의 수준으로 격상되었을

---

8) 권일송 편저, 『윤동주시집』, 청목문화사, 1986, pp.77-8.

것이다. 그러나 윤동주는 그렇게 하지 않았고 '병원'은 위의 시 「병원」
에 나타나 있듯 일차적 진술의 차원에 놓이는 대상이 된다. 위의 시를
보면 시인이 '병원'을 결코 암시적으로 사용하지 않고 있음을 알 수 있
다. '병원'은 단순히 시적 대상일 뿐이고 화자는 병원에서 본 대상들을
단순히 섬세하고 따뜻하게 묘사하고 있는 것이다. 시의 중심 소재인
'병든 여인'은 대상화되어 처리되는 수준을 넘어서 있지 않다. 대상화되
어 있다고 하지만 흔히 이미지즘의 주된 기제였던 이미지화에의 의도도
강하게 느껴지지 않는다. 시인은 대상을 의장화하지 않은 채 직설적으
로 진술하고 있는 셈이다.

앞서 분석한 시들에서도 그러하였지만 이 시에서 역시 이후 언급되는
소재는 시적 자아 '나'이다. '나' 또한 '병원'을 찾은 환자로서 시인은 '나'
에 관한 용태를 진술한다. 오래 참다 왔다는 것, 의사의 진단에 의하면
'병이 없다'는 것, 시련과 피로가 지나칠 정도라는 것, 성내서는 안 된다
는 것 등이 논리적 연결이나 감정적 해명 없이 시간 순대로 모자이크되
듯 이어지고 있다. 이들 일련의 사실들 사이에 어떠한 의미의 연관성을
맺고 싶은 것인지 화자는 말하지 않는다. 단지 사실들만이 직설적으로
언표되어 있을 따름인 것이다. 마지막 연에 이르러서도 시인의 직설법
은 그대로 이어진다. 화자는 '나는 그 여자의 건강이--아니 내 건강도
속히 회복되기를 바란다'고 말하고 있다. 다만 '그가 누웠던 자리에 누워
본다'고 함으로써 두 대상 '병든 여인'과 '나' 사이에 유사성의 연결 고리
를 만드는데 이는 소박한 차원의 시적 의장이라 할 수 있다. 이러한
사실들은 「병원」 역시 예의 윤동주의 시 창작법 안에 놓여있는 것임을
말해준다.

고도의 의장을 통해 시적 의미를 축조하는 데 주력하지 않는다는 점,

시어는 대체로 소박하고 평이하다는 점, 문체는 어눌할 정도로 단조롭다는 점, 윤동주의 시는 이러한 특질들 을 지닌 것으로 규정될 수 있다. 그렇다면 윤동주의 시는 기교가 부족한 것으로서 윤동주는 시의 미적 형상화에 실패하였다고 말할 수 있을까? 윤동주를 국민 시인이자 민족 시인이라 칭송하는 것은 그의 시적 성공과 상관없이 전기적 사실로부터 연원하는 것일까?

그러나 이러한 질문들에 대해 쉽게 긍정할 수 없는 것 또한 사실이다. 윤동주의 시적 특장들이 그러함에도 불구하고 그의 시는 최고의 시성(詩性)을 지니고 있기 때문이다. 단언컨대 그의 시는 우리 시사에서 가장 아름다운 시라 할 만한다. 그의 시는 그 어느 시인의 것보다 시적이며 아름답다. 아름다움의 실체, 시 자체의 현현이라 해도 과언이 아닐 만한 미적 완전함이 그의 시 전체를 에워싸고 있는 것이다. 그의 시는 매우 강렬하게 독자를 매료시키는데, 그렇다고 이것이 그의 비극적 생애에서 기인하는 것이라고 단정지을 수 없다.

윤동주 시의 시성(詩性)은 도대체 어디에서 비롯되는가? 시적 기교도 문체의 세련됨도 시어의 화려함도 의미의 정합성도 아니라면 그의 시를 시적으로 만들고 아름다움의 현현이 되게 하는 요인은 무엇인가?

이에 대한 답을 구하기 위해 도입할 수 있는 개념이 '공간성'이다. 사물로부터 직접 성질을 파악할 수 없을 때에 주변의 환경을 살피듯이 '공간'은 사물을 드러내고 존립시키는 방식이 되기 때문이다. 사물이 자신에 대한 정보를 전체적으로 제공하지 못할 때 사물을 둘러싸는 공간에 대한 인식이 보충됨으로써 사물은 더욱 온전하게 자신을 말하게 된다. 공간에 대한 정보의 보충은 특히 윤동주와 같은 시창작법을 구사하는 경우 더욱 요구되는 사항이다. 앞서 고찰에 의하면 윤동주는 보통의 시인들이 흔히 보여주는 시창작의 경로를 보여주지 않는 바, 이때 윤동주의 시는 자아의 내적 정서로부터 촉발되는 대신 외부 사물로부터 발생할 뿐만 아니라 정서의 표현에도 지극히 절제적인 태도를 보여준다는 점을 주목할 필요가 있다. 근대 시학에서 중시하는 자아의 풍부하고 개성적인 정서의 표출은 윤동주의 경우 극도로 억압되어 있다고 해도 과언이 아니다. 윤동주 시에서 정서에 할애된 자리는 지극히 협소하거나 거의 없다. 윤동주가 상상하기 힘들 만큼 냉철하고 철저한 성격을 지닌 자였으리라는 점이 여기에서 추론된다. 자아를 철저하게 소거시킨 상태에서 사물을 드러내는 방식은 자아를 대상화시키는 데로 이어지거나 사물과 자아의 미약한 연결고리를 찾는 것으로 나아간다. 뿐만 아니라 자아의 정서와 의식을 드러내기 위해서라면 불가불 끌어들일 수밖에 없는 의장들을 배제시키게 된다. 말하자면 윤동주의 시처럼 자아가 최대한 소거되어 있는 경우 시성(詩性)의 추출은 사물 자체로부터, 더 정확하게는 사물을 둘러싸는 공간의 성질로부터 비로소 가능해질 것이다.

3. 소재적 특징과 공간성

윤동주의 시가 대상과 조우하여 피어나는 정서적 반응에 의해 창작된 것이 아니므로 시적 자아의 내면적 세계의 의미를 구하는 것이 생산적이지 못하다9)고 한다면 시선을 돌려 중점적으로 고찰해야 하는 부분은

---

9) 이 점은 윤동주에 대한 연구가 지금까지 크게 진전되지 못한 이유의 하나를 설명해준다. 윤동주의 시적 본질은 자아에 그 초점이 있지 않다. 윤동주가 돋보이는 것은 바로 시 때문이지 전기적 사실이 아니라는 점도 함께 상기될 필요가 있다. 윤동주의 경우 연구는 대체로 관습적인 데 머물렀으며 시 자체의 전체적

시적 대상 곧 사물이다. 여기에서 사물과 사물을 둘러싼 공간적 특질에 대한 탐색이 동시에 이루어질 수 있다. 윤동주가 시를 대단히 아꼈던 인물임은 주지의 사실이다. 그는 시를 고치고 또 고치는 과정을 거쳐 최종적으로 엄선된 시를 생산했다.[10] 그런데 그가 다듬기를 거듭하며 시화하고자 하였던 것은 내면 등속의 자아가 아니었다. 그에게 자아는 여느 시인들처럼 지존의 자리에 있지 않다. 오히려 자아는 낮추어져 있고 축소되어 있으며 사실상 버려져 있다. 윤동주의 경우 자아는 사물 위에 군림하거나 사물을 채색하는 권위의 존재가 아니라 다른 시적 사물들과 대등한 것이다. 자아는 낮은 자리에 있으며 시 안에서 사물과 대등한 곳에 놓여 있다.

자아의 개성을 드러내는 데 주력하지 않았다면 윤동주가 수도 없는 절차탁마를 통해 형상화하고자 한 것은 무엇이었을까? 자아의 정서나 의식, 인식이나 깨달음 등속을 제시하려 한 것이 아니라면 또한 시적 기교나 의장, 미적 언어가 아니라면 시인이 계속적인 다듬기를 통해 완성시킨 것은 무엇인가? 이에 대해 답하기 위해 먼저 윤동주가 소재로 취한 사물들을 살펴보고자 한다.

> 죽는 날까지 하늘을 우러러
> 한 점 부끄럼이 없기를,
> 잎새에 이는 바람에도
> 나는 괴로워했다.
> 별을 노래하는 마음으로

인 분석도 소홀했던 것이 사실이다.

10) 윤동주의 창작 과정이 그대로 나와 있는 자료로는 『윤동주 자필 시고 전집』(왕신영 외 엮음, 민음사, 1999)이 있다.

모든 죽어가는 것을 사랑해야지
그리고 나한테 주어진 길을
걸어가야겠다.

오늘밤에도 별이 바람에 스치운다.
「서시」 전문

　윤동주가 간행하려 하였던 자선시집의 제목이 '병원'에서 '하늘과 바람과 별과 시'로 바뀌도록 결정적 계기를 제공한 시가 곧 「서시」이다. 실제로 「병원」이 1940년 12월에 쓰여진 것에 비해 「서시」는 1941년 11월의 것으로, 수록하려 하였던 19편들 가운데 가장 늦게 쓰여진 시이다.[11] 윤동주는 「별헤는 밤」(1941.11.5)과 「서시」(1941.11.20)를 쓴 후 비로소 시집의 제목을 결정지은 듯하다. 시집 제목은 특히 「서시」에 등장하는 소재들을 나열하면서 취해진다. '하늘'과 '바람'과 '별'이 그러하다. 이때 이들 소재들은 '병원'과 마찬가지의 상징 수준을 획득하는 것일까? 위의 시에서 이들 소재들은 비유어로서 사용되고 있는가? 「별헤는밤」에서의 '별'은 어떠한가?

　너무도 당연한 사실로 받아들여왔지만 그러나 윤동주의 시창작법을 고려할 때 이들 소재들은 비유나 상징어가 아니라는 것을 알 수 있다. 이들은 단지 윤동주의 눈에 비춰졌던 사물 그 이상이 아니다. 윤동주는 그저 '하늘'을 '보았고' '잎새에 이는 바람'을 '보았'으며, '별'을 보고 '몽상에 잠겼'을 뿐이다. 이들 소재는 단순히 자연에 존재하는 사물들이었고 윤동주는 이들을 끌어와 예의 직접적 진술 속에 담아내었다. '잎새에

---

11) 권일송, 앞의 책, p.77.

이는 바람'이라든가 '별을 노래하는 마음', '별이 바람에 스치운다'와 같은 섬세한 표현들이 시를 성공적으로 이끌고 있지만 이들은 비유의 수준에 있다기보다는 비일상적 담론이기 때문에 상대적으로 그렇게 느껴질 따름이다. 1연의 구절들을 단위로 1·2행, 3·4행, 5·6행, 7·8행으로 나눌 수 있는데 이들은 모두 같은 방식으로 표현된 것이자 동일한 의미를 반복하는 것이다. '하늘', '바람', '별', '길'은 모두 같은 층위에 놓인 사물로서 모두 함께 시적 자아의 섬세하고 곧은 마음을 확인케 해주는 유사한 소재들이다. 예컨대 3·4행, 5·6행이라고 해서 1·2행, 7·8행에서 보여주고 있는 '앙불괴어천(仰不愧於天)'이나 '주어진 길'과 같이 관습적으로 교양의 역할을 하는 담론과 다른 층위에 놓이는 것이 아니다. 4개의 구절들은 모두 동일하게 같은 수준의 의미역을 지니고 있다. 이들은 자연물이고, 굳이 비유라 한다면 사은유라 할 만큼 관습화된 매체(vehicle)의 성질을 갖는다. 다시 말해 이들은 객관 사물과 비유어의 경계에 놓여 있어 주지와 매체 사이의 긴장이 매우 약한 상식에 가까운 비유라 할 수 있다. 이러한 설명은 윤동주 시에 나타난 시어 대부분에 그대로 적용된다.

세상으로부터 돌아오듯이 이제 내 좁은 방에 돌아와 불을 끄옵니다. 불을 켜두는 것은 너무도 피로롭은 일이옵니다. 그것은 낮의 연장이옵기에─

이제 창을 열어 공기를 바꾸어 들여야 할 텐데 밖을 가만히 내다보아야 방안과 같이 어두워 꼭 세상 같은데 비를 맞고 오던 길이 그대로 비 속에 젖어 있사옵니다.

하루의 울분을 씻을 바 없어 가만히 눈을 감으면 마음 속으로 흐르는 소리, 이제 思想이 능금처럼 저절로 익어가옵니다.

「돌아와 보는 밤」 전문

　위의 시에 사용되고 있는 '방'이라든가 '소등', '공기', '비' 등의 소재들
도 앞선 경우와 유사하다고 할 수 있다. 이들 소재는 시적 꾸밈이라고
하기에는 긴장이 약한 시어들에 속한다. 그것들은 일상적인 층위에 머
무는 소재들로서 시인은 자신의 생활을 객관 사물에 해당하는 이들을
포함하여 직접적으로 서술하고 있다. 이들 소재는 객관 사물과 비유적
관념 사이의 경계에서 사물이기도 하고 미약한 비유어이기도 한 기능을
한다. 따라서 이들을 가리켜 시적 의장이나 비유라고 하기에는 무리가
있다. 다만 이 시에서 시인이 적극적으로 비유어로 사용하는 소재가
있는데 그것은 '능금'이다. 시에서 '능금'은 시적 자아의 '사상'의 깊이를
표상하는 두드러지는 비유어이다. 그러나 이러한 은유화에의 태도가
다른 소재들에서도 나타나 있다고 볼 수는 없다는 점이다. 그러한 점에
서 위의 시는 윤동주의 시적 특질을 고스란히 지니고 있다. 직접적 진술
의 문체, 꾸밈이 배제된 시어들, 단조롭고 일상적인 체험의 제시 등이
그것이다. 그리고 이는 이러한 상황에서라면 오히려 자신의 '사상'에
관해 중점적으로 다루었을 여느 시인들과 상당히 다른 방식으로 시를
썼음을 의미한다. 윤동주는 사상이나 주제보다는 사물이나 소재의 선택
에 더욱 주의를 기울였던 것이다. 윤동주의 시의 중심은 사물이자 소재
이며 윤동주는 이들을 주로 일상의 체험 속에서 가져온다. 이때 사물이
나 소재는 그 자체로 존립할 뿐이며 주제나 사상을 담기 위한 도구나
매체는 아니라는 점이다.
　그렇다면 윤동주의 시에 주로 등장하는 소재들에는 어떠한 것이 있을

까? 그 중 대표적인 것으로 들 수 있는 것이 '하늘', '눈', '새', '물결', '길', '햇빛' 등이며 이외에도 동시라든가 기독교시에 주로 나타나는 소재들로 구분해 볼 수 있다. '하늘'은 「서시」 외에도 「自畵像」, 「少年」, 「별 헤는 밤」, 「蒼空」, 「黃昏」, 「종달새」, 「무서운 時間」, 「十字架」, 「또 다른 故鄕」, 「소낙비」, 「기왓장 내외」 등에서 주요한 기능을 하는 소재이다. '눈'은 「편지」, 「눈오는 地圖」, 「또 太初의 아침」, 「눈」 등의 중심 소재이다. '새'는 「참새」, 「비둘기」, 「黃昏」, 「종달새」, 「닭」 등의 시에, '물결'은 「黃昏이 바다가 되어」, 「달밤」, 「風景」, 「바다」, 「산골물」 등의 시에, '길'은 「새로운 길」, 「길」에, '햇빛'은 「太初의 아침」, 「햇비」, 「창」 등에 주된 소재로 등장한다는 것을 알 수 있다. 이 밖에도 '거리', '바람', '별', '비', '사람' 등의 소재가 눈에 띈다. 이들의 공통점이라 지적할 수 있는 것은 이러한 소재들이 주로 자연에 속해있는 것이라는 점, 그러나 '산'처럼 인간살이로부터 멀리 떨어져 있는 외딴 자연이 아니라 일상 속에서 언제 어디서든 접할 수 있는 자연물이라는 것, 그럼에도 세속적이고 번다한 생활의 영역으로부터는 벗어나 있다는 점 등이 있다. 일상적 체험과 떨어지지 않으면서도 일상의 잡다함과 소란스러움으로부터는 벗어나 있는 것, 그러면서 작고 여리며 순수한, 또한 누구도 해할 수 없을 듯 연약한 존재라는 점이 이들 소재의 특징이라 할 수 있는 것이다.

이 점은 시인의 창작 세계의 근간이 되었던 북간도에서의 체험에서 비롯된 바가 클 것이지만 경성의 연희전문대학 시절 이후에 썼던 시들에서도 다르지 않게 나타나는 특징이라 할 수 있다. 다만 연전시절 이후의 시들에는 이전의 시들에 비해 내면의 고투가 더 치열해져간다는 것을 알 수 있다. 특기할 것은 그가 도시 생활을 시작한 이후에도 소재 선택의 특징은 이전과 다르지 않다는 점이다. 윤동주는 흔히 도시 문명의 세례를 받은 세대들이 그러하였듯 도시적 체험이나 인공적 풍경을 시의 소재로 취하지 않았으며 근대 문학을 학습하였으되 기교의 실험에 몰두하지 않았다. 그에게 시는 자연스러운 생활의 일부였으며 동시에 생활에서의 초월이었던 것이다.

일상 체험과 만나되 이를 벗어나 있는 점, 생활의 일부였으되 이의 초월이라는 점은 윤동주 시의 소재적 특징이 지닌 공간적 성격을 암시한다. 앞서 공간성이란 사물을 드러내는 방식이라 하였던 바, 이를 염두에 둔다면 윤동주 시의 소재들로부터 특수한 공간적 성격을 추출하는 것이 가능하다. 그것은 비어있는 공간, 즉 번잡합과 잡다함, 소란스러움과 혼돈, 더러움과 추악함을 모두 삭제해버린 맑고 깨끗한 공간과 관련된다. 안정되고 고요하며 순결하고 편안한 공간이 그것이다. 그러한 공간은 섬세함과 부드러움이 지배할 것이며 마치 세계가 나의 집인 것처럼 불안도 두려움도 느껴지지 않을 것이다. 이러한 공간 속에서라면 '나'는 비로소 세계가 되고 세계는 '나'에게 어머니처럼 따뜻한 품이 된다. 이곳에서 호흡은 홀로 우주의 중심에 놓인 듯 고요하고 편안할 것인바, 이러한 평온의 상태야말로 인간이 꿈꾸는 자유의 감각에 해당된다 할 것이다. 윤동주 시의 소재를 통해 확인할 수 있는 특징은 이처럼 공간적으로 유사하고 일관된 성질을 지닌다는 점에서 구해질 수 있는 것이다. 물론 이러한 공간은 사물과 불가분리의 관계 하에 놓여있다. 사물의 성질로부터 그것이 존재하는 공간적 특질이 형성되기 때문이다. 사물의 존재가 공간을 결정지으며 사물에 의해 공간이 그 기능과 힘을 발휘하게 된다. 윤동주가 그 어느 것보다도 사물의 제시에 주력하였던 것은, 즉 의미나 주제를 떠나 소재의 선택에 주의를 기울였던 것은 사물에 의해 비롯되는 특수한 공간성을 만나기 위해서였다.[12]

4. 공간의 선택적 성격

윤동주가 특수한 공간적 특질을 추구하였다는 점은 그의 시가 독자에게 강한 호소력을 지녔던 하나의 이유를 설명해준다. 대부분의 시인들이 자신의 개성을 강조하면서 자기가 구축한 세계가 얼마나 옳고 가치 있는 것인가를 주장하기에 열의를 다한다면 윤동주는 이들과 매우 다른 인물이다. 윤동주는 결코 자신을 주장하지 않았던 것이다. 그는 자신의 세계관, 자신의 주제 의식을 강조하는 대신 사물을 온전히 드러내는 데 더욱 관심을 보였다. 이때 드러나는 사물은 자아에 의해 각인된 주관적 이미지로서의 것이 아니라 객관 그대로의 것이다. 그리고 이를 위해서는 사물이 놓여있는 배경, 공간을 함께 드러내야 했다. 윤동주는 사물을 '보면서' 그를 둘러싸는 '공간을 함께' 보았고 이들을 직설적으로 언표했던 것이다. 윤동주가 독자에게 준 것은 이것이고 이것이야말로 유일하게 시인이 독자에게 줄 수 있는 신비한 재능에 해당될 것이다. 사물과 그것의 공간을 함께 드러내면서 윤동주는 그로부터 빚어지는 특수한 성질의 공간을 창출해내었다. 그것은 일상 속에서 그것을 탈출하고 초월할 수 있는 성질의 것, 편안하고 맑은 호흡을 통해 자유의 감각을 주는 것이었던 셈이다.

---

12) 윤동주가 특수한 공간성을 추구하였다는 점은 그가 특히 정지용의 시를 애호하였다는 점과도 관련된다. 정지용 역시 초기부터 후기에 이르기까지 일관되게 강한 공간지향적 성격을 지녔기 때문이다. 윤동주의 시가 정지용의 시와 가장 흡사한 양상을 드러내는 점은 결코 우연이 아니라 할 것이다. 정지용 시의 공간지향적 성격에 관하여는 졸고「정지용 시의 공간지향성 연구」(『한국모더니즘 문학의 지형도』, 푸른사상, 2005, pp.167-195) 참조. 윤동주와 정지용의 유사성에 관하여는 김윤식의「윤동주론」(『한국현대시론비판』, 일지사, 1975, pp.81-4) 참조.

　이제 남는 문제는 그러한 공간성이 구체적으로 무엇을 의미하는지를 탐구하는 일이다. '편안하고 맑은 호흡'이란 무엇이며 그것은 어떻게 가능한가. 자연이 무조건적으로 그러한 공간을 제공하는 것이라면 인간과 자연과는 어떠한 관련 속에 놓이는가? 윤동주는 이에 대한 질문과 답을 계속하여 끌고 갔던 인물이다.

　　산모퉁이를 돌아 논가 외딴 우물을 홀로 찾아가선 가만히 들여다봅니다.

　　우물 속에는 달이 밝고 구름이 흐르고 하늘이 펼치고 파아란 바람이 불고 가을이 있습니다.

　　그리고 한 사나이가 있습니다.
　　어쩐지 그 사나이가 미워져 돌아갑니다.

　　돌아가다 생각하니 그 사나이가 가엾어집니다.
　　도로 가 들여다보니 사나이는 그대로 있습니다.

　　다시 그 사나이가 미워져 돌아갑니다.
　　돌아가다 생각하니 그 사나이가 그리워집니다.

　　우물 속에는 달이 밝고 구름이 흐르고 하늘이 펼치고 파아란 바람이 불고 가을이 있고 추억처럼 사나이가 있습니다.

「自畵像」 전문

　「자화상」에는 윤동주가 즐겨 다루었던 소재가 대거 등장한다. '달', '구름', '하늘', '바람' '가을'이 그것이다. 이들은 모두 자연의 사물이고 윤동주는 이들에 대해 역시 의미화시키는 작업 없이 단순 제시하고 있다. 시인은 단지 그것들이 "있다"고 말할 뿐이다. 그런데도 "달이 밝고 구름이 흐르고 하늘이 펼치고 파아란 바람이 불고 가을이 있습니다."는 매우 시적인 문장임을 알 수 있다. 시인은 소재와 직설적 문체만으로도 시적 공간을 확보한다. 한편 시적 자아가 그것들을 보는 것은 '우물'을 통해서인데, 이 '우물'이 매개가 됨으로써 자연의 사물들은 '나'와 동시에 보여진다. '우물'의 장치는 사물과 자아, 자연과 인간을 동시적으로 볼 수 있게 하는 도구가 된다.

시는 1·2연과 6연으로써 3~5연을 안고 있는 형국을 보인다. 사실 1·2·6연은 3~5연과 부조화를 이룬다. 3~5연은 불안과 불만족, 분열의 정서로 채워져 있어 1·2·6연에서 환기되는 안정성과 대비되고 나아가 이를 압도한다. 시인이 2연과 6연을 상관적으로 제시하여 안정감을 도모하고 있음에도 불구하고 3~5연은 전경화되어 더욱 비중있게 다가온다. 「자화상」이라는 시제는 '나'에 대한 객관적 성찰로 이루어진 시이면서 '나'의 부족함을 괴로워하고 연민하는 시임을 부각시킬 뿐이다. 3~5연은 간략하게 언급되어 있지만 자아의 내적 갈등의 극심함 또한 말해주는 것이다.

그런데 이때 완전함의 기준이 되는 것, 갈등의 근거가 되는 것이 함께 제시되어 있다. 그것은 '달', '구름', '하늘', '바람' '가을', 곧 자연의 사물들이다. '우물'을 통해 자연과 나란히 놓여지지만 자연이라는 완전한 사물에 대비해 대번에 불협음을 이루는 모습의 '나'에게 자아는 실망하고 우울해한다. 그렇다면 무엇이 완전성이고 무엇이 불완정성인가? 마지막 연의 '추억'은 이에 대한 이해의 실마리를 제공한다. 6연에 이르러 '나'가 자연과 동질적으로 놓일 수 있던 것은 '나'가 기억 속의 인물이

되면서였다. '기억 속의 인물', 과거적 인물이란 불순물이 제거되어 순수해진 인물에 해당한다. 미움이나 분노 울분이나 슬픔 등속의 온갖 오염된 감정들이 순화되어 누구도 해칠 수 없는 인물이 된 것, 즉 공간화된 인물이 그이다. 그것은 자연과 다르지 않으며 미움의 감정을 희석하고 버릴 수 있던 자이다. 결국 3~5연의 성찰과 내적 갈등, 그리고 우물에 비친 완전한 자연의 모습이 '사나이'를 공간화시키는 기제임을 시인은 암시하고 있다. 자연과 인간을 대비시키는 「자화상」은 인간과 자연의 관계가 무엇이며 인간이 자연을 닮아가기 위해 어떠해야 하는가에 관한 답의 일말을 제공하는 시이다.

그러나 여전히 자연의 완전성은 선험적 차원의 인식일 뿐이다. 자연이 제공하는 자유의 감각, 호흡의 편안함, 공간의 특수성은 '그러하다'는 것을 알 수 있을 뿐 그것의 실제가 무엇인지에 관해 이해하는 일은 매우 다른 문제이다.[13] 한편 윤동주가 매우 선택적으로 취한 사물을 통해 특수한 공간의 형성이 유도되었던바, 이에 비추어본다면 사물들은 그것을 통해 매우 다른 성질의 공간을 창출한다는 말도 성립한다. 사람이

---

13) 이를 위해서는 물리학자들의 도움을 받아야 한다. 물리학자들은 '공간'을 관념의 차원에서가 아니라 실제의 차원에서 탐구해나감으로써 공간의 물리적이고 질료적인 특성을 밝혀내고 있다. 그리고 그러한 특성에 대한 해명에 의해 우리는 보이지 않지만 실재하는 물질들, 오감으로 납득하기 힘든 신비한 현상들에 대한 이해를 할 수 있게 된다. 그러한 연구의 중심에 놓인 인물이 바로 아인슈타인이다. 아인슈타인의 $e=mc^2$ 의 공식은 공간이 균질한 것이 아니라 이리저리 휘어져 있다는 것, 그것이 지닌 밀도(에너지)에 따라 주름잡히고 굴절되어 있음을 밝히는 것에 다름 아니다. 보이지 않는 공간에서 발생하는 에너지는 곧 공간이 어떠한 모습으로 존재하는지, 어디가 어떻게 휘어져 있으며 그러함으로 인해 주변 사물에 어떠한 영향력이 미칠 것인지 짐작할 수 있게 해준다. 공간에 대한 논의는 미치오 가루의 『초공간』(최성진·한영진 역, 김영사, 1997, p.134-143), 리사 랜들의 『숨겨진 우주』(김연중·이민재 역, 사이언스 클래식, 2008, p.28-32) 참조.

북적대는 도시의 거리는 어떠한 성질의 공간을 형성할 것인가? 무섭게 질주하는 기차로부터, 요란스럽게 경적을 울려대는 자동차로부터, 충돌의 장면으로부터 빚어지는 공간은 어떠한 성질의 것인가? 이들이 비자연적인 공간성과 관련된다면 「자화상」에서 살펴본 것처럼 인간의 마음들 가운데에도 비자연에 속하는 마음이 존재할 터이다. 가령 불안과 분노, 증오와 두려움 등속의 그러한 마음들은 자유 감각으로서의 자연에 비추어 성질이 매우 다른 것들에 해당한다. 그것은 차원의 관점에서 살펴보아야 한다. 자연과 대비되었을 때 불협음을 내는 마음들이란 정화되거나 고양되지 못한 단순하고 낮은 차원의 그것이다. 자연과 부조화하는 그러한 마음들은 언제든지 혹은 누구에게든지 해를 입힐 수 있는 공격적인 성질을 내포하는 것들이다. 이러한 마음들은 언제든지 행동으로 취해질 수 있다는 점에서, 또한 전이가 쉽게 이루어진다는 점에서 비물질이지만 사물과 다르지 않게 공간적 특질을 형성한다는 것을 알 수 있다. 마음과 사물들은 언제나 질적 차이가 나는 공간을 창출하는바, 윤동주는 이들 속에서 자신이 원하는 공간, 자유의 공간을 만들기 위해 고투한 것이라 볼 수 있다. 다시 말해 윤동주의 시는 사물과 마음을 동렬에 놓음으로써 이 두 측면이 만나는 지점에서의 특수한 공간성 창출을 도모하고 있는 것이라 할 수 있다.14)

　이러한 관점에서 볼 때 윤동주의 시에서 사물과 마음의 고차원적인 고양의 상태를 현상시켜주는 대표적인 소재는 '십자가'와 '별'이다. 이들은 '하늘'과 같은 차원에서 시적 자아의 마음을 지속적으로 고양시키고 상승시키는 매개가 된다. 이들은 가장 높은 곳에 있음으로써 모든 갈등

---

14) 윤동주 시에 나타나 있는 자아 성찰의 의식들은 곧 바른 마음을 지니기 위한 노력의 표현이라 할 수 있다.

과 모순을 해소하는 사물이며,[15] 온갖 불순한 것들을 정화하여 가장 맑고 밝은 마음을 지니도록 강제한다. 이 두 소재는 윤동주 시인의 세계에서 가장 정점에 놓인 것으로서 사물과 마음이 결합되는 특수한 공간성을 창출하는 역할을 한다.

쫓아 오던 햇빛인데
지금 교회당 꼭대기
십자가에 걸리었습니다.

첨탑(尖塔)이 저렇게도 높은데
어떻게 올라갈 수 있을까요.

종소리도 들려 오지 않는데
휘파람이나 불며 서성거리다가.

괴로왔던 사나이
행복한 예수 그리스도에게
처럼
십자가가 허락된다면

모가지를 드리우고
꽃처럼 피어나는 피를

---

15) 공간의 측면에서 말할 때 고차원(4차원~10차원)은 자연의 거주지, 자연의 고향이다. 물리학자들은 자연의 법칙들이 고차원에서 표현될 때 더 간단하고 강력해진다고 말하고 있다(미치오 가루, 앞의 책, pp.30-1). 이는 고차원으로 갈수록 하위 차원들의 다수 법칙들이 하나로 통합될 수 있음을 말하는 것으로서 상승된 공간이 일으키는 모순의 화해 현상을 설명해준다.

어두워가는 하늘 밑에
조용히 흘리겠습니다.
　　　　「십자가(十字架)」 전문

　주지하듯 '십자가'는 예수 그리스도를 상징한다. 또한 인간의 고통과 이를 벗어던질 수 없는 필연적인 숙명을 상기시킬 때도 흔히 사용되는 비유어이기도 하다. 예수가 인간의 죄와 고통을 외면하지 않고 스스로 이를 대속하여 짊어졌다는 의미에서 예수와 십자가는 동일어가 되었다. 이러한 십자가가 윤동주의 시에 이르면 특유의 공간성을 창출하는 소재가 된다. 위의 시에서 '십자가'는 단순히 '희생'의 상징어로 쓰이지 않고 있다. '십자가'는 '꼭대기'에 있는 것으로서 시적 자아가 '오르길' 원하지만 쉽게 '올라갈 수' 없다는 점을 환기시킨다. 윤동주는 '십자가'를 통해 단순히 희생의 어려움을 토로하는 것이 아니라, 그것을 공간적으로 '높은 곳', 초월적인 곳에 있다고 인식하고 있다. '십자가'를 '높은 곳'에 있는 것으로 묘사하는 것은 당연하게 받아들여지지 쉽지만 이는 윤동주의 독특한 공간 의식에서 비로소 가능한 것이라 할 수 있다. 다시 말해 윤동주는 '십자가'를 관습적으로 그러하듯 '고통'이나 희생, 대속, 죄의 관념과 결부짓는 대신 '높이'라고 하는 공간성과 관련시키고 있는 것이다. '휘파람이나 불며 서성거리다'는 '꼭대기'에 '오르고자' 하지만 쉽게 오를 수 없는 범속한 자신의 모습을 말해주는 부분이다.

　한편 '십자가'의 공간상의 '높이'는 사물의 측면에서만 언급되는 것이 아니라 인간의 마음의 측면과 동시에 연관되고 있다. 이는 4연에서처럼 '십자가'가 '행복'과 이어지는 부분에서 바로 드러난다. '십자가'가 고통이나 괴로움이 아니라 '행복'이 될 수 있다는 관점은 '십자가'를 둘러싼 특유의 공간 의식을 지지해준다. 말하자면 '십자가'는 '도달해야 하는 곳', '올라가야 하는 곳', 상승과 고양에 의해 초월해가야 하는 곳을 의미한다는 점이다. '십자가'의 이러한 점은 실제로 눈에 보이는 사물의 측면과 마음의 측면이 동시에 결합되어 있음을 말해주는 것으로서 윤동주가 보여주는 '공간성'이 비단 시각적 영역인 3차원에만 한정되는 것이 아님을 알 수 있다. 윤동주의 시에서 3차원의 사물은 그의 직관을 통해 대번에 4차원의 영역 속에 놓이게 된다.

공간성의 관점에서 볼 때 상위 차원은 하위 차원을 모두 아우른다. 하위 차원의 사물들은 차상위차원에 귀속되어 모순없이 공존하지만 상위차원에서의 본래의 모습은 차하위차원에서 단순화되고 제한된 모습을 보인다.16) 따라서 사물을 있는 그대로 인식하기 위해서는 보이는 차원을 넘어서는 지혜가 필요하다. '괴로움'이 '행복'이 되고 '피'가 '꽃'이 될 수 있는 것은 그것이 모순형용이기 이전에 하위 차원의 상위 차원에서의 의미의 재구성 현상을 말해주는 것이다. 윤동주는 선택적으로 소재를 취하였는데 여기에는 차원을 고려한 특수한 공간의식이 가로놓여 있었다. 그것은 보이면서도 보이지 않는 것, 상상적이면서도 실재하는 것, 사물에 귀속되면서도 인간의 마음과 관련된 것, 곧 영적인 차원까지 아우르는 공간성을 의미한다.

이러한 공간성에 의거할 경우 윤동주 시의 가장 중요한 소재 중 하나인 '별'은 더 이상 상징어나 비유어가 아니게 된다. 그것은 그 자체로서 빛나는 존재이다. '별'은 단지 자아의 마음을 상징적으로 드러내주는 매체가

---

16) 실재하는 상위차원의 물체를 하위차원에 재현하는 것을 기하학 용어로 '사영'이라 한다. 사영의 예는 매우 많다. 3차원의 물체가 2차원의 벽에 그림자로 현상하는 것이나 X선 촬영, 홀로그램도 이에 해당한다. 사영은 차원이 높은 원래 대상으로부터 정보를 삭감한다. 리사 랜들, 앞의 책, pp.52-8.

되는 것이 아니라, 그저 눈에 보이는 시각적 사물이자 '빛'을 통해 차원을 가로질러 존재하는 고차원적 사물이 된다.17) 이 고차원적 물체는 그 빛을 차원을 통과시켜 방사하는 대단히 밀도 있고 에너지가 큰 사물이다. '빛'은 고차원의 공간 속에 있다는 점에서 영성을 지닌다. 또한 '밝음'을 지닌다는 점에서 보통을 넘어서는 특수한 영성을 지닌다. 그야말로 순도와 차원이 '높은', 초공간의 사물인 셈이다. 윤동주의 시가 '별헤는 밤'에 이르러 최대한도로 미적 완성도를 드러낼 수 있었던 것은 우연이 아니다.

별 하나에 추억과
별 하나에 사랑과
별 하나에 쓸쓸함과
별 하나에 동경(憧憬)과
별 하나에 시(詩)와
별 하나에 어머니, 어머니,

어머님, 나는 별 하나에 아름다운 말한마디씩 불러봅니다. 소학교 때 책상을 같이 했던 아이들의 이름과 佩, 鏡, 玉 이런 이국(異國) 소녀들의 이름과, 벌써 애기 어머니된 계집애들의 이름과, 가난한 이웃 사람들의 이름과, 비둘기, 강아지, 토끼, 노새, 노루. 「프랑시스 잠」「라이나 마리아 릴케」 이런 시인의 이름을 불러봅니다.

이네들은 너무나 멀리 있습니다.
별이 아슬히 멀듯이,

「별헤는 밤」 부분

---

17) 물리학에서 '빛'은 보이지 않는 제4차원의 진동, 고차원 공간의 기하가 뒤틀려서 발생하는 것으로 알려져 있다. 미치오 가루, 앞의 책, p.148.

「별헤는 밤」은 매우 화려하고 조화로운 교향곡을 연주하는 듯한 울림을 지닌다. 한 곳에서 동시에 사방팔방으로 빛이 분사되는 듯한 느낌도 든다. 특히 인용한 부분은 '별'의 시각적 이미지로부터 청각적 이미지로의 변환이 급격하게 이루어지는 매우 시적인 대목이다. 이 부분의 시적 감각은 대중적인 반향을 불러일으켰지만 단순히 소녀 취향이나 풍부한 감수성만으로 규정짓기 힘든 요소가 있다. 여기에는 윤동주가 간절히 염원했던 미의, 진리의 목적론적 지향이 가장 분명하게 자리잡고 있기 때문이다. '별'은 상상적인 것도 이미지적인 것도 아니고 실재적인 것이다. 특히 공간상의 관점에서 실재하는 사물이다. 이때의 공간적 특질이 단지 자리를 차지한다는 것, 눈에 보인다는 것이 아니라 특유의 공간성을 창출한다는 점에서 고려되어야 함은 물론이다. 가장 맑고 밝은 공간, 매우 밀도가 높으므로 자신의 맑음과 밝음을 주변으로 강력하게 확장시킬 수 있는 공간, 그 강한 에너지로 고차원의 영역으로부터 인간이 존재하는 낮은 차원으로까지 빛을 방사할 수 있는 공간이 그것이다. 우주에 존재하는 '별'이 그러한 사물이며, 이는 '신'이 현상할 수 있는 근거이기도 하다.[18] 윤동주에게 '별'은 그의 직관이 투영된 우주적 성질의 그것으로서 '십자가'와 동일한 차원에 귀속되는 사물이라 할 수 있다. 고차원적인 우주적 존재이므로 그것은 하위차원의 사물들을 모두 아우르며 비춰주게 된다. '별'에 의해 지상에 놓인 사물들은 빛을 받아 되살아난다. 윤동주가 호출하고 있는 '추억', '사랑', '쓸쓸함', '동경', '시', '어머니', '아이들의 이름', '이국 소녀들의 이름', '가난한 이웃 사람들의

______

18) 주앙 마케이주는 우주론이 오랫동안 종교의 주제였다고 말하고 있다(『빛보다 더 빠른 것』, 김성원 역, 까치, 2005, p.25). 이는 공간성에 대한 고찰이 종교에 관한 과학적 해명을 가능케 해줄 것이라는 점을 시사해주는 대목이다.

이름', '노새', '노루' 등은 모두 '별'의 공간적 특질과 닿아있고 닮아 있는, 말하자면 공명(共鳴) 가능한 지구상의 사물들이다. 이들 소재는 윤동주의 시에 등장하는 선택적 소재들과 유사한 특질을 지니는 것으로서 '별'에 의해 그 공간성을 더욱 확고히 한다고 볼 수 있다. 어떠한 의장도 없이 단지 호출만 되고 있는 이들 소재가 마치 '별빛'을 뿌리는 음악소리처럼 다가오는 까닭도 여기에 있다. 요컨대 '별'은 '십자가'와 더불어 인간이 '서성대'며 머물고 있는 차원을 초월하여 존재하면서 인간 세상에 빛이 되고 길이 된다는 공통점을 지닌다. 이는 곧 절대자적인 의미를 지니는 것이다. 윤동주는 이들 사물이 빚어내는 공간상의 특질에 기대어 가장 초월적이고 고차원적이며 가장 맑게 빛나는 에너지를 지향했던 것으로 볼 수 있다. 이들 소재는 별다른 기교나 의장 없이 단순히 읊어내는 것만으로도 시가 될 수 있는데, 그것은 이들 소재가 지닌 공간상의 특질 때문에 가능한 것이었다. 고차원적인 것, 영적으로 고양된 공간에 놓여있는 것이라면 그러한 공간에 대한 묘사만으로도 일상으로부터의 초월과 높은 차원의 획득이 이루어기 때문이다.

5. 자의식과 공간의 문제

윤동주의 시에 대한 공간발생학적 측면에서의 고찰은 윤동주의 시를 전체적으로 검토할 수 있는 방법적 틀이 될 뿐만 아니라 그동안 과제로만 남아있던 윤동주 시의 천체미학적 성격을 해명할 수 있는 도구가 된다. 윤동주 시의 특징으로는 첫째 문체면에서 의장이 지극히 간략하다는 점, 둘째 소재면에서 특수한 선택적 성격을 지닌다는 점을 들 수 있다. 의장이 소략하고 단순하다는 점은 윤동주가 자아 중심적으로 시를 쓰기보다는 사물 중심으로 썼음을 의미한다. 또한 사물을 중심으로 시를 썼던 윤동주는 그중 공간적 특이성을 발휘할 수 있는 사물을 선택적으로 수용했음을 알 수 있다. 이때의 사물은 자연에 속하는 것으로서 인간으로 하여금 평온과 자유를 호흡하게 해주는 공간적 특질을 형성시킨다는 것을 알 수 있다. 그러한 관점에서 보았을 때 윤동주 시의 가장 정점에 놓이는 시는 '십자가'와 '별'이다. 공간적으로 '높은' 곳에 있는 이 두 소재는 단지 그 차원에 머무는 것이 아니라 초공간성을 지닌다는 특징을 지닌다. '십자가'는 영적 의미를 지니는 것이며 '별'은 물리적 4차원성을 지니는 것이다. 뿐만 아니라 '십자가'가 예수라는 '신'을 지시하고, '별'이 고차원에서의 큰 에너지를 지닌다는 점에서 두 소재를 공통적으로 초공간성을 지닌 사물로 볼 수 있다.

윤동주 시에 대한 공간적 특질을 고찰한 결과 초공간성의 성격이 드러났던 바, 초공간성은 윤동주에 대해 내려졌던 '순수성'과 '저항성'이 비로소 모순 없이 양립할 수 있는 지점을 지시해주는 개념이기도 하다. 이 용어들은 축어적으로 볼 때 서로 모순되지만 초공간성에서는 그러하지 않다. 왜냐하면 초월적이고 완전한 공간성에의 추구야말로 비루하고 속악한 현실에 대한 가장 철저한 투쟁이기 때문이다. 일제의 군국주의가 현실에서 일으키는 온갖 추악한 일들이 가장 죄악적인 공간을 만들어냈다면 완전한 공간에의 지향은 죄악적인 공간에 대한 단죄이자 분노에 해당된다. 이때 완전한 공간은 가장 순수한 공간이기도 하므로 순수성과 저항성은 서로 만나게 된다. 윤동주에 내려졌던 '순수성'과 '저항성'이 절대지평에서의 명명이었던 까닭도 여기에 있다.

시와 정치의 시공성(時空性)의 차원
- 서정주론

1. 서정주 시의 새로운 단계

　서정주는 1915년에 탄생하여 85세로 생을 마칠 때까지 70여년간 작품
활동을 하면서 그는 15권의 시집을 상재하고 1000여 편의 시를 썼다.
일제시대 아버지가 신식교육을 받았던 탓에 비교적 넉넉한 환경에서 태
어났으나 광주학생운동과 관련하여 거듭 구속 및 퇴학을 당하는 등 평탄
치 않은 성장기를 보내게 된다. 스스로 빈민의 삶을 자처하여 넝마주이
노릇도 하며 피폐한 생활을 겪어보기도 했던 서정주는 이를 계기로 박한
영 선사와 인연이 되어 불교에 입문하기도 한다. 해방 후에는 우익을
대표하는 시인으로 정치적 업무를 활발히 담당하기도 했으며, 여러 대학
에서 교편을 잡는 와중에도 문화행정가로서 뚜렷한 활약들을 보이기도
한다. 6.25 당시 종군문인으로서의 활동은 물론 1949년에 창립된 한국문
학가협회에서의 주도적 활동, 예술원 및 한국현대시협회에서 차지했던
위치, 그리고 각종 수상 경력들은 그가 정치적이고 행정적인 업무들을
어떻게 감당해 나갔는지를 잘 보여주는 사례들이다. 고인이 된 직후 정

부로부터 받은 문화훈장은 서정주 시인이 생전에 보여주었던 선굵은 활동들이 어떤 성격의 것이었나를 말해주는 것이기도 하다.

이러한 삶의 궤적들은 서정주가 결코 사적인 영역 속에 머물러 있던 인물이 아니었음을 시사한다. 그리고 서정주는 결국 이 때문에 긍정적 평가와 부정적 평가의 양극단에 놓이게 된다. 한국 문단의 큰 울타리로서 수많은 문인들에게 영향을 끼치는 존재가 되었다는 사실이 긍정적 측면에 해당한다면, 당대 정권에 휘둘리며 결코 합당하지 않은 정치적 행태를 보였던 점은 부정적 측면과 관련된다. 서정주를 일컬어 '하나의 정부'라 부르는 것이 전자에 놓인다면 친일작가의 대표 인물로 인식하는 관점은 후자에 놓이는 것이다. 이 두 상반된 관점은 서정주와 관련해 극단적으로 대립하는 양면성이라 할 수 있다.

사적이기보다는 공적 활동을 주도했던 인물이라는 점은 시창작적 측면과 어떠한 상관성을 지니는 것일까? 이 둘은 서로 분리되는 것으로서 예술은 독자적이고 자율적인 영역을 확고히 고수하는 것일까? 가령 친일과 군사독재 찬양 등 부적합한 정치 행적으로부터 자유롭지 못한 서정주의 경우 독보적인 시인으로서의 자질이 정치적 행위와 분리 평가되는 것이 합리적이고 타당한 것으로 권장된다면 이는 어느 정도로 설득력을 얻게 될까? 예술가로서의 탁월함이 그 외의 영역에서 보이는 부적절한 행동들에 대해 어느 정도의 면죄부를 줄 수 있을까?

예술적 완성도가 매우 뛰어난 서정주의 시편들은 그 예술성 때문에 높은 평가를 받는 것이 사실이지만 그의 부적절한 정치적 행태는 예술성에 대한 평가조차도 삭감시켜버리는 요인이 되기도 한다. 예술성이 뛰어나다는 판단이 일수록 그가 노정했던 정치적 반동성에 대한 혐오 역시 그와 비례해서 거세지는 경향도 노출된다.

　서정주에 관한 대립적 양면의 평가는 그것이 서로 만나고 화해될 수 있는 단일의 방법론에 의해 파악되지 않는 한 계속될 것이다. 이러한 작업이 선행되지 않을 경우 서정주에 대한 이해는 부분적이고 편파적인 시각이 지속될 것이며, 이는 시의 이해가 시인의 존재론적 기반 위에서 이루어져야 한다는 기본적 명제조차 수용하지 못하는 결과를 낳을 것이다.

　서정주의 대립하는 양측면을 포괄하여 이들이 하나의 구조 속에 놓이도록 할 수 있는 새로운 방법론에는 어떤 것이 있을까? 예술의 자율성론과 사회의 효용성론의 대립에 관한 고질적 논쟁과도 관련 있을 효율적 방법론을 탐색하기 위해 고구해야 하는 요소는 무엇일까? 이러한 문제의식 아래 존재와 인식의 가장 기본적 터전이 되는 '시공성' 개념을 상정해보고자 한다. 시간과 공간의 결합축인 시공성(time-spatial quality)은 세계를 구성하는 가장 기본적인 조건이 되는 까닭에 객관적이고 가치중립적이라는 속성을 지닌다.

　존재는 특정한 시간과 공간의 조건 아래서 삶을 영위하며 이에 근거하여 인식을 구성한다. 시공성은 존재와 인식의 질이자 결(texture)이 됨으로써 존재와 인식의 특정한 양상들을 생산한다. 때문에 가령 전근대의 시공성은 근대의 시공성과 달리 나타나며 같은 근대를 살아가더라도 개개인의 삶의 양태는 각기 다른 시공성에 의해 주조된다 할 수 있다. 인식의 틀이 된다는 점에서 시공성은 관념적 속성을 지니는 듯하지만 존재의 기반이 된다는 점에서 물리적 성질 또한 지닌다. 시공성은 관념적이면서도 물리적이고 추상적이면서도 구체적인 개념이라 할 수 있다.

　특히 시공성이 지닌 물리적 성질에 주목할 경우 이를 거시적 틀이 아닌 미시적 측면에서 접근할 계기가 마련된다. 거시적 차원의 경우 시간이 과거-현재-미래라는 선조적 계기 속에서의 질서를 구축하고 공간이 장소의 개념과 관련을 맺고 있다면 미시적 차원의 시간과 공간은 이데올로기적 사회적 성격을 탈각하고 특정 순간의 양적이고 질적인 특질만을 문제삼게 된다. 시간은 특정 순간의 흐름의 속도와 관련해서만, 공간 역시 특정 순간의 평도(平度), 즉 굴곡과 관련해서만 의미를 지닌다.

서정주의 연구에 이러한 미시적 시공성을 도입할 경우 그가 노정한 예술성이나 사회성은 이념이나 가치, 사회적 맥락을 떠나 재인식됨으로써 객관적이고 중립적인 관점에 놓이게 될 것이다. 그의 예술에 관한 완성도는 특별하게 가치부여되지 않을 것이고 사회적 반동성 또한 이념적으로 평가되지 않을 것이다. 남는 것은 오직 그것들이 지닌 양적이고 질적 속성들일 뿐이며 이들이 산출하는 존재의 양상일 것이다. 존재는 시공성이 지닌 양질(量質)의 속성에 의해 인식되고 평가되는바, 이는 존재 이해에 관한 접근을 보다 내재적으로 행할 수 있다는 이점을 지닌다. 내재적 접근은 외면적이고 피상적인 이해를 뛰어넘어 존재에 관한 근본적인 인식을 제공함으로써 존재가 보이는 다양한 결절들의 행동에 대한 근거를 명시적으로 보여준다. 이러한 접근에 의한다면 가령 납득이 곤란한 비논리적 행태의 경우조차 확연한 이유와 원인을 밝혀낼 수 있다. 요컨대 미시적 차원에서의 존재에 관한 접근은 관념이나 이념적 측면에서 논해질 수 있는 여러 가치 판단들을 괄호치는 대신 존재의 다양한 양태들을 있는 그대로의 모습으로 관조할 수 있게 해준다. 거시적 차원에서 볼 때 비논리적이고 모순되는 존재의 다양한 면면들은 미시적 차원에서 비로소 공존이 비롯되는 지점들을 드러낸다.

예술성과 사회성의 질에 있어서 극단적 상반성을 드러내는 서정주의 경우 미시적 시공성에 의한 고찰은 결론적으로 말해 그의 정치성을 옹호한다거나 예술성을 강조하는 방향의 탐색으로 나아가지 않을 것이다. 미시적 시공성은 서정주가 지닌 존재론적 조건들만을 보여줄 것이기 때문이다. 그러나 이러한 미시성은 고찰의 층위를 말해주는 것이지 거시적 시공성과 분리되어 있음을 의미하지는 않는다. 미시적 시공은 거시적 시공과 서로 맞물려 있기 때문이다. 서로 만나 특유의 뒤틀림과 특질을 만들어내는 이들 시공성의 함수는 서정주를 내면적으로 이해토록 함으로써 서정주 문학세계에 대한 새로운 인식과 논리를 제공할 것이다.

2. 완미(完美)한 서정시의 '시공성'

서정주 문학의 시공성을 탐색하기 위해 먼저 그의 시작품을 고구해 볼 것이다. 서정주의 시작품은 서정주를 예술의 거장으로 정위시켰던 일 원인이기 때문이다. 그의 시가 지닌 미시적이고도 거시적인 시공성의 탐구는 서정주의 내면을 이해하는 가장 직접적인 통로일 뿐 아니라 서정주 문학의 정치성을 이해하기 위한 거점이 될 것이다.

서정주의 시작품의 특징은 어떠한가? 그에 대해 내릴 수 있는 결론은 누구도 부정하지 못할 만큼 완성도 높다는 것이다. 서정주의 시는 한 가지 특징으로 단언할 수 없을 만큼의 다채로운 면모를 고도로 정제된 세련미 속에 담아내고 있다. 질박하면서도 날렵한 어휘 구사, 감성을 그대로 담아내는 세심한 운율, 치밀한 논리성, 변화를 거듭하는 시적 소재와 인식 등은 그의 시가 단일한 의도에서 생산된 것이 아님을 말해준다. 그의 시는 매우 세밀하게 조율되어 있다.

그러나 이러한 그의 예술성에 가치를 부여하기 이전 존재양태만을 보았을 때 서정주의 시는 특정 '시공성'을 지닌다고 말할 수 있다. 이것은 시의 특질에 의해 이것을 존재케 하는 시간과 공간이 특정하게 변형되고 주형됨을 의미하는 것으로서 시라는 존재를 에워싸고 있는 시간의 양과 질, 공간의 평도가 특정한 성격을 지님을 말해준다. 미시 물리적으로 보았을 때 시간과 공간의 속성은 절대적 고정 불변하는 것이 아니라 존재에 따라 임의로 주조되어 일정한 양질(量質)의 시간과 공간을 현상시킨다는 것이다.[1] 서정주의 시가 그것의 존재 조건인 시공성을 특정하게 주형한다고 하였을 때 그 성질은 과연 무엇인가? 이를 탐색하기 위해

---

1) 존재에 의해 시공간의 특질이 규정된다는 것은 시공간의 상대적 성격을 말하는 것으로서 아인슈타인의 발견에 의거한 것이다. '시간과 공간의 상대성'은 시공간을 미시적 차원에서 고찰할 때 사물과 더불어 달라지는 시공간의 성질을 말해주는 개념이다. 시간과 공간은 절대적이지 않다는 것, 즉 시간은 모든 시계가 똑같이 일정한 간격으로 운용되듯 동일하게, 그리고 계속 전진해나가며 운동하는 것이 아니며 공간 역시 우리가 보고 생각하는 것처럼 평면으로 되어 있지 않다는 사실이 이 속에 놓여 있다. 시간은 특정 공간, 특정 순간에 특정한 속도 특정 방향으로 흘러가며 공간 역시 그 안의 물질과 에너지에 의해 휘어져 있다는 것이다. 공간의 휘어짐은 시간의 속도와 방향을 결정짓는다. 이것이 시공간의 상대성이다. 시공간에 관한 이와 같은 인식이 혁명적이었던 것은 이것이 사물을 보는 방식을 바꾸어놓을 수 있었기 때문이다. 그것은 가시적 영역을 넘어 존재하는 실체를 증명하고 있으며 모든 물질이 자체로 고립된 존재가 아니라 주변과 공명한다는 것, 에너지로 전환된다는 것, 입자를 넘어서 파동의 성질을 지닌다는 것 등을 말해주었다. 또한 이러한 인식은 시간이 일정하게 흘러하고 공간이 평평하다고 하는 시공간의 보편성에 대한 근대의 관념을 전복시켰다. 이러한 관점이 유클리드 기하학과 비유클리드 기하학에 각각 대응하는 것은 물론이다. 어떻게 보면 시간이 누구에게나 동일하게 미래를 향해 직선적으로 흐르며 공간이 일직선에 의해 최단거리를 확보하리라는 시공간의 보편성에 관한 근대적 생각은 인간의 유일무이적이고 독보적 존재를 보장하기 위한 소망의 표현이었다고 말할 수 있다. 아인슈타인의 상대성 이론에 관한 내용은 미치오 가쿠,『초공간』, 최성진 외역, 김영사, 1997, 리사 랜들,『숨겨진 우주』, 김현중 외역, 사이언스북스, 2005 등 참조.

서정주 시의 예술성을 대표하는 작품의 관념적이면서 물리적인 속성을 살펴보고자 한다.

우리 님의
손톱의
분홍 속에는
내가 아직 못다 부른
노래가 살고 있어요.

그 노래를 못다 하고 떠나 올 적에
미닫이 밖 해 어스름 세레나아드 위
새로 떠 올라오는 달이 있어요.

그 달하고 같이 와서 바이올린을 켜면서

아무리 생각해도 생각 안 나는
G선의 멜로디가 들어 있어요.

우리 님의
손톱의
분홍 속에는
前生의 제일로 고요한 날의
사돈댁 눈웃음도 들어 있지만

우리 님의
손톱의
분홍 속에는

> 이승의 비바람 휘모는 날에
> 꾸다꾸다 못다 꾼
> 내 꿈이 어리어 살고 있어요.
> 　　　「우리 님의 손톱의 분홍 속에는」 전문

　인용시는 서정주의 제5시집 『동천』에 수록되어 있는 것으로서 서정주 시의 미학성이 최고도에 이르렀던 시기의 작품이라 할 수 있다. 이 시기의 서정주는 『신라초』에서 보였던 '신라적 영원주의'에 대한 탐색을 마치고 보다 안정적 세계를 구축하고 있다. 「영산홍」, 「동천」, 「연꽃 만나고 가는 바람같이」, 「외할머니네 마당에 올라온 해일」 등의 잘 알려진 주옥같은 시편들과 같은 시기에 쓰여진 위의 시는 완미한 서정성을 구축하고 있다는 것을 잘 알 수 있다.

　그런데 이러한 완미한 서정성은 시공간상 뚜렷한 특징을 드러내는 것이다. 미시적 차원에서 보았을 때 그것은 공간의 평도(平度)의 높음과 시간의 잔잔함을 현상시키기 때문이다. 이러한 성질은 서정시가 그 본질에 회감(回感)의 원리를 지니고 있다는 사실에서도 증명가능하다. '흘러가 버리지 않게 자신을 지키는', 즉 '반복 작용'을 통해 '자신으로 회귀하여 자아를 발견하고 동일성을 회복한다'는 의미의 '회감'[2]은 서정시의 개념뿐 아니라 서정시의 창작 방법론 또한 말해주는 것으로서, 서정시 특유의 리듬감을 지시하는 것에 다름 아니다. 그것은 시가 산문(散文)이 아니라는 것, 즉 시란 시간상으로 선조성(線條的)과 일회성을 거부하고 반복적 율격에 의해 정조(情調) 및 화음(和音)을 이루는 속성을 지님을 가리킨다. 이러한 속성을 위해 과거, 현재, 미래의 경험은 지나가는 것

---

2) E. 슈타이거, 『시학의 근본개념』, 이유영 외역, 삼중당, 1978, p.37.

이 아니라 기억 속에 재구성되어 무시간적으로 통합되며 주체는 객체와 정서적으로 화합하고 율격은 마치 노래처럼 규칙적 파동을 지니고 있어야 한다. 위의 시는 이러한 서정시의 원칙에 거의 규범적으로 합치되어 있다.

'우리 님의 손톱', '분홍', '노래', '해 어스름', '세레나아드', '달', '바이올린', 'G선의 멜로디', '제일로 고요한 날' '사돈댁 눈웃음' '내 꿈' 등의 시어들처럼 자아와 세계 간의 화해로운 정서를 보장해주는 소재는 그리 흔하지 않다. 첫 행부터 끝 행까지 고르고 일관되게 사용되고 있는 이들 시어들은 매우 치밀하게 엄선된 소재들이라는 인상을 준다. 이들 소재들은 정서를 일정한 상태로 유지시켜주면서 세계와의 평화로운 공존을 이루어낸다. 특히 '노래', '멜로디', '눈웃음' 등의 소재는 정서와 율격의 동일화한 상태를 더욱 적극적으로 유도한다.

한편 '아직 못다 부른 노래'-'살고 있어요', '그 노래를 못다 하고 떠나올 적에'-'그 달하고 같이 와서', '아무리 생각해도 생각 안 나는'-'G선의 멜로디가 들어 있어요', '사돈댁 눈웃음'-'우리 님의 손톱의 분홍 속에는 … 들어 있지만', '우리 님의 손톱의 분홍 속에는'-'꾸다꾸다 못다 꾼 내 꿈이 어리어 살고 있어요'의 어구들은 과거-현재, 현재-미래가 모두 동일하게 '우리 님의 분홍 손톱 속'에 통합되는 형국을 나타내고 있다. 기억의 시간성을 지닌 '우리 님의 손톱'은 과거, 현재, 미래라는 시간대 구별이 무의미한 무시간적 공간으로서 이는 선조적으로 흘러가는 각 시간대들의 사건들을 이 속으로 수렴시킨다. 이러한 수렴 작용은 비단 시간성의 통합만을 꾀하는 것이 아니라 자아와 사물, 나와 타자를 화해시키며 세계의 소외된 어둠('미닫이 밖 해 어스름')과 거칠음('비바람 휘모는 날') 역시 통합시켜 밝고 조화로운 상태로 이끌어가고 있다.

서정시의 전범(典範)이라고 할 만한 치밀한 조직을 지닌 위의 시는 서정주의 경우 대부분의 시창작법을 대표한다. 소재와 율격, 내용과 세계관의 모든 측면에서 서정주는 조화와 화해의 정서를 유발시킨다. 시를 구성하는 모든 면들은 '회감'의 원리에 귀속됨으로써 안정과 평화라는 시공상의 특수성을 불러일으킨다.

한편 서정주가 서정시를 의도적으로 잘 빚어냈다는 것, 서정시의 전범(典範)이 될 만한 것들을 일관되게 창작해내었다는 것은 그의 시인으로서의 열정만이 아니라 세계와의 관계 또한 설명해준다. 시를 공들인 '작품'으로 만들었다는 데서 그가 시를 현실과 독립된 완결된 시공성의 그것이 되도록 도모하였음을 가정할 수 있다. 그것은 서정주가 속되고 비루하며 거칠고 무질서한 현실과 다른 제 2의 세계를 꾀하였다는 것이다. 더욱이 그것이 지속적이고 집요하게 이루어졌다면 제 2세계는 현실과 구분되는 한 차원을 이루면서 새로운 시공성을 창조해낼 만한 에너지를 지닌다고 할 수 있다. 말하자면 서정주의 시는 단지 자아의 정서를 담아낸다고 하는 평범한 현실 귀속적 차원으로서의 것이 아니라 말 그대로 '승화된 예술 작품'이 됨으로써 자체로 독립된 시공성을 창출한 것이라 할 수 있다.

이러할 경우 시 창작에서 일차적으로 중요시 되는 것은 개인적 경험이 아니다. 시는 즉자적인 개인 경험을 그대로 담음으로써 현실에 대해 리얼리티를 갖는다거나 대상에 의해 촉발되는 시인의 정서를 확인하게 하는 일과 무관해진다.[3] 현실에 귀속되었던 일차적 경험들은 새로운

---

3) 이러한 왜곡과 변형의 극명한 예는 시 "애비는 종이었다"로 시작되는 「자화상」에서 찾을 수 있을 것이다. '자화상'이라고 표나게 말한 제목 탓에 시인의 일차적 경험을 기대하는 독자의 의도를 이 시는 보기 좋게 배반한다. '애비는 종이었다'고 하는 선언적 태도 및 시 전편을 끌고가는 비감한 어조, 행과 행 사이의 멀디먼

시공성에서 응당 이 안의 질서에 따라 굴절되고 변형되기 마련이다. 시인의 일시적 경험 내용은 서서히 흔적도 없이 사라지며 시인의 의지와 그가 지향하는 세계상에 따라 새로운 세계가 축조된다. 서정주의 시가 치밀하게 계산된 관념처럼 느껴지는 까닭도 여기에 있다.[4]

현실과 다른 차원에서 독립적으로 탄생한 시공성이 서정주에게 자유와 절대의 영역이었음은 말할 나위가 없을 것이다. 그곳에서는 그가 꿈꾸는 모든 것이 있을 수 있다. 불완전하고 미숙한 것들은 그의 시적 시공성 안에서 가장 균형잡힌 미(美)로 거듭나게 된다. 조악하고 지루한 것들은 완전한 질서 속에 자리잡혀 아름다운 풍경이 된다. 시적 시공성은 현실의 남루함을 지극한 고요와 평화로 다스린다. 그에게 시는 현실의 카오스에 질서를 부여하는 완고한 장치가 되는 것이다. 매우 일관되게 지켜지는 서정주의 시에 대한 이러한 태도는 그로 하여금 시야말로 현실로부터 다른 차원으로 이동하게 하는 구멍이 되게 하며 그것을 통해 세상을 보게 하는 인식틀이 되게 한다.

> 千年 맺힌 시름을
> 출렁이는 물살도 없이

시간상의 간격은 서정주의 개인적 경험을 비틀어버린다. 시는 도대체 무엇을 형상화하고 있는 것일까? 그것은 적어도 서정주의 일차적 현실은 아니다. 그의 아버지는 '종'이기는커녕 '종'들을 '부리는' 사람이었고 지식인이었으며 경제력 있는 사람이었다. 시의 비통한 음색과 달리 서정주는 유복한 환경 속에서 제법 여유를 누리며 성장했다.

4) 현실에 귀속되지 않는 서정주 시의 이러한 성격은 황동규가 말한 바 있듯 탈(mask)의 기법과 관련될 것이다. 황동규는 「자화상」, 「화사」, 「견우의 노래」, 「석굴암관세음의 노래」, 「추천사」, 「선덕여왕의 말씀」 등 서정주 시에 등장하는 여러 다양한 화자들에 주목하여 이들 화자와 시인 사이에 질적인 거리가 있음을 지적하고 있다. (황동규, 「탈의 완성과 해체」, 『미당연구』, 민음사, 1994, p.134.)

고운 강물이 흐르듯
鶴이 날은다.

千年을 보던 눈이,
千年을 파닥거리던 날개가
또 한번 天涯에 맞부딪노나.

山덩어리 같아야 할 忿怒가
草木도 울려야 할 설움이
저리도 조용히 흐르는구나.

보라, 옥빛, 꼭두서니,
보라, 옥빛, 꼭두서니,
누이의 수틀을 보듯
세상은 보자.

누이의 어깨 너머
누이의 繡틀 속의 꽃밭을 보듯
세상은 보자.

울음은 海溢
아니면 크나큰 祭祀와 같이

춤이야 어느 땐들 골라 못 추랴.
멍멍히 잦은 목을 제 죽지에 묻을 바에야
춤이야 어느 술참땐들 골라 못 추랴.

긴 머리 잦은 머리 일렁이는 구름 속을
저, 울음으로도 춤으로도 참음으로도 다하지 못한 것이
어루만지듯 어루만지듯
저승곁을 날은다

「鶴」 전문

시선집 『국화 옆에서』에 수록된 「鶴」은 서정주의 시적 시공성에 관한 한 단서를 제공한다. 소재인 '학'의 형상화된 모습 자체가 펼쳐내는 인상적인 울림은 서정주의 시가 일으키는 정서의 울림과 등가라 할 수 있다. 그것은 지극한 고요함의 정서, 즉 잔잔하고 평화로운 미시 시공성과 닿아있다. 이때의 미시 시공성은 '출렁이는 물살도 없는 고운 강물', '조용한' 날개짓이 '학'이 그리는 모습이자 서정주 시가 일으키는 울림이라 할 수 있다. 그리고 이 '학'의 자태야말로 저기 '누이의 어깨 너머'에 있는 '수틀' 안의 세계의 존재에 해당한다. "누이의 수틀을 보듯 세상은 보자"에는 서정주가 꿈꾸는 세계의 시공성과 그것을 통해 세상을 보게 되는 인식틀에 대한 정보가 담겨 있다. 이는 다름 아니라 서정주가 세계와 관계 맺는 방식에 관한 고백의 의미를 지니는 것이다.

그러나 '학'의 자태가 한없이 우아하고 고즈넉하다고 해서 그 세계가 모순에 무지한 무갈등의 그것은 아니다. '학'의 고요함이 그저 저절로 피동적으로 주어진 것은 아니다. '학'의 날개짓은 모든 '시름'과 '분노'와 '설움'과 화해하고 나서야 비로소 가능했던 고요한 움직임이다. 그것은 수 차례의 절망과 울음을 삼키고 있으며 그러한 삼킴으로도 부족할 때 시작된 몸짓이다. 서정주는 '학'의 고요함에 내장된 감정의 크기를 '산덩어리', '해일', '초목도 울려야 할' 등으로 묘사하고 있다. 이들 거센 감정의 일렁임은 '누이의 수틀'이라는 시적 시공성에 이르러 정화되고 승화된 아름다움을 얻게 된다.

시적 시공성이 감정의 격랑들을 고요히 잠재울 수 있었던 것은 시인의 작심 때문만이 아니다. 그것은 시적 시공성이 담고 있는 시간과 공간상의 특수성 때문에 가능하다. '천년'의 세월을 담을 수 있다는 것과 '저승'에까지 가닿을 수 있는 시공간의 넓이와 높이가 곧 이 때의 시공간의 특수성에 해당된다. '수틀'에 해당되는 시공성은 단순히 탐미적 속성으로 한정된 것이 아니라 세계를 더 깊고 멀리 보는 원숙한 시각에서 비롯하는 것이었다. '천년'이라는 시간을 확정짓고 '이승'에 국한되지 않은 세계까지 넘어보려 하는 시인의 태도는 분노와 설움과 울음 등속의 '크나큰' 응어리들을 흔적도 없이 용해시키고 소멸시킬 수 있었던 것이다. 그리고 이러한 원숙한 시공성 아래 현실적 감정들은 '어느 때나 골라 추는 춤'처럼 적절히 다루어질 만한 거리 아래 놓인다. 이때 현실의 무게는 감당못할 무게로서가 아니라 임의적인 성격의 것으로 다가온다. '학'이 현실의 아픔과 설움을 '어루만지듯 어루만지듯' 날 수 있던 것도 이 때문이다.

현실적 시공성으로부터의 탈출 및 승화의 구멍에 해당하는 제2의 시공성은 미시적 차원에서의 잔잔함과 평화의 울림을 현상시키는 다른 한편 거시적 차원에서의 '천년'의 시간과 '저승'의 공간에 닿아있다. 그리고 이 점은 「학」에서만 등장했던 단순한 비유가 아니다. 「학」 이외에도 그의 많은 시에서 이와 같은 구체적 시공성에 관해 언급이 이루어지고 있기 때문이다. 「歸蜀道」에 묘사되고 있는 정황이나 「門 어라 鄭道令아」의 '九空中天', 「누님의 집」의 '구만리 산 넘어', 「풀리는 漢江 가에서」의 '꽃喪輿 풍경, 「春香遺文」의 '도솔천', 「쑥국새 打令」의 '天國', 「密語」

의 '하늘가에 머무른 꽃', 「마흔 다섯」의 '귀신' 등은 서정주 시가 펼쳐내고 있는 시공성의 성격을 보다 분명하게 암시해준다. 그의 시가 현실 귀속적인 것이 되지 않았던 것은 그가 축조한 시공간이 '지금이곳'의 한계를 이미 넘어서 있기 때문이다. 당대성이나 현시적 장소로는 서정주의 상상력의 세계를 표현하지 못하는바, 서정주는 말하자면 '이승'의 세계를 훌쩍 넘어서, 또한 관념이나 상상의 작용도 훌쩍 넘어서 이곳 '밖'의 세계를 거의 '현실적'으로 끌어들이고 있었다. 이것이 서정주의 시적 시공성으로서, 이는 현실 안에 있되 현실로부터 이동한 다른 차원의 것이라 할 수 있다.

3. '신라적 세계'의 시공성

서정주가 시에 끌어들임으로써 그 넓이와 높이의 경계를 확정지었던 구체적 시공성의 표현은 사실상 그가 열정을 다해 소개하고자 하였던 '신라적 세계관'과 같은 맥락 아래 놓여 있다. 그가 '신라'의 세계를 접한 것은 서라벌 예대에서의 강의가 계기가 된 듯한데 '신라'적 세계를 접하면서 서정주는 그동안 그가 새로운 '현실'로 끌어들였던 시공성의 보다 확고한 양태를 체험할 수 있게 된다. 『삼국사기』와 『삼국유사』에 담긴 각종 설화들은 서정주가 늘 염두에 두었던 시간과 공간의 감각을 고스란히 지니고 있었던 것으로 보인다. 당시의 시집 『신라초』가 별다른 여과없이 신라의 설화를 다룰 수 있던 것도 '신라'적 세계가 보여주는 시공성이 서정주 자신의 것과 일치하기 때문이었을 터이다. '신라'와 '눈이 맞았다'고 말할 정도로 서정주는 신라적 감수성에 깊이 매료된다.

3.1. '풍류'에 의한 자아의 회복

'신라'의 세계와 서정주 시의 시공성이 유사할 수 있었던 핵심 요인은 불교 사상 때문이다. 특히 불교의 윤회 사상은 '기독교' 및 '유교'와 달리 '인연'을 둘러싼 시공성의 문제를 논하고 있었기 때문에 서정주의 의식을 사로잡게 된다.[5] 존재가 일회성을 지니는 것이 아니라 억겁의 시간 속에 끊임없이 반복 재생되며 갖은 인연에 의해 얽히고설키는 관계망을 지닌다는 윤회전생관(輪廻轉生觀)은 서정주의 시에 나타났던 '천년'의 시간과 '탈(脫)이승'의 공간 감각에 그대로 닿아 있다. 윤회전생의 시공성은 서정주가 꿈꾸었던 새로운 세계에서의 시간의 넓이와 공간의 높이에 대한 철학적 표현이 되어 준다. 그리고 서정주에게 이러한 윤회전생의 시공성은 단순히 존재함으로서가 아니라 어떠한 절망이나 고통에도 굴하지 않고 질기게 살아남을 수 있는 힘의 근거로서의 의미를 지니는 것이었다.

> ① 이 길은 다른 게 아니라 現實을 바닥과 구석에 닿게 가장 질기게 살뿐만이 아니라 子孫萬代의 영원을 현실과 한 통속으로 하여 어떤 경우에도 이어서 안 죽고 살아가려는 정신의 요구를 따르는 길이요,[6]

> ② 이 萬波息笛의 대나무의 반쪽은 金庾信의 얼이고 또 반쪽은 文武王의 넋이었다는 것은 多難만이 겹쳤던 우리 歷史에서 그래도 統一新羅를 큰 자랑으로 가졌던 우리에게는 한 적지 않은 힘의 黙示로서 남는다.[7]

---

5) '바람', 즉 외도의 문제를 논하면서 서정주는 그것의 감정을 다루는 일은 '헬레니즘이나 헬레니스틱 휴머니즘, 기독교나 공자의 유교로도 잘 안된다'고 하면서 그 이유로 '거기에는 因緣의 自覺이라는 것이 자세치 않기 때문'이라 말하고 있다. (「처용의 춤」, 『서정주문학전집4』, 일지사, 1972, p.37.)

6) 「풍류」, 위의 책, p.112.

인용글 ①은 "우리 나라에는 깊고 미묘한 살 길이 있어 왔는데 그걸 풍류라고 말한다"면서 신라 최치원이 화랑도 정신으로 내세웠던 '풍류'에 관한 부분이다. 이에 관해 서정주는 "제일 질기게 언제까지나 살아가는 놈 그 영생의 의지를 만들어 가지"는 것이라 함으로써 '풍류'를 영원성의 한 표현으로 보고 있다. 또한 그것이 "바람둥이의 헛 風霜"이 아닌 "바람의 흐름을 두고 한 말"[8]이라고 덧붙인다. 서정주의 소략한 산문만으로는 그가 어떠한 논리로 '풍류'와 '바람'을, 또한 '풍류'와 '영생'을 연관시키는지 상세하게 알 수 없다. 다만 서정주는 '풍류'의 축어적 의미인 '바람의 흐름'이 지속적인 이어짐, 즉 '영생'의 방법이자 상징이 된다고 보고 있다. 다시 말해 '풍류의 길(道)'은 그 흐름으로써 존재를 끝까지 살아남게 하는 비법이 된다.

여기에서 끝까지 살아남는 일이란 서정주의 관점에서 볼 때 결코 일회적 생에서 그치는 것을 의미하는 것이 아니라 앞서 말했듯 몇 억겁의 시간 속에서 윤회전승하는 것을 의미한다. 그리고 이를 위해서는 존재에 관한 한 육신이 아니라 '혼'의 그것을 불가불 상정해야 한다. 실제로 서정주가 소개하는 『삼국유사』의 설화들은 '죽은 후에도' 소멸하지 않고 '피리'(「신라의 피리소리」의 김유신과 문무왕)가 되거나 '신모(神母)'(「신라의 독수리」의 婆蘇)가 되거나 '竹筒속의 여인'(「동방의 무, 한국의 무」)이 되는 등 '혼'으로서 계속 살아가는 인물들을 그리고 있다. 이때 '혼'의 인물을 상정하는 것이 서정주 시에서처럼 '지금 이곳'의 시공성을 넘어서는 일과 같다는 것을 확인할 수 있다.

한편 '혼'의 존재를 상정하는 일은 근대적 세계관에서 볼 때 극히 도발

---

7) 「신라의 피리소리」, 위의 책, p.67.
8) 「풍류」, 위의 책, p.112.

적인 행위라 할 수 있다. 신의 존재를 축출하고 인간의 눈과 사고에 기존
의 신과 맞먹는 권력을 부여하면서 태동한 근대의 패러다임 속에서 '신'
을 비롯한 모든 영적 존재들은 제도적 종교라는 좁은 영역 속에 갇혀버
렸기 때문이다. 제도에 편입되지 못했던 종교의 경우 종교라는 이름도
부여받지 못한 채 대신 '미신(迷信)'이라는 굴욕적 명칭 아래 핍박당해야
했던 것은 주지의 사실이다. 이러한 근대적 상황에 직면하여 서정주가
이를 시공성의 관점으로 이해하고 있었다는 사실은 주목할 만하다.

> … 또 日本과 우리 나라가 合倂한 후 日本人이 우리를 가르친 教育理念이
> 日政 末期의 그 虛妄한 神道精神 以前에는 西洋의 科學思想에 있었던 것,
> 특히 그 중에서도 차알스 다아윈의 無神論的 進化論에 많이 입각해 있었던
> 것과, 그런 無神論的 科學思想이 우리의 空間과 時間을 從前의 神性 대신에
> 虛無化했다는 사실만을 안다면 …9)

위의 글에서 서정주는 '신'의 존재 여부를 두고 시공성의 관점으로
풀이하고 있다. 대개 막연한 관념의 대상으로 간주되는 '신'이라는 존재
는 위의 글에서 '신성에 의한 시간과 공간'이라 하듯 차별적으로 존재하
는 시공성의 특질임을 말하고 있다. 그리고 이러한 시공이야말로 '허무'
하지 않은 성질을 띤다고 지적한다.
그러나 개화기 때 우리의 민속종교는 매우 폭력적으로 파괴당했다.
정작 일본은 메이지 유신 때부터 정치와 종교를 분리시켜 샤머니즘의
일종인 '신도(神道)'를 유지시켜왔지만 우리나라에서의 무속탄압은 마
치 범죄 다루듯이 자행되었다.10) 물론 이는 근대적 시공 속에서 '신'을

---

9) 「비평가가 가져야 할 시의 안목」, 위의 책, p.179.
10) 김열규, 「한국신화와 무속」, 『한국사상의 심층연구』, 우석, 1982, p.82.

추방하고 고립시켰던 기획의 일환이었다. 이와 더불어 인간형으로서 영성(靈性)보다는 합리성이 요구된 것은 당연한 수순에 해당된다.

사정이 이와 같았기 때문에 서정주가 발표했던 '신라적 영원주의'는 당시 커다란 반발에 부딪힌다. 그 가운데 김종길이 이 시기 서정주의 「韓國星史略」을 가리켜 '이성이나 현실감각을 완전히 무시'하고 '시인 자신이 영매(靈媒)가 되어버린 듯한' 시라 비판한 일은 대표적 사례라 할 만하다. 김종길의 비판에 대해 서정주가 호되게 반박한 일[11] 역시 익히 알려진 사실이다. 이외에도 신라주의가 과거로의 관념적 도피나 신비주의에 대한 탐닉이라는 비판은 계속하여 제기되었으나 이 가운데 서도 서정주는 신라문화의 본질을 옹호하는 글을 상당량 써낸다.[12]

서정주가 '신라'를 접하게 된 것은 우연한 계기에 의한 것이었지만 그 후 서정주가 신라 정신을 열성을 다해 소개하였던 것은 여러 맥락에서 의미를 찾을 수 있을 듯하다. 그것은 근대에 의해 파괴된 전통적 세계를 복원시키려는 의지를 담고 있으며, 나아가 근대에 의해 짓눌린 인간성을 해방시킴으로써 인간을 편협한 근대적 인간형으로부터 동일성을 회복한 온전한 인간형으로 복구시키려는 의도 또한 지니는 것이었다.

이때의 인간형들은 각각 시공에 관한 절대적 관점과 상대적 관점에 대응되는 것이라 할 수 있다. 근대적 시공성이 시간의 동질적 분절 및 직선적 전진, 그리고 공간이 굴곡 없이 평평하여 직선을 통해 최단거리 의 확보가 가능하다는 관점에 입각해 있는 것이라면 시공성에 관한 상 대적 관점은 이것의 허구성을 밝혀내는 데 기여한다. 시공성에 관한 근대적 관점은 뉴턴 물리학에서 비롯된 것으로서 거시적 영역에서는

---

11) 「비평가가 가져야 할 시의 안목」, pp.176-184.
12) 황종연, 「신들린 시, 떠도는 삶」, 『미당연구』, 민음사, 1994, p.321.

진리에 해당한다. 이것에 의해 근대가 눈부실 만큼 성장한 공적도 부정할 수 없다. 그러나 미시적 영역으로 한 단계만 진입해도 시공의 절대성에 대한 관점은 무의미해진다. 더욱이 가시적 세계가 미시적 영역인 고차원에서의 저차원을 향한 투사에 불과하다면[13] 인간과 세계를 더욱 정확히 이해하기 위해서는 시공에 대한 미시적 영역 및 상위차원에 대한 탐구가 불가피해진다.

상위차원의 세계는 극미시성의 그것으로 가시권(可視圈)을 넘어선다. 그러나 가령 '바람'은 보이지 않지만 실재하는 것처럼, 이는 단순한 관념이나 상상, 혹은 환상이 아니라 실재하는 세계에 속한다. 우리의 근대의 지적 역사는 이러한 비가시적 영역을 훼손하고 억압하는 과정과 궤를 같이하였다 해도 과언이 아닐 것이다.

서정주 시세계의 시공성을 상대성의 관점에서 본 것이 미시적 영역에서의 판단에 의한 것이라는 점은 나아가 시를 파동의 형태로 전유했음을 의미한다. 존재로부터 특정 시공간이 주형된다고 하는 점은 사물이 독자적으로 존재하는 것이 아니라 주변과 공명하며 존재함을 의미하는 바, 이는 사물이 입자가 아닌 파동의 성질을 지님을 가리키는 것이다.[14]

이러한 관점에서 판별했을 때 서정주의 시는 입자가 매우 고운, 즉

---

13) 기하학 용어 중 투사와 비슷한 개념에 '사영'이 있다. '사영'은 높은 차원을 낮은 차원으로 바꾸는 방법인데 사영된 대상은 높은 차원에서 원래 지니고 있던 정보를 삭감당한 채 낮은 차원에서 재현된다. 이것의 대표적인 예로 그림자, X선 촬영, 홀로그래피 등을 들 수 있다.(L. 랜들, 앞의 책, pp.52-3.)

14) 보이지 않는 곳에서 질량이 0인 빛이 휘어지는 이유는 공간의 밀도(중력의 크기)로 인한 공간의 함몰에서밖에 그 원인을 찾을 수 없는데, 공간을 함몰시키는 존재가 눈에 보이지 않는다면 그것은 입자라기보다는 초립자, 혹은 전기적 성질을 지닌 파동으로 간주할 수 있다. 실제로 미시세계에서 모든 물체는 입자성과 파동성을 이중으로 지닌다. 공간과 파동에 관한 내용은 『블랙홀과 시간굴절』(킵 S. 손 지음, 박일호 역, 이지북, 2005)참조.

매우 잔잔한 파동으로 전달된다. 그의 시는 곱디고운 자기(瓷器)처럼 매우 부드럽고 섬세하며 고요하고 평화롭다. 이러한 파동은 결코 쉽게 만들어지는 것이 아닌데 서정주의 시가 이토록 섬세한 결을 이룰 수 있었던 것은 앞서 고찰했듯 완미한 서정성을 향한 열정과 드넓은 존재들을 삼키고 승화시키는 원숙한 자세에 기인한다. 현세적 시공에 한정되지 않은 오랜 시간성의 탈공간적 존재들을 따뜻하게 감싸안는 서정주의 원숙한 태도는 존재들을 달래주고 '어루만져' 줄 수 있었던 것이다.

이러한 점을 고려한다면 파동의 차원이라는 미시적 근원에서부터 숨결을 고르는 행위야말로 곧 파괴된 자아를 동일성의 자아로 회복시키는 직접적 행위에 해당할 것이다. 서정주가 서정시를 통해 완고하게 빚어내려 했던 호흡은 자아를 치유하고 회복시키는 데 기여한다. 도구화된 합리성에 의해 인간성의 많은 부분을 삭제하고 억압해야 했던 근대인은 서정성에 의해 평안과 해방을 경험하는 것이다. 이로써 동일성을 회복한 자아는 마치 '바람의 흐름'처럼 '질기게 살아남는 존재'가 될 것이다. 서정주가 말한 '질기게 살아남는 바람의 흐름'이란 슈타이거가 말했던 '회감'의 개념에 그대로 적용된다.15) 신라인들의 정신에 해당하는 질기게 이어지는 것, "無와 永遠 그 속에만 잠적해 머물러서 그 魂의 不老不死를 누리고자 하는" 이 영원주의는 서정주가 꿈꾸었던 시공성이었던 셈이다.

3.2. '영원회귀'의 상대성

서정주가 신라정신에 내재하는 영원주의를 통해 자아 회복의 길을

---

15) '회감'은 단순히 리듬의 문제가 아니라 반복과 재생을 통한 자아 드러내기, 자아에 다가가기의 개념을 내포하고 있다. 이 글의 3장 참조.

열고 새로운 시공성을 창출하였음을 확인하였다면 이제 남는 문제는 이처럼 원숙하고 입자고운 서정주 시의 시공성이 현실의 거친 시공성과 어떤 함수관계로 만날 것인가를 고찰하는 일일 것이다. 이 역시 미시적 차원에서의 접근을 요구하는 작업이 될 것이고 결국 예술과 정치, 문학과 현실간의 관계를 논하는 일이 될 것이다.

앞서 문제로 제기하였듯이 서정주에 관한 평가는 상반된 두 관점에 의해 극단적 대립 양상을 띠고 이루어졌다. 긍정의 평가는 그의 예술성의 업적에 대한 것이었고 부정적 평가는 그의 반동적 정치 태도에 기인하였다. 대체로 이 두 평가는 각각 신비평적 연구 태도와 사회 역사 비평론에 입각해 이루어져 온 것이라 할 수 있다.[16] 비단 서정주처럼 극단적 양상을 보인 경우가 아니라도 이 두 비평적 태도가 화해롭게 만났던 적은 별로 없다. 오랜 고질적 폐단이 되어 왔던 만큼 이 둘 사이에 비평의 논리적 다리를 세우는 일은 쉬운 일이 아니다. 그만큼 이 두 항 사이의 함수관계를 논하는 일은 보다 세밀하게 이루어져야 할 것이다.

> 마쓰이 히데오!
> 그대는 우리의 오장, 우리의 자랑
> 그대는 조선 경기도 개성 사람
> 인씨의 둘째 아들 스물 한 살 먹은 사내

---

16) 이광호는 이 두 관점을 사회역사 비평과 신비평의 태도로 나누고 전자의 예로 구중서(「서정주와 현실도피」), 영무웅(「서정주와 송욱의 경우」), 이성부(「서정주와 시세계」)를 후자의 예로 원형갑(「서정주의 신화」), 천이두(「지옥과 열반」), 김재홍(「하늘과 땅의 변증법」)을 들고 있다. (「영원의 시간, 봉인된 시간」, 『미당연구』, 민음사, 1994, p.374.)

마쓰이 히데오!
그대는 우리의 가미가제 특별 공격대원
귀국대원

우리들의 동료들이 밤과 낮으로
정성껏 만들어 보낸 비행기 한 채에
그대 몸을 실어 날았다간 내리는 곳
소리없이 벌이는 고흔 꽃처럼
오히려 기쁜 몸짓하며 내리는 곳
쪼각쪼각 부서지는 산더미 같은 미국군함

우리의 땅과 목숨을 뺏으러 온
원수 영미의 항공모함을
그대 몸뚱이로 내리쳐서 깨었는가
깨뜨리며 깨뜨리며 자네도 깨졌는가

장하도다
우리의 육군항공 오장 마쓰이 히데오여
너로 하여 향기로운 삼천리의 산천이여
한결 더 짙푸르른 우리의 하늘이여
　　　　「오장(伍長) 마쓰이 송가(頌歌)」 부분

　위의 시는 1944년 〈매일신보〉에 발표된 서정주의 대표적 친일시다. 1942년부터 1944년 사이 서정주는 일본 군국주의를 위한 선전선동시 및 수필을 다수 발표한다.[17] 「오장 마쓰이 송가」 역시 태평양 전쟁을

---

17) 대표적 수필로는 「시의 이야기-국민 시가에 대하여」(1942), 「징병 적령기의 아들을 둔 조선의 어머니에게」(1943), 「스무 살 된 벗에게」(1943) 등이 있다.

위한 징병을 호소하는 가공할 친일 시다. 서정주는 '오장 마쓰이 히데요'를 통해 일제의 전쟁에 동원되어야 했던 우리 조선 청년의 전형을 가공(加工)해내어 이에게 혼을 불어넣고 미화시켜낸다. 시에 의하면 우리의 청년은 '소리없이' '고흔 꽃'이 되어 '오히려 기쁜 몸짓'으로 전쟁의 도구가 되어야 했다.

서정주는 이 시기를 회억하는 「창피한 이야기들」에서, 당시 그가 판단한 국제 정세를 고려할 때 "한국인도 거기 맞추어서 어떻게든 살아견뎌야 한다는 생각"으로 친일시를 썼다고 말한다. 이 일이 자기 생애 "가장 창피한 일"이라고도 말하고 있다.[18]

그러나 서정주의 반동적 정치 행태는 '황국신민화'를 부르짖는 데서 그치지 않는다. 해방 후 이승만과의 친분으로 그의 자서전을 썼던 것, 1981년 정치적으로 민감했던 시기 전두환군사정권을 옹호하는 연설을 한 점 등은 서정주 개인에게 있어서나 우리 민족의 역사에 씻지 못할 상처를 남기는 일이 되었다.

서정주가 이같은 반민중적 정치 참여를 하게 된 데에는 서정주가 처해있던 사회의 권력자적 지위라든가 서정주 개인이 지녔던 세계 인식의 한계에서 비롯된다. 서정주는 나름 자신의 오판과 미숙함을 후회하고 반성하는 도덕적인 태도를 보이지만 지식인의 사회적 기능을 염두에 둘 때 자기 성찰에의 불철저에 기인하는 세계관의 오류와 미숙한 판단은 아무리 비판받아도 부족하지 않을 것이다.

그러나 정작 문제는 서정주의 이같은 정치성이 어떠한 소이연에서 비롯되는가 하는 점이다. 앞서 예술성의 시공성을 살펴보았듯 서정주는 현실의 불완전성을 극복하는 새로운 시공성을 창출하고자 하였고 이를

---

18) 「창피한 이야기들」, 『전집3』, p.238.

위한 철학적 기반도 갖추고 있었다. 이것이 근대의 부조리한 인간형과 편협한 인식틀을 넘어서 있다는 점도 살펴보았다. 이는 분명 깊이 있는 성찰의 결과를 보여준 것이라 할 수 있다. 그런데 이러한 성찰이 정치성 앞에서 확고한 영향력을 행사하지 못한 까닭은 어디에 있는가? 현실의 불철저함을 극복하기 위한 그의 시도가 왜 정치성에서의 순결함을 보장 해주지는 못하였는가?

이러한 논리적 단절과 모순을 해명하기 위해 서정주의 경우 예술성과 정치성을 관계지워주는 매개조건을 설정해야 할까? 이 둘은 논리적 매 개항에 의해서만 관계될 수 있는 각기 자율적이고 독립된 항들일까? 시공성에 관한 미시적 접근은 이러한 질문들에 대해 답해야 하는 수고 를 덜어준다. 미시성에 의한 시공성에 따르면 두 항은 독립된 것이 아니 며, 따라서 둘을 매개해 줄 어떠한 조건항도 필요로 하지 않는다. 미시 적 시공성에 의하면 이 두 항은 그저 '만난다'. 서로 만나서 힘과 힘의 대결을 벌일 따름이다. 예술성은 정치성의 영역과 조우하여 에너지의 대결을 벌이며, 때문에 서정주의 문학적 공간은 에너지들의 만남과 대 결의 장(場)이 된다.

두 항이 구분되는 별개 항이 아니라 힘들의 장(場) 속에서 만나고 겹치는 성질을 지닌다는 점은 존재의 파동성 및 시공간의 곡률의 측면 에서 파악할 때 분명해진다. 말하자면 두 항의 만남은 '간섭(干涉)'의 형태로 이루어지는 것이다. 파장과 파장에 의한 조우가 성립되는 것인 데, 그것도 평면에서의 간섭이 아니라 각 항이 지닌 밀도에 의해 4차원 시공간의 휘어짐을 조건으로 하여 간섭된다. 이러한 만남에서는 힘과 힘의 대결, 에너지와 에너지의 충돌이 불가피해지고 이로부터 잠식당하 는 존재와 잠식하는 존재가 발생한다.[19]

　서정주는 분명 현실과 질이 다른 시공성을 창출함으로써 독자적인 서정성의 영역을 구축하였지만 안타깝게도 이를 정치 항과 간섭되지 않을 만큼 먼, 초월적 영역에 구축하지는 못하였다. 서정주의 경우 예술과 정치의 항 사이의 간격은 지나치게 가까웠고 따라서 쉽게 간섭하였다.[20] 그것은 서정주의 여러 태도에 기인한다. 그는 어느 시대에서나 책임자의 자리에 있었고 국가애에 대한 의식이 강했으며 대중을 이끌어야 한다는 문인 엘리트 의식이 있었다. 이러한 사회적 처지가 그를 정치성으로부터 자유롭지 못하게 하였고 나아가 정치를 미학화하는 데까지 이끌어간다. 정치 항의 시공간 구조는 서정주의 서정성이 고요하고 잔잔할수록 더욱 광포하게 서정주를 잠식해 들어갔을 것이다.[21]

　그렇다면 서정주는 왜 예술에 힘입어 보다 초월적인 영역, 절대적 궁극의 경지로까지 나아가지 않았을까? 예술의 향취로 더욱 고고하고 철저하게 자신의 정신을 단련하지 않았을까? 이에 대한 논의를 위해

---

19) 아인슈타인의 상대성이론이 시간과 공간의 구조를 밝힌 이후에 블랙홀에 관한 탐구가 이어져 왔음은 잘 알려진 사실이다. 블랙홀은 밀도가 높아 중력이 커지므로 그만큼 공간을 휘게 하는 존재를 의미한다. 휘어져 함몰된 공간이므로 그것은 주변의 존재들을 빨아들이게 된다. 이 자장 안에 들어온다면 빛조차도 빨려들어간다는 점에서 이름이 'black hole'이다. 이는 천체 물리학에만 적용되는 일이 아니라 우리의 환경 속에 그대로 적용되는 이론이다. 가령 인간관계 속에서 이유없는 끌림이나 이유없는 반감 등속의 감정들 역시 곧 존재의 밀도에 의해 야기되는 시공간의 구조 변화라는 물리적 현상이라 말할 수 있다.

20) 이러한 점은 윤동주의 경우와 대비될 수 있다. 윤동주의 시가 저항시가 될 수 있었던 것은 그가 반일적 정치 행동을 펼쳐서 그리했던 것이 아니라 윤동주 시의 세계관적 철저성에서 비롯되는 것이다. 순수시의 대표라 할 수 있을 윤동주의 시가 철저한 저항시가 되는 이러한 역설은 윤동주가 추구했던 순수성에의 열정에 기인한다. 이러한 순수성에의 열정은 윤동주의 세계에서 '별'과 '십자가'로 상징되는 공간의 절대성과 초월성으로 현상한 다.(졸고, 「윤동주 시의 공간적 특질 연구」, 『한국시학연구』 24호, 2009. 4, pp.143~167참조.)

21) 자전 수필 「6.25 사변」은 6.25 전쟁 당시 서정주가 겪었던 고난을 사실적으로 보여주고 있다. 전쟁에 처해서 서정주는 심각한 수위의 공황상태를 경험한다.

서정주의 '영원주의'의 성격을 좀더 면밀히 살펴보고자 한다.

> '靈通'이라는 것, 달리 傳해 오는 말로 하면 '魂交'라고도 하는 것―이것이
> 야말로 우리 民族 古代精神이 現代와 다른 가장 큰 特質을 표시하는 名稱이
> 라고 생각한다. 말하자면 이것은 歷史意識과 宇宙意識 그것의 本質이 우리
> 現代人과 달랐던 것을 말하는 것이니, (중략) 우리의 古代人들은 死後 後代
> 에 이어 傳承되는 마음의 흐름을 魂의 實存으로서 認識하고 느끼고 살았기
> 때문에 우리와 그들의 歷史意識 사이에는 懸隔한 差異가 빚어져 있다. [22]

　서정주는 신라의 '영원주의' 속에서 우리의 전통적 사유방식의 전형
을 발견한다. 그것은 '영혼'의 개념에서 비롯된다. '영혼'의 존재를 인정
하고 이것의 지속성을 믿음으로써 신라인들은 삼국통일의 주인이 될
수 있었고 영원히 살아갈 수 있었다는 것이다. 서정주의 '영원주의'가
'영통(靈通)주의'와 만나는 것도 '영혼'이라는 매개항 때문이다. 서정주
는 '영혼'의 존재에 대한 인정 여부에 따라 고대와 현대가 나뉜다고 본
다. '영혼'을 인정함은 사후세계와 현실세계를 지속적인 관점에서 보는
것인데 현대에는 '영혼'의 개념을 받아들이지 않음으로써 이 두 세계는
단절되었다고 한다. 따라서 서정주가 '영혼'의 개념을 끌어들이고 이를
통해 '영원주의'라는 새로운 시공성을 창조하게 된 것은 전통적 사유를
통해 현대의 편협한 의식을 극복하려는 시도로 볼 수 있다.

　그렇다면 '영혼'은 언제 어떻게 '살아남아' 언제까지 이어지는 존재인
가? 그러한 존재가 '영원'하다는 것은 어떤 의미를 지니는가? 이와 관련
한 언급을 서정주는 여러 차례 하고 있거니와 그것은 곧 '윤회전승'의

---

22) 「한국적 전통성의 근원」, 『서정주문학전집2』, 일지사, 1972, p.300.

시공성으로 이해될 수 있는 성질의 것이다.

> ① 新羅精神의 要核에 佛敎精神이 많이 浸透해 있었다는 것, 그리고 그 佛敎
> 精神은 天體 나 神位를 人間 以上으로 사는 것이 아니라 覺醒한 人間과
> 對等의 位置에 놓는다는 것,… 23)

> ② 善德女王이 이승에 있을 때
> "나는 죽으면 忉利天에 가 있을란다"
> 신하들을 앞에 하고 허공에 던져 말한 일이 있었습니다.
> (중략)
> "네. 좀다 높은 데 계셔도 될 줄은 압니다만 곧이 거기 계시겠다 하시니
> 세상 사람들한테 두루 알리겠습니다."
> 문무왕 그는 대답했던 것입니다.24)

서정주가 말했듯 '죽어서도 질기게 살아남는 것'이 영원주의임은 앞
서 살펴본 대로이다. 그런데 이때 '살아남는다'는 것은 가령 기독교적
관점의 '영생'이나 불교에서의 '해탈'과는 전혀 상관없는 것이라는 점을
위의 두 인용글을 말해준다. '신라정신의 요핵에 불교정신이 많이 침투
해'있다고는 하지만 서정주가 신라인에게서 본 영원성은 '살아있는 인
간과 더불어 존재하는' 혼의 그것이다. 그 혼은 언제까지나 인간들 근처
를 배회하며 '女仙'이 되고 '龍'이 되고 '피리'가 되어, 또한 인용글의 '선
덕여왕'처럼 '도리천'에서 인간을 돕는 존재이지 자신의 일신을 위해 '해
탈'해 버리는 존재가 아니다. 말하자면 서정주가 가치있게 본 '영원성'은

---

23) 「비평가가 가져야 할 시의 안목」, 앞의 책, p.179.
24) 「신라인의 통화」, 위의 책, p.246.

"門 열면 바로 보이는 것 같은 實感力으로써 後世에 작용하여, 이런 힘으로 가령 新羅의 統一 같은 것도 이루"[25]는 '영혼'의 그것으로서, 죽음 이후 곧 현세와 인연을 끊고 궁극의 하늘(天)에 자리잡는 성질의 것은 아니라는 점이다. '이승과 가까운' 저승에서 언제까지 '질기게 살아남아' 후세와 '魂交'하는 말그대로의 끝없이 '윤회전승'하는 것, 그것이 서정주가 본 영원성의 의미이다. 때문에 서정주의 '윤회전승'의 영원성은 초월이나 구원이라는 궁극의 절대성과는 별 상관없는 것이다.[26]

서정주가 구원이나 초월을 지향하는 것이 아니라는 것은 그의 영원성의 상대적 성격을 말해준다. 이는 종교의 관점에서 말하는 소위 '영원성'과 오히려 상반되기까지 한 것이다. 인간 세상과 더불어 존재하는 '윤회전승'은 종교적 인간이 벗어내고 닦아내야 하는 것으로 여기는 온갖 감정과 욕망들을 부정하지 않게 되기 때문이다.

朕의 무덤은 푸른 嶺 위의 欲界 第二天
피, 예 있으니, 피, 예 있으니, 어쩔 수 없이
구름 엉기고, 비 터잡는 데--그런 하늘 속

피, 예 있으니, 피, 예 있으니
너무들 인색ㅎ지 말고
있는 사람은 病弱者한테 柴糧도 더러 노느고,

---

25) 「한국적 전통성의 근원」, 앞의 책, p.300.
26) 신범순은 미당의 시에서의 '하늘'은 지상과 대비되어 상승 하강에 관계 속에 놓이지 않는다고 전제하고, 그의 시가 우리 시에서 의미있는 까닭은 그가 그런 대비법을 피해서 독특한 형이상학 하나를 구축해 주었기 때문이라고 말한다. 따라서 미당이 '하늘'이 일반론으로서 갖고 있는 구원이라거나 영원의 형이상학적 이미지에 몰입해 있다고 생각하는 것이 무의미하다고 지적한다. 「질기고 부드럽게 걸러진 영원」, 『미당연구』, p.282.

> 홀어미 홀아비들도 더러 찾아 위로ㅎ고
> 瞻星臺 위엔 瞻星臺 위엔 그 중 실한 사내를 놔라
> 　　　　　　　　「善德女王의 말씀」 부분

　서정주가 말한 '윤회전승'의 '영원성'은 위의 시에 나타나 있듯 선덕여왕이 사후 머물고자 하였던 "欲界 第二天"이라는 표현에서 더욱 구체적으로 인식된다. '하늘'은 '하늘'이되 그것은 궁극의 '하늘'이 아니라 '피'가 있고 '구름'도 있고 '비'도 내리는 '그런 하늘 속'이라는 것이다. 그것은 궁극의 초월성도 아니며 절대에의 순수한 지향성도 지니고 있지 않음을 알 수 있다. 그렇다면 서정주의 '영원주의'를 과연 '영원성'이라고 할 수 있을까? 초월에 초월을 거듭하여 궁극의 '하늘'을 향해 수직적으로 상승하고자 하는 지향성이 '영원'이라는 일반적 관점에서 볼 때 서정주의 이것은 '영원성'이 아니다. '윤회전승'은 철저히 수평적인 방향성을 지니며 영원히 지상에 머물기 때문이다. 영원히 머문다는 점에서 그것은 '영원회귀(永遠回歸)'인 것이다. 따라서 이 영원회귀는 '영원주의'라기보다 오히려 반영원주의의 성격을 띠는 것이라 하는 편이 옳을 것이다. 요컨대 서정주의 '영원주의'는 천상적이라기보다는 지상적이고 절대적이라기보다는 상대적인 성격을 띠는 것이다.

　이러한 서정주의 '영원주의'를 어떤 관점에서 어떻게 평가해야 하는지는 쉽게 판단하기 힘든 문제이다.[27] 그러나 서정주의가 말했던 '영원주의'의 의미를 고찰함으로써 그가 추구했던 시공성의 성격이 보다 분

---

27) '영원성'에 관한 서정주의 관점은 그의 문학세계에서 매우 중요한 부분에 해당한다. 그것은 이 논문에서 논구하듯 정신의 치열성을 유지시키는 절대성과 무관한 것이 됨으로써 정치항에서의 왜곡과 굴절을 일으키는 요인이 된다. 뿐만 아니라 이는 '질마재 신화'로 대표되는 서정주 후기시 세계인, 대지적 여성주의 및 지상적 영원주의로 이어진다.

명해졌음을 알 수 있다. 그것은 일관되게 인간중심적 시공성에 해당되는 것으로서 인간과 관련해서만 의의를 부여받을 수 있는 것이라는 사실이다. 서정주의 문학은 예술성을 통해 인간의 삶을 평화롭게 지지해주는 것이며 또한 불완전한 것일지언정 인간과 더불어 정치적 방향성을 모색해나가는 것에 해당된다. 서정주는 현실의 시공성의 한계를 극복하고자 하되 이를 현실을 벗어남으로써가 아니라 현실 속에서 이루어내고자 하였던 것이다.

4. 시와 정치의 함수관계

예술성의 완미한 성취라는 점에서 누구보다도 독보적 자리를 차지하고 있는 서정주는 예술과 정치, 문학과 현실간의 대립·갈등이라는 문제를 제기하는 인물이다. 서정주를 논할 때 그의 정치적 행적에 관한 일은 외면할 수 없는 문제가 된다. 특히 서정주의 경우처럼 예술성과 정치성이 극단적으로 대립해있는 경우 이에 대한 고찰은 더욱 난감해진다.

서정주 문학의 시공성에 관한 연구는 그의 예술성과 그의 정치성을 모두 중립적 시각으로 볼 수 있는 유용한 도구가 된다. 시공성이라는 방법적 도구를 통해 보면 서정주의 예술성과 정치성은 함수 관계 속의 한 좌표값으로서만 인식된다. 그것들은 현실과의 거리와 영향력에 따라 일정한 좌표를 점한다.

이때 그의 예술성은 근대적 현실의 비루함과 편협함을 넘어서는 좌표 속에서 독특한 시공성을 창출함을 알 수 있었다. 그리고 이러한 그의 예술성이 신라적 세계관으로부터 그 근거를 확보하고 있음을 살펴보았다. 그의 예술성의 탁월함에 비해 정치성은 극히 반동적인 것이다. 그러나 이 두 항은 서로 분리된 것이 아니다. 그가 구축한 예술의 새로운 시공성은 초월성과 무관하게 존재하는 것으로서 인간과 함께, 현실 속에 있는 것이었기 때문이다. 이것은 서정주에게 정치항과 예술항이 매우 근접해 있음을 암시하는 것이다. 매우 가까이 놓여 있던 이 두 항이 서로 간섭하게 될 것이라는 점은 당연한 일이다. 서정주가 정치를 미학화하거나 정치적 행적에 의해 그의 예술성이 폄하되는 까닭은 여기에 있다.

신라적 세계관에서 구한 그의 영원주의는 인간중심적인 것이었다. 이러한 그의 세계관은 그가 인간과 현실을 버리지 못하는 인정많은 한 노시인이었다는 인상을 준다. 사정이 이러하다면 그의 정치적 행적은 일반론적인 층위에서가 아니라 세계관에 토대한 내적 층위로부터 평가해야 하는 문제가 된다. 같은 외형으로 나타나더라도 그 결과를 빚어낸 예술가의 내면이 일반인의 내면과 같을 수는 없기 때문이다. 요컨대 문학과 정치의 상관성을 구명하는 보다 정치하고 균형잡힌 시선이 이루어질 때 서정주의 모순된 행위에 대한 보다 합당한 이해가 가능해질 것이다.

'절대'의 외연과 내포
- 유치환론

1. 생명파와 유치환

1930년대 『시인부락』지를 통해 생명파의 일환으로 활동하던 유치환은 1939년 상재된 『청마시초』를 시작으로 작고하기까지 12권의 시집과 2권의 수필집, 그 외 산문과 시들을 발표한 바 있다. 1931년 등단 이후 약 36년간에 걸친 부단한 작품활동은 그것이 매우 치열하였음을 말해준다. 이들 시편을 통해 유치환은 생명파가 당시 문단의 주류였던 카프의 계급주의 문학과 기교적 모더니즘에 대항하여 인간의 생명력을 중시하였듯 인생의 본질적 국면에 천착한 심도 있는 탐색을 펼쳐보이고 있다. 강인한 남성적 어조를 바탕으로 삶의 절대 지평에 관한 사유를 개진하려 했다는 점에서 유치환은 독자들의 끊이지 않는 관심과 사랑을 받아왔다. 또한 그는 6·25 당시 실제 전투에 참가하거나 수십 년 간 교육현장에서 활동하는 등의 실천적 삶을 살아감으로써 초역사적이고 탈현실적이라는 생명파에 관한 평가를 무색케 할 정도의 내면의 생생함과 생의 치열한 문제의식을 보여주고 있다. 그의 치열한 삶의 태도는 시와 산문을 통해 윤리, 정치, 종교, 사상 등의 문제를 직접적으로 다루는 과감성으로 나타나기도 하였다. 유치환의 시가 분류가 어려울 정도의 넓은 스펙트럼을 형성하고 있는 것, 그 저변에 외면하기 힘든 강렬한 에너지가 흐르고 있는 것은 이 같은 유치환의 치열했던 삶과 연관된 것이다.

유치환의 시가 생생한 삶의 문제를 토대로 하고 있는 만큼 지금까지 이루어진 유치환에 대한 연구는 생명성을 향한 의지의 탐색[1]이라든가 세속의 감정을 초월하려는 절대이념의 시인[2], 혹은 실존적 조건으로 인한 허무 인식[3] 등의 관점 위에 놓여 있다. 이러한 연구 성과는 유치환의 시에 내재된 강렬한 정신적 성격을 반영하는 것으로서 유치환이 일생을 바쳐 질문하고 고구했던 문제의식을 다루고 있음을 알 수 있다. 유치환에게 죽음과 양면을 이루는 것으로 여겨졌던 생의 문제는 언제나 이 양면을 아우르는 지평에서의 인식과 사유를 강제한 요인이었던 것이다. 한편 유치환 시세계의 본질이라 해도 과언이 아닐 이러한 인식과 사유는 시의 형태 면에서도 그 특징을 형성하는바, 그것은 시적 표현에 있어서의 '진술'의 형태를 가리킨다. 유치환이 탐색해낸 생에 관한 인식과 사유는 관념의 형태로 표출되어 시에서 '진술'의 양태로 나타났던 것이다. 유치환 시의 표현상의 특징을 '아포리즘'의 관점에서 살펴보고 있는 연구[4]는 이러한 유치환 시의 특성을 나타내고 있다.

이러한 연구성과들은 지금까지의 유치환에 관한 연구가 시의 형식이나 기교보다는 내용과 의미 면에 기울어 있었음을 말해주고 있다. 치열

---

1) 오세영, 「생명파와 그 세계」,『20세기 한국시 연구』, 새문사, 1989.
2) 김용직, 「절대의지의 미학」,『다시읽는 유치환』, 시문학사, 2008.
3) 오세영, 「실존 그리고 허무의 의지」,『한국현대시인연구』, 월인, 2003.
4) 이새봄, 「유치환의 아포리즘 연구」,『한국시학연구』 22호, 2008.

한 생에 관한 질문, 인식과 사유를 바탕으로 한 관념적 특성, 관념의 직설적 표현으로서의 진술의 시적 양태 등은 유치환 시에 다가가는 일반적인 접근 경로였던 셈이다. 이러한 경로는 유치환의 본질을 가장 직접적이고 분명하게 보여주는 것이었다. 때문에 이 경로는 유치환을 이해하기 위한 가장 정합적인 방법으로 제시되곤 하였다.

그러나 이러한 경로가 유치환을 이해하기 위한 가장 핵심적이고 직접적인 접근 방법이라 할지라도 이것이 유치환 세계의 전체를 말해주지 않음을 물론이다. 오히려 시인의 어떠한 특징이 두드러져 보이고 이것이 과도하게 강조되는 일은 연구에 있어서 주의를 요하는 대목이라 할 수 있다. 시인의 이러한 부분은 자칫 그에 대한 연구를 단정짓게 하고 협소하게 하는 요인으로 작용할 것이기 때문이다. 한 시인의 개성이 강할 때 대부분 그 특성에 주목하게 되는 것은 당연한 일이지만 이 점은 눈에 띠는 부분만을 일면적으로 다루게 되는 위험을 안고 있는 것이다. 실제로 유치환의 경우 연구 대상이 되었던 시들이 매우 한정되어 있을 뿐만 아니라 관점 또한 고착되는 형국을 보여준다. 그의 시는 대체로 이념을 직설적으로 드러낸 것들에 한하여 다루어졌으며 이를 다루는 관점 역시 그 시들에 제시되어 있는 유치환 시인 자신의 관념에 기반하여 이루어졌기 때문이다.

이와 같은 연구 경향의 문제점을 극복하기 위해서는 먼저 그간 연구에서 검토되었던 작품들의 제한된 틀을 넘어설 필요가 있다. 가령 '관념'을 다룬 '진술'의 시는 연구의 초점을 형성하고 있지만 이는 양적으로 보더라도 유치환이 실제로 쓴 시 가운데 단지 몇 편에 불과하다는 것을 지적해야 할 것이다. 뿐만 아니라 '진술'은 내용의 명확성 때문에 연구상 편의점을 제공하는 것이 사실이지만 이들 시가 유치환의 시세계에서 유일하게 중요한 것이라고도 볼 수 없다. 사실상 유치환의 시에는 '진술'의 시 외에 이와 형태를 달리 하는 '서정'의 시가 양적으로 크게 자리하고 있으며 이들이 유치환의 시세계에서 차지하는 중요성도 '관념'의 시에 견줄 만큼 크다. 그러나 '진술'이 아닌 형태, 즉 '서정'의 시는 연구 대상에서 제외되어 거의 언급조차 되지 않았다. 이는 유치환 연구에서의 가장 큰 맹점이라 해도 틀리지 않을 것이다.

이에 따라 기존의 관념 중심의 시를 '진술의 시'로, 주목받지 못하였던 정서 중심의 시를 '서정의 시'로 명명하고 이들이 유치환의 전체 시세계에 어떻게 통합되어 있는지를 살피고자 한다. 이 두 상반된 형태의 시들은 서로 분리되어 있는 것이 아니라 일정한 관계로 짜여져 있으며 이를 고구할 때라야 유치환 시세계의 진정한 면모가 드러날 것이라는 점이다. 여기에는 기존 연구에서는 소외되었지만 '서정의 시'는 유치환 연구에서 제외시킬 수 없는 중요한 요인을 내포하고 있을 것이라는 관점이 놓여 있다.

한편 이 두 측면을 관계지우는 데 있어서의 형식논리적 재단을 피하기 위해 선험적인 태도를 지양하고 독자 중심적 시각에서 경험적으로 탐색해 나갈 것이다. 면밀하게 이루어질 이러한 작업은 그동안 유일하게 중요시되었지만 '진술'로 되어 있던 까닭에 그 이해 또한 관념적이고 피상적인 차원에 머물게 했던 시적 한계와 오류를 넘어서도록 할 것이다. 관념을 강조했을 뿐 그것의 실질과 내포에 대해서는 언급하지 않았던 '진술의 시'는 유치환 세계에의 깊이 있는 접근을 처음부터 가로막은 주요인이 되었던 것이다. 또한 이 점은 유치환의 관념의 내포에 관해 연구자들이 자의적으로 판단하고 해석하게 하는 바탕이 되었음을 상기해야 할 것이다.

2. 유치환의 '시관(詩觀)'과 시적 특성

유치환 시의 표현상의 가장 큰 특징은 그것이 시의 미학적 원리를 따르고 있지 않다는 데 있다. 시를 구성하는 기교나 의장 등의 미적 형식에 대해 유치환은 별로 관심을 기울이지 않는다. 그에게 우선되는 것은 사유이고 시는 사유를 나타내는 도구에 해당한다. 그에게 시는 무수히 떠오르는 단상들을 기록하는 매체이자 수면으로 떠올랐다가 곧 사그라지는 무차별적 사유들을 묶어두는 프레임에 속한다. 그는 사유를 기교를 동원해 미학화하는 대신 직설적으로 언표하는 특성을 드러낸다. 이러한 시적 특징을 의식하여 유치환은 "나의 시는 내게 있어서 언제나 제2의적 가치밖에 가지지 않았고 그것은 언제나 인생에 대한 나의 사유하고 느끼는 바를 표현하는 구실을 하는 것밖에는 아니었습니다."[5]라고 술회한 바 있다. 유치환에게 시는 보통 시인들의 경우처럼 자신의 내면이나 사유를 미적 기교와 의장을 갖추어 완성도 높은 예술작품으로 빚어내는 것과 별 상관없이 이루어지는 것이었다. 유치환은 언어의 조탁 및 구성의 미적 형식보다는 생에 대한 통찰과 심도 있는 사유에 무게중심을 둔 시인이었다는 것을 알 수 있다. 유치환이 "나는 시인이 아니다"[6]라고까지도 말한 것도 이와 관련된다. 유치환은 자신의 시가 예술적 구조미로부터 거리가 있음을 스스로 인정하고 있다.

그러나 이러한 고백이 있다고 해서 그가 자신의 시를 폄하한다거나 미숙한 것으로 여겼다고 생각해서는 안 된다. 오히려 그는 자신의 시에 대한 자부심을 지니고 있었고 이를 숨기지 않았다. 그는 당당히도 "진실

---

5) 「나의 문학」, 『유치환전집5』, 국학자료원, 2008, p.371.
6) 위의 글, p.371.

한 시는 마침내 시가 아니어도 좋다"[7]고 말했는데 이는 자신의 시가 그 누구의 그 어떤 시보다도 '진실'에 가까운 것임을, 따라서 시적 수준에 있어 높이 있는 것임을 분명히 하고 있다. 말하자면 그의 관점에서 '시'란 예술의 한 특수 쟝르로 있는 것이 아니라 인간 및 삶의 특정 표현에 속한다는 것을 알 수 있다. 여기에서 시는 인간 및 생의 핵심과 본질을 드러내는 수단이면서 동시에 이 점을 강화시키는 도구가 된다. 말하자면 시는 인간 삶의 정수와 관련된 것으로서 이러한 조건만 갖추어진다면 그것은 그 자체 시가 될 뿐 아니라 어느 것보다도 진정한 시가 된다. 이러한 관점에 설 경우 시의 예술적 의장은 꾸밈과 장식으로서 결국 시적 내용에 대한 부차적이고 비본질인 요소가 된다.

그렇다면 유치환은 그가 강조했던 대로 사유의 시에 충실했으며 미적 형식의 완성도에는 부족한 재능을 보여주었던 것일까? 이에 대한 답을 하기 위해서 유치환이 그 동안 발표하였던 시편들을 세밀하게 고찰할 필요가 있는데, 1939년부터 상재되었던 『청마시초』, 『생명의 서』, 『울릉도』, 『청령일기』 등의 시집들에는 실상 사유를 중심으로 다루는 소위 '진술의 시'의 비중보다 이미지의 섬세한 구현이 주가 되는 '미학적 시'가 오히려 더 큰 비중으로 놓여있음을 알 수 있다. 가령 『청마시초』의 시들 가운데 「동해안에서」, 「산1」, 「수선화」, 「또 하나꽃」, 「早春」, 「市日」, 「산3」, 「釜山圖」, 「嘉俳節」, 「立秋」, 「秋海」, 「秋寥」, 「山4」 등 수많은 시들은 철학적 관념이나 사유가 배제된 채 순전히 이미지와 서정적 감흥에 의해서만 쓰여진 시임을 알 수 있다. 이러한 사정은 이후 시집들에도 나타난다. 『생명의 서』(1947)에서는 유명한 「바위」라든가 「生命의 書 一章」, 「生命의 書 二章」 등의 몇몇 편들을 제외하면 「편지」, 「古木」,

---

7) 위의 글, p.371.

「山火」, 「冬日」, 「昭陽江」, 「江南콩 꽃타리」 등 대부분이 이미지와 정서가 강조된 서정시편들임을 알 수 있다. 그러나 이들 시편들은 거의 주목받지 못하였고 반면 「바위」 등의 몇 편에의 관심 때문에 유치환은 비미학적 시인으로 인식된다.

이러한 사실은 유치환이 관념을 위주로 한 시인이었다고 말하는 것이 비약이었음을 말해준다. 그의 시에는 시인 특유의 예술적 재능이라 할 이미지적 상상력과 정서의 세심함과 민감함이 크게 자리하고 있기 때문이다. 다시 말해 유치환은 미학적 재능이 부족한 시인이 아니었다. 이 점을 인정하고 유치환의 시적 특성을 객관적으로 파악하는 일은 중요하다. 왜냐하면 이는 주로 고찰 대상이 되어 온 그의 '진술의 시'가 단지 내용의 국면에서 다루어질 것이 아니라 유치환의 실존에서 차지하는 위상의 측면에서 고구되어 한다고 말해주기 때문이다. 요컨대 그의 '진술의 시'가 지니는 진정한 의미와 위상은 유치환이 썼던 서정시들과의 관계 속에서 비로소 그 성격이 파악된다는 점이다.

유치환에 대한 연구가 그를 '관념의 시인'으로 이끌었던 데에는 유치환의 시에 그 요인이 내재되어 있다. 무엇보다 그것은 그의 서정시편들이 문예사조사적 맥락에서 벗어나 있다는 점과 관련될 것이다. 유치환의 서정의 시들은 시대적 감각이나 사회적 맥락으로부터 단절되어 있다. 그것들은 극히 제한된 순간의 일시적인 정서를 다루고 있으며 지극히 사적이고 주관적인 성격을 띠고 있다. 이들은 역사와의 관계망을 철저히 배제함으로써 개인적이고 추상적인 속성을 지니게 된다.

바다에도 가을이 왔나니
活活한 水天에 落寞함이 彌滿하야

빛을 거둔 차거운 물결의 주름주름
그지없이 秋風은 스미고
해는 낮게 半空을 직힐뿐.

내 하가로운대로
山비탈에 앉어 호을로 낙시를 느리니
조고마한 銀빛 고기 있어
물우에 올러와 내 손바닥에
이 외롭고도 고요한 가을의 마음을 살째기 지껄리더라.

「秋海」 전문

이제 가을은 머언 콩밭짬에 오다.

콩밭 넘어 하늘이 한거름 물러 푸르르고
푸른 콩닢에 어짜지못할 노오란 바람이 일다.
쨍이 한마리 바람에 흘러 흘러 지붕넘으로 가고
땅에 그림자 모두 다소곤히 근심에 어리이다.

밤이면 슬기론 제비의 하마 치울 꿈자리 내 맘에 스미고
내 마음 이미 모든것을 잃을 예비 되었노니

가을은 이제 머언 콩밭짬에 오다.

「立秋」 전문

『청마시초』에 수록된 위 시들은 유치환 서정의 시들의 전형이라 할
수 있다. 위의 시들이 그러하듯 유치환의 서정의 시편은 제한된 순간의
정서를 주된 시적 요소로 하고 있다. 이들은 주로 단시에 속하며 이미지

를 이용한 단조로운 시적 의장을 지니고 있다. 이미지는 시에서 매우 큰 비중을 차지하는데 이때의 이미지는 문예사조적으로 다룰 만큼 세련되거나 기교화되어 있지 않다. 그러나 충분히 서정적 감회를 일으킴으로써 시를 이끌어가는 주된 요소가 되고 있음을 알 수 있다. 또한 이미지는 풍경을 섬세하게 묘사하는 데 쓰임으로써 시의 전체적 구조를 선경후정(先景後情)을 내세우는 한시(漢詩) 풍이 되도록 하는 요인이 된다. 「秋海」의 1연이 '가을에 든 바다'의 정경을 잔잔하게 그리고 있다면 2연이 가을 정경 속에 있는 자아의 서정을 풀어내고 있는 것처럼 「立秋」 또한 수미상응의 안정된 구성 속에서 경치와 정서가 균형있게 제시되어 있다. 「立秋」는 1연과 5연의 반복을 제외하면 2,3,4 연이 균등하게 선경후정으로 배분되어 있는 것이다. 이들 시 이외에도 유치환의 서정단시들은 정경과 그로부터 감응된 정서가 대응하는 구조로 이루어져 있다.

매우 안정된 구조를 지니고 있는 이들 서정단시들은 그 어떤 서정시들보다도 탈시대적이고 초역사적 성격을 띠고 있음을 말해준다. 자아는 변화하는 시대 및 사회적 관계 속의 인물이 아니라 고즈넉한 자연의 한가운데에 한시적으로 놓여 있는 인물이다. 유치환 시의 배경이자 소재가 되는 자연은 사회와 시대에 개방되어 있는 것이 아니라 추상화되어 고립되어 있다. 시적 자아는 초역사적 공간 속에 있으며 시인은 이 속에서 순간적으로 일고 있는 정서의 색채를 그리는 데 주력하고 있다.

유치환 서정시편들의 이와 같은 특색이 문학사적으로 크게 주목받지 못하리라는 점은 쉽게 짐작할 수 있다. 그것은 20년대 낭만주의자들과 같은 시대적 퇴폐의 모습과도, 30년대 모더니스트들의 시대 초극의 의지와도, 40년대 암흑기의 자연파 시인들의 도피적 몸부림과도 다른 맥락에 놓여 있는 것이다. 그것은 시사(詩史)의 새로운 시적 방법론을 위한 모색과 거리가 있는 것으로서 시대와의 대화적 관계로 형성된 것이라기보다 오히려 과거 시대에 합치될 만한 퇴영적 시형이라 말할 수 있다.

유치환의 서정시편들의 이와 같은 특성은 이들이 주목받지 못하고 연구 대상에서 제외되도록 하였다. 또한 이 점은 '서정의 시'에서 끌어낼 수 있는 정보를 처음부터 배제시킴으로써 관념을 직설적으로 제시하는 '진술의 시'들의 정보에만 의지하여 유치환 시를 파악하도록 유도하였다. 더욱이 '진술의 시'는 직설적 관념의 시들이므로 연구자들은 여기에 제시된 내용을 액면그대로 판독함에 따라 연구에서의 주체적 거리와 능동적 태도를 확보하는 데 소극성을 보이게 되었다. 다시 말해 연구자들은 유치환의 시세계 전체를 아우르는 조망 하에 해석학적 지점을 마련하지 못함으로써 시인이 의도한 대로 내용을 판단하게 되는 소위 '의도의 오류'에 빠지게 되었다. 유치환이 '허무의 시인', '생명의 시인', '비정의 시인', '의지의 시인'으로 불리는 것은 모두 유치환 자신이 언급했던 주장과 견해에 의한 것이지[8] 연구자들 스스로의 해석의 결과는 아니었던 것이다.

이러한 점들은 유치환 연구의 편향의 근거를 말해주는 동시에 이를 극복하기 위한 방법 역시 시사하고 있다. 그것은 유치환의 시를 연구할 때 그의 시 전체를 맥락화해야 한다는 것, 그렇게 함으로써 그의 시를 미학의 결여나 관념의 과잉이라는 관점에서가 아니라 관념과 미학을 아우르는 일관된 해석학적 견지에서 고찰해야 한다는 것을 의미한다. 한 편의 과잉이나 부족이 아니라 양 면이 균등하게 고찰되되 객관적 양태 그대로를 특성화시킬 수 있는 논의의 틀이 필요하다는 점이다.

---

8) 권영민, 「유치환과 생명 의지」, 『다시 읽는 유치환』, 시문학사, 2008, p.15.

이러한 논의틀 속에서라야 연구자는 유치환의 주장을 재확인하는 데서 벗어나 자신 스스로의 조망의 시각을 취할 수 있을 것이며, 이러할 때 유치환의 세계가 보다 의미있게 고찰될 수 있을 것이다.

3. '진술의 시'의 '절대'의 외연

유치환의 전체 시편들을 아우르는 해석학적 거리를 취하기 위해서는 먼저 유치환의 서정 시편들이 고즈넉한 여유와 잔잔한 감흥을 불러일으키는 데 부족함이 없다는 점, 한시의 구조를 취하면서 안정된 형태미를 확보하고 있다는 점, 반면 강렬한 이념이나 사유는 보이지 않는다는 점 등의 시적 특색을 확인할 필요가 있다. 동시에 유치환의 관념시들의 경우 이념과 사유가 우선시 되지만 일정 정도의 비유가 사용되며 이들 비유가 이념을 지시하는 데 귀결되고 있다는 점, 이때 비유는 매우 단선적이고 초보적인 수준에서 사용되고 있다는 시적 특색 또한 확인해 볼 수 있다. 이 두 측면은 유치환의 시적 재능을 넘치게 혹은 부족하게 보는 것을 요구하지 않는다. 전자가 사유의 부족이라면 후자는 미학의 부족이라는 편향된 관점은 유치환의 연구에서 모두 불필요한 것이다. 유치환은 이 두 측면을 당당하게 밀고 나갔고 이 두 측면은 분명 한 지점으로 귀결되어 만난다고 할 수 있다. 그것은 유치환에게 시는 그 자체로 목표가 되었던 것이 아니라 그 무엇을 위한 과정에 불과하였다는 사실을 가리킨다. 유치환이 궁극적으로 추구하였던 것은 결코 '시'가 아니었다. 그것은 예술적 측면에서도 그러하고 철학적 측면에서도 그러하다. 그에게 시는 우연이었고 부분이자 현상이었으며 과정이자 도구에 불과했다. 말하자면 유치환의 경우 시는 자신의 모든 것을 담아낼 수 있는 그릇이 될 수 없었다.[9] 시의 그릇에 비하면 유치환의 세계는 넘치고 넘쳐 흘러내렸다.

이러한 점은 유치환 시를 고찰할 때 필연적으로 부딪히게 되는 장애에 해당되며 지금까지 유치환에 관한 연구가 제자리에서 맴돌고 있는 형국에서 벗어나지 못하는 것과도 관련된다. 유치환에 대한 연구는 극도로 협소하게 그리고 피상적으로 이루어져 왔던 것이다. 그의 유명한 시「旗빨」은 그러한 연구 경향을 유도한 대표적인 시라 할 수 있다.

이것은 소리없는 아우성
저 푸른 海原을 向하야 흔드는
永遠한 노스탈쟈의 손수건

純情은 물결같이 바람에 나부끼고
오로지 맑고 곧은 理念의 標ㅅ대 끝에
哀愁는 白鷺처럼 날개를 펴다.
아아 누구던가
이렇게 슬프고도 애닯은 마음을
맨처음 공중에 달 줄을 안 그는.
「旗빨」 전문

「旗빨」이 대표적인 작품이 될 수 있었던 까닭은 교과서 수록 작품이라는 점 외에도 시가 지니는 비유의 선명함과 울림의 강함 때문이다.

---

9) 이 점과 관련하여 김용직은 유치환이 구문이나 형태에 있어 의욕을 부리지 않았다고 하면서 유치환이 초기부터 표출하고 싶은 정신세계가 있었던 듯하다고 추측하고 있다. (김용직,「절대의지의 미학」, 위의 책, p.56.)

위의 시는 지루하지 않을 정도의 비유를 사용하고 있으며 이 비유의 내포들이 무엇인지에 관해 어렵지 않게 암시하고 있다. 또한 모든 이들이 지니고 있는 이상과 열망을 형상화하고 있다는 점에서 많은 이들의 공감을 이끌어내고 있다. 시가 형상화하고 있는 '이념'에의 열정은 그 소재만으로도 시적 상상력을 일으킨다고 할 수 있다. 또한 이 점은 비유의 단순함이라는 위 시의 단점을 상쇄하고 있다. 독자가 「旗빨」을 충분히 시적이라 여기는 이유도 여기에 있다.

그러나 위의 시는 많은 것을 이야기 하고 있지는 않다. 이것은 말 그대로 무엇을 '향한' '열정'과 이를 통해 경험하게 되는 정서의 여러 양태를 언급하고 있을 뿐, '무엇'이 과연 무엇인지에 관해서는 어떠한 단서도 마련하고 있지 않다. '푸른 海原'이나 '노스탈쟈', '純情', '맑고 곧은 理念'이란 막연한 지향점이어서 독자들에게 해석의 여지는 제공하지만 정작 유치환 자신이 추구하는 것이 무엇인지는 말해주지 않는다는 것이다. 그리고 이를 토대로 연구자들은 그의 지향점이 '순수한 것', '원시적인 것', '생명적인 것', '절대적인 것' 등으로 막연히 추론할 뿐이다. 이러한 추론에 논거로서 작용하는 시들로 역시 대표적으로 고찰되곤 하는 「바위」, 「생명의 서」 등을 들 수 있다.

> 내 죽으면 한개 바위가 되리라
> 아예 愛憐에 물들지 않고
> 喜努에 움직이지 않고
> 비와 바람에 깎이는 대로
> 億年 非情의 緘黙에
> 안으로만 안으로만 채찍질 하여
> 드디어 生命도 忘却하고

흐르는 구름
머언 遠雷
꿈 꾸어도 노래하지 않고
두 쪽으로 깨뜨려 져도
소리 하지 않는 바위가 되리라
「바위」 전문

나의 知識이 毒한 懷疑를 救하지 못하고
내 또한 삶의 愛憎을 다 짐지지 못하여
病든 나무처럼 生命이 부대낄 때
저 머나먼 亞喇比亞의 沙漠으로 나는 가자

거기는 한번 뜬 白日이 不死身 같이 灼熱하고
一切가 모래 속에 死滅한 永劫의 虛寂에
오직 아라-의 神만이
밤마다 苦悶하고 彷徨하는 熱沙의 끝

그 烈烈한 孤獨 가운데
옷자락을 나부끼고 호을로 서면
運命처럼 반드시 「나」와 대면ㅎ게 될지니
하여 「나」란 나의 生命이란
그 原始의 本然한 姿態를 다시 배우지 못하거든
차라리 나는 어느 砂丘에 悔恨 없는 白骨을 쪼이리라
「生命의 書 一章」 전문

‘생명파’라는 명칭은 서정주가 잡지 『시인부락』을 통해 ‘생명의 탐구’
와 ‘인간성 옹호’를 중심과제를 제시하였을 때 형성된 것으로서 이때의

'생명'이란 결국 '인간성'의 동어반복이었다.[10] '생명'은 기성 문단의 이념 중심이나 기교 중심에 대항하여 작가 각자의 개성을 추구하고 이성보다는 감성 및 본능을 중시하는 데서 비롯된 용어였다. 이러한 생명파에 유치환이 속해있음은 주지의 사실이다. 그러나 생명파를 규정하는 서정주적 개념에서 볼 때 유치환이 이들과 같은 유속이라는 점은 의외적 사실이다. 이 점은 서정주의 초기시 경향과 유치환의 경향을 비교할 때에도 드러난다. 서정주와 달리 유치환은 본능을 경계하였고 감정을 억압했기 때문이다. 유치환은 생명의지를 내세워 자기 학대를 행하였고 이 가혹한 새디즘으로부터 의지의 시, 생명의 시라는 칭호를 얻을 수 있었다.[11]

위의 「바위」에서 시적 자아가 '愛憐'과 '喜怒'를 부정하는 것, '노래'도 '소리'도 거부하는 것이 스스로 진술하듯 '非情'의 것, 즉 감정을 억압하고 본능을 경계하는 것임은 물론이다. 또한 이것은 서정주가 언급했던 '인간성', 즉 인간의 인간다운 성질과도 배치되는 것이라 할 수 있다. 「생명의 서」에서의 '愛憎'으로부터의 도피 또한 같은 맥락에서 살펴볼 수 있다. 말하자면 유치환은 '생명파'의 개념적 범주로부터 벗어나 있으며 오히려 반인간성, 반생명성을 주창했던 인물에 속한다는 것을 알 수 있다.

그렇다면 유치환이 '생명파'라 일컫는 것은 단지 동일 잡지에서 활동한 것에 따른 편의적 분류인가? 유치환은 결국 자기모순 속에서 방황하면서 관념의 늪 속에서 헤매었던 인물인가? 예를 들어 유치환의 '비정'

---

10) 오세영, 『20세기 한국시 연구』, 새문사, 1989, p.201.
11) 김윤식은 유치환의 이러한 성격에 대해 "도처에서 부딪치는 모순"이라는 적절한 표현을 하고 있다. 김윤식, 「유치환론」, 앞의 책, p.81.

과 '생명'의 관계는 동의어인가 반대어인가? 이에 대해 답을 구하는 과정은 유치환 세계의 본질적 면모를 규명하고 정작 유치환의 궁극의 지향점이 무언인지에 대해 이해하게 한다는 점에서 면밀하고도 섬세하게 이루어져야 할 부분이나, 지금까지의 연구는 이에 대해 그다지 성실한 성찰을 이루어내지 못한 것이 사실이다.

유치환에게 '생명'이란 무엇인가를 고찰하는 데 있어 위의 시 「생명의 서 일장」은 그 의미의 일단을 나타내고 있어 주의를 요한다. 시에 의하면 그의 '생명'은 분명 '애증'으로 대표되는 감정적인 것과 대립하는 것임을 짐작할 수 있다. 그것을 시인은 '부대낌'으로 표현하고 있거니와, 부대낌 안에는 '지식에 대한 회의'와 '애증', '병' 등이 속해있다고 할 수 있다. 유추하면 유치환에게 '애련, 희로, 노래, 소리' 등 일반적으로 인간적인 모든 것들은 감정을 '부대끼게' 하는 것들이기 때문에 '생명'을 침해하는 부정적 요소다. 이에 따라 결국 '비정'을 추구하는 것은 '생명'을 위한 것으로서 공연한 자기 학대도 반생명도 아니라는 것이 드러난다. 유치환에게 '비정'과 '생명'은 동의어인 셈이다.

이러한 논리에도 불구하고 여전히 '바위'라는 사물화의 한 양태를 두고 '생명'이라 일컫는 일은 역설이라는 심증을 안겨준다. '바위'란 '생명'은커녕 죽음이자 무생물이기 때문이다. '비정'한 인물이야말로 비인간성의 대표적 유형이 아닐 수 없다. 그러나 유치환은 '비정'을 향한 강한 의지를 표명했을 뿐만 아니라 모든 인간적인 것으로부터 벗어난 지점에서 만나게 되는 '열렬한 고독'을 '나'의 본질이자 '생명'이라 말하고 있다. 이는 명백한 비논리이자 역설이 아닐 수 없다. 유치환 연구에 있어 이러한 모순과 비논리를 논리정합적으로 담아낼 수 있는 해석학적 틀이 어느 정도로 요구되는지 여기에서도 확인할 수 있다. 요컨대 유치환이 스스로 제시하고 있는 '생명'의 함의는 서정주적 관점도, 상식 일반의 관점도 아닌 나름의 논리 위에 기반하고 있는 것이다. 이에 따라 중요한 것은 유치환이 '생명'이나 '비정'을 강조했다거나 '원시'와 '절대'에의 의지를 보였다는 사실이 아니라 그가 어떤 논리적 틀 속에 이들 개념들을 위치시키고 있으며 그가 지녔던 논리가 어떤 의미를 지니는지를 밝히는 일이 될 것이다.

4. '서정의 시'의 '절대'의 내포

유치환이 자기모순을 범한 것이 아니라 정합적 사유를 전개하였음을 인정한다면 '비정'과 '생명'을 동일시하게 되고 이를 모순이나 비논리가 아니게 하는 논리적 틀이란 무엇일까? '비정'과 '생명'이 모순 없이 만난다는 것은 무엇을 뜻하는가?

그것은 유치환의 시적 양태인 두 가지 경향, 진술의 시와 서정의 시의 짜임과 혹 관련이 있는 것일까? 진술의 시에서 명시했듯 유치환이 '생명'에의 추구를 일관되게 밀고 나갔다면 이러한 의지는 또 다른 축인 서정의 시에서 역시 어떤 양상으로든 표출이 되었을 터이다. 어쩌면 그간 관심으로부터 제외되었던 그의 '서정의 시'야말로 이에 대한 답을 숨기고 있을지도 모른다. 왜냐하면 그가 썼던 모든 시를 통합적으로 살펴볼 때라야 그의 세계의 전체 면모가 구현될 것이기 때문이다. 뿐만 아니라 '서정의 시'에는 '진술'이나 관념이 소거되어 있는 만큼 그것은 일정한 의도나 의지 없이 가장 자연스럽고 편안한 순간에 쓰였다는 사실을 암시한다고 볼 수 있다. 그리고 이는 모든 자아가 가장 염원하는 상태에

값하는 순간이기도 하다. 이러한 추측 아래 '서정의 시'는 단지 유치환의
소품 정도에 해당하는 것이 아니라 그가 추구했던 '생명'의 양태, 나아가
'생명'과 '비정'이 만나는 지점이라는 가설을 세워보도록 한다.

> 푸른 하늘 極樂寺 드높은 기왓장 끝엔
> 화안한 가을 夕陽 빛에
> 적은 짐승의 形象들이 즐거이 앉아 놀고
>
> 落葉 짙은 大雄寶殿 문에 붙어
> 때 묻은 大布衫에 袈裟를 걸친
> 하그리 娑婆가 그린 얼굴을 한 젊은 중 하나
> 「極樂寺所見」 전문
>
> 窓앞의 나무 그늘 포대기 같이 너울거리더니
> 뚜닥 뚜닥 빗발이 땅을 치고
> 흐리던 날 이 午後는 비가 되다
>
> 이미 이 비에 젖었을 먼 山河의 근심이
> 보는 책 글줄 새로 은밀히 앞질러 오나니
> 밖으로 찬꺼리를 사러 나간 안해여 어서 돌아 오소
> 오늘 밤은 일찍암치 저녁을 지어 먹고
> 燈불을 다가 놓고 太初의 먼 소식을 듣자
> 「雨夜」 전문

위의 시들은 『생명의 서』에 수록되어 있는 유치환의 '서정의 시'의
예들로서 유치환의 시집들 어디에서나 흔히 볼 수 있는 양태를 보이고

있다. 위의 시들은 유치환의 대표적 시라 일컬어 왔던 '진술의 시'와 하등 상관없이 이루어져 있음을 쉽게 알 수 있다. 위의 시들은 어떠한 관념이나 이념이 소거되어 있으며 자아가 놓여 있는 순간의 정황만을 차분하게 그려내고 있다. 여기에는 분명한 의도라든가 강렬한 의지, 날카로운 사유 등속의 예민한 의식들이 없을 뿐만 아니라 감정의 색깔이나 부대낌도 보이지 않는다. 작가라면 민감해지기 마련인 대상을 개성적으로 처리하려는 시도나 고투도 보이지 않는다. 대신 위의 시들에서 시적 대상은 작가의 주관적 감각과 의식을 떠나 있는 그대로의 모습으로 사실적으로 그려지고 있다.

대상의 사실에 입각하려는 시적 태도로 인해 시구는 사실상 무미건조해진다. 다소 지루하고 문장 자체가 긴장감이 떨어진다. 이는 모두 강한 인상을 나타내기 위한 표현에의 강조가 무뎌지면서 나타나는 현상들이다. 대신에 대상들은 그것이 놓여있던 순간의 시간의 질서를 그대로 머금고 있는 듯하다. 각 행들은 실재 장면을 재현한 듯 독자로 하여금 대상을 둘러싸고 있던 환경이나 상황까지를 떠올리게 한다. 시간은 지극히 느린 감각을 재현하고 있으며 이 속에는 대상이 선택적으로 초점화되기보다 동일한 시간의 질서 아래 있는 모든 사물들이 전부 동등하게 제시된다. 이는 작가가 사물만이 아니라 당시의 시간까지를 포함하여 그려냈다는 것, 다시 말해 자신의 주관적 시간감각을 내세우기보다 대상이 놓여있는 속도감을 존중하고 그에 순응했음을 의미한다. 여기에는 실질적인 자아의 소멸과 자연의 긍정이 가로놓여 있다. 자연의 시간 질서 위에서 쓰인 것이라면 이때의 문장이 핍진감 없이 늘어지는 것은 당연한 일이다. 문장은 작가나 독자의 호흡에 맞추어 구성되지 않았기 때문에 강렬한 인상을 모아내는 일도 어렵다. 이 점은 유치환의 서정의 시를 논의에서 제외시킨 또 하나의 요인으로 작용한 것으로 볼 수 있다.

유치환의 전체 시들 가운데 대상의 처리 방식이나 문체 면에서 위의 시들과 유사한 시들을 찾는 일은 결코 어렵지 않다. 대부분 '진술의 시'로 이루어져 있을 것이라는 익히 알려진 사실과 달리 유치환은 많은 그의 시집들에서 이러한 경향의 시를 보이기 때문이다. 1953년에 상재된 『예루살렘의 닭』이 거의 관념을 위주로 하는 '진술의 시'로 이루어진 것을 제외하고 『청마시초』(1939)와 『생명의 서』(1947)에서의 절반과 『울릉도』(1948), 『청령일기』(1949), 『청마시집』(1954)의 대부분이 '서정의 시'이다. 또한 이러한 경향은 심지어 전쟁체험을 다루며 자신의 사유와 이념을 강하게 드러냈을 『보병과 더불어』에서도 큰 비중을 차지하고 있음을 알 수 있다. 이는 유치환의 연구에서 '서정의 시'가 왜 주목받아야 하는지에 대한 근거가 된다.

그렇다면 유치환이 '서정의 시'를 통해 말하려는 바는 무엇일까? 엄밀히 말해 이는 잘못된 질문이다. 자신의 세계관에 대해 조급해하듯 말해 주려 했던 '진술의 시'와 달리 유치환은 '서정의 시'에서 무언가를 '말하려' 하지 않았기 때문이다. 대신 그에게 '서정의 시'는 모든 것을 내려놓은 자의 쉼의 순간에 쓰여진 것이었고 그러한 만큼 자기주장의 밀도가 느껴지지 않는 편안한 시가 될 수 있었다. '서정의 시'가 지닌 실질적 정보를 연구자가 끌어내야 하는 까닭도 여기에 있다. 그리고 그것은 비중 상 유치환 시의 오히려 더욱 중요한 부분일 수 있다는 점, 이 속에서 유치환은 지극한 휴식과 안정을 느꼈다는 점에 비추어 유치환이 '진술의 시'에서 그토록 표나게 이야기하려 했던 궁극의 지향과 관련되지 않을까하는 추측을 일으킨다. 말하자면 유치환은 '서정의 시'를 통해 '진술의 시'에서 '말했던' 바를 '보여주고' 있었던 것이 아닐까?

저물도록 학교에서 아이 들어오지 않아
그를 기다려 저녁 한길로 나가 보니
보오얀 초생달은 거리 끝에 꿈 같이 비껴 있고
느릅나무 그늘 새로 화안히 불밝힌 우리집 영머리엔
北斗星座의 그 燦爛한 譜局이 神秘론 標ㅅ대 처럼 지켜 있나니

때로는 하나이 病으로 눕고
또는 구차함에 항상 마음 조일지라도
도련 도련 이뤄지는 너무나 擬古한 團欒을
먼 天上에선 밤마다 이렇게 지켜 있고
人間의 須臾한 營爲에
宇宙의 無窮함이 이렇듯 맑게 因緣되어 있었나니
아이야 어서 돌아와 손목 잡고
北斗星座가 지켜 있는 우리집으로 가자
　　　　「驚異는 이렇게 나의 身邊에 있었도다」 전문

　'驚異'와 같은 충만의 순간에 쓰여진 위의 시는 '진술의 시'라기보다는 '서정의 시'에 가까운 것으로 '진술'은 단지 '경이는 이렇게 나의 신변에 있었도다'의 제목 정도에 나타나 있다. '학교 간 아이'를 마중하기 위해 기다리면서 느껴지는 아버지의 심정을 그리고 있는 위의 시는 일상에서의 소재를 다루고 있는 편안한 시이다. 위의 시에는 정황의 구체적 묘사가 이루어져 있을 뿐 관념을 내세우는 생경한 부분은 거의 없다. 특이한 것은 시인이 설정한 정황이 우주적 상상력 아래 이루어진다는 점이다. '초생달'과 '북두성좌'에 시선을 둔 시적 자아는 '천상'의 영묘함이 지상의 '우리집'에까지 이르고 있다는 신화적 심정을 드러내고 있다. 시적 자아에게 '무궁한 우주'는 멀리 분리된 시공이 아니라 '수유한 인간'과

연결되어 있는 것으로 느껴진다. '무궁한 우주'에 비하면 인간은 '구차'하지만 한편 '무궁한 우주'와의 '인연'으로 인간의 생이 안온하게 느껴진다고도 한다. 이는 시적 자아의 더할 나위 없는 평안을 나타내주는 서정의 순간이라 말할 수 있다. 시적 자아가 느낀 '경이'는 이를 잘 말해준다. 여기에서 지극한 서정의 순간인 '경이'가 '천상'으로 대표되는 우주적 세계 안에서 성립되었던 점을 주목할 수 있다. '천상'은 단순히 먼 시선의 대상으로 존재하는 것이 아니라 인간에게 영향력을 미치며 인간을 감싸안아 지켜주고 있다는 인식이 여기에 있다. 서정이 특정한 안온의 순간에 발생하는 것이며 궁극의 서정이라 할 '경이'가 우주적 상상력 아래 이루어진 것이라면 유치환의 '서정의 시'의 의미는 어느 정도 유추 가능하다. 즉 유치환에게 서정은 자아를 감싸 안아주는 넓은 품으로서의 존재를 전제할 때 이루어지는 것으로서, 이러한 지극한 안온의 순간과 커다란 존재를 일컬어 유치환이 말했던 '생명'과 '절대'와 관련시킬 수는 없을까. 어찌 보면 유치환의 '서정의 시'들은 주제의식이 없는 의미 없는 단상에 불과한 것이 아니라 유치환이 느꼈던 절대의 존재, 그 안에서의 생명의 순간을 현상적으로 드러낸 것이었다고 말할 수 있다. 유치환의 서정의 시가 그토록 많이 쓰여질 수 있었던 것은 그것들이 시인이 추구하였던 절대 이념과 생명에의 의지가 일상의 숱한 시간들 속에 현현되었기 때문에 가능했던 것이다. 시인이 "驚異는 이렇게 나의 身邊에 있었도다"라고 말한 것은 우연이 아니다. '절대'는 유치환에게 추상적 '관념'이 아니라 생활 곳곳에 투영되었던 특정 상황이자 순간이었다. 유치환은 그러한 순간들을 포착할 수 있었고 '생명'이라 할 그 속에 깃든 '절대'의 존재를 추구하였던 것이다. 요컨대 유치환의 '서정의 시'는 그의 '진술의 시'와 동떨어진 다른 계열의 시가 아니라 '진술의 시'에서 내건 이념의 구체적 양태임을 알 수 있다. 이 두 계열은 유치환 시의 동전의 양면으로 존재하며 서로에 대한 진술이자 형상화에 해당한다.

5. '절대'의 해석학적 지점

 '생명'과 '절대'가 일상 속에 현현하는 특정 순간이라는 점은 유치환이 강하게 표명했던 '원시'의 세계, '비정'의 세계와 배치되지 않는다. '생명' 과 '절대'란 지극한 평안과 충만감에서 형성될 수 있는 것으로 이는 최대 의 순수성과 최대의 고요함을 그 성질로 한다고 말할 수 있다. '원시'의 훼손되지 않음과 '비정'의 부침(浮沈)없는 감정의 절제는 곧 순수성과 고요함의 다른 명칭이라 할 만하다. 따라서 '생명', '절대'는 '원시', '비정' 과 결국 같은 말의 반복이라 할 수 있다. '생명'과 '비정'은 유치환의 세계에서 대립어가 아니라 동의어인 것이다.

 한편 유치환은 '절대'에의 관심과 함께 그의 산문을 통해 '무한'과 '신' 에 관한 담론을 펼쳐내고 있어 '절대'에 대한 논리적 근거를 추측하게 한다. "神의 能力은 無量廣大하고 永生無窮한 宇宙萬有에 瀰滿하여 있 다"[12]고 하며 절대자의 존재를 가리키는 유치환은 이와 함께 "마침내 人間이란 이 無量廣大한 宇宙에 참예한 비길 데 없이 작고 아쉬운 한 存在임"을 지적하고 인간이 "自身의 飄飄한 虛無와 孤獨의 位置에 깊이 到徹하고 또한 人間의 生命이 끝내 알 수 없는 데서부터 와서 알 수 없는 곳으로 돌아가는 것이라는 거룩한 존귀성을 체득"[13]할 것을 촉구

---

12) 「神의 領域과 人間의 部分」, 『유치환 전집5』, 국학자료원, p.400.
13) 위의 글, p.401.

하고 있음을 알 수 있다. 이는 신의 절대성과 인간의 비소함을 대비시키는 내용인데, 이후 전개되는 신에 관한 담론에서는 신과 인간을 이분법적으로 나누고 이 둘 사이의 경계가 침해될 수 없다고 하는 일반적인 신에 대한 관점[14]이 비판적으로 성찰되고 있다는 점이 이채롭다. 특히 어머니의 영향으로 유년기부터 기독교의 세례를 받고 성장한 유치환이 기독교적 세계관과의 대화적 관계 속에서 '신'에 관한 사유를 전개하였다는 점이 더욱 관심을 끈다.

> 神은 오직 無量廣大 絶對한 存在이다. 基督敎가 思惟하는 神처럼 하나를 바치면 하나를 쫌해 주고 투기심 强한 계집같이 自己의 비위에 거슬리고 안 거슬림으로써 喜怒哀樂하여 報復과 襃賞으로 人間을 골탕 먹이는 그러한 神은 決코 아닌 것이다.[15]

"神이라고 하면 우리는 누구나 얼른 宗敎에서 말하는 신으로 안다. 그러나 우리는 그러한 神의 認識을 宗敎에서 뺏아 와야 한다"[16]라는 단언과 함께 제시된 위 인용글은 유치환이 사유하는 '신'이 기독교의 그것이라기보다는 동양 철학 일반의 범주 속에서 지시되는 범 우주론적 존재를 가리키고 있음을 말해준다. 유치환에게 인간의 형상을 지닌 채

---

14) 인간과 신이 해소할 수 없는 대립적 관계 아래 있으며 신은 인간과 구별되는 절대적 초월자이자 절대 타자로 보는 대표적 관점은 기독교의 그것일 것이다. 기독교는 인간에게 신성이 내재되어 있으므로 신에 가까이 갈 수 있는 능력을 지니지만 궁극의 지점에서조차 유한한 인간이 신과 합일할 수 있는 가능성은 없다고 함으로써 신의 절대성을 굳건히 하고 있다. 기독교의 신관(神觀)에 대한 자료는 신옥희의 「원효와 야스퍼스의 인간이해」(『실존·윤리·신앙』, 한울, 1995, p.261) 참조.
15) 「神의 姿勢」, 앞의 책, pp.384-5.
16) 위의 글, p.383.

인간의 희로애락과 교류하는 소위 인격신으로서의 신은 위의 인용글에서 읽을 수 있듯 유치할 뿐만 아니라 이치에도 맞지 않는 것으로 생각된다. 유치환에게 ‘신’은 좋은 의미든 나쁜 의미든 간에 인간의 매사에 관여하면서 인간을 계도하는 존재가 아닌 것이다. 그는 “至尊한 絶對者는 草芥 같은 人間 따위의 生死나 善惡의 價値를 넘어 超然히 萬有 위에 君臨하는 萬有의 神”이라고 함으로써 ‘신’의 지위를 지정하는데 이는 그가 사유하는 ‘신’의 초월성과 절대성을 더욱 분명히 하는 것이라고 할 수 있다.

그런데 신의 성격이 이러함은 결국 인간의 역할과 운명 역시 결정하는 원인이 된다. 이러한 신의 성격이라면 인간은 신의 살뜰한 보살핌 아래 계도 받는 존재가 아니라 개체자로서 자신의 운명을 스스로 짊어지고 가야 하는 존재에 해당한다. 인간은 문제를 신과의 교류에 의해서가 아니라 자기의사 결정에 의해 자신의 책임 아래 해결하는 존재가 된다. 이것이 ‘오늘날의 인간’이 행해야 할 역할이자 현대인의 운명인 것이다. 유치환은 인간의 이런 점이야말로 ‘孤獨한 榮光이며 罪스러운 희망’17)이라 말한다.

인간을 신으로부터 분리시켜 운명의 자기운용 능력을 보장한 것은 유치환만의 고유한 것이 아니다. 그것은 중세의 신화적 세계와 구분되는 근대의 새로운 시대정신이었기 때문이다. 근대의 패러다임이 이와 같은 신을 배제한 인간 중심적 세계관으로부터 비롯된 것임은 주지의 사실이다. 그러나 유치환의 인간에 관한 사유를 근대인의 그것과 동일시할 수는 없음은 물론이다. 신의 존재를 긍정하는 유치환의 경우 이는 현대인 일반과 매우 다른 지점에 있는 것이기 때문이다. 현대인이 유물

---

17) 「人間의 憂鬱과 希望」, 위의 책, p.382.

론적 합리성을 토대로 현시하는 물질세계를 살고 있다면 그는 이 안에서 살되 이와 연관되는 또 다른 세계를 추구하고 있다. 그 세계는 신의 세계이다. 그리고 신은 앞서 언급했듯 인간의 형상을 한 채 인간과 더불어 존재하는 개체자가 아니라 하나의 세계로서의 존재이다. 세계인 점에서 그것은 특정 시공간을 점유하고 있는바 그 시공간의 규모가 유치환에 의하면 무량광대, 즉 무한대인 것이다. 다시 말해 신의 존재적 성격을 말할 때 유치환이 강조하는 '무량광대', '무한'[18]은 시공간의 규모를 지시하는 것이자, 규모에 있어 무한대인 이유로 그것은 절대적 존재가 된다. 신이 이러한 존재일 때 신은 인간으로부터 초연한 '만유 위의 만유'가 되며 인간과 신은 서로 분리된 시공 속에서 각자의 질서와 운명을 살게 된다.

그러나 이 점이 인간의 절대자와의 단절을 확정하는 것은 아니다. 신의 시공성이 인간과 분리되어 있으며 규모 면에서 인간의 그것과 비교되지 않는다고 할지라도 인간은 항상 절대자를 동경하고 있으며 절대자의 관점에 따라 삶을 영위하려 노력하기 때문이다. 종교의 신을 절대자로 상정하여 이에 귀의코자 하고 종교적 믿음을 유지하려 하는 까닭도 이러한 노력의 일 현상에 다름 아니다. 유치환이 신에 관한 탐색을 계속하며 그의 생활 속에서 절대적 현상을 놓치지 않으려 열정을 기울이는 것도 모두 절대자를 향한 믿음과 동경 때문이라 할 수 있다. 실제로 유치환은 '萬有'로서의 절대자를 상정하고 있고 이것이 '꾸김살 하나 없는 虛空=無'[19]임을, 또한 이러한 만유의 시공은 인간의 "목숨 앞에

---

18) 유치환 시에 내포된 '무한'의 중요성에 대해서는 송기한의 「유치환 시에서의 무한(infinity)의 의미 연구」(『어문연구』60, 2009, pp.261-282)참조.
19) 「구원에의 모색」, 『전집5』, p.367.

다가서서 있으며 生者必滅인 한 언젠고 목숨들이 형적도 없이 멸입하여 들어가는 곳임"[20]을 말하고 있다. 유치환이 '虛無에의 의지'를 보인 까닭 또한 그것이 '완전한 無의 시공인 '절대자'에 다가가는 일이었기 때문이다. 여기에서 보듯 유치환은 신의 존재 및 절대에 관한 우주적 비전을 제시하였는데 이 점은 우리 문학사에서 결코 소홀히 할 수 없는 대목이 아닐 수 없다.

유치환이 진술의 시를 통해 절대적 세계를 향한 치열한 고투를 벌인 것 못지않게 일상의 특정 순간을 통해 절대의 현현을 감지하였다는 사실로부터 도출해보더라도 절대적 세계란 인간의 세계와 다른 질서를 지니지만 인간과 단절된 것은 아니다. 그것은 인간의 세계와 동일하지 않지만 인간세계에 한 끝을 대고 있다. 그리고 그 끝자락을 통해 절대의 세계는 자신의 존재를 드러낸다.[21] 그 끝자락은 절대적 세계와 인간 세계를 잇는 미약한 통로다. 인간은 현시적 세계에 희미하게 드리워진 입구를 통해 절대 세계를 꿈꾸고 상상하고 느끼며 알 수 있다. 또한 유치환은 '갈 수 있다'[22]고 말한다. 유치환에 의하면 이것이 인간이 그의 '叡智'와 '意志'를 다해 "自己의 救援을 얻을 權利"[23]에 해당된다.

---

20) 위의 글, p.367.
21) 유치환의 "無와 직통하는 영원한 時空은 그(절대자-인용자 주)의 表象이요 그를 제외한 필멸한 생자인 만유는 즉 나의 목숨 이것도 그의 意思의 한 끝자락이라 깨닫는 것"(위의 글, p.367)이라는 술회는 물론 사후 세계에 관한 언급이지만 절대 세계와 인간 세계의 이어짐에 관해 시사하는 부분이다.
22) 유치환의 시 「逃走에의 길」("이는 逃走의 길이요/ 대낮 사향 꽃골목을/ 피눈물로 내닫는 逃走의 길이요/ 그렇게도 **애터지게 날 울리던 너도/ 조국도 원수도 모른다** 모른다고-/ 세번 물어 세번/ **유치환을 모른다** 모른다고만 내달아/ 아아 내 아는/ **하늘자락 끝간 질편한 大路ㅅ길!** 그 길을 즐거이 활개치고 가면/ **神과 더불어 나도 神이 될 수 있다**/ 시방 울불고 찾아 돌아 내닫는/ 골목 안길이요/ -逃走의 길이요"(강조 인용자)에는 이와 관련한 유치환의 사유가 잘 드러나고 있어 흥미롭다.

이러한 점들로 미루어 유치환의 시는 바로 인간세계와 절대세계가 어렵사리 만나는 '좁은문'에서 쓰인 것이었음을 알 수 있다. 그는 생의 모든 순간에 절대와의 이어짐과 연관성을 지각하며 살았으며 이러한 그의 태도는 시에서의 진술 및 서정의 양 면에 동시적으로 드러났던 것이다. 시의 미학적 완성도를 이루지 못한 유치환의 거친 시가 호소력을 지닌 것은 그가 겨냥한 절대세계에 관한 설명 때문이라면, 그의 '서정의 시'가 매력을 끌지 못하였던 것 역시 인간세계의 질서와 다른 시간의 질서가 인간의 호흡과 동일하지 않았기 때문이다. 모순된 이 두 가지 사실은 역으로 인간과 절대의 관계를 잘 나타내준다. 절대세계는 인간세계에 있어 항상적인 동경의 세계이자 일순간 조우되는 지복의 체험이지만 인간의 질서와 동일하지 않다는 것이 그것이다. 이러한 관계 속에 있기 때문에 절대 세계는 부재하면서 인간이 끊임없이 그리워하는 존재이기도 하다. 유치환은 이러한 절대와의 관계 속에서 인간이 할 수 있는 최대한의 실천을 추구하였던바, 그의 이념과 의지는 곧 절대를 향한 강렬한 지향성을 말해주고 있다. 그러나 역설적이게도 인간이 절대적 순간을 체험하는 일은 별개의 문제가 아닐 수 없다. 그것은 그가 '의지'한다거나 '의식'한다거나 '말'한다고 체험되는 것이 아니다. 그것은 오히려 '의지'와 '의식', 그리고 '말'을 소거시키고 '자아'를 소멸시킬 때 비로소 아련하게 체험되는 순간적인 것이라 할 수 있다. 이러한 역설의 관계가 유치환의 '진술의 시'와 '서정의 시' 양 면에 나타나 있는 것이다.

---

23) 「神의 *存在*와 *人間*의 *位置*」, 『전집5』, p.392.

6. 유치환 시의 시사적 의미

본고는 지금까지의 유치환에 대한 연구가 일부분에 한정된 편협하고 피상적인 수준에서 이루어졌다는 문제의식을 바탕으로 하여 유치환의 시는 ‘진술의 시’로 대표되는 것이 아니라 다른 유형인 ‘서정의 시’와 대별된다고 보는 데서 출발하고 있다. 나아가 ‘진술의 시’와 ‘서정의 시’는 서로 분리되어 있는 것이 아니라 유치환 시의 전체적 세계 안에서 서로 밀접하게 관련되어 있다는 가정을 세우고 이것이 어떻게 의미 구조화되어 있는지를 탐색하였다.

이에 따라 유치환의 ‘서정의 시’는 ‘진술의 시’에 비해 주목되기 힘든 요소를 지니고 있지만 실질적으로 양과 질적인 면에서 ‘진술의 시’에 버금가는 중요성을 지니고 있음을 살펴보았는데, 그것은 ‘서정의 시’는 양적으로 ‘진술의 시’와 비슷할 뿐 아니라 ‘서정의 시’가 유치환의 실존 가운데 특정 순간에 쓰였다는 점을 통해 밝혀보았다. 즉 ‘서정의 시’는 시인이 자아를 내세우기보다는 자아를 망각하고 소멸시키는 순간에 발생하였고 또한 그 순간 시인은 지극한 평온과 행복을 누릴 수 있었던 것이다. 이를 통해 지복(至福)이 체험되는 ‘서정의 순간’이야말로 절대가 현현되는 때임을 알 수 있었다. ‘서정의 시’가 이러한 성격을 지녔다는 것은 ‘진술의 시’와 그것이 서로를 가리키는 관계, ‘진술의 시’가 절대에 대해 ‘말해주는’ 외연의 시라면 ‘서정의 시’ 절대가 무엇인지를 실질적으로 ‘보여주는’ 내포의 시임을 말해준다.

한편 그의 모든 시를 통해 ‘절대’를 구현하고자 한 데서 알 수 있듯 유치환의 실존에서 ‘절대’의 지평은 매우 중요하며 가까이 있었다. 실제로 유치환은 산문을 통해 ‘절대’가 무한의 세계, 만유의 세계임을 말하면서 인간 세계가 만유와 닿아있음을 말하고 있다. 이러한 점들은 유치환 시가 어느 지점에 놓여 있는가를 보다 명확하게 드러내준다. 유치환 시는 인간 세계와 절대 세계가 만나는 지점에서 쓰여졌던 것이다. 절대 세계는 인간세계와 분리되어 있지만 특정 순간 인간의 체험 가운데 그 모습을 현현시킨다. 이러한 순간은 삶 속에서 가능하며 또한 죽음의 순간 전면화될 것인바, 유치환의 시세계는 이러한 순간에 대한 실증적 제시였다고 말할 수 있다.

이신론(理神論)적 기독교 신학의 관점
- 김현승론

1. 시와 종교의 문제

김현승은 1934년 양주동의 추천으로 「쓸쓸한 겨울 저녁이 올 때 당신들은」과 「어린 새벽은 우리를 찾아오다 합니다」를 발표하면서 문단에 등장했다. 처음 등단했을 때 당시 문단의 주류를 형성하고 있던 모더니즘 작가들인 김기림, 정지용 등으로부터 관심과 격려를 받았던 그는 실제로 이미지즘적 요소를 나타내며 초기의 시작활동을 펼쳤다. 그러나 본격적인 문학 활동은 6.25 이후 1957년『김현승 시초』와 1963년『옹호자의 노래』가 출간되면서 이루어진다. 한편 등단 이후 약 4,5년간의 활동 시기를 1기라 한다면 두 권의 시집을 발간한 1950년대 중반부터 1960년대 중반의 10여 년의 시기를 2기로, 이후『견고한 고독』,『절대고독』이 간행된 1960년대 중반 이후 10여 년을 3기, 1975년에 간행한『마지막 지상에서』를 전후로 하여 4기로 구분해 볼 수 있다.[1] 김현승은 제 1시기

---

1) 김현승 시의 시기 구분과 관련하여 크게 초기, 중기, 후기인 3시기로 보는 경우와 4시기로 보는 경우가 있다. 전자의 경우는 4시기 가운데 1기와 2기를 초기로

에 민족 현실에 대한 예언자적 시를, 제 2시기에 '가을'과 '자연'의 이미지를 중심으로 신앙과 종교적 세계를 표현한 가운데 사회 현실에 대한 참여의 시를, 제 3시기에는 종교에 대한 회의를 바탕으로 '고독'의 세계를, 제 4시기엔 보다 절실한 신앙의 자세를 중점적으로 표출한다.

각 시기별로 주제상의 차별성을 노정하며 변모의 양상을 띠었지만 전체 시기 동안 김현승문학의 기저를 형성한 것은 단연 기독교 사상이었다. 김현승에게 기독교 사상은 각 시기에 따라 강도의 차이는 있었지만 일관되게 밀접한 관련성을 지니고 있었다. 그것은 기독교에 대해 회의하였던 3기에도 마찬가지다. 또한 각 시기에 나타나는 김현승의 기독교적 세계관은 테마상의 차이를 보일 뿐 큰 사유의 틀에서 볼 때 별다른 이질성을 드러내지 않는다. 대신 김현승은 시기별 기독교에 대한 태도는 달리하면서도 전체적으로 통일적인 자기 사유를 완성해 나간 것으로 보인다. 즉 매 시기별 보인 변모 과정은 궁극적으로 기독교와 관련한 자기 정체성을 찾아가는 과정이었다는 것이다.

이에 따라 김현승의 문학을 시기상의 차이점에 중점을 두기보다 통시기적으로 살피면서 이 속에서 김현승이 어떠한 세계관을 견지해나갔는지를 고찰하고자 한다. 이것은 기독교라는 큰 세계에 대한 확인을 넘어서서 그가 기독교 내에서 어떠한 사유의 고유성을 실현했는가를 보이는 일이 될 것이다. 이를 신학의 다양한 갈래로서 분류할 수도 있을 것이다. 문제는 김현승에게 기독교가 회의의 대상이 되었다 할지라도 기독

보는 관점을 반영하는 것이다. 그러나 1기와 2기 사이에 약 20여년의 시간차가 있고 1기의 주제의식이 민족적 센티멘탈리즘으로 특징지어진다는 점에서 이 두 시기를 하나로 묶는 것은 무리가 있다. 김현승 시를 4시기로 구분하는 관점에는 박몽구의 「김현승의 기독교 시 연구」(『한국시학연구』 11호, 2004, p.55)가 있다. 본고에서는 4시기 구분을 수용하여 김현승 시를 검토하였다.

교는 그의 고유한 세계관을 형성하는 데 배제할 수 없는 부분이었음을 분명히 하는 데 있다. 김현승은 기독교와 함께 그 안에서 사유를 완성하고 정체성을 확립해갔던 것이다.

김현승을 논할 때 기독교와 김현승의 이와 같은 관계를 확인하는 일은 중요한 대목이다. 이는 우리 시단에서 김현승처럼 기독교를 본격적으로 자기화하고 있는 시인은 찾기 힘들기 때문이다. 기독교가 곧 생리이자 사고방식이 된 김현승의 경우 그의 시는 더욱 근원적인 삶의 문제에 대해 시사점을 제공하며 동시에 이러한 문제의 해결에 관한 기독교적 해법을 예시해 준다.

기독교와 김현승의 관련성을 김현승 연구를 위한 기본 전제로 삼는다면, 논의의 주요 쟁점은 그가 과연 일관된 기독교 지지자였는가[2]에 놓이지 않을 것이다. 대신 김현승의 기독교적 사유에 대해 어떠한 해석을 내려야 할 것인가에 놓일 것이다. 즉 김현승이 번민했던 문제의식들이 기독교 세계관 내에서 어떤 특징을 지니며 어떠한 의미망을 지니는가가 문제될 것이다. 김현승의 사유는 전체 기독교 세계관 내에서 특수한 성격을 보인다는 점이다.

---

2) 사실상 김현승에 관한 연구 가운데 가장 활발하게 탐색된 부분은 '고독' 모티브와 관련된 대목이다. 김현승이 노년에 접어들 즈음인 1960년대 후반 그의 시의 중심 주제가 되었던 '절대고독' 모티브가 그것이다. 이 시기 김현승은 기독교에 대해 회의가 일었다고 고백하기도 한다(위의 글, p.274). 그러나 김현승의 고백에도 불구하고 이 부분은 항상 논란과 관심의 대상이 되었다. 그것은 '고독'이 신앙의 관점에서 볼 때 오히려 동일한 것이지 배치되는 것이 아니라는 인식에 기인한다. '고독'은 표면적으로는 신과의 분리로 볼 수 있으나 본질적인 면에서 신앙의 원리를 발현한 것이라는 관점이 그것이다(임현순, 김현승 시에 나타난 '고독'의 역설성 연구, 한국시학연구 6호, 2002, p.176). 물론 이에 반해 그의 고독이 신과의 관계의 단절이라는 상황으로부터 유래한 것이라는 관점(금동철, 「김현승 시의 '고독'과 은유의 수사학」, 『한국현대시인론1』, 오세영 편, 새미, 2003, p.408)도 다수여서 이 둘 사이에 큰 시각 차이가 있음을 알 수 있다.

이를 고찰하기 위해 먼저 기독교 세계관 내의 다양한 견해 차이들, 즉 신학적 갈래들을 구별지을 수 있는 해석학적 틀이 마련되어야 한다. 또한 이 안에서 다양한 갈래들을 도출시키는 해석적 변별점들을 찾아내야 한다. 이 해석적 변별점들은 그 내용상의 특징에 따라 전체 신학적 전개 구도 속에서 점하는 일정한 좌표값을 지정해 줄 것이다. 김현승의 문학에서 해석적 지점들은 크게 '신관', '인간관', '죄'와 '구원'에 관한 관점에 놓인다. 이들 지점들은 모두 기독교 세계관을 특징지우는 핵심 개념들에 해당되는 것으로서, 신과 인간의 존재론적 성격 및 이들의 관계에 대한 인식들을 제시해 줄 것이다. 이들에 대한 견해의 차이에 따라 다양한 해석학적 입장들과 신학들이 생겨났던 것은 주지의 사실이다. 따라서 이들을 고찰함으로써 김현승의 문제의식들이 결과하는 세계관의 특징과 신학적 갈래를 확인할 수 있을 것으로 보인다. 이는 김현승의 문학을 보다 통일적이고 총체적으로 파악하게 해 줄 것이며 그의 고민들이 기독교 문학 및 종교에 어떠한 기여를 하는가를 보여줄 것이다.

2. 기독교 세계관의 해석학적 틀

신학들에는 여러 입장의 차이들이 존재하지만 이 모두를 기독교라는 단일 이름으로 칭할 수 있다면 이들이 예수를 시인하며, 하나님에 대한 근본적인 신앙이 있다는 점, 이에 대해 불변하는 헌신을 보인다는 점[3]에서 그러하다. 이에 대해 동의하되 각 기독교 신학들은 각 시대 및 문화적 배경에 따라 다양한 양상으로 신을 섬기게 된다. 신학은 고정불

---

3) S. Grenz, 『20세기 신학』, 신재구 역, 한국기독교학생회출판부, 1997, p.7.

변하는 도그마가 아니라 특정한 사회, 역사적 맥락 및 특정한 상황에 따라 성찰되고 적응하는 살아있는 것이다. 이에 따라 발생하는 신학의 여러 다양한 사조들에 대해 S. 그렌츠는 일정한 해석학적 틀, 즉 '하나님의 초월성과 내재성이라는 이중적 진리' 속에 편입시킬 수 있다고 말한 바 있다.[4] 그에 따르면 모든 기독교 신학은 한편으로는 이 세상에 대한 초월자로서 하늘에 있는 하나님과, 다른 한편으로는 이 세상에 임재하며 피조세계에 관여하는 하나님의 이중적 성격을 균형있게 표현하려 한다는 것이다. 그는 이 둘 가운데 하나가 강조되며 균형이 깨질 때 다른 측면을 강조하는 운동이 생겨나는데 이들의 전개 과정을 통해 신학의 여러 사조들이 발생한다고 보았다.[5] 요컨대 신학은 하나님이 인간과 맺는 관계에 대한 해석에 따라 다양한 사조들이 발달하였고, 이것은 시대의 문제와 기독교적 진리를 동시에 충족시키려는 운동 속에 존재한다는 것이다.

근대 신학자들의 견해 중 내재성은 신과 인간의 결합을 주장하는 가운데 추구된다. 역사의 실현 속에서의 하나님의 자기실현을 '절대정신'이라 보았던 헤겔[6]은 신의 내재성에 대해 모색한 대표적인 신학자라 할 수 있다. 칸트 역시 최고선을 위한 이성의 실천적 노력 속에서 하나님의 영원한 모습을 발견할 수 있다고 함으로써 도덕 속에 내재해 있는 신의 존재를 제시했다. 즉 이 둘은 인간 이성과 신을 합치시킴으로써 신이 세계 내적 존재임을 역설하였다.

---

4) 위의 책, p.12.
5) 그렌츠는 근대 이후의 여러 신학적 사조들이 이러한 과정에 의해 생겨난 것이라 보면서, 내재성을 강조하는 신학자의 예로 칸트와 헤겔, 슐라이어마흐, 틸리히, 본회퍼 등을, 초월성을 강조하는 신학자로 칼 바르트, 에밀 브루너, 루돌프 불트만, 라인홀트 니버 등을 들고 있다.
6) 앞의 책, p.51.

반면 초월성은 하나님과 인간 사이의 단절을 강조하는 입장을 대변한다. 이는 하나님의 존재를 전적인 타자로, 인간의 이성으로 전유할 수 없는 초월자로 보는 입장이다. 하나님은 인간으로부터 자유로운 '저 너머'의 위치에 존재하고, 또 그러해야 한다는 것이다. 초월성을 주장하는 신학자들은 이러한 초월적 신을 인간의 지성을 통해 이해하는 일이 불가능하다고 한다. 대신 '하나님의 메시지'에 대해 반응하는 믿음과 영감을 통해서만 하나님을 알 수 있다고 주장한다.

그렌츠가 제시한 '초월성과 내재성의 이중성'이라는 해석학적 도구를 통해 신학의 역사를 살펴보면 이들 사이엔 이성을 지닌 인간의 능력에 대한 옹호와 인간의 피조물로서의 한계에 대한 강조가 서로 대립하면서 종교적 계몽주의와 기독교적 신비주의가 지속적으로 길항하였음을 알 수 있다. 전자가 근대와 더불어 격상된 인간의 이성중심적 기능을 주목한 것이라면 후자는 이에 대한 반발로 등장한 것이다. 따라서 전자의 관점에 설 경우 종교의 사회, 역사적 실천에 대해 포괄적 관심이 요구되는 반면 후자의 관점 하에서는 실존주의적 태도 속에서의 개인의 신앙의 자세를 촉구하게 될 것이다. 결국 이는 신과 인간이 어떻게 만날 수 있는가에 대한 서로 다른 방법론을 제시함으로써 종교 안에서 인간이 할 수 있는 기능과 역할에 대해 계도하는 것이 된다.

이러한 논의와 관련시켜 김현승 문학을 검토한다면 김현승에게 '신'은 어떠한 자리에 놓이는 존재였으며 그 안에서 인간은 어떤 의미와 기능을 지니는지, 김현승이 보여주었던 신앙의 자세, 그리고 '고독'에의 추구가 어떠한 의미망 속에 놓이는지가 구체적으로 파악될 것이다.

3. 김현승 시의 기독교적 해석의 범주

3.1. '신'에 관한 견해

김현승에게 기독교가 삶의 근거이자 교양의 자양분이었음은 그의 산문을 통해서 잘 알 수 있다. 김현승에게 기독교 우주론은 의심할 여지가 없는 진리에 해당하였다. 때문에 그는 내세의 존재라든가 이승을 초월한 영생의 가치, 구원에의 문제 등에 대해 지속적인 관심을 보였다.[7] 기독교를 포함한 내세 중심의 종교는 기독교 우주론에 근거한 인간의 한계를 넘어서기 위해 필요한 불가피한 기제로 간주된다. 유한성이라는 조건이 있는 한 인간은 종교를 필연적으로 탄생시켰어야 했다는 것이다. 따라서 김현승은 종교는 이승을 초월하여 영원성을 구할 때라야 진정하고 유의미한 것이 된다고 보았다.[8]

이러한 관점에 있었으므로 김현승에게 신앙의 대상은 인간의 죽음의 문제를 해결해 줄 수 있는 존재, 즉 '절대자'에게로 국한된다. 절대자 이외의 존재에겐 인간의 죽음을 다룰 힘도 권한도 없다고 본 것이다. 한편 기독교는 절대자의 개념과 관련하여 이러한 존재가 외부에 초월자로서 '있다'라고 함으로써 인간으로 하여금 '신앙(信仰)'하게끔, '믿고 간구'하도록 계율화한다.

이러한 기독교의 생리는 또 다른 고등 종교인 불교와 매우 다른 성격을 지니는 것이다. 불교는 '절대자'라는 초월적 외부자에 대해 말하지 않는다. 그것은 내세의 영원성을 중심 가치로 여기되 이를 구현하는

---

7) 김현승, 「커피를 끓이면서」, 『김현승전집2-산문』, 시인사, 1985, p.366. 이후 『김현승전집2-산문』은 『산문집』으로 표기함.
8) 「종교적 사명」, 위의 책, pp.430-1.

것이 '신'이 아니라 '나' 자신이라 말하기 때문이다. 인간이 스스로 절대
선의 경지에 도달하였을 때 영원한 생명이 가능하다고 가르치는 것이
불교이다.

　기독교와 불교에 대한 비교를 통해 드러나는 것은 김현승의 경우 '신'
은 '있는' 것이고 그가 '절대자'인 한 인간은 이를 향한 신앙을 통해서만
구원을 기대할 수 있다는 신념을 견지했다는 사실이다. 김현승의 '기도'
는 곧 진정한 역할을 다하는 '절대자'를 향한 간구(干求)의 표현이다.

　　　내 마음은 마른 나뭇가지,
　　　주主여,
　　　나의 머리 위으로 산까마귀 울음을 호올로
　　　날려주소서.
　　　(중략)
　　　내 마음은 마른 나뭇가지,
　　　주主여,
　　　나의 육체肉體는 이미 저물었나이다!
　　　사라지는 먼뎃 종소리를 듣게 하소서,
　　　마지막 남은 빛을 공중에 흩으시고
　　　어둠속에 나의 귀를 눈뜨게 하소서.

　　　내 마음은 마른 나뭇가지,
　　　주主여,
　　　빛은 죽고 밤이 되었나이다!
　　　　　「내 마음은 마른 나무가지」 부분

　위의 시는 김현승에게 절대자가 어떠한 존재인지를 잘 보여준다. 시

에서 절대자인 '주主'는 '저무는 육체'와 대비되는 '영혼'에 '빛'을 주고 그것의 곤고(困苦)함을 다스리는 자로서 그려지고 있다. 절대자는 시적 자아의 영적 상태가 '마른 나무가지'로 표현되듯 고독하고 빈곤할수록 더욱 숭앙되는 대상이다. 시적 자아는 '주'를 통해 '눈과 귀'가 더 밝아지기를 소망한다. 시적 자아가 절대자를 간구하는 것은 그의 상태나 처한 상황에 상관없이 이루어지는 궁극적이고 본질적인 일에 해당한다.

그러나 마지막 구절에서도 짐작할 수 있듯 시적 자아의 '기도'가 사태를 언제나 낙관적으로 변화시키는 것은 아니다. 마지막 행은 '기도'에 의해서도 상황은 절망적이고 비극적일 수 있음을 암시하고 있다. 이는 김현승에게 중요한 것은 기도하는 행위를 통해 나타나는 신을 향한 그의 자세이자 절대자가 그에게서 차지하는 비중일 뿐임을 말해준다. 김현승에게 '생과 사'의 문제를 주관하는 주체이자 자아의 영혼을 주재하는 존재로 정립되어 있는 '절대자'는 '기도'를 통해서 지향할 수 있는 대상이다. 여기에는 김현승이 생각한 인간과 신의 두 존재의 축, 그리고 이들 사이의 관계 및 거리에 대한 인식이 담겨 있다.

'절대자'를 향한 공고한 '신앙'은 김현승의 경우 생활 속에서 적극적인 실천성을 드러내었다. 수필 「聖經敎育」9)에서 미션계 학교에서의 성경 과목을 정규과목에서 제외시키라는 정부의 지침에 대해 부당하다고 일 갈(一喝)함으로써 김현승은 그가 어느 정도로 독실한 기독교인이었는지를 말해주고 있다. 이 외에도 김현승은 틈이 날 때마다 우리나라의 교회 운영의 실태라든가 기독교 문학의 현황과 방향에 대해 진지하게 의견을 개진한 바 있다. 생활을 통해 나타났던 이들 적극성들은 김현승에게 기독교라는 토대가 일상 속에서 매우 견고하게 밀착되어 있는 것

---

9) 위의 책, p.424.

이었음을 알려준다.

그러나 그가 기독교를 내면화했으며 이에 적극적인 태도를 보였다 할지라도 이것이 맹목적이거나 무분별한 태도에 의한 것은 아니었다. 그는 기독교를 이데올로기적으로 신봉하는 대신 이에 대해 '사색하고 변증하는'10) 이성적인 태도를 보여주었다. 이러한 지적인 태도에 의해 교회의 부조리한 부분이 지적되고 기독교가 회의되기도 한 것이다. 「나의 문학백서」는 기독교에 대해 회의하는 이성의 면모를 단적으로 보여주는 글에 해당한다.

① 무엇보다 하느님은 유일신이 아닌 것 같다. 만일 유일신이라면 어찌하여 세상에는 다른 신을 믿는 유력한 종교가 따로이 있겠는가? 그리고 십계명에는 어찌하여 "나 이 외에는 다른 신을 공경하지 말라" 하였을까. 그것은 다른 신의 존재를 전제하지 않고서는 표현할 수 없는 말이 아닌가?11)

② 나는 거의 일생을 교회를 상대로 하여 살아 왔다. 그러나 내가 얻은 결론은 교인들의 생활과 마음가짐이 일반사회인의 그것과 다름이 없다는 사실이다. 특유한 형식을 지키는 면에서만 다를 뿐 실생활면에서는 영(靈) 중심의 교인들이 육(肉) 중심의 사회인과 다를 것이 전혀 없다. 이것은 나의 오랜 체험이 증명하여 주는 엄연한 사실이다.12)

인용된 글들은 김현승의 기독교 및 교회에 대한 회의와 비판의 정황

---

10) 기독교 문학 창작의 확대를 모색하며 김현승은 행동하는 신앙, 설교와 실천의 소박한 신앙을 넘어서서 '사색하고 변증하는 신앙, 저술문화를 일궈내는 신앙의 필요성을 역설하였다. 「우리문학의 기독교 문학」, 『산문집』, p.229.
11) 위의 글, pp.274-5.
12) 위의 글, p.275.

을 잘 표현하고 있다. 위의 글들은 기독교적 생활체험이 생생히 묻어있는 솔직한 언술이라는 점에서 의의를 얻고 있다. 진위를 떠나 위의 글들은 김현승이 종교를 맹목으로써가 아니라 사유와 이성으로써 대하고 있음을 잘 말해준다. 김현승에게 종교는 신앙의 대상일 뿐만 아니라 이성적 사유의 대상이기도 하였던 것이다. 이는 김현승의 지적이고 냉철한 성격을 반영해주는 부분이다.

김현승은 위의 글에서 기독교가 비논리적이고 교회는 허위적이라고 비난한다. 기독교가 신의 유일성을 강조하는 것이나 교인들이 허식에만 사로잡혀 영적 성숙에 매진하지 않는 모습에 대해 김현승은 심각한 모순을 느낀다. 결국 김현승은 기독교 교리상 나타나는 논리적 모순에 의해 기독교에 거리를 두게 되는데 이는 김현승의 성격이 철저하게 이성적이며, 이 이성에 의해 종교 생활을 전개했음을 잘 나타내고 있다.

이성적 태도를 바탕으로 종교에 대한 사색적인 접근을 보여주었던 만큼 김현승은 믿음이 유지되는 순간에서조차 기독교를 유일한 종교로 생각하지 않았다. 그는 기독교가 여러 고등 종교 가운에 하나일 뿐이라고 여겼다. 그는 타 종교를 배타시 하지 않았으며 오히려 종교들 사이의 공존과 소통을 중요시 하였다. 그의 이성적 태도로 인해 김현승은 여타 종교에 대해 상당히 포용적이었으며 불교에 대해서조차 배척의 태도를 보이지 않을 수 있었다.

불교와 기독교가 인류에게 보편화된 지배적인 종교이면서도 서로이 반목하게 되기 쉬운 이유는 이 방법론(구원의 방법-필자주)을 에워싼 사상의 차이에서 오게 되는 것 같다. 그러나 최후의 목적이 같은 터에 방법의 차이나 대립으로 반목하는 것은 서로가 부질없는 일이란 생각이 든다. 어느

편의 방법이 옳은가는 이승에서는 판결이 날 수 있는 성질의 것이 되지 못한다.[13]

'초월한 객관적 존재인 타자'를 상정하는지 여부에 따라 차이가 나지만 '내세'를 궁극의 세계로 보는 점은 같다고 보면서 김현승은 불교에 대한 배척보다는 '단합'의 필요성에 대해 역설하고 있다. 인용글에서 그는 불교가 기독교와 구원의 '방법론'에서 차이가 날 뿐 인간의 유한성을 극복하려고 하는 점에서는 동일하므로 '서로이 사정을 아는 눈으로 바라봐야 할 것 같다'고 한다. 더욱이 둘 가운데 어떤 방법론이 타당한지는 인간으로서는 알 수 있는 성질의 문제가 아니라고 함으로써 이성에 의한 앎의 영역에 대해 분명하게 선을 긋는다. 여기에서도 그에게 인식은 이성적이라는 점, 종교인들에게서 흔히 나타나는 영성이나 직관을 동원하는 초월적 앎과 엄격하게 구별되는 것이라는 점이 드러난다. 그는 신의 존재를 인정하되 신의 영역과 인간의 영역이 철저하게 구분되며 인간은 단지 인간의 조건에 대해 성실하게 인식하는 것이 최선임을 말하고 있는 것이다.

3.2. '인간'에 관한 견해

김현승이 성격상 냉철하고 이성적인 인물이었다는 점은 신에 대한 태도에도 큰 영향을 미친다. 그는 신의 존재를 믿었지만 이를 감성적이거나 영적으로 전유하지는 못하였다. 그가 신을 순전히 신념의 차원에서 받아들인 것이 아니라 사색의 대상으로 삼았음이 드러난다. 이성적 사유는 인간과 신의 차이를 깨닫게 할 뿐 인간이 신적인 무한한 능력을

---

13) 「종교적 사명」, 위의 책, p.432.

지녔다고 말해주지 않는다. 인간은 한계 내의 존재이며 신 역시 인간 밖의 존재라는 것이다. 이 때문에 그의 시 중에는 '기도'의 시는 많지만 '은총'의 시는 드물다. 여기에는 신은 인간에 의해 '간구함'의 대상이 되지만 그 이상의 합일은 불가능하다는 생각이 놓여 있다. 인간의 이성적 사유에 의하면 신은 포착되기 힘든 초월적 존재일 뿐 계시와 영감에 의해 교감하는 존재는 되기 힘들다는 것이다.

이 점은 김현승 시가 슬픔과 고독의 내용으로 점철되어 있는 까닭의 일단을 해명해준다. 김현승은 충일한 영적 상태를 표현하기보다 지성과 사유를 시적 도구로 삼아 천상과 분리된 지상적 삶의 양태를 드러내는 시들을 주로 썼음을 알 수 있다. 그의 지상적 삶에 대한 관심은 자연 및 인간 조건에 대한 사유로 잘 나타나고 있다.

꿈을 아느냐 네게 물으면,
푸라타나스,
너의 머리는 어느덧 파아란 하늘에 젖어 있다.

너는 사모할 줄을 모르나
푸라타나스,
너는 네게 있는 것으로 그늘을 느린다.

먼 길에 올 제,
홀로 되어 외로울 제,
푸라타나스,
너는 그 길을 나와 같이 걸었다.

이제 너의 뿌리 깊이
나의 영혼을 불어넣고 가도 좋으련만,
푸라타나스,
나는 너와 함께 신神이 아니다!

수고론 우리의 길이 다하는 어느 날,
푸라타나스,
너를 맞아 줄 검은 흙이 먼 곳에 따로이 있느냐?
나는 오직 너를 지켜 네 이웃이 되고 싶을 뿐,
그곳은 아름다운 별과 나의 사랑하는 창窓이 열린 길이다.

「푸라타나스」 전문

인용시는 『김현승 시초』에 실린 그의 초기시에 속한다. 위의 시는 기독교인으로서의 신앙의 자세를 견고하게 표현하고 있는 「가을의 기도」, 「가을의 시」 등과 같은 시기에 쓰여진 제 2기의 시이다. 이 시기의 시들로 인해 기독교 시인으로서의 입지를 굳혔던 만큼 김현승의 이 시기의 시들에서 신에 대한 외경의 태도 및 기도로 임하는 자아의 모습을 찾아내는 일은 어렵지 않다. 위의 시 역시 신의 존재함에 대한 인식과 함께 범접이 어려운 신의 권위를 분명하게 드러내고 있다. 위의 시에 등장하는 '푸라타나스'는 신의 피조물로서, 독립적 권한을 부여받은 존재라기보다 신에 의해 다스림을 받는 존재에 해당된다.[14] 신 중심의

---

14) 자연환경에 대한 기독교의 관점은 구약의 창세기에 잘 나타나 있다. 창세기에 의하면 하나님은 먼저 자연 환경을 창조한 후 자신의 형상으로 인간을 만들고 인간에게 땅의 정복하고 자연의 모든 피조물로 다스리라고 명령한다(창세기1장 26절). 이는 자연 환경을 인간에 의한 정복과 지배 대상으로 규정하는 것이다. 창조이야기가 말하는 하나님의 형상과 땅의 통치는 세계의 모든 것이 하나님의 소유라고 하는 하나님 중심성을 표명하는 것이다. 여기에서 인간은 자연

세계에서 '푸라타나스'는 자기 영혼을 소유하지 못한 채 소외되어 있는 것이다.15) 영혼을 부여받지 못한 그것은 '하늘'을 '사모'하고 그리워할 뿐 '하늘'과 가까워질 수도 하나가 될 수도 없는 존재로 묘사된다.

'푸라타나스'로 대표되는 자연환경의 피조물로서의 성격은 기독교가 오래 동안 견지해 온 관점16)이지만 시적 화자는 이에 대해 안타까움의 정서를 이입시키고 있다. 화자는 '나무'에게서 고독과 소외를 읽어내고 있는 것이다. 화자는 '나무'가 '신'과 동떨어진 존재이므로 '하늘'을 '향해 있어야 하고 항상 어둡게 '그늘'을 드리우고 있어야 한다고 말한다. '영혼'이 부재하므로 '나무'는 영원히 지상에 속하게 될 뿐 그것이 '신' 가까이 도달할 수 있는 가능성은 없다고 화자는 전한다.

그런데 시적 화자의 진술에 의하면 이러한 자연의 존재조건은 인간의 그것과 크게 다르지 않다. 인간 역시 신이 아닌 신의 피조물이기 때문이다. 인간이 자연과 다른 점은 '영혼'을 지녔다는 것인데 그러나 이것의 신성은 쉽게 보장되지 않는다. 화자는 자연의 '이웃'이 되고 싶다면서 자연과의 동질감을 표현한다. 인간 역시 자연과 마찬가지로 소외되어 있고 고독한 지상의 존재라는 관점이다. 이는 자연환경을 바라보는 기

환경을 지배할 수 있는 하나님의 대리자이다(김균진, 자연 환경에 대한 기독교 신학의 이해, 연세대출판부, 2006,pp.37-8).

15) 신이 자연물에게 존엄성을 부여하지 않았다는 인식은 김현승의 또 다른 시 「나무와 먼 길」에도 잘 나타나 있다. 그는 "나무, 어찌하여 신神께선 너에게 영혼을 주시지 않았는지/ 나는 미루어 알 수도 없지만"이라고 말하고 있다. 이러한 구절은 김현승의 인식 속에서 신과 자연, 그리고 인간의 관계를 잘 보여 주고 있다. 신이 창조주이자 세계의 주재자라면 자연은 그로부터 만들어진 피동적이고 소외된 존재에 해당하는 것이다.

16) 자연환경을 대하는 이러한 관점은 서양의 근대에 더욱 강하게 뿌리내려 자연을 앎으로써 지배할 수 있다는 사고를 낳게 된다. 그것이 근대과학을 탄생시켰고 이로부터 촉발된 인간중심적 세계관이 급기야 자연 환경을 파괴하고 오염시키는 데로 나아갔음은 주지의 사실이다.

독교의 입장을 확인하는 것이자 신 중심의 세계에서 신과 자연, 그리고 인간 사이의 관계에 대한 비관적인 견해를 내포하는 것이다.

한편 천상과 지상 사이의 거리 및 신에 의한 인간의 소외의 문제가 이미 기독교에 대한 회의를 토로하기 시작한 1960년대 중반 이전 시기부터 강하게 드러난다는 사실은 주목을 요하는 부분이 아닐 수 없다.

넓이와 높이보다
내게 깊이를 주소서,
나의 눈물에 해당該當하는……

산비탈과
먼 집들에 불을 피우시고
가까운 곳에서 나를 배회徘徊하게 하소서.

나의 공허空虛를 위하여 오늘은 저 황금黃金빛 열매를 마저 그 자리를 떠나게 하소서,
당신께서 내게 약속하신 시간時間이 이르렀습니다.

지금은 기적汽笛들을 해가 지는 먼 곳으로 따라 보내소서.
지금은 비들기 대신 저 공중空中으로 산까마귀들을
바람에 날리소서.
많은 진리眞理들 가운데 위대偉大한 공허空虛를 선택하여
나로 하여금 그 뜻을 알게 하소서.

이제 많은 사람들이 새술을 빚어
깊은 지하실地下室에 묻을 시간時間이 오면,

나는 저녁 종소리와 같이 호올로 물러가
나는 내가 사랑하는 마른 풀의 향기를 마실 것입니다.
「가을의 시詩」 전문

  신앙심이 컸던 2기 시의 대표작이라 할 수 있을 '가을' 계열시에 속하는 만큼 위의 시를 기독교적 세계관으로부터 분리시켜 논하는 경우는 거의 없다. 그러나 위의 시에는 '기도'와 '충만'의 분위기 아래 소외와 쓸쓸함의 정서가 강하게 배어 있음을 알 수 있다. 위의 시는 기도의 형식으로 이루어져 있지만 실제로 각 구절들은 신과의 교감 및 일치보다는 그로부터의 단절과 고독의 의미를 내포하고 있다. 시의 내용은 천상의 질서보다는 지상적 삶에 더 큰 지향성을 드러내고 있는 것이다.
  이는 첫 구절 '넓이와 높이보다 내게 깊이를 주소서'라는 부분에서부터 표출된다. '넓이와 높이'가 '하늘'을, '깊이'가 '땅'의 속성을 나타낸다는 점은 어렵지 않게 유추할 수 있는바, 시적 자아는 기도를 통해 오히려 지상적 삶에의 열정을 호소하고 있다. '눈물'이 그러하고 '산비탈과 먼 집들', '가까운 곳의 배회'들의 표현들이 모두 이를 말해준다. 나아가 시적 자아는 '충만'보다는 '공허'를 구하고 있으며 '열매'를 오히려 '거두어' 달라고 말한다. 특히 고독을 상징하는 3기 시의 대표적 이미지인 '산까마귀'의 등장은 시적 자아의 지상에의 지향성을 더욱 분명하게 드러낸다. '비둘기'가 천상의 존재를 상징하는 반면 '산까마귀'는 지상의 암울한 이미지를 담는 존재이므로 시에서 이 둘의 대비는 의미하는 바가 매우 뚜렷하다는 것을 알 수 있다. 요컨대 시적 자아는 자신의 지상적 존재 조건을 신 앞에 당당하고도 완곡하게 선언하고 있는 것이다.
  김현승이 인간의 신과의 단절 및 차이, 인간의 지상적 존재로서의 성격을 묘사하는 것은 3기의 '고독' 모티브에서 절정에 달한다.

껍질을 더 벗길 수도 없이
단단하게 마른
흰 얼굴.

그늘에 빚지지 않고
어느 햇볕에도 기대지 않는
단 하나의 손발.

모든 신神들의 거대巨大한 정의正義 앞엔
이 가느다란 창끝으로 거슬리고,
생각하던 사람들 굶주려 돌아오면
이 마른 떡을 하룻 밤
네 살과 같이 떼어 주며,

결정結晶된 빛의 눈물,
그 이슬과 사랑에도 녹쓸지 않는
견고堅固한 칼날-발 딛지 않는
피와 살.

뜨거운 햇빛 오랜 시간時間의 회유懷柔에도
더 휘지 않는
마를 대로 마른 목관악기木管樂器의 가을
「견고한 고독」 부분

인용시는 제 3기에 이르러 본격적으로 다루기 시작한 '고독'의 의미를 엿보게 해준다는 점에서 중요하다. 이 시기 김현승은 "나이 50대에 이르러 청교도 사상에 큰 변혁이 일어났다"[17]고 진술함으로써 자신의 시적 세계에 나타난 변모 양상에 대해 시사하는바, 때문에 연구자들은 그의 진술에 의거하여 이 시기 '고독론'을 다루어 나갔다. 이에 대해 언급했던 「나의 문학백서」에서 김현승은 먼저 자신의 문학이 "기독교의 정신과 생활과 밀접한 관계를 맺고 있는데……우리나라의 비평가들은 기독교에 대한 무관심과 무지가 너무 심하다"고 하고, 자신의 신앙에 대한 때늦은 회의 및 그것의 이유에 대해 밝히고 있다.[18] 이로부터 점차 인간적이고 지상적인 세계에 관심을 두게 되었으며 이와 때를 같이 하여 '고독'에 관한 시를 쓰게 되었다고 말한다. 또한 이때의 '고독'이 "기독교와 밀접한 관련이 있는 고독이면서 키에르케고르 등의 고독과 다른", "구원에 이르는 고독이 아니라, 구원을 잃어버리는, 구원을 포기하는 고독"이라고 하고 있다.

김현승이 술회한 이와 같은 고독론을 두고 그것이 기독교적 사유 내에서 규정될 수 있는가 없는가에 대한 수많은 논의가 있어왔고[19] 이러

---

17) 「나의 문학백서」, 『산문집』, p.274.
18) 김현승은 그 이유로 논리적 이유와 현실적 이유를 나누어 말하고 있다. 전자와 관련해서는 유일신에 대한 의심을, 후자는 교인들의 생활상에 대한 비판을 제시하고 있다. 구체적 내용은 앞서 3장1절에서 인용한 바 있다.
19) '고독'을 기독교 세계관 내에서 논의할 수 없다는 주장의 대표적 평자에는 김윤식이 있다. 김윤식은 김현승 시의 '고독'이 기독교와의 갈등을 떠나 이미 절대적 탐구 영역에 들어 있다는 점을 들어 김현승 세계의 상대성(비기독교성)과 휴머니즘적 성격에 대해 규정하고 있다(김윤식, 「신앙과 고독의 분리문제」, 한국현대시론비판, 일지사, 1975, p.167). 그러나 많은 경우 김현승의 '고독'을 구원과 신성에 이르기 위한 과정으로서의 방편으로 봄으로써 기독교적 세계관 안에서 의미를 부여하려 하였다(장백일, 「원죄를 끌고 가는 고독」, 『현대문학』1969.5. 신익호, 「김현승 시에 나타난 기독교 의식」, 『다형 김현승 연구』, 보고사, 1996 등). 이 밖에 이와 관련된 논의는 앞의 각주 5) 참조.

한 논의는 김현승 연구에서 가장 큰 비중을 차지하였다고 해도 과언이 아닐 것이다. 그러나 앞에서도 언급하였듯 그것이 기독교적인 것인지 아닌지를 논하는 것은 크게 의미가 없다. 그것은 위의 인용 구절에서도 나타나는 것처럼 김현승이 자신의 문학이 기독교와 밀접하게 관련되어 있음을 수차례에 걸쳐 강조하고 있기 때문이다. 심지어 '구원을 포기하는 고독'조차 '기독교와 밀접한 관련이 있는 고독'이라고 한 부분은 김현승에게 기독교가 얼마나 강한 전제가 되는지 말해준다. 따라서 김현승의 '고독론' 역시 그것이 기독교와 '과연 관련 있는지'가 아니라 '어떻게' 관련되는지에 대해 초점을 두어야 할 것이다.

이러한 관점에 섰을 때 앞의 2장에서 제시하였던 기독교를 바라보는 해석틀이 유용하다. 기독교적 세계관의 다양성을 '신의 초월성과 내재성의 도구'라는 큰 틀의 변용으로 바라볼 경우 기독교 사상을 전제한 세계관의 다양한 스펙트럼을 고찰할 수 있기 때문이다. 김현승의 신과 문학에 관한 고민 역시 이와 같은 사상의 틀 내에서 해명될 수 있다는 것이다.[20]

지금까지의 논의를 따르면 김현승에게 '고독'은 '신'과 인간의 관계에 대한 그의 관점을 밝혀주는 것에 다름 아니다. 김현승의 '고독'은 '신'이 세계를 창조한 후 여기에 포함된 모든 존재, 자연 및 인간을 그의 피조

---

[20] 실제로 김현승은 그의 산문 「인간다운 기본정신」(『현대문학』10권 9호, p.42)에서 "나의 시는 아무래도 基督敎의 神을 상대로 形而上學的인 世界로 나가기 쉬울 것같이 나 자신이 느낀다……그러한 나는 또한 信仰에 순응하기만 하는 詩人은 아니다. 인간인 內在的인 것과 신의 超越的인 것이 나의 시 안에서…… 회의와 반항과 갈등과 이해와……정상적인 신앙과는 자못 용모가 다른 추구의 세계를 나는 나대로 갈 것이다"라고 한 바 있어 김현승 시세계에서 이와 같은 해석틀의 도구가 유의미함을 시사하고 있다. 김현승은 자신의 문학이 기독교라는 큰 범주 안에서 나름의 독자적 개성을 지니고 있음을 분명히 하고 있다.

물로 여겼다는 인식에서 비롯되는 것으로서, '신'이 창조주인 이상 필연적으로 도출되는 결과라 할 수 있다. 자연과 인간의 소외도 여기에 발생한다. 김현승의 '고독'은 결국 신으로부터의 소외에 대한 지극히 정당하고 자연발생적인 반응에 해당된다. 이 점을 김현승은 '巨大한 正義'로서의 '신'으로 묘사하고 있다. 김현승에게 '신'은 인간의 고투를 무색하게 만드는 머나 먼 존재로서 각인되어 있는 것이다. 이러한 신 앞에 인간이 할 수 있는 일이란 끊임없는 섬김과 신앙의 자세를 지속해 나가는 것이거나 신과의 거리를 받아들인 채 인간 스스로의 길을 모색하는 것이 될 것이다. 위의 시에서 보인 자아의 선택은 후자이다. 위 시의 시적 자아는 신 앞에서 더 이상 혹독해질 수 없는 인간의 모습을 '껍질을 더 벗길 수도 없이 단단하게 마른 흰 얼굴'이라고 표현하며 이러한 인간이 내릴 수 있는 선택을 '그늘에 빚지지 않고 어느 햇볕에도 기대지 않는' 자립적 성격의 것이라 말하고 있다.

이는 인간과 신 사이의 거리를 메우고자 신에 의탁하기보다 설령 그것이 '칼날'처럼 '고독'할지라도 인간의 중심성을 찾고자 하는 시인의 의지를 표명하는 것에 해당한다. 신은 더 이상 인간에게 신앙을 요구할 수도 계율을 강요할 수도 없는 초월자로서 완성되어 천상의 지대에 있을 것이며 지상의 일은 인간의 질서에 따라 인간에 의해 이루어져야 한다는 생각이 여기에 있다. 위 시의 '생각하던 사람들 굶주려 돌아오면 이 마른 떡을 하룻 밤 네 살과 같이 떼어 주며'라는 구절은 지상에서의 인간중심적 삶의 방식에 대한 구체적 표현이다. 요컨대 김현승의 '고독'이란 신으로부터의 단절에 의한 것이며, 스스로 진술하였듯 구원을 위한 것이 아니라 스스로의 선택으로 '구원을 포기한' 것이다.

3.3. '죄'와 '구원'에 관한 견해

신이 '있음'을 인정하되 신의 자리와 인간의 자리를 분리시키는 김현승의 선택은 신이 지상에서 인간의 문제를 해결해준다는 내재적 관점보다 초월적 관점을 견지하는 것이다. 신은 세계를 창조한 절대적 권위를 지닌 만큼 인간 세상의 고뇌와 갈등을 함께 할 수 없는 존재이다. 그는 세계를 창조한 후 인간 세상 저 너머에서 고고함과 신성함을 유지하고 있는 자유로운 존재인 반면 지상의 세계는 이성을 지닌 인간에 의해 유지 존속되어야 한다는 것이다. 이것이 김현승의 논리이자 그의 이성에 의한 자율적 판단이다.

그렇다면 김현승이 신과 인간의 거리를 이토록 극대화하고 이 사이에 화해의 접점을 찾아내지 못한 까닭은 무엇일까? 기독교 사상의 핵심이 '예수'를 통해 단절된 신과 인간의 간격을 메운다는 데 있는 것이라면 기독교인이었던 김현승이 신과 인간의 분리를 논하는 것은 정당한 것인가? 김현승은 이에 대한 답의 실마리를 제공하고 있는데 그것은 '원죄설' 및 '구원론'과 관련된다.

> 그리하여 모든 편력에서 돌아오는 날 우리에게 남은 진리는
> 저녁 일곱시의 저무는 육체와
> 원죄를 끌고 가는 영혼의 우마차
> 인간은 고독하다!
>
> 신앙을 가리켜 그러나 고독에 나리는 축복이라면
> 깊은 신앙은 우리를 더욱 고독으로 이끌 뿐,
> 내 사랑의 뜨거운 피로도 너의 전체를 녹일 수는 없구나!

추상으로도 육체로도

용해되지 않는,

오오, 너의 이름은 모든 애정과 신앙을 떠나

내 마음의 왕국에서 자유와 독립을 열렬히 호소하는구나!

그러면 우리를 고독케 하는 것들은 무엇인가?

잃어버린 지평선-저 풍요하던 창고들인가,

헬렌의 슬픈 이야기를 우리에게 들려 준 호우머의 시들인가,

아니면 사랑이 가고 지혜가 오기 전 무성턴 저 무화과 나무의 그늘들인가.

(중략)

나로 하여금

세상의 모든 책을 덮게 한 고독이여!

비록 우리에게 가브리엘의 성좌와 사탄의 모든 저항을 준다 한들

만들어진 것들은 고독할 뿐이다!

인간은 만들어졌다!

무엇하나 이 우리들의 의지 아닌,

이 간곡한 자세-이 절망과 이 구원의 두 팔을 어느 곳을 우러러 오늘은

벌려야 할 것인가!

「인간은 고독하다」 부분

　제2기의 시로서 '고독'을 부르짖고 있는 위의 시는 고독한 인간의 실존적 상황을 다룬 전반부과 '고독'의 이유가 무엇인지를 탐색하는 후반부로 구성되어 있다. 시에서 자아는 인간의 존재 조건인 '고독'의 원인을 다각도로 탐색하고 있다. 그것은 '잃어버린 낙원', '슬픔', 신과의 약속을 저버린 '원죄', 나아가 피조물이라는 사실 자체로 제시되고 있다. 그런데

시적 화자에 의하면 이들 원인들은 해결될 수 있는 성질의 것이 아니다. 시적 화자는 '고독'한 인간조건에 대해 대단히 비관적이다. '고독'은 신앙을 불러일으키지만 깊은 신앙은 '고독'을 더욱 깊게 할 뿐이라고 말한다. 그것은 천사의 약속이나 권능으로도 해소할 수 없는 것이다. 이 시는 피조물로서의 인간과 창조주로서의 신과의 대립 사이에서 심각한 단절과 대립을 체험했던 김현승의 내면을 고스란히 담아내고 있음을 알 수 있다. 이때의 단절과 대립을 일으킨 것은 인간이 피조물이라는 사실, 유한한 존재로서 신과 같은 권능과 신성을 지니지 못한다는 점과 관련된다. 그러나 애초에 신이 인간을 창조할 때 인간에게 부여하였던 권리와 신성을 고려하면 유한한 인간조건은 '원죄'에서 비롯된 것에 해당한다. '원죄'야말로 인간이 스스로를 한계지운 최대의 죄로서 인간을 피조물의 조건 속에 머물게 한 근본 원인인 것이다.

이와 관련하여 김현승은 자신의 인생관이 '성선설에 입각한 것이 아니고 원죄설에 뿌리박은 생활'이었다고 말하면서[21] 자신의 시가 '원죄의식을 바탕으로 하여 우러나는 반성과 참회, 또는 정서와 의지를 노래'[22]한 것이라고 한 바 있다. 여기에서 김현승에게 그를 기독교인으로 규정지을 수 있었던 가장 근본적인 요인은 '원죄설'에 있음을 짐작할 수 있다.

그러나 기독교 사상에 의하면 인간의 '원죄'는 그리스도의 탄생과 죽음, 부활에 의해 극복된다. 하나님의 아들로서 지상에 내려온 예수는

---

21) 김현승에 의하면 원죄설은 그의 의식과 생활을 결정하는 기본 요인이었다. "천국과 지옥이 있다는 것, 현세보다 내세가 더 소중하다는 것, 신이 언제나 인간의 행동을 내려다보고 인간은 그 감시 아래서 언제나 신앙과 양심과 도덕을 지켜야 한다는 가르침"(「나의 문학백서」, 앞의 책, p.271) 등은 모두 원죄설에 입각한 행동지침이다.
22) 위의 글, p.273.

인간의 원죄를 대속함으로써 단절되었던 신과 인간의 관계를 회복한 존재이기 때문이다. 기독교의 가르침에 의하면 예수는 인간을 구원하기 위해 온 신과 인간의 매개자에 해당한다. 더욱이 예수는 죽음과 부활의 과정을 거치면서 성부와 성령이 통합되는 삼위일체의 주인공이 된다. 이러한 예수의 존재에 대한 믿음이 기독교의 핵심이 됨은 주지의 사실이다.

기독교의 가르침대로라면 김현승이 그토록 절실하게 느꼈던 '고독'은 사실상 성립근거가 희박하다. 유한한 피조물로서의, 그리고 원죄에 갇힌 인간의 조건은 신이자 인간인 예수의 존재로 인해 극복될 것이기 때문이다. 이 점이 기독교가 전세계로 유포되어 보편종교가 될 수 있었던 요인이다. 예수의 구원론에 논리적인 모순이나 결함은 없는 것이다.

그러나 김현승의 시에서 예수의 구원론에 대한 믿음이나 확신은 찾아보기 힘들다. 3기 시는 말할 것도 없고 2기 시에서조차 구원에 관한 복음의 메시지나 그로 인한 희망의 정서가 노래되는 경우는 매우 드물다. 오히려 그의 시에는 슬픔과 비애의 정조가 강하며 현실 여건에 대한 비관적 심정이 빈번히 묘사된다.[23] 이는 김현승이 예수에 대한 애정과 존경을 가득히 표현했음[24]에도 불구하고 나타나는 현상이다. 즉 김현승의 시에서 구원론은 원죄설보다 미약하게 취급되고 있음을 알 수 있다.

김현승에게 원죄설이 구원론보다 앞서는 까닭은 김현승 특유의 신관

---

23) 「바람」의 황량함의 이미지, 「슬픔」이나 「눈물」의 예찬, 「자화상」에서의 절망적 분위기, 「건강체」의 비애, 「가을의 소묘」의 쓸쓸함, 「가을의 시」에서의 방황, 「신설」, 「십이월」 등에서의 비극적 현실 인식 등은 김현승에게 구원의 가능성에 대한 의식이 매우 희박함을 시사한다.
24) 「시였던 예수의 언행」(『산문집』, p.295)와 「사표로서의 예수」(『산문집』, p.426)에서 김현승은 예수의 인품과 지혜를 칭송하고 있다.

(神觀) 때문인 것으로 판단된다. 그에게 신은 창조주이자 절대자에 한하는 존재일 뿐이지 그 외 개별적이고 특수한 신은 '만들어진'신에 불과하다. 김현승은 오직 초월자만을 신으로 간주한다. 그에 따르면 예수는 인간이지 신이 아니다. 예수는 우주의 창시자는 아니기 때문이다. 김현승은 자신이 기독교를 믿은 이유가 기독교의 종주만이 인간이 아닌 초월적인 신이었기 때문이라고 진술한다.[25] 예수를 구원자라기보다 한 인간으로 간주한 김현승에게 기독교에서 이야기하는 구원론은 공소한 픽션 정도로 다가왔을 것이다. 때문에 김현승은 끝까지 신의 피조물이라는 한계 속에서 신과의 화해 지점을 찾지 못하게 된다.

신과 인간의 분리, 구원자로서의 예수에 대한 믿음의 결여, 인간 조건의 승인은 결국 세상을 이끌어가는 주체가 인간이라는 인식으로 귀결된다. 초월적 위치에 있는 신은 인간의 현실에서 벗어나 있다. 김현승은 "인간의 현실은 역사에서나 현실에서나 철두철미하게 인간 본위"[26]라고 하며 신과의 관계 속에서 찾은 인간 중심성을 확인한다. 그는 "종교의 최대 관심은 과학과 도덕이 지배하는 현세가 아닌, 과학과 도덕의 힘이 미치지 못하는 내세의 문제"라고 생각한다. 따라서 "종교가 이룩해야 할 것은 현실적인 사회 개조나 개혁보다는 내세에 대한 심적 개혁과 각성에 있다"[27]고 한다.

종교에 대한 이러한 생각은 김현승으로 하여금 당대 우리 사회가 직면하고 있던 문제에 적극적으로 참여하는 시를 쓰도록 한다. 인간 중심

---

25) 「나의 문학백서」, 『산문집』 p.275. 이와 함께 김현승은 기독교 내부에서 하느님 중심의 기독교로부터 예수 중심의 기독교로 변질되어 가고 있다고 지적하며 비판적으로 보고 있다.
26) 「커피를 끓이면서」, 『산문집』, p367.
27) 「종교적 사명」, 『산문집』, p.433.

적 세계에서 당면한 현실적 문제 해결은 신이 아니라 인간이 할 수 있기 때문이다. 따라서 2기시『옹호자의 노래』에 등장하는 사회 참여적 시들은 종교시를 썼던 김현승에게 의외의 것들이 아니라 그의 세계관에서 모순없이 쓰일 수 있는 것이었음을 알 수 있다.

> 말할 수 있는 모든 언어言語가
> 노래할 수 있는 모든 선택된 사조飼藻가
> 소통疏通할 수 있는 모든 침묵들이 속
> 고갈涸渴하는 날,
> 나는 노래하련다!
>
> 모든 우리의 무형無形한 것들이 허물어지는 날
> 모든 그윽한 꽃향기들이 해체解體되는 날
> 모든 신앙信仰들이 입증立證의 칼날 위에 서는 날,
> 나는 옹호자擁護者들을 노래하련다!
> (중략)
> 날마다 날마다 아름다운 항거抗拒의 고요한 흐름 속에서
> 모든 약동躍動하는 것들의 선율旋律처럼
> 모든 전진前進하는 것들의 수레바퀴처럼
> 나와 같이 노래할 옹호자擁護者들이여,
> 나의 동지同志여, 오오, 나의 진실한 친구여!
>
> 「옹호자擁護者의 노래」 부분

1950년대 중반에 발표된 위의 시에서 참여적 어조를 느끼는 것은 어렵지 않다. 결연하고 단호한 목소리가 일관되게 시를 이끌어가기 때문이다. 강한 영탄의 어법은 1930년대 프롤레타리아시를 연상시킬 정도

이다.

그러나 위 시가 이념시도 선전선동시도 아님은 물론이다. 힘찬 어조로 쓰였지만 위의 시는 시적 비유를 통해 미적 긴장을 유지하고 있다. 또한 여기에는 신앙과 이성, 종교와 현실 간의 갈등과 긴장도 살아있어 시적 자아의 고뇌와 의지를 느낄 수 있게 한다. 시에서 '옹호자'는 '항거'와 '약동', '전진'의 주체로서 '언어', '사조', '소통'의 불모지인 현실사회에 응전하고 이를 극복하려는 자아로 형상화 되고 있다. '옹호자'는 추상적 자아가 아니라 '관념'과 '미'와 '신앙'이 회의되는 지점에서 실천하는 구체적 자아이다.

'옹호자의 노래'를 통해 김현승이 꾀한 것은 이성을 지닌 인간의 실천적 행동력이 사회 문제를 해결할 수 있는 원동력이라는 사실을 제시하는 일이었다. 그는 종교인이었지만 신앙으로 현실모순을 극복한다는 생각에는 회의적이었다. 현실의 문제들이 지상의 것인 한 이는 인간이 풀어내야 하는 것이지 신의 소관은 아니라는 것이다. 이 점에서 역시 김현승의 세계관인 신의 초월성과 인간의 내재성의 분리에 대한 관점을 확인할 수 있다.

4. 이신론(理神論)적 기독교 신학

지금까지 김현승 문학을 통시기적으로 살펴본 바에 의하면 기독교 세계관 내에서 발생한 시인의 많은 고뇌와 갈등, 문제의식들이 서로 지속적으로 교차하면서 그의 전체 세계관을 통일적으로 조직하였음을 알 수 있다. 김현승이 제기한 질문들은 특정한 한 시기에 제기된 것이 아니라 기독교인으로서의 정체성을 찾아가는 과정에서 지속적이고 총체적으로 생산되었던 것이다. 실제로 김현승은 각 시기에 따라 기독교에 대한 몰입도에서 차이는 있지만 모든 시기 동안 동일한 사유 구조와 반복되는 문제의식들을 이끌고 나갔음을 알 수 있다. 말하자면 김현승은 이러한 동일성을 바탕으로 그의 세계관을 독자적이고 세밀하게 직조해 나갔던 것이다.

초월성과 내재성의 역학 구도에 따르면 김현승의 고뇌와 갈등들은 나름의 함수관계에 따라 자신의 좌표를 지정할 것이다. 김현승은 '신관(神觀)'과 '인간관', 그리고 '죄'와 '구원'이라는 기독교의 핵심 문제들에서 특이성을 보여주는바, 그는 신을 창조주이자 절대자에 한정된 존재로 보았고 인간은 그에 의해 만들어진 피조물로 여겼다. 그에게 신과 인간의 관계는 여기에서 크게 벗어나지 않는다. 여기에서 신의 권위와 인간의 소외가 발생하는데 김현승은 기독교의 핵심 사상인 예수의 존재를 확신하지 못함으로써 원죄의 확정과 구원 가능성의 포기라는 자기만의 세계를 고착시킨다.[28] 김현승은 신과 인간의 단절을 부각시켰고 이 속에서 신의 초월성과 인간의 내재성, 즉 신의 극도로 제한된 내재성과 극대화된 초월성을 강조하였다. 신은 세계를 창조하고 이를 인간에게 맡긴 후 지상에서 사라졌으며 인간은 신을 대신하여 세계를 다스려야 하는 임무를 맡게 된 것이다. 물론 이것을 가능케 한 요인은 인간의 이성이다. 이에 따라 인간의 신과의 교감은 극히 제한적으로 이루어지

---

28) 물론 이러한 고찰은 3기까지의 시적 고찰에 해당된다. 김현승은 이후 4기 시 『마지막 지상에서』에서 절실한 신앙과 구원에의 호소를 노래하고 있기 때문이다. 이 부분에 대한 고찰은 차후의 작업으로 미루어야겠다. 다만 김현승의 전체 시기 중 2,3기에 집중한 것은 이 시기에 김현승이 보인 정신적 작업의 치열성이 개성적이고 독자적인 한 세계관을 형성할 수 있었다는 점에 기인한다.

게 된다. 인간의 자율권과 고독이 시작되는 지점도 이 부분이다.

　김현승이 보인 문제의식의 특이점들은 신학의 스펙트럼 상 살펴볼 때 서양에서 근대 초기에 등장했던 이신론(理神論)적 신학의 성격에 근접하는 것으로 보인다. 이신론은 17-8세기 영국에서 등장한 신학으로 종교를 계시나 교리의 범주보다는 이성적이고 합리적으로 설명하려는 움직임이었다.[29] 이신론은 종교 개혁에 따른 분파간의 갈등에 대립해 보편종교 및 원종교의 근원적 진리를 추구하였다. 따라서 이신론자들은 경건함과 신앙이라는 동일한 가치를 지니는 한 여타 모든 종교를 인정하였다.

　종교에 대한 이성적이고 합리적인 접근은 시기적으로나 정신적으로 근대 계몽주의와 맥을 같이 하는 것으로서 전통적 신으로부터 인간의 자유를 되찾는 데 주력하게 된다. 이에 따라 이신론자들은 신이 인간의 역사에 개입해 들어오는 것을 원치 않으며 세상을 창조하고 일정한 법칙을 부여한 신만이 존재한다고 생각한다.[30] 이들에 의하면 천지를 창조한 신은 사물의 운동을 가능케 하는 자연의 법칙을 완성한 후 이에 따라 자연과 인간의 삶 전체가 작동하도록 하였다고 한다. 신의 '보이지 않는' 성격, 즉 초월성을 주장하는 것이다. 반면 인간은 개개인들의 자유로운 활동에 의해 사회 전체의 조화를 꾀한다는 것이다. 이 속에서 이신론은 기독교 고유의 '구원'의 의미를 약화시킨다. 이는 신에 관한 한 최고의 신을 인정하지만 그리스도의 존재나 그의 삼위일체설을 부정한다는 것을 의미한다.

---

29) 이신론에 대한 소개는 손규태, 「애덤 스미스 사상의 신학적, 철학적 기원에 관한 연구」, 『세계화 시대 기독교의 두 얼굴』, 한울아카데미, 2007, pp.79-107참조.
30) 위의 글, p.97.

신의 극단적인 초월성을 강조하였던 이신론은 이후 칸트, 헤겔 등의 계몽주의자들에 의해 내재성의 측면에서 반동을 겪는다. 칸트와 헤겔은 각기 도덕적 경험과 사변적 이성 속에 신이 내재한다고 역설하면서 신에 의한 인류의 통치와 진보를 주장하였다. 이것이 곧 칸트의 실천 이성과 헤겔의 절대정신이다.[31] 즉 이들은 인간의 이성을 통한 신의 내재성을 통해 초월성과의 균형을 꾀하려 하였음을 알 수 있다.

이신론의 특징과 사상적 입지점을 살펴보면 놀랍게도 김현승의 그것과 흡사하다는 것을 깨닫게 된다. 신을 계시적 존재로 보는 대신 이성적 사유의 대상으로 여긴 점이나 이성적 태도를 바탕으로 종교의 의미를 탐구했다는 점, 신의 초월성에 대한 강조나 인간의 자율성의 획득, 예수의 존재에 대한 견해 등이 그것인데, 이는 김현승이 자신만의 고유한 사유를 전개하면서 타당한 근거와 논리적 통일성을 확보하고 있음을 말해주는 대목이다. 또한 이 점은 김현승의 고민과 갈등이 공허하거나 관념적인 것이 아니라 사상적 깊이를 지닌 것임을 말해준다. 이러한 사유는 실제 기독교인으로서 펼쳐보였던 것인 만큼 유의미한 문제제기로서 수용될 수 있을 것인바, 이러한 시도들의 축적이야말로 기독교 및 우리 종교 문화의 내적 성장을 이루는 밑거름이 될 것이다.

5. 김현승 시에서의 종교의 의의

김현승은 우리 문단에 본격적인 기독교 문학을 선보인 주목할 만한 시인이다. 그러나 1960년대 후반에 보인 기독교에 대한 회의 및 고독론

---

31) 스텐리 그렌츠, 앞의 책, pp.34-55 참조.

의 전개는 그의 정체성이 과연 무엇인지에 관한 연구자들의 의문을 불러일으켰다.

본 연구는 김현승에게 기독교 세계관은 분리되지 않는 사상 체계임을 전제하고 그 안에서 보인 김현승의 문제의식과 고민들이 어떤 의미망 속에 놓이는가를 살피는 데 주력하였다. 이러한 작업이 김현승의 정체성을 확인시켜줄 것이라는 판단에 의해서이다. 이를 위해 여러 다양한 신학을 다루는 해석학적 도구, 즉 신의 초월성과 내재성의 역학 관계를 바탕으로 김현승의 고유한 세계관을 드러내 줄 핵심적 해석학적 지점들을 검토하였다. 여기에는 '신관', '인간관', '죄와 구원의 문제'가 있다. 이러한 지점들은 그 견해에 따라 신학의 다양한 갈래들을 양산하는 작용을 하는 것이다.

김현승의 경우 '신'은 창조주이자 초월적 지위를 지니는 절대적 존재이다. 반면 '인간'은 '신'에 의한 피조물이다. 김현승은 이 둘 사이에 합치될 수 없는 거리가 존재하고 이로부터 소외와 고독이 생겨난다고 생각했다. 이와 함께 그리스도의 존재 및 그의 구원론에 대한 신념은 매우 희박하였다. 이러한 관계망 속에서 김현승은 인간 이성의 실천적 활동을 강조하기에 이른다. 신은 초월적 존재인 만큼 인간 현실에 개입해서는 안 된다는 입장이 여기에 가로놓여 있다. 즉 김현승은 신의 내재성을 배제한 초월성을 강조하면서 신이 부재한 자리에 인간의 내재성을 발휘해야 한다는 것이다. 이것이 김현승으로 하여금 '구원의 포기인 고독'을 받아들이게 하였고, 또 사회 참여적 시의 창작을 이끌어냈다.

김현승의 문학에서 이러한 해석학적 지점들을 살펴볼 때 그것이 근대 초기 영국에서 등장했던 이신론의 세계관과 유사함을 발견할 수 있었다. 이신론 역시 인간 이성의 자율성과 신의 극단적 초월성을 주장하였기 때문이다.

여러 신학적 갈래 가운데 특징적인 하나의 좌표를 점하고 있다는 사실의 확인은 단순한 지적 작업을 넘어서는 일이라 생각된다. 그것은 김현승이 기독교 문학에 대한 깊이 있고 세밀한 성찰을 전개시켰음을 말해주는 동시에 기독교 문화를 보다 성숙하게 하는 계기로 작용할 것이기 때문이다.

민중시에서의 '울음'의 의미
- 신경림론

1. 시와 민중성

신경림은 1956년 이미 「갈대」 등을 발표하면서 문단에 등장하지만 실질적으로 이름이 알려진 것은 1973년 시집 『農舞』를 발간하고서이다. 농촌을 중심으로 한 민중들의 생활을 꾸밈없는 언어로 풀어낸 『농무』는 발간 당시 문단의 신선한 충격이었다. 신경림의 언어는 김수영의 자의식적이고 예각적인 문체나 고은의 다소 관념적인 성향과 다른 색채를 띤 것으로 평이하고 질박하면서 민중의 삶에 직접 닿아 있다는 특성을 지니고 있었기 때문이다. 그의 시적 문체는 민중적 세계를 지향하는 시인들의 지침이 될 정도로 문단에 쉽게 확산되어 실질적으로 이후 민중시의 물꼬를 트는 계기가 되었다.

『농무』의 발간 이후에도 『새재』(1979), 『달넘세』(1985), 『남한강』(1987), 『가난한 사랑노래』(1988), 『길』(1990) 등을 지속적으로 상재하면서 실천 운동가로서, 문학인으로서 활동해온 신경림은 최근에도 지치지 않고 다양한 문필활동을 전개하고 있다. 이 가운데 1990년대 이후에 쓰여진 시들은 그 전의 시들과 약간의 차별성을 보인다. 80년대의 시들이 민중 문학의 자장 안에서 민중을 염두에 두고 쓰여진 것으로 현장성이 강조된 것이라면 90년대 이후의 시들은 상대적으로 이 점이 약화되면서 자기 성찰적 면모를 드러내기 때문이다. 전자를 신경림의 전기시라 한다면 후자를 후기시라 할 수 있을 것이다. 그러나 신경림의 시적 세계 자체가 이웃과 주변에 관조적 시선을 던지면서 이루어지기 때문에 그 경계는 명확히 구분되지 않는다.

농민 문학의 전형적 면모를 보이면서 민중 문학의 중심에 있었으므로 신경림의 전기시는 이러한 관점에서 집중적인 조명을 받았다. 특히 첫 시집 『농무』는 70년대 근대화의 이면에서 뿌리 뽑힌 농민들의 애환을 구체적으로 형상화하고 있다는 평가와 함께 많은 평자들에 의해 다루어졌다.[1] 『농무』 이후에 발간된 『새재』나 『달넘세』, 『남한강』들의 시편들 또한 민중문학의 양식적 측면에서 주목을 받았다. 『새재』와 『달넘세』에 도입된 민요시와 장시 『남한강』의 서사시적 기법들이 신경림의 민중 문학적 특성을 심화 안착시킨 것이라는 관점이 그것이다.[2]

---

1) 유종호, 「쓸쓸한 삶과 시적 상상력-『농무』의 작가 신경림의 시세계」, 『정경문화』, 1982.3.
　　장백일, 「농무의 정한과 그 의미」, 정한모 외, 『한국대표시평설』, 문학세계사, 1983.
　　구중서, 「농무, 고향의 한」, 『민족문학의 길』, 중원문화, 1979.
　　이광호, 「농무의 세가지 목소리」, 『문학과 비평』, 1988, 여름.
　　조남현, 「농무의 시사적 의미」, 『문학과 비평』, 1988, 여름.
　　송상일, 「농무의 두 시점」, 『문학과 비평』, 1988, 여름.
2) 박윤우, 「민중적 상상력의 양식화와 리얼리즘의 탐구」, 『시와 시학』, 1993, 봄.
　　임우기, 「노래꾼으로서의 시인」, 『살림의 문학』, 문학과지성사, 1990.
　　민병욱, 「신경림의 『남한강』 혹은 삶과 세계의 서사적 탐색」, 『시와 시학』, 1993, 봄.
　　김흥진, 「신경림 시의 장르 패러디적 특성」, 『한남어문학』 23집, 한남대 국어국문학회, 1998, 12.

　선행 연구들에서도 확인할 수 있는 것처럼 우리는 신경림의 문학적 정체성이 대단히 시대적이고 민중 운동적인 장 속에서 규정되고 있다는 것을 알 수 있다. 그와 민중은 서로 어긋나지 않고 화해롭게 겹친다. 우리는 그에게서 민중의 목소리와 몸짓을 접하며 그가 민중의 어우러짐 한가운데 있음을 의심하지 않는다. 이는 명문대학의 영문과에 입학할 정도로 정규교육을 착실하게 밟아온 엘리트 지식인의 행동 양식과는 분명 차이가 있다. 그렇다고 그가 특정한 목적 의식을 가지고 민중의 삶 속으로의 존재 이전을 한 것도 아니라는 점에서 의문은 증폭된다. 그의 전기적 사실에 의하면 그는 대학에 입학하자마자 집안의 어려움으로 낙향하게 되고 그후 10여 년간을 궂은 일을 해가며 떠돌아 다녔다고 하거니와 이러한 체험이 밑거름이 되어 진솔한 민중의 체온이 우러났을까.

　실제로 고향에 돌아와 수년간 날품팔이와 시간제 교사 노릇을 하면서 생활의 어려움과 민중의 고달픔을 직접 겪었던 신경림은 내면과 정서 자체를 민중의 그것과 동일하게 형성하게 된다. 그는 더 이상 지식인도 아니고 민중을 대상화시켜 바라보는 존재도 아니며 민중의 애환과 행동 속에서 자신의 정서의 빛깔과 행동 논리를 얻게 되는 그들 속의 평범한 한 인물이 된다. 그에겐 농사꾼들과 장사치들, 여기저기를 떠도는 방물 장수들이 인생의 벗이요 스승이 되는 것이다. 이는 그가 민중을 의식적으로 탐색하는 과정에서 귀결된 것이 아니고 그의 삶의 터전 자체가 그에게 열어준 지혜이자 방법이었던 것이다.

　한편 시를 쓰기 시작했을 때 신경림은 '시'라는 관습적 장치가 지닌 견고성에 부딪히게 된다. 그것은 시라는 장르가 개인의 주관적 내면 탐구를 지향한다는 점이다. 근대시가 형성되어 온 과정이 곧 개인의 의식과 정서를 중심으로 한 자아정체성을 확립하는 과정과 일치하고 전쟁 이후 산업화 근대화의 틀 속에서 시의 이러한 제도적 성격은 더욱 안정적으로 구축되었기 때문에 이 점은 신경림에게도 어김없이 답을 구하는 질문이 된다.

이 때 신경림의 시적 특수성은 '나'라는 경계를 설정하지 않는 데에서 출발한다. 흔히 언급되듯이 신경림의 시에는 '나'보다 '우리'가 더 큰 비중을 차지한다.3) 시인은 '나'의 이야기보다는 '우리의 이야기'를 한다. 이것이 공동체적 삶에 대한 인식과 관련됨은 물론이다. 그러나 그동안 우리는 신경림 시의 내적 논리를 탐구하기보다 신경림 시의 그러한 결과에만 주목하여 이념의 관점에서 재단해 들어갔던 측면이 강하다. 신경림이 겪었을 근대시의 제도적 원리와 다수의 목소리 사이의 긴장과 충돌을 그는 어떻게 해결해나갔는가? 이는 신경림의 시적 화자가 자신의 고유성과 독자성을 어떻게 지워나가는지를 내부적으로 탐색하는 것을 뜻한다. 이를 통해 신경림 시의 개성이 드러날 것인데 신경림의 경우 그러한 작업은 선명하게 부각되는 의도나 장치를 통해 이루어지는 것이 아니다. 어찌 보면 그에겐 애초부터 자아와 타자 사이의 경계가 존재하지 않았던 것 같을 정도로 그 구분이 미미하다. 그러나 자신의 담론에 타자를 끌어들이고 이들 사이의 틈을 없애는 신경림의 시적 방법론은 특수성을 지니고 있으며 이것이 그의 시를 민요시에까지 이어가는 본질적인 동력이 된다.

---

3) 박윤우, 앞의 글, p.107.

2. '울음'의 지속성과 보편성

주지하다시피 신경림은 「갈대」를 통해 문단에 얼굴을 내민다. 그리고 우리는 '흐느끼는 갈대'의 이미지를 신경림을 대표하는 이미지로 떠올리는 동시에 '흔들리는 갈대'의 이미지가 이후 완강하게 민중시를 써온 신경림과 겹쳐지거나 어긋난다고 생각한다. 겹쳐진다고 보는 것은 '갈대'가 민중의 설움을 표현한다고 보는 관점이고 어긋난다고 여기는 것은 그것이 너무 나약하다는 입장 때문일 것이다. 적어도 그것은 신경림 개인에게만 귀속되는 이미지로 그려지지는 않는다. 비록 신경림의 시적 출발이 내면화된 감정에서 비롯되며[4] "산다는 것은 속으로 이렇게 조용히 울고 있는 것이란 것을 그는 몰랐다"(「갈대」)에서처럼 삶에 대한 성찰적 인식이 엿보이고 있다 할지라도 그러하다. '갈대'의 드라마는 매우 완결적이어서 시적 자아의 감정을 이입하기에는 거리에서 멀리 벗어나 있다. 우리는 그것을 시적 화자의 내면 토로에만 국한되는 것이 아닌 상징화된 무엇쯤으로 간주하게 되는 것이다. 그 속에서 넓은 벌판을 배경으로 설움과 흐느낌과 울음으로 몸이 흔들리는 갈대를 전경화하게 된다.

그런데 울음에 몸을 떨고 있는 이 갈대의 이미지는 시 「갈대」에서 끝나는 것이 아니라 10여 년의 세월이 흐른 뒤에도 고스란히 형상화된다. 그것은 10여 년간의 침묵 속에서도 살아남을 정도로 시인의 내면 깊이에서 우러나온 것으로서 시인의 정신적 면모를 단적으로 보여주는 것에 해당된다. 『농무』와 『새재』, 『달넘세』에서 지속적으로 이어지는

---

4) 김현, 「울음과 통곡」, 『분석과 해석』(김현 전집 7), 문학과지성사, 1992, p.78. 신경림의 '울음'에 주목한 김현은 그것이 정적이고 내면화된 울음이면서 이후 '통곡'이라는 집단적이고 집합적인 울음으로 변모한다고 본다.

처연한 울음소리, 빗소리, 바람소리, 그리고 유랑하는 자들의 이미지는 그 기원을 「갈대」에 두고 있는 것이다. 그러한 이미지들은 시인의 근원적 내면에 속할 정도로 뿌리 깊은 것이다. 그러나 시인은 그것을 자신만의 것으로 여기지 않는다. 그는 그러한 이미지들에서 역시 울고 있는 타자를 보기 때문이다. 가난한 이웃들의 울음, 전쟁과 가난으로 가족을 떠나보낸 이들의 울음, 그리고 죽은 원혼들의 울음을 시인은 바람을 통해 비를 통해 본다. 울음은 그의 내면에서 솟구쳐 올라 비와 바람을 타고 타인의 가슴에로 관통한다. 그 역도 성립한다. 시인과 타자는 멀리 떨어져 있어도 울음의 파동으로 이어져 결국은 강하게 결속된다. 시인이 울고 있는 타자를 멀리서 바라보고 담담하게 그를 묘사하고 있을 때에도 '울음'은 시적 자아와 타자를 연결하고 있는 매개가 되는 것이다.

> 그날 끌려간 삼촌은 돌아오지 않았다.
> 소리개차가 감석을 날라 붓던 버력더미 위에
> 민들레가 피어도 그냥 춥던 사월
> 지까다비를 신은 삼촌의 친구들은
> 우리 집 봉당에 모여 소주를 켰다.
> 나는 그들이 주먹을 떠는 까닭을 몰랐다.
> 밤이면 숱한 빈 움막에서 도깨비가 나온대서
> 칸델라 불이 흐린 뒷방에 박혀
> 늙은 덕대가 접어준 딱지를 세었다.
> 바람은 복대기를 몰아다가 문을 때리고
> 낙반으로 깔려죽은 내 친구들의 아버지
> 그 목소리를 흉내내며 울었다.
> 전쟁이 끝났는데도 마을 젊은이들은

하나하나 사라져선 돌아오지 않았다.
빈 금구덩이서는 대낮에도 귀신이 울어
부엉이 울음이 삼촌의 술주정보다도 지겨웠다.
「廢鑛」 전문

　위의 시는 '전쟁 후에도 젊은이들이 끌려가는' 불안한 사회적 정황을 암시적이고 시적으로 묘사하고 있다. '끌려가 돌아오지 않은 삼촌'을 둘러싸고 제시되는 여러 암시들은 죽음과 연관된 불길함을 연상시킨다. 어린 '나'는 이해할 수는 없지만 '삼촌의 친구들이 주먹을 떨고' 있는 데서 묘한 공포감을 느낀다. 어린 '나'는 '딱지를 세'는 것으로 두려움에 '떠는' 시간을 달래고 있다. '문을 때리는 바람' 소리는 '죽은 친구 아버지'의 '울음소리'와 같았다. '나'와 '친구들', '삼촌'과 '나'와 '삼촌의 친구들'은 최소한 불행과 공포와 죽음 앞에서 서로 남이 아니다. 공포는 그가 남이건 어린 아이이건 이곳에 있는 모두를 일정한 파장으로 압도한다. 이 파장이 만들어내는 분위기에서 자유로울 수 있는 이는 아무도 없다. 파장은 그로 하여금 인식으로써가 아니라 감각으로 상황을 해석하게 한다. 때문에 그것은 명료하지는 못하더라도 틀림없이 인각되기 마련이다.

　삼촌의 친구들이 뿜어내는 강한 긴장감 탓에 어린 '나'는 '친구들 아버지의 죽음'을 떠올린다. 그 죽음은 '바람 소리'와 '친구들 아버지의 목소리'로 겹쳐져서 환기되며 그것은 결국 '울음' 소리로 가시화 된다. 시에서 죽음은 사람과 사람이 만들어내는 긴장감과 바람의 움직임, 기억 속의 목소리와 더불어 강하게 환기되며 죽음의 공포와 불안감을 만들어내는 파동은 이곳에 있는 모든 사람을 너와 나의 구분 없이 연결시켜주는 강력한 힘이 된다. 때문에 가령 '친구 아버지의 죽음'은 나와 무관한 것이 아니라 '바람 소리'에도 연상되는 강한 기억이 되는 것이다. 그리고 삼촌의 부재와 친구 아버지의 죽음은 마을 전체를 감싸고 도는 '부엉이 울음'에 의해 매개되어 그 불길함이 극에 달한다.

이 시를 전개하는 자아는 시의 외적 화자이다. 외적 화자는 유년의 시간을 더듬어 삼촌이 끌려간 날의 두려웠던 기억을 회상하고 있다. 그런데 외적 화자는 '유년의 나'라는 내적 화자를 설정하여 당시의 분위기를 더욱 생생하게 재현하고 있다. 내적 화자인 '어린 나'는 '그들' 틈새에 홀로 있으면서 그들과의 정서를 공유하기 때문이다. 이 때 얻은 '어린 나'의 정서가 외적 화자의 것임은 물론이다. 말하자면 시적 화자는 타자들과 분리되지 않고 '우리'라는 테두리로 묶일 수 있으며 이 점이 신경림의 민중적이고 공동체 지향적인 의식을 보여주는 단적인 예인데 여기에는 더욱 섬세하게 고찰해야 할 요소가 있다. 그것은 '우리'가 아무런 매개없이 이루어지지는 않는다는 사실을 가리킨다. '우리'로 맺어주는 것을 위의 시는 매우 암시적으로 처리하고 있거니와 무언가를 이해할 수 없는 나이인 '어린 나'와 '삼촌의 친구들'이 그러나 공동의 정서, 불안과 공포와 노여움을 공유할 수 있었던 데에는 그 마을 전체가 뿜어대는 울음과 불행의 이미지가 작용하고 잇는 것이다.

느티나무 밑을 도는
상여에 쫓기다가 꿈을 깬다
문득 새소리를 들었다

억울한 자여 눈을 뜨라
짓눌린 자여 입을 열라

원귀로 한치 틈도 없는
낮은 하늘을 조심스럽게 날며

저 밤새는 슬프게 운다
상여 뒤에 애처롭게 매달려
그 소년도 슬프게 운다
　　　　　　「밤새」 전문

해가 지기 전에 산 일번지에는
바람이 찾아온다.
집집마다 지붕으로 덮은 루핑을 바람이 날리고
문을 바른 신문지를 찢고
불행한 사람들의 얼굴에
돌모래를 끼어얹는다.
해가 지면 산 일번지에는
청솔가지 타는 연기가 깔린다.
나라의 은혜를 입지 못한 사내들은
서로 속이고 목을 조르고 마침내는 칼을 들고 피를 흘리는데
정거장을 향해 비탈길을 굴러가는
가난이 싫어진 아낙네의 치맛자락에
연기가 붙어 흐늘댄다.
어둠이 내리기 전에 산 일번지에는
통곡이 온다. 모두 함께
죽어버리자고 복어알을 구해온
어버이는 술에 취해 뉘우치고
애비 없는 애기를 밴 처녀는
산 벼랑을 찾아가 몸을 던진다.

> 그리하여 산 일번지에 밤이 오면
> 대밋벌을 거쳐 온 강바람은
> 뒷산에 와 부딪쳐
> 모든 사람들의 울음이 되어 쏟아진다.
> 「山 1 蕃地」 전문

　울음과 죽음, 불행의 이미지들은 신경림 시인에게 생래적일 정도로 내면화되어 있다. 「밤새」에서 '새소리'에 잠이 깬 화자는 '상여에 쫓기는' 악몽을 꾸던 참이었다. '새소리'가 그의 무의식을 자극했던 것인데 그 소리는 결코 즐거움이나 행복을 상징하지 않는다. 밤새소리는 음산하고 슬픈 '울음' 소리로 환기되는 것이다. 소리를 일으키는 울음의 진동은 화자의 의식에 '느티나무 밑을 도는 상여'와 '낮은 하늘을 나는 원귀'로 그려진다. 그러면 새소리는 누구의 죽음을 떠오르게 하고자 하였을까? '쫓기던' 화자는 '억울한 자'와 '짓눌린 자'를 연상한다. 또한 그는 상여 옆에서 '울고 있는 소년'을 상상한다. 갑자기 등장한 '소년'은 악몽을 꾸던 화자일 가능성이 크다는 점에서 화자는 '억울하고 짓눌리'다가 죽은 자와 강하게 연결되어 있다. 우리는 여기에서 화자와 죽은 자를 연결시켜 주는 매개가 '울음'이며 그것을 통해 화자는 불행하게 죽은 자와 같은 공간에 놓이게 됨을 알 수 있다.

　「山 1蕃地」에도 묘사되고 있듯이 시인이 거하는 곳에서 자연은 평화와 안식으로 느껴지지 않는다. 새나 바람, 공기, 연기, 강들의 자연물은 그곳 사람들과 밀착되어 그들의 고통과 불행을 여기저기로 흘러다니게 할 뿐이다. '바람'은 따뜻하지 않고 누추한 마을 사람들의 집을 '허물어'버릴듯 사납다. 밤이 되고 '청솔가지 타는 연기가 깔리'면 사람들은 '서로'를 미워하고 저주하다가 죽음으로까지 몰아간다. 마을의 불행은 끊이지 않고 가난한 마을이 싫어 '정거장을 향해 가는 아낙네'조차 마을을 떠도는 불행으로부터 자유롭지 못하다. '연기는 치맛자락에 붙어 흐늘대'는 것이다.

이처럼 '산일번지'에서 사는 모든 사람들은 그 무언가에 의해 강하게 묶여 있다. 그들을 공동 운명체가 되도록 만든 그 무엇은 다름 아니라 마을을 감싸고 그곳의 사람들 사이사이를 스치고 지나가는 물질의 흐름들이다. 그리고 그 물질들, 바람이나 연기들은 결국 '모든 사람들의 울음이 되어 쏟아진다'. 그것들의 흐름은 사람들의 마음속에 울음의 진동을 만들어내는 것이다. 진동과 파장, 흐름과 유동성을 본질로 하기 때문에 이 울음은 어느 특정한 개인의 것이 될 수 없다. 그것은 그곳에 있는 모든 사람의 것으로 울음이야말로 사람과 사람을 이어주는 매우 강력한 매체인 셈이다.

3. 타자와의 뒤섞임과 존재의 전이

신경림에게 '우리'가 자연스러울 수 있었던 것은 그의 가슴에 '울음'이 자리잡고 있었기 때문이다. 신경림은 곳곳에서 느껴지던 '울음'의 이미지들을 형상화함으로써 '나'와 타자 사이의 경계를 지운다. 신경림은 이 둘의 미묘한 틈새에 끼어있다. 타자의 울음과 흐느낌과 통곡 소리가 신경림을 붙들고 놓아주지 않는 것은 신경림 자신이 그러한 정서에 침윤되어 있기 때문인 것이다. 울음을 통해 시인은 타자와 만나고 또 울음을 지니고 있는 자와만 만난다. 삶이 고통스럽고 힘겨운 이들과 전쟁에서 죽은 자들, 억울하고 서럽게 죽은 자들이 그의 시를 이루는 주요 대상인 이유가 여기에 있다. 이들이야말로 약자요, 가해자나 착취자에 의해 핍박받은 소위 민중들인 것이다.

이들 타자는 시인과 만나 시인의 목소리 틈새로 그들의 목소리를 밀어넣는다. 시인과 접촉한 그들은 침묵하지 않는다. 그들은 시인을 향해 혹은 세상을 향해 말한다. 이 타자의 음성은 시인의 그것과 완전히 일치하지는 않는다. 그것은 때로 더 격정적이고 울분에 차 있다. 이 음성은 시인을 자극하고 시인의 내면을 조금씩 변화시키는 계기가 된다. 이러한 타자와 뒤섞이면서 시인의 고유성은 점차 소멸한다.

> 1
> 무명 두루마기가 풍기는
> 역한 탁주냄새
> 돗자리 위에 웅크리고 앉은 아저씨들은
> 꺼칠한 얼굴로 시국 얘기를 한다
> 그 겁먹은 야윈 얼굴들
> 2
> ―20년이 지나도 고향은
> 달라진 것이 없다 가난 같은
> 연기가 마을을 감고
> 그속에서 개가 짖고
> 아이들이 운다 그리고 그들은
> 내게 외쳐댄다
> 말하라 말하라 말하라
> 아아 나는 아무 말도 할 수가 없다
> 「時祭」 부분

징이 울린다 막이 내렸다
오동나무에 전등이 매어달린 가설무대
구경꾼이 돌아가고 난 텅 빈 운동장
우리는 분이 얼룩진 얼굴로
학교 앞 소줏집에 몰려 술을 마신다
답답하고 고달프게 사는 것이 원통하다
꽹과리를 앞장세워 장거리로 나서면
따라붙어 악을 쓰는 건 쪼무래기들뿐
처녀애들은 기름집 담벽에 붙어서서
철없이 킬킬대는구나
보름달은 밝아 어떤 녀석은
꺽정이처럼 울부짖고 또 어떤 녀석은
서림이처럼 해해대지만 이까짓
산구석에 처박혀 발버둥친들 무엇하랴
비료값도 안 나오는 농사 따위야
아예 여편네에게나 맡겨두고
쇠전을 거쳐 도수장 앞에 와 돌 때
우리는 점점 신명이 난다
한 다리를 들고 날라리를 불거나
고갯짓을 하고 어깨를 흔들거나
「農舞」 전문

「時祭」에서 '말하라 말하라 말하라'고 외치는 것은 '연기'와 '개'와 '아이들'이다. 시인은 이 모두를 울음소리로, 자신을 향한 간절한 호소의 몸짓으로 본다. 시인이 느끼는 그 모든 울음, 마을의 울부짖음은 '20년이 지나도 달라진 것이 없는 고향에 대한 갑갑증에서 비롯한다. '꺼칠한 얼굴'의 마을 '아저씨'들은 '겁먹은 야윈' 모습으로 '웅크리고 앉아' 있고 '우는 이'들은 이 속에서 어떠한 희망도 품을 수가 없다. 그렇다면 '나'는 무엇을 할 수 있는가?

「농무」에서 시적 화자는 사람들과 어울려 있다. '텅 빈 운동장'을 바라보는 화자 고유의 정서는 쓸쓸함과 허전함이다. 이러한 정서에 비추어 볼 때 '답답하고 고달프게 사는 것이 원통하다'는 말, '산구석에 처박혀 발버둥친들 무엇하랴'의 음성은 다소 격하다. 이 목소리는 그의 것이 아니다. 그것은 일행 중의 다른 누군가가 뱉어낸 푸념의 말이다. '비료값도 안 나오는 농사 따위야 아예 여편네에게나 맡겨두고'도 마찬가지다. 술을 마신 뒤 이들은 '울부짖음'도 '해해거림'도 모두 호기롭게 떨쳐내고 서로 하나가 되어 마을을 '돈다'. 그러자 어느덧 '나'의 쓸쓸함, 일행의 울분과 갑갑증은 '신명'으로 대체되고, '나'를 포함한 '우리'는 한판 춤과 노래로 뒷풀이를 마치게 된다.

「時祭」에서 타자가 '말하라 말하라 말하라'고 외쳤을 때 화자는 '아무 말도 할 수가 없다'고 말한다. 실은 「農舞」에서도 화자는 아무 말도 하지 않는다. 그는 그저 타자에게 말할 수 있는 자리를 내주고 타자와 더불어 그들의 울분과 그들의 흥겨움을 함께 나눌 따름이다. 화자가 자신의 말을 하지 않는 것은 무엇 때문일까? 가슴속에 울음이 너무 가득해서일까? 그 때문에 세상의 모든 울음소리를 알아듣는 민감한 귀는 가지고 있을지라도 말하고 행동하는 차가운 이성은 없는가?

그런데 유동성을 특징으로 하는 울음은 그 자체로 머물지 않는다. '한 사람의 울음이 온 마을에 울음을 불러오'(「그 여름」)듯이, 그리고 '천 사람의 아우성이 만 사람의 울음이 되'(「喊聲」)는 것처럼 울음은 그 유동성으로 인해 다른 정서로의 전이를 이루는 힘이 되기도 한다. 그것은 때로 통곡이 되기[5]도 하지만 「농무」에서처럼 어느새 흥겨움으로 반전될 수도 있는 것이다.

하늘은 날더러 구름이 되라 하고
땅은 날더러 바람이 되라 하네
청룡 흑룡 흩어져 비 개인 나루
잡초나 일깨우는 잔바람이 되라네
뱃길이라 서울 사흘 목계나루에
아흐레 나흘 찾아 박가분 파는
가을볕도 서러운 방물장수 되라네
산은 날더러 들꽃이 되라 하고 강은 날더러 들꽃이 되라 하네
산서리 맵차거든 풀 속에 얼굴 묻고
물여울 모질거든 바위 뒤에 붙으라네
민물새우 끓어넘는 토방 툇마루
석삼년에 한 이레쯤 천치로 변해
짐 부리고 앉아 쉬는 떠돌이가 되라네
하늘은 날더러 바람이 되라 하고
산은 날더러 잔돌이 되라 하네
「목계장터」 전문

'구름', '바람', '방물장수', '떠돌이'의 공통점은 유동성을 본질로 한다는 데에 있다. 또한 이것들은 '잔바람', '들꽃', '천치', '잔돌'과 함께 하찮음의 속성도 가지고 있다. '하늘'과 '땅'과 '산'과 '강'은 '나'에게 이러한 것들이 '되라'고 말한다. 이는 시적 화자로 하여금 이제 그만 울음의 강을 헤엄쳐 나오라는 것을 뜻한다. 이것들이 '되는' 것은 '나'에겐 '울음'

____

5) 김현, 앞의 글, p.80.

을 넘어서는 존재의 전이에 해당한다. 이러한 존재 전이가 그러나 시인에겐 그리 낯설거나 어려운 일이 아니다. 그것은 '구름', '바람', '떠돌이' 등이 울음과 유동성을 공유하기 때문이다. 더욱이 '가을볕도 서러운 방물장수'로 표현되고 있듯이 이들은 울음을 내포하고 있는 것이다. 울음이 넘치고 넘쳐 더 이상 울음일 수도 없을 때 그것은 서러움을 내면화한 다른 무엇이 될 수 있다. 이를 '구름'이라 해도 좋고 '바람'이라 해도 좋을 것이다.

이것들이 되어 한 자리를 고집하지 않고 이곳저곳을 떠돌아다닌다면 시인의 뿌리 깊은 울음은 한결 가볍게 느껴질 것이다. 나아가 '나'라는 존재도 집착할 무엇이 아닌 소소하고 무상한 작은 것쯤으로 여길 수 있게 된다. '들꽃'이나 '잔돌', '천치'가 그러한 '나'의 이미지를 대변한다. '산서리 맵차거든 풀 속에 얼굴 묻고', '물여울 모질거든 바위 뒤에 붙'는 것도 작은 존재가 지닐 수 있는 삶의 지혜에 속한다. '구름'이 되어 '하늘'에 몸을 담고 '바람'이 되어 '땅'에 속하며, '들꽃'이 되어 '산'에 깃들고 '잔돌'이 되어 '강'에 담길 때 역시 그는 작은 존재가 될 수 있다.

신경림에게 파장으로서의 울음은 곧 운동성을 의미한다. 때문에 그것은 주변으로 확산될 뿐만 아니라 다른 형태로 전이된다. 울음이 내면의 본질로 자리잡고 있을 때 그가 떠도는 유랑자가 될 가능성은 매우 커진다. 신경림은 울음을 통해 타자들과 하나가 되고 또 그들로부터 존재 전이의 자극과 계기를 얻는다. 신경림의 경우 전이된 존재의 모습은 「목계장터」에 예시되고 있거니와 이후 그는 전국을 유랑하며 민요 수집을 하게 된다.

4. 울음과 노래의 만남으로서의 민요시

　신경림의 두 번째 시집과 세 번째 시집인『새재』와『달넘세』는 전통적인 민요와 굿을 수용하여 이를 민요조의 운율로 양식화하고 있다. 민요와 굿이 우리 고유의 민중 예술이라는 점에서 신경림이 이를 바탕으로 한 민요시를 창작했다는 사실은 대단히 합당해 보인다. 민요는 오랜 세월 구비 전승되며 민중들의 갖가지 생활모습과 더불어 삶의 즐거움과 보람, 그리고 삶의 모순에 대한 애환과 비판을 꾸밈없이 담아내고 있어 민중적인 시에 대한 가장 전형적인 모델을 제공하기 때문이다. 실제로 과거 왕조시대 군왕들은 민심을 파악하기 위해 민요를 수집하기도 했다고 한다.[6] 스스로 "민중의 삶에 뿌리박은 시를 쓰기 위함"[7]이라고 진술한 바에 근거하면 신경림의 민요시 창작은 전략적이라는 인상까지 준다. 이러한 신경림의 민요시는 특히 1960년대 이후 우리의 전통 장르, 특히 민요나 무가, 판소리에 관심을 기울이는 분위기 속에서 문단의 주목을 받았다.[8] 그런데 정작 문제가 되는 것은 신경림이 창작했던 민요시가 성공적이었는가 하는 점에 있다. 만일 성공했다면 혹은 실패했다면 그 요인은 무엇일까?

　주지하다시피 우리는 근대 문학사에서 민요시를 시도했던 경험을 지니고 있다. 그것은 1920년대 김억, 김소월, 주요한, 홍사용 등에 의한 것이었다. 이들은 외래지향적 시인들의 서구적 근대시, 즉 자유시 창작에 회의를 표명하고 이에 대한 반발로 전통적 정형시형을 확립코자 하

---

6) 박경수,『한국 민요의 유형과 성격』, 국학자료원, 1998, p.159.
7) 신경림,「나는 왜 시를 쓰는가」,『씻김굿』, 나남, 1987, p.339.
8) 김홍진, 앞의 글, p.95.

였다.[9] 그런데 이들은 형식적 운율론을 지나치게 강조한 나머지 자수율에 얽매인 경직된 민요시, 혹은 정형시 창작으로 귀결하고 만다. 안서의 격조시가 이를 단적으로 보여주며 김동환이나 주요한 역시 이러한 성격에서 벗어나지 못한다.[10] 또한 이들은 현실을 추상해 버리고 꿈, 한, 허무주의 등으로 나타나듯 현실도피적 의식을 보여줌으로써[11] 민요가 지니고 있는 민중적인 성격과 기능을 구현해내지 못한다. 결과적으로 외래의 것에 대항한다는 의미만 지녔던 이들 민요시 운동은 역동적인 현실 속에서 살아남지 못하고 사장되고 만다.

20년대의 민요시인들에 비하면 신경림은 민요의 본질적 측면에 매우 근접하고 있다. 그것은 일차적으로 민중의 것이라는 점이다. 그렇기 때문에 논리적이고 지적인 언어보다는 감정적이고 율동적인 언어가 사용되었으며 민중들의 애환을 달래주고 고통을 극복하도록 해야 했으므로 때로는 슬프고 아프게, 다른 한편으로는 낙천적이고 활기차게 구성되어야 했다. 물론 민요는 민중 다수의 보편적인 생활과 정서를 다루고 있으므로 개인 고유의 독자적인 목소리와는 아무런 상관이 없다. 이러한 관점에서 보았을 때 개인의 주관적 세계를 다루는 근대시와의 긴장관계 속에서 자신과 타자의 어우러짐의 시 세계를 구축했던 신경림은 민요의 정신과 흡사한 지점에까지 도달했다고 볼 수 있다. 그는 타자와 자신이 공유하는 아픔과 슬픔을 담아내려고 했던바, 그것이 곧 민중의 삶이자 정서였기 때문이다. 이를 토대로 하고 전국을 유랑하며 민요 수집을 했던 경험을 가미해 신경림은 자연스럽게 민요시를 쓰게 되는 것이

---

9) 오세영, 『한국 낭만주의 시 연구』, 일지사, 1980, p.27.
10) 위의 책, p.28.
11) 위의 책, p.29.

다.[12] 말하자면 그는 민중시를 위해 전략적으로 민요시를 썼다기보다
내적 필연성에 의해 민요시와 만나게 된 것이라고 할 수 있다.

> 굿거리 장단에 어깨짓하며
> 동네방네 찾아가 소문을 팔다
> 헐어치운 대장간 벽 녹슨 모루에
> 엎어보면 험한 손 불빛이 검고
> 지쳐 누운 거적에 이슬이 찬데
>
> 하늘 보고 삼 세번을 다시 절했네
> 천왕님 해왕님께 울며 빌었네
> 모질고 거센 바람 비켜 가라고
> 두렵고 어두운 노래 재워달라고
>
> 밤벌레는 울어대고 잊으라네 밤새워
> 왼손에 칼을 들고 밟아온 얼음
> 바른손에 불을 잡고 건너온 강물
>
> 절뚝이며 지나온 해로길 육로길
> 또 한해 초라니 따라 흘러온 날더러
> 덜덜대는 달구지로 살아온 날더러
>
> 시비 거는 장꾼들 발길에 차여
> 한세상 각설이로 굴러다니다
> 한세상 광대로 허허대다가

---

12) 신경림은 수필집 『민요기행』을 통해 이 때의 경험을 기록하고 있다.

눈떠 보니 서까래에 새벽별 희고
「각설이」 전문

　위의 시는 한국 민요의 전통적 율격의 하나인 3음보를 기본으로 하고 3연과 4연에서 4음보로 변화를 주고 있는 민요시다. 그 내용은 하류 계층의 인물을 내세워 집도 절도 없이 떠돌이 생활을 하며 온갖 시련과 설움을 겪는다는 것으로 설정되어 있어 민중 일반의 정서에 닿아있다 할 수 있다. 이러한 위의 시는 우선 잘 읽힌다. 잘 읽힌다는 것은 내용이 재미있다는 것이고 운율이 우리의 호흡에 잘 흡수된다는 것이다. 이는 내용이 보편적인 사실을 다루고 있으며 우리말의 특성을 율동적으로 잘 살리고 있음을 뜻한다. 특히 말의 리듬은 단순히 자수율에 의한 음보 만으로 결정되지 않으며 언어의 음운, 음성, 형태 등 여러 요소의 복합적인, 그리고 전체 문맥의 조화로운 결합을 통해 달성된다[13]고 보았을 때 신경림의 위의 시는 이 점을 잘 충족시켜 주고 있다. 더욱이 노래로 서의 민요가 생활의 고됨을 완화시켜주고 슬픔과 설움의 정서를 전환시 켜주는 기능을 유지하였는데 위의 시 역시 노래가 지닌 그러한 효과를 충분히 발휘하고 있음을 알 수 있다. 위의 시는 결코 경쾌하거나 즐거운 일을 말하고 있지 않으며 오히려 어둡고 마음 아픈 이야기를 다루고 있지만 독자의 정서는 그것에 침윤당하지 않기 때문이다. 슬픔과 설움 은 노래 가락에 따라 그저 흘러가는 무엇으로 느끼게 되고 독자들은 그 속에서 고됨과 아픔을 달랠 수 있게 되는 것이다.

　이러한 점들에 비추어보면 신경림의 민요시는 현대적인 변용을 적절

---

13) 박경수, 「근대시의 형식논쟁과 그 탐구 방향」, 『우암어문논집』, 부산외국어대 학교 국어국문학과, 1997.11, p.154.

히 이루어 낸 것이라 할 수 있다. 「각설이」 외에 「어허 달구」, 「달래강 옛나루에」, 「白晝」, 「돌개바람」 등 많은 시들도 이러한 요소들을 두루 갖추고 있다. 또한 「달넘세」에 수록된 '혼령의 노래' 연작시들도 원혼을 대상으로 한다는 점에서 굿시이지만 그 운율적 형식은 민요조의 연장선 상에 있다고 할 수 있으며 장시 『남한강』에도 민요시의 원용이 두드러진다.

요컨대 『농무』 이후 1980년대 민중시를 쓰는 동안 신경림은 민요에 상당히 기대고 있었던 셈이다. 그리고 이것이 시대적으로, 또 문학사적으로 커다란 성과를 드러낸 것이 사실이다. 신경림의 민요시가 성공할 수 있었던 것은 위에서 언급했던 여러 요인, 우리말의 활용이라든가 내용상의 측면에서 비롯된다. 그러나 신경림이 민요시에 주목하고, 또 그가 훌륭한 민요시를 쓸 수 있었던 것은 내면적 요인에 기인한다. 결국 이 또한 그의 시의 출발이 되었던 '울음' 때문이다. '울음'의 파동성이 '우리'라는 테두리를 만들어주었다면, 그리고 '울음'의 유동성이 내적 정서의 전환과 반전을 가져왔다면 이는 '노래'의 성격과 일치하는 것이다. 따라서 『농무』가 그 이후 시들로 자연스럽게 이어질 수 있었던 것이고 『농무』와 그 이후의 시들이 서로 닮은꼴이라 할 수 있는 것이다. 『농무』의 「그 여름」에서 "한 사람의 울음이/ 온 마을에 울음을 불러오고/ 한 사람의 노래가/ 온 고을에 노래를 몰고 왔다"고 하는 것이나 『새재』의 「喊聲」에서 "한 사람의 노래는 백 사람의 노래가 되고/ 천 사람의 아우성은 만 사람의 울음이 된다"고 하며 '울음'과 '노래'를 나란히 놓을 수 있던 것도 이 때문이다.

5. 신경림 시의 시사적 위치

본고는『농무』와『새재』,『달넘세』를 중심으로 하여 신경림의 전기 시 소위 민중시가 어떠한 독자성과 특수성을 지니고 있는가를 밝히고자 하였다. 신경림의 민중시는 시류에 편승하여 유행에 따라 쓰여진 것이 아니라 그 내부에 필연성과 개성을 지니고 있을 것이라는 가정에서 그리하였다. 이에 신경림에게 고유하며 그의 시를 생명력 있게 이끌어나 갈 수 있던 요인으로 '울음'이 있음을 발견할 수 있었다.

'울음'은 등단작이었던 「갈대」와 「墓碑」, 「深夜」의 테마이며 그 뒤 10여 년간 시를 쓰지 않고 있을 동안에도 내내 잠복해있던 정서다. 신경 림에게 '울음'의 정서 형성은 성장 과정이나 가정 환경에서 비롯된 것 같지는 않다. 그것은 순전히 그의 감수성에 기인한 듯하다. 그러나 등단 후 침묵의 기간 동안 신경림의 운명은 '울음'과 관련한 정서를 체득할 수밖에 없는 방향으로 이끌려갔다.

신경림은 고된 삶을 살아가는 소위 민중들과 자신의 동일성을 느낄 수 있었고 주변 곳곳의 '울음'의 이미지, '울음'의 환청을 통해 자신과 그들 사이의 경계를 없애나갔다. 즉 외면할 수 없는 타자의 울음에 귀기 울임으로써 그는 민중 속으로 들어갈 수 있었던 것이다. 타자의 울음을 외면할 수 없었던 것은 그들에 대한 동정심 때문이 아니었다. 그것은 울음 자체가 신경림에게 내면화되어 있었기 때문에 가능한 것이었다. 또한 '울음'은 파동성과 유동성을 본질로 하기 때문에 그것은 쉽게 전파 가 된다. 신경림이 '울음'을 매개로 소위 민중을 묶어낼 수 있었던 것도 이 때문이다. 말하자면 신경림은 '민중'을 선언적이고 개념적으로 설정 하지 않고 내부로부터 귀납적으로 엮어갔음을 알 수 있다. '울음'이 유동적이라는 것은 그것이 고정적으로 정체되지 않음을 뜻한다. 그것은 전이될 수 있다. 신경림이 '울음'의 정서로부터 '신명'이 날 정도의 흥겨움으로 정서의 전환을 겪을 수 있었던 것, 혹은 '울음'을 담담히 보면서 유랑의 길을 떠났던 것은 '울음'의 유동성과 관련이 깊다.

'울음'을 둘러싼 이러한 점들은 민요의 노래와 그 성격이 흡사하다. 『농무』 이후 신경림이 민요시를 쓰고 또한 성공적으로 쓸 수 있었던 것은 그가 '울음'으로부터 단련된 정서의 흐름들을 지니고 있었기 때문이다. 말하자면 신경림이 민요시를 쓴 것은 비단 민중 문학자로서 그리한 것이 아니라 내적으로 볼 때 자연스런 귀결이었으며 그것이 성공할 수 있었던 것도 이에 기인하는 것이다.

심층생태학과 초월적 세계관의 상관성
- 오세영론

1. 시와 생태주의

1968년 등단부터 시작된 오세영의 문학세계는 그 폭과 규모가 크다. 오세영은 그간의 17권의 시집을 전집으로 묶어낸 바 있으며, 그 후에도 『바람의 그림자』(천년의 시작, 2009)와 『푸른 스커트의 지퍼』(연인M&B, 2010)[1]를 상재할 정도로 중단 없는 시작 활동을 보여주고 있다. 이런 양적인 방대함을 바탕으로 지속적으로 사상적 폭을 넓혀가고 있는 오세영의 시에 대해 연구자들은 다양한 관점에서의 접근을 시도하였다.[2]

---

[1] 본 논문의 연구 대상이 되는 시집들로서, 이후 분석되는 시는 이들 시집에서 인용할 것이다.

[2] 김윤정은 「초기시의 모더니티 연구」(『오세영 시의 깊이와 넓이』, 국학자료원, 2002)를 통해 초기시의 아방가르드적 성격에 관한 고찰을 하고 있으며, 김유중은 오세영 시의 서정적 완결성에 주목하여 그것이 구원을 위한 시학으로 정립되어 있다고 보고 있다(「구원의 시학」, 같은 책), 방민호는 오세영의 『무명연시』, 『불타는 물』 등의 시집에 나타난 동양적, 불교적 세계관의 표현들을 살펴보고 있으며(「동양적. 불교적 가치 세계를 향한 도정」, 같은 책), 양소영과 이새봄은 '불'과 '흙'에 주목한 물질적 상상력(양소영, 「불의 상상력」, 같은 책, 이새봄, 「흙의 상상력」)을, 조미영은 오세영이 주로 사용하고 있는 수사법인 '역설'과 관련하여(「역설의 시와 시인의 역설」) 오세영 시세계를 고찰하였다.

한편 오세영이 40년에 걸친 오랜 창작 과정을 거쳐 왔던 만큼 그가 가꾸어온 시적 경향의 변화에 대한 추적은 적지 않게 관심이 가는 주제일 것이다. 그러나 워낙 굳건한 지성적 태도로 굴곡없는 시에의 신념과 애정을 이끌어왔던 오세영 시인의 경우 시기별 구분을 하는 일은 그다지 의미없어 보인다. 다만 첫시집『반란하는 빛』의 초현실주의적 모더니티 성향은 그의 전체 시 경향에 비추어 가장 독특했음을 알 수 있고 이후엔 지속적으로 존재와 사랑, 자연과 우주에 대한 관조와 성찰을 바탕으로 완연한 서정적 세계를 구축해갔다고 말할 수 있다. 2시집『가장 어두운 날 저녁에』로부터 이미 서정시에의 안정된 지향을 보여주었던 오세영 시인은 변함없이 시의 미학적 완결성을 추구하며 존재의 다양하고 깊이있는 차원들을 탐구하고자 시도해 왔다.

그 가운데 가장 주목할 만한 시적 성과로 꼽을 수 있는 것이「그릇」연작시일 것이다.「그릇」연작시에서 오세영은 존재에 대한 역설적 통찰을 통해 우주적 세계를 향한 독자의 상상력을 일깨우는 탁월한 인식을 보여주고 있다. 이 속에는 초월적 세계에 대한 관심과 안목이 시 곳곳에 나타나 있음을 알 수 있다.「그릇」연작시를 통해 오세영은 그의 일관된 존재 모색적 서정시를 우주론적 차원의 세계로 구축하고 있는 것이다. 이때 요구되었던 시 창작의 원리는 '직관'인바, 오세영은 인식이나 깨달음을 얻기 위해 특정한 사상이나 종교적 도구를 고집하지 않는다는 것을 알 수 있다. 그가 불교적 세계관에 관심을 기울인 시기가 있지만 이는 그의 내면에 용해되어 통찰의 깊이를 이루는 데 기여할 따름이었다. 그에게 더욱 중요한 것은 이를 포함하고 또한 이를 넘어서는 근본적 세계에 대한 인식인 것이다. 오세영은 직관을 통해 사물의 존재론적이고 우주적 차원의 의미를 계시할 수 있었다.[3]

직관을 방법적 도구로 하여 사물과 존재의 우주적 차원을 열어보이는 오세영이 최근 천착하고 있는 부분은 생태주의적인 세계이다. 이는 전집 이후 발간된 두 권의 시집에서 본격적으로 드러나고 있다. 이전부터 자연에 대한 경외감을 기저음으로 하여 시를 써왔으므로 오세영의 시에서 '생태주의'를 구획하는 일이 모호할 수도 있을 것이나『바람의 그림자』와『푸른 스커트의 지퍼』에 나타나는 목소리는 그 성격이 한결 선명하고 직접적인 생태주의적이라는 점에 주목할 수 있을 것이다. 이들 시집에서 오세영은 지구 환경의 파괴 양상에 대해 집중적으로 제시하면서 이를 노정한 근대 문명에 대해 비판하고 자연의 생명력을 복원하고자 하는 열정을 보이고 있다.

생태주의에 관해 강하게 부각시키는 최근의 오세영의 시도는 한편으로 지금까지 그가 보여주었던 세계에 비해 매우 이질적이다. 오세영은 그간 매우 밀도높은 정신주의적인 시를 써왔기 때문이다. 다른 한편 생태주의에 대한 강조는 일견 일반적이고 상투적인 경향으로도 보일 수 있다. 오늘날 생태계 위기에 대한 인식은 상식에 가깝기 때문이다. 그러나 지금까지 그가 전개하였듯 사태에 관한 존재론적이고 우주적인 성찰들의 철학적 깊이들을 고려해 본다면 그의 생태주의 시는 남다른 영역을 구축하였을 것이라는 가정을 제시하지 않을 수 없다. 그의 생태주의 시는 보다 깊이 있는 세계관적 기반 하에 제기되었을 것이라는 점이다. 다시 말해 그의 최근 생태주의 시는 기존의 그의 사상적 세계에 비추어, 그와의 관련성 하에 조명되어야 한다는 과제를 부여한다. 이에 따라 본

---

3) 오세영의「그릇」연작시를 다룬 대표적 연구물은 신범순의「그릇'의 열린 공간」(『시와 시학』, 1992, 여름), 김성곤의「'그릇'의 미학과 존재론적 고뇌」(『시와 시학』, 2000, 가을), 김윤정의「무한의 극점으로 기투된 새」(『시현실』, 2000, 봄), 박철희의「깨진 그릇의 자기 인식」(『문학사상』, 1991.11) 등이 있다.

고는 그가 보인 생태주의 시의 양상들을 점검하고 이것이 놓인 지점을 정신적인 맥락에서 고찰하는 것을 목표로 하고 있다. 즉, 그의 생태주의 시의 사상적이고 철학적인 배경을 검토하고자 하는 것이다. 이러한 고찰이 이루어질 경우 지금까지의 방대한 규모로 축적된 기존의 그의 세계와 최근 시작 활동 사이의 연관성이 해명될 것이라 기대해본다.

2. 생태주의 담론의 등장과 심층 생태론

우리 문단의 생태주의(ecologism)에 대한 논의는 그리 새로운 것이 아니다. 생태주의는 환경오염에 대한 관심과 더불어 등장한 근대에 대한 대안담론으로서, 1990년대부터 일기 시작했던 반이성중심주의의 한 양태다. 인간의 이성을 자연 지배의 허가증으로 간주했던 서양의 근대 문명으로 인해 생태 환경의 파괴를 경험하게 된 오늘날 생태주의의 등장은 필연적인 현상이 아닐 수 없다. 이미 산업화와 근대화의 역사적 전개를 보여온 우리 나라에서 1990년대 이후 많은 시인들은 기존의 정치 이데올로기의 빈 자리의 한 부분을 생태주의로 채우면서 시작 활동을 해나갔다.[4]

생태론에 관해서는 크게 오염에 따른 환경 보호를 주장하는 표층 생태론(shallow ecology)과 근대 문명의 세계관에서 생태 위기의 원인을 찾는 심층 생태론(deep ecology)으로 구분된다.[5] 심층생태론에서는 현

---

4) 한국 문학에서의 생태주의의 전개에 관해서는 임수만의 「근대의 반성과 생태주의」(『20세기 한국시의 사적 조명』, 한국현대시학회편, 태학사, 2003, pp.505-536) 참조.
5) 이러한 구분은 Arne Naess가 한 것으로 이후 아느 네스는 심층 생태론에 관한

인류가 직면하고 있는 지구 환경의 위기가 자연은 신의 피조물이며 인간은 이에 대한 지배의 권한을 신에게서 부여받았다고 말하는 기독교적 세계관 및 인간중심적인 과학기술로부터 비롯된 것이라고 지적하면서 이를 대체할 수 있는 세계관에 관한 논의를 불러일으켰다. 이로부터 생태론은 자연을 바라보는 새로운 관점 및 인간 삶을 구성하는 새로운 가치관과 양식을 모색하는 데 논의를 집중하게 되었다.

이러한 논의들 가운데 최근 주목할 만한 논의의 성과를 보이는 것으로 '불교 생태학'(Buddh-Ecology)이 있다.[6] '불교 생태학'은 심층생태론의 일종으로 불교를 통해 생태계를 보는 새로운 세계관을 제시하고 있다. 불교적 세계관에 의하면 생태계는 인간과 자연의 우주적 연합체로서 상호 연기(緣起)된다는 의미에서의 법계(法界)라 할 수 있다. 법계는 우주만물이 이루는 거대한 연쇄적 그물망으로, 이 속에서 자연은 인간에 의해 지배되는 대상이 아니라 인간의 동반자로 상호 조건이 되고 화합하는 존재에 해당한다.[7] 이때 자연에는 지수화풍(地水火風) 등의 무정의 환경을 포함해서 동물과 식물 전체가 해당되는바, 이들 모두는 인간과 상호의존의 관계에 놓이기 때문에 자연은 인간에 의해 개발되고 파괴되는 것이 아니라 불살생과 자비로써 존중되어야 한다는 관점이 성립된다.[8] 불교 생태학에 의하면 자연은 인간과 동등한 중생(衆生)이

본격적인 논의를 이끌어간다. 심층생태론은 생태주의에 관한 근본적이고 철학적인 접근을 통해 서양의 인간중심적 형이상학을 대체할 새로운 세계관을 모색하는 분야라 할 수 있다. 문순홍 편저, 『생태학의 담론』, p.66.

6) 불교 생태학은 동국대 불교문화연구원을 중심으로 활발하게 전개되고 있는 것으로서, 불교적 세계관과 생태학을 접목시키고 있는 학문이다. 이는 생태계를 불교적 관점에서 봄으로써 인간과 자연의 관계를 새롭게 정립하고, 동양의 전통적 세계관의 현대적 실천을 모색하는 철학적 운동이다.

7) 김종욱, 『불교생태철학』, 동국대출판부, 2006, p.26.

8) 위의 책, p.28.

되는 것이다. 불교 생태학이 자연을 대하는 방식을 근본적으로 바꾸는
데 기여하는 이유가 여기에 있다. 즉 불교 생태학은 자연과 인간의 관계
를 새롭게 정립하는, 환경을 위한 대안적 세계관이다.

자연과 인간 전체를 우주적 통합체로 보고 이들간의 연관성을 강조한
다는 점에서 불교 생태학은 지구를 유기적 시스템으로 보고 있는 J.E.러
브록의 가이아이론과 동궤에 놓인다. 지구에 관한 과학적 접근을 보여
주고 있는 가이아이론에 의하면 지구의 모든 생물은 지구 대기권과 함
께 하나의 살아 있는 실체를 구성하여 단순한 총합 이상의 힘과 기능을
발휘한다. 러브록은 이 복합적 실체를 '가이아'라 부르는데, 그것은 생물
권, 대기권, 대양, 토양 등의 지구의 모든 물질들을 통합적으로 관리하
면서 스스로 적당한 물리 화학적 환경을 조성한다고 말한다.9) 지구를
지칭하는 가이아란 살아있는 생명체를 의미하는 것이다.

가이아이론은 불교 생태학과 마찬가지로 지구를 구성하고 있는 모든
만물을 하나의 통합체 속의 일부로 보고 이들간의 상호의존성과 유기성
을 강조하는 관점을 보여주고 있음을 알 수 있다. 불교 생태학이 철학으
로서 이를 주장한다면 가이아이론은 그것이 과학적 사실임을 입증하고
있다. 따라서 이 두 관점은 동일하게 자연을 대하는 인간중심적 태도를
성찰케 하고 자연에 대한 외경심을 회복하도록 하는 데 기여하고 있다.

이러한 관점을 지닌 이들 심층생태론은 오세영이 보여주고 있는 최근
생태주의 시에 대한 이론적 입지점을 시사하고 있다. 오세영의 시는
단순하게 환경파괴를 고발하고 이에 대한 경각심을 유발하는 차원에
있는 것이 아니라 보다 근본적으로 환경을 보는 생명주의적 입장에 서
있는데, 이는 심층생태론과 마찬가지로 생태계를 유기체로 보면서 이에

---

9) J.E.러브록, 홍욱희 역, 『가이아』, 범양사, 1990, p.34.

대한 존중과 경외의 태도를 촉구하고 있기 때문이다. 오세영의 시는 환경에 대한 성찰적 시각을 제시하면서 자연을 지배하려 들었던 근대문명적 세계관에 대한 비판적 담론을 제시하고 있는 것이다.

이 점을 고찰하기 위해 오세영 시에 나타난 환경오염에 관한 비판적 지점들을 살펴보고 이러한 비판들이 기반하고 있는 세계관적 함의들을 확인하고자 한다.

3. 생명체로서의 자연

3.1. '모성(母性)'의 대지

가이아(Gaia)는 그리스 신화에 등장하는 대지의 여신을 지칭하는 이름으로 지리학(geography), 지질학(geology)의 어원이기도 하다.[10] 이는 고대 사람들이 '땅'을 실제로 신성한 것, 생물체로서 간주했었다는 사실을 암시한다. 러브록은 시골과 도시의 사람들을 비교하면서 시골에서는 '땅'이 생명체임을 기정사실로 받아들이지만 도시 사람들에게는 이를 한참을 설명해야 한다고 고백한다. 여기에서 '땅'에 대한 경외심의 유무를 구분짓는 결정적인 계기를 근대화, 산업화, 도시화가 제공하였음을 짐작할 수 있다. 근대에 이르러 '땅'은 더 이상 생명을 생산하는 주체가 아니라 경제적 효용성에 따라 개발여부가 결정되는 도구적 대상이 되었다. '땅'은 더 이상 인간들이 순응하며 살아가야 했던 숭고한 삶의 터전이 아니라 보다 큰 경제적 이득을 얻기 위해 개발하고 이용해야 하는 기계적 도구가 된 것이다. 이는 '땅'을 신성시하며 '땅'의 순환에

---

10) 위의 책, p.33.

의지하며 살아왔던 고대적 삶으로부터의 배리(背離)이자 상호의존성과
연기(緣起)성을 강조하는 전통적 가치관으로부터의 이반이다. 이 점을
오세영은 시「패륜」에서 잘 묘사하고 있다.

땅에서 태어나 땅에서 살다가
땅으로 돌아가는 생명의 근원은 땅.
그러나 언제부터인가. 유독
인간만이 두르고, 신발을 신고
흙을 경멸하기 시작한 것은……
침을 뱉고 구둣발로 짓밟아 모욕하기
수천 년,
아, 이제는 멀쩡한 땅에 아스팔트까지 깔아
아예 생매장을 해버렸구나.
세상에
제 낳아준 어머니를 버리는 패륜은 없다.
그러니 어찌 하늘의 진노를 무심타 할까.
예나 제나
맨몸으로 대지에 안겨 사는 저
짐승들을 보아라.
세상을 뒤집는 해일과 대 지진과 기근에도
재앙을 받는 자 과연
하나라도 있던가.

「패륜」 전문

인용시는 문명에 의한 인간의 이기적이고 편의주의적인 태도를 직설
적으로 비판하고 있는 시이다. 인간이 취한 인위적인 삶의 방편들이

결국 자연에의 대립을 의미한다고 시는 말한다. 인간이 편리와 안락을 추구하는 이상 인간이 자연에의 파괴적 행태를 보이는 것은 자명하다는 것이다. 시인의 시선에 따르면 인간에게 자연은 자신의 삶을 보장하기 위해 필연적으로 짓밟아야 하는 조건 이상이 아니다. 인간이 자기중심적 태도를 지닌 경우 인간과 자연의 관계는 처음부터 이용과 학대의 망 속에 놓이게 된다. 위의 시는 근대의 개발주의가 자연을 어떻게 지배하고 대상화하는지를 단적으로 보여주고 있다.

한편 시는 인간과 자연의 지배와 학대의 관계의 틀을 깰 수 있다고 하면서 그것으로서 '맨몸'으로 표상되는 순수성의 회복을 들고 있다. 이때 순수성이란 인간에겐 더 이상 흔적도 찾을 수 없는 반면 '짐승'의 일상적 삶의 방식이며 이것은 '어머니'를 긍정하는 일이자 땅의 재앙을 피할 수 있는 길이라고 묘사된다. 즉 순수성이란 인간중심적 이기성을 버리고 자연의 생명성과 위대함을 받아들이는 일로서, 이것이야말로 재앙에 치달은 지구의 위기를 구할 수 있는 방법이라는 것이다.

주목할 만한 부분은 시에서 '땅'을 단도직입적으로 '어머니'로 보고 있다는 점이다. 이는 오랜 관습적 은유로서 들리지만 그러나 여기에는 '땅'을 생명의 생산자로 여기는 고대적 사유가 자연스럽게 스며있음을 알 수 있다. '땅'은 인간과 분리되어 있는 존재가 아니라 인간의 생명과 죽음의 과정에 함께 하는 상호관계적 동반자인 것이다.

「농부」는 '땅'의 생산자적인 성격을 통해 '모성(母性)'을 극적으로 보여주는 시로 손꼽힌다.

농부는
대지의 성감대가 어디 있는지를

잘 안다.
욕망에 들뜬 열을 가누지 못해
가쁜 숨을 몰아쉬기조차 힘든 어느 봄날,
농부는 과감하게 대지를 쓰러뜨리고
쟁기로
그녀의 푸른 스커트의 지퍼를 연다
아, 눈부시게 드러나는 분홍빛 속살,
삽과 괭이의 그 음탕한 애무, 그리고 벌린 땅속으로 흘리는 몇 알의 씨앗.
대지는 잠시 전율한다.
맨몸으로 누워 있는 그녀 곁에서
일어나 땀을 닦는 농부의 그 황홀한 노동,
그는 이미
대지가 언제 출산의 기쁨을 가질까를 안다.
그의 튼실한 남근이 또
언제 일어설지를 안다.

「농부」 전문

남녀의 성관계에 대한 묘사에 기대어 대지의 생산성을 은유적으로
보여주고 있는 시이다. 걸러지지 않는 관능성이 눈에 띠지만 시인은
여기에서 대지의 건강한 생리에 대해 표현하고 있다. 시인은 '땅'을 정성
껏 고르고 조심스럽게 씨를 뿌리는 농부의 모습에서 '땅'과의 완전한
조화를 발견한다. 대지와 농부는 서로에게 타자가 아니라 허물없는 부
부처럼 합일의 관계에 놓여 있다. 끈끈한 불이(不二)의 관계 속에서 농
부는 대지에게 정성을, 대지는 농부에게 풍요를 준다. 이는 자연에 대해
소외와 공격으로 대하는 근대인의 자세와 매우 다른 성격을 지니는 것이
다. 위의 시에는 자연의 신비로움에 대한 도취와 그와의 어우러짐에 대

한 황홀한 심사가 잘 표현되어 있는바, 이것은 대상화된 자연에서가 아니라 하나 된 교감의 상태에서 빚어질 수 있는 마음이기 때문이다. 시인은 동일하게 풍요와 생산의 과정 속에 참여하고 있는 두 주체, 농부와 대지를 내세워 인간과 자연의 상호의존의 관계성을 잘 그려내고 있다.

　자연과 인간의 배타적 관계가 아닌 상호존중과 상호의존의 관계에 대한 통찰은 「물의 사랑」, 「사랑2」, 「이 땅에 가을이 돌아와」, 「보리」 등에 잘 나타나 있다. 이들 시에서 시인은 자연에 대해 정성과 헌신을 바치는 인간과 그에 대해 생명과 결실로 답하는 자연 상호간의 외경의 관계를 우주적 프레임 속에서 보여주고 있다.

3.2. '아픔'의 대지

　Gaia라는 이름을 지닌 여신으로 간주하던 고대인의 사유 속에서 자연에 대한 숭배의 관습을 읽을 수 있듯 서구적 근대의 의식으로 오염되지 않은 전통적 세계에서는 여전히 자연 속에 영혼이 깃들어 있다는 애니미즘적 자연관을 유지하고 있음을 알 수 있다. 농업으로 생업을 일구는 사람들, 인디언들의 자연관, 자연에 몸담고 사는 선사(禪師)들, 원시 부족민들 등에게서 이러한 세계관의 면면들을 읽을 수 있는 것이다.

　이들 의식과 극명한 대립을 보이는 대표적 세계관은 단연 기독교 사상이다. 기독교의 창세기 신화는 피조된 자연에 영혼을 부여하지 않았다고 선언하고 이런 자연을 신의 대리자로서의 인간에게 지배하고 다스리도록 명령하였음을 너무도 선명하게 기록하고 있다. 또한 기독교 사상에 담긴 인간 우월주의가 근대 이성의 세계에서 계승되어 발달된 과학기술 아래 자연을 더욱 심화된 종속의 대상으로 몰아간 것은 주지의 사실이다. 이것의 참담한 결과가 오늘날의 생태계의 파괴임을 깨닫는

일도 어려운 것이 아니다. 오세영 시인은 이러한 과정에 대한 통찰과
함께 지구를 '병'을 앓는 생명체의 모습으로 묘사해내고 있다.

① 욕망 충족의 시대,
　사랑이 추방된 지구는 이제
　자본이 세계를 지배하게 되었다.
　문명은 인간의 비육肥肉,
　―저 수많은 뚱보들을 보아라.
　문화는 즐거운 카니발니즘
　―저 왕성한 식욕을 보아라.
　　　　「신神들의 바둑」 부분

② 지구는 습진으로 피부가 짓물었다.
　농경이다. 개발이다.
　파헤치는 산과 들,
　가려움 참을 수 없어 지친 몸을 뒤튼다.

　따끔따끔 쏘는 빈대, 사정 없이 무는 벼룩,
　혈관에서 뽑는 석유, 살 속에서 캐는 석탄,
　괴로움 참을 수 없어 팔다리를 비튼다.
　　　　「지진」 전문

인용시들은 오늘날 지구상에서 벌어지고 있는 인간과 자연의 양태를
카오스의 그것으로 그려내고 있다. ①은 절제 없는 욕망으로 비대해진
인간들의 무질서한 문명의 양상을, ②는 무차별적 개발로 몸살을 앓는
자연의 모습을 묘사하는 시들이다. 인용시들은 더 이상 누구도 제어할

수 없을 정도로 치달아가고 있는 지구적 혼란과 파괴의 양태를 의인화된 모습으로 표현하고 있다. 그러나 의인화된 모습이란 결국 지구의 생명체로서의 성질을 한층 분명하게 부각시킬 뿐이다. 인간의 욕망으로 지구는 여기저기 성한 곳 없이 부대낀다.

인용시에 따르면 인간의 욕망을 부추긴 주요인은 바로 자본주의 문명이다. 자본주의는 욕망에 의해 운영되는 문명이다. 이 속에서 말 그대로 끝없는 개발과 자원남용이 이루어진다. 시인은 대지 속에 묻힌 석탄과 석유 등의 자원을 지구의 피와 살이라 하고 있거니와 인간의 욕망은 지구의 피와 살을 아무런 죄의식 없이 갉아먹는 요인이 된다. 인간의 비대한 몸집은 곧 지구를 식원(食源)으로 하는 것이었다. 자본주의 문명에 길들여진 인간에게 자연은 자신의 욕구 충족을 위한 대상이자 자료일 뿐 대등하거나 존중되어야 할 숭고한 존재는 결코 아니다. 이 속에서 지구 에너지의 고갈은 자명하다. 상처입은 지구, 병든 지구는 지구가 그의 생명 에너지를 상실한 후 떠안게 된 결과라 할 수 있다. 시인은 이를 '아토피성 피부질환'(「백화난만」)을 앓는 모습으로, '습진으로 피부가 짓물러' '참을 수 없는 가려움에 지친 몸을 뒤트는'(「지진」) 모습으로, '폐를 앓는 지구'(「지구는 아름답다」)의 모습으로, '만성 위염으로 기운이 쇠진하여 드러눕게 된 몸'(「복토覆土」)로 묘사하고 있다. 시인에게 지구는 다른 생명체와 마찬가지로 자신의 에너지에 의해 유지되는 유기체일 뿐이다.

이처럼 자연은 인간의 성장 정책에 의해 고갈되지만, 그러나 이는 인간에게도 예외 없이 적용되는 불행이다. 고갈된 지구 환경 속에서 인간은 생명에너지를 고양시킬 수 있을 것인가? 인간은 자신이 추구하는 정책 속에서 오히려 자신의 파괴를 경험한다. 자원남용이란 결국 인간이 자신의 피와 살을 파먹는 행위인 것이다. 이는 인간 역시 자연의 일부로서 자연과의 동반자일 뿐 자연의 적대적 존재일 수는 없음을 의미하는바, 그렇다면 인간이 대상화하고 대결해야 할 대상은 자연이 아니라 자신의 잘못된 의식, 그의 무분별한 욕망이라는 것을 알 수 있다.

　　① 아파트로 이주한 이후부터 항상
　　　　코가 막힌다.
　　　　실내 공기가 건조해서 그러니
　　　　가습기를 틀라 한다.
　　　　시멘트 벽은 숨을 쉬지 못하기 때문,
　　　　그렇다.
　　　　생명은 항상 숨쉬는 곳에서만 태어나는 것,
　　　　그래서 풀과 꽃과 나무도 흙에서만
　　　　자라지 않던가.
　　　　생명은 물기,
　　　　마른 공기만이 가득 한 도시의
　　　　아파트는 생선 건조장일지도 모른다.

　　　　바싹
　　　　말린 좌판의 명태
　　　　　　　　　　「아파트」 전문

　　② 지금
　　　　이 지상은
　　　　살육과 파괴의 축제,

　　　　몇 억년

지하 수천 미터의 지층 속에서 발효된
몇 갤런의 석유를 유정에서
떠 마시고
어지러워라
이성의 황홀한 마비,
그 짜릿한 지구의 파멸이여.
「걸프 전쟁」 부분

인용시 ①은 '아파트' 생활로 알레르기 비염을 앓게 된 정황을 설명하고 있다. 시적 화자는 '아파트'가 주는 고통을 '생명의 물기'가 없는 건조함과 '숨을 쉬지 못하는 시멘트 벽'에 근거해서 말하고 있다. 화자의 진술에 다르면 건조한 '아파트' 사람에게 '생선 건조장'처럼 느껴진다. '아파트'는 '생명'과 화합할 수 없는 환경인 것이다. 이때 '아파트'는 도시 문명의 상징적 표현인바, 따라서 인간을 숨도 못 쉬도록 건조시키는 장본인은 다름 아니라 근대 도시 문명임이 밝혀진다. 요컨대 근대 도시는 반생명적 문명 공간인 셈이다. 이것은 인간에게 여타 생명에게와 마찬가지로 파괴적으로 작용한다. 인간도 '풀과 꽃과 나무' 등이 그러하듯 동일하게 숨 쉴 수 있는 '흙'과 생명을 위한 '물'이 필요하다고 시인은 말한다. 인간이 자연과의 전선(戰線)이 아니라 연대를 이루어야 하는 까닭도 여기에 있다. 인간과 자연은 동일한 존재조건을 지닌 동체인 것이다.

그렇다면 인간이 가장 견제하고 적대시해야 할 대상은 무엇인가? 그 답을 인용시 ②가 말해주고 있다. 시는 '지구의 파멸'을 일으키는 원인을 개발 이데올로기와 무차별적인 자원 남용에서 찾고 있다. 그리고 그것을 화자는 '살육과 파괴의 축제'라 말한다. 그 안엔 마비된 의식, 상실한 이성이 놓여있다. 말하자면 인간의 적은 자신이 어떤 존재이고 무엇에 기반하여 살고 있으며 무엇이 자신의 생명에너지를 유지시켜 주는지 등에 대해 무지하고 맹목적인 인간의 무분별과 비이성이라 할 수 있다. 물론 이때 요구되는 이성은 인간 우월주의를 주장하는 서구 철학적 맥락 속에서의 이성이 아니라 자연과 인간을 통합적으로 통찰할 수 있는 심오한 이성, 우주적 깨달음을 위한 이성을 가리킨다. 즉 인간은 심오한 통찰력을 무기삼아 자기 내부에 있는 비자각적이고 무분별한 욕망과 대결함으로써 자연과 인간의 동일성을 회복하고 동일한 뿌리이자 어머니인 지구생명체를 살려야 한다는 지상 명령 앞에 놓여 있는 것이다.

3.3. '분노'의 대지

러브록은 지구가 유기적 시스템을 구축하고 있기 때문에 대기나 해양 등 지구상에 일어나는 변화를 수용하면서 이를 생명이 살아갈 수 있는 조건이 될 수 있도록 조절하는 능력이 있다고 보았다. 가령 지구의 온도가 생명이 살 수 있는 일정 수준을 유지하는 일이라든가 산소와 이산화탄소 농도 비율의 유지는 지구가 지구상의 모든 물질들을 동원한 오퍼레이팅 시스템 덕분이라는 것이다.[11] 완벽한 시스템으로서 지구를 바라보는 러브록의 시각은 일견 낙관적으로 보인다. 생명체로서의 지구는 자체적으로 조절과 정화능력을 지니고 있는 것처럼 보이기 때문이다. 그러나 분명한 것은 바로 그러하기 때문에 지구의 물질 구성이 균형을 잃어 정교한 시스템이 완전히 가동불가능해질 경우 이를 돌이킬 수 있는 기제는 어디에도 없다는 사실이다. 이 경우 지구는 가장 절망적인 상태를 맞이할 것이고 이로부터 벗어날 수 있는 존재는 아무도 없다.

---

11) 러브록, 위의 책, p.94.

시인은 그 시점이 먼 상상적 미래가 아님을 경고하고 있다.

> 역사상 지금처럼
> 억압과 수탈이 강요된 시대가
> 언제 있었던가.
> 댐이다. 방조제다. 옹벽 친 산간도로다
> 곳곳마다 가로막힌 물길과 산맥
> 채굴이다 남벌이다. 개간이다. 증산이다.
> 곳곳마다 파헤친 들과 숲
> 자연은 지금 온통 분노와 증오에 떨고 있다.
> 드디어 인내의 한계에서 폭발한 저 민중의
> 절규,
> 걷잡을 수 없는, 통제불능의
> 폭력시위다.
> 쓰나미, 대홍수 그리고
> 유례없는 지진과 대 기근.
>
> 「분노」 전문

  자연의 위기를 말하는 시인의 목소리는 절절하고 급박하다. 시에 의하면 현재, 즉 근대는 '가장 억압과 수탈이 강요된', 따라서 지구시스템에 인간 위주의 변형과 수정이 남발된 시기이다. 시인은 이 점을 지구촌 곳곳에서 벌어지는 자연의 이상 징후들에 대한 원인으로 간주하고 있다. 예컨대 '쓰나미, 대홍수, 유례없는 지진과 대 기근'들은 지구의 평범한 자연현상들이 아니라 자연의 개발과 파괴로 말미암은 지구 오퍼레이팅 시스템의 균열과 붕괴 현상이라는 것이다. 시의 전언을 보면 그것이 단순히 사상이나 주의에서 비롯된 것이 아니라 자연에 대한 화자의 예민한 통찰에 기인하는 것으로 보여 더욱 위기감이 느껴진다. '인내의 한계에서 폭발한' '통제불능'의 '절규'란 리얼리티에 가까운 직설적 인식이 아닐까? 즉 그것은 지구시스템에 가해진 과부하로 인한 지구의 붕괴와 위기의 메시지라는 점이다.

위 시에서의 '분노와 증오'에 들린 '자연'에 대한 표현은 다름 아니라 자연에 접근하는 시인의 가이아이론적 관점을 드러낸다. '쓰나미, 대홍수, 유례없는 지진과 기근'과 같은 파괴적 현상들은 우연이 아니라 '인내의 한계'에 달한 지구생명체의 필연적인 폭발이자 항거에 해당한다. 이것은 지구의 살아있음의 증거이자 계속하여 살기 위한 몸부림으로 볼 수 있다는 점이다. 격정의 몸부림을 통해 지구는 자신의 참았던 '화(火)'를 터뜨린다. 오세영은 그것을 '자연의 녹색테러'(「녹색테러」)라 부른다.

한편 지구가 실제로 살아있는 생명체이자 유기체라 한다면 자연에 대한 학대행위를 일삼던 인간은 지구의 관점에서 보면 만물의 영장이 아니라 버거운 암적 존재에 해당한다. 인간은 신을 닮은 존귀한 신의 대리인이 아니라 지구라는 자기 삶의 터전을 위협하는 편협한 파렴치한에 불과하다. 이러한 인간은 분노하는 자연의 폭발에 의해 다시 역으로 파괴당한다. 인간과 자연은 둘이 아니라 하나이기 때문이다. 결국 '환경파괴에 견디지 못한 자연'은 '녹색테러'로써 인간을 향한 '보복'을 행할 것이(「녹색 테러」)라는 점이다. 인간과 자연 간의 반복되는 상호 파괴에 대해 오세영은 시 「파업」에서 잘 말해주고 있다.

앞 다투어 시커멓게
굴뚝으로 배출한 오염물질로
대기 중 근로조건은 숨을

쉴 수 없을 만큼 악화,
구름 공장에서 작업하던 바람과
햇빛과 수증기가 일제히
파업을 단행했다.

유례없는 대 가뭄.

지상의 초목들은 무참하게 시들어 간다.

전력 공급과 수도가 끊긴 한여름 밤 서울의
찜통더위.

「파업」 전문

위의 시가 재미있는 것은 '파업'의 주체가 인간이 아니라 '자연'이라 본 관점 때문이다. 흔히 분노와 억압에 대한 집단적이고 주체적인 표출의 방식으로 제기되는 '파업'이 인간에 의해서가 아니라 자연에 의해서 이루어지고 있다는 상상력은 자연의 피동성을 전도시킨다는 점에서 의외성의 재미를 안겨준다. '파업'의 주인공은 '자연'이고 파업 이유는 '근로조건 악화'이며 파업의 결과는 '바람과 햇빛과 수증기'의 가동 중지이다. '가뭄'과 '찜통더위'가 빚어진 것도 이 때문이다. 말하자면 '가뭄'과 '찜통더위'은 자연이 인간에게 발사한 직격탄이다. 자신을 파괴시킨 인간을 향해 자연이 보복을 단행한 셈이다.

이는 피동적인 입장에만 놓인 줄 알았던 자연이 스스로 주체가 되어 힘과 능력을 행사할 수 있는 능동적 행위자임을 말해주는 대목이다. 시인의 상상력은 자연이 결코 인간의 파괴적 행위에 지배되는 무기력한 종속자가 아님을 생생하게 보여주고 있는 것이다. 그것은 에너지를 지닌 살아있는 생명체이고 그러하기 때문에 자신의 에너지를 보존하기 위해 시스템을 운용한다. 오늘날 지구상에서 벌어지는 '쓰나미, 지진, 화산 폭발, 홍수와 가뭄' 등의 폭발적 현상들은 모두 지구 자가시스템에 의한 에너지 운용의 양태들에 해당한다.

시인은 이러한 사태에 대한 다급한 진술을 통해 인간이 자신의 운명의 조건에 관해 예민하게 이해할 수 있기를 바란다. 인간이 자연에 대한, 자연과 자신의 관계에 관한 올바른 가치관이 확립되지 않을 경우 지구의 미래가 암담할 것임을 주장하고 있는 것이다.

4. 지구에 대한 심층생태론적 윤리관

지구를 생명의 생산자이자 인간 삶의 터전인 '모성'으로서 묘사하는 일이나 상처입고 신음하는 존재, 한계에 이르러 폭발하는 존재로 묘사하는 오세영의 시각은 지구를 생명체로 봄으로써 지구에 대한 새로운 세계관과 윤리관의 정립의 필요성을 역설하는 것이라 할 수 있다. 지구는 결코 인간이 함부로 다루어도 되는 소유물도 아니고 기계적으로 자전과 공전을 되풀이하는 수동적 사물도 아니다. 그것은 마치 영혼을 지닌 '신(神)'처럼 살아있는 존재로서 자체적으로 탄생과 유지, 지속과 멸망을 이어가는 독립체인 것이다. 이러한 지구에 대해 인간은 지배, 종속의 관계로서 맺어져 있지 않다. 인간은 자연을 지배하는 것이 아니라 오히려 지구 속에 포함된 일부분이라는 관점을 잊어서는 안 된다. 지구의 생명성을 묘사함으로써 오세영은 자연의 소중함에 대해 인식시킬 뿐만 아니라 자연을 능멸해왔던 인간에 대해 스스로 자신의 보잘것 없음을 자각하도록 촉구하고 있다.

「반주飯酒」와 「축제」는 연기적 관계 속에 놓인 생물의 존재를 망각하고 이를 아무런 죄의식 없이 '살생'하는 인간의 마비된 생명의식을 냉소적으로 보여주고 있다.

조금 전까지도 살아
유유히 바다를 회유하고 있었을 우럭 한 마리
잡아서 회쳐 먹는다.
칼로 점여 난자된 채 널부러진 그 생명
아니 아직도 살아 도마 위에서
바르르 떨고 있는 육신,
그 살점 하나 집어 초장에 찍어 먹으면서
싱싱하게 감칠맛 난다고 한다.

아, 살아 있는 것을 살아 있는 것들이 잡아먹는
참혹함이여.
어찌 맨 정신으로 저지를 수 있으리.
한 잔의 술로
이성을 마비시키지 않고선.

「반주飯酒」 전문

주지하듯 불교적 세계관에서 인간의 가장 큰 죄악 중 하나는 살아있는 생명체를 죽이는 일이다. '불살생(不殺生)'과 '자비'를 강조하는 대목이다. 여기에서 생명체는 물론 인간만을 가리키는 것이 아니라 살아있는 모든 것, 동물에서부터 벌레, 미생물에 이르기까지의 모든 생물을 가리킨다. 불교의 가르침에 따르면 소위 이러한 미물들은 인간보다 낮은 존엄성을 지니는 것이 아니다. 이들은 모두 인간과 동등한 '불성(佛性)'을 지닌다는 것이다. 곧 생명성은 '불성'과 동의어로서, 이것이 있기 때문에 인간은 이들과 구별되지 않으며 상호의존의 관계로 맺어져 있음을 명심해야 한다고 말한다. 즉 생명이 지닌 '불성'에 대한 인정은 인간이 이기성을 벗어나 모든 생명을 소중하게 여기게 되는 근거가 된다고 본다.[12]

만물을 상호연기성의 관점에서 보는 불교 생태학의 관점에서 보았을 때 '활어'를 '회쳐먹는' 우리의 일상적 행위는 그야말로 살벌하고 용서받기 힘든 일에 속한다. 펄떡펄떡 살아있는 생선의 목을 따고, 그래도 살아있는 그것의 배를 가르고 살을 뜯어내는 동작들은 너무도 일상화된 것들이지만 사실은 잔인하기 그지없는 행동이다. 시인의 예민한 시각에 포착된 이러한 행동은 살생을 습관처럼 저지르는 파괴적 인간성의 단적인 모습이다.

여기에서 시인은 이런 과정 하나하나를 들여다보면서 이러한 파괴적 인간의 모습을 '신'과 인간의 관계로 유비시킨다(「축제」). '신이 인간을 잡아 이토록 회를 쳐 먹어도 즐거울 손가' 하는 것이다. 시인의 '인간과 생선'의 관계에 대한 '신과 인간'의 관계로의 유추는 여러 맥락 속에서 인간이란 무릇 무엇인가를 질문한다. 이 지점에서 '신'을 끌어들이는 오세영의 행위는 주목을 요한다. 이는 자연에 대한 인간의 행위가 보다 초월적이고 영적인 차원에서 어떤 함의를 지니는가를 질문하는 것이기 때문이다. 시인은 인간이 사는 곳을 비록 인간들이 이 순간을 '축제'라 할지라도 단호하게 '아비규환阿鼻叫喚'이라 부른다. 인간은 자신을 신에

---

12) 서재영, 『선의 생태철학』, 동국대출판부, 2007, p.315.

가까운 존재라고 일컫지만 자연과 생명을 대하는 태도를 본다면 결코 그렇다고 볼 수 없다는 것이다.

실제로 인간은 '신'적이지 않다. 인간은 온갖 미물들과 더불어 중생의 하나일 뿐이다. 인간은 다른 생물들과 수평적 존재이지 이들 위에 군림할 수 있는 수직적 존재가 아니다. 인간이 신과 닮은꼴을 유지하고 싶다면, 적어도 자연의 은혜와 생명의 소중함을 잊어서는 안 되었을 터이다. 오세영 시인은 이러한 인식과 깨달음이야말로 인간에게서 찾을 수 있는 아름다움의 지점이라고 주장한다.

> 최후까지 사수해야 할 보루
> 맑은 공기,
> 신선한 햇빛,
> 깨끗한, 그리고
> 푸르게 자라는 숲.
>
> 진정 소중하게 지켜야 할 것이
> 무엇인가를 아는 자의 신념은
> 비록 거칠고 험상스럽다 해도
> 아름답다.
>
> 「코뿔소」 부분

시인은 성서의 창세기에 나타나 있듯 인간은 단지 신의 모습으로 피조된 이유로 선택받은 존재가 아니라 스스로 각성하고자 하고 생명 존중의 마음을 지닐 때 아름다울 수 있다는 관점을 보여주고 있다. 인간의 아름다움이란 '외모'의 '거칠고 험상스러움'과 상관없이 '진정 소중하게 지켜야 할 것이 무엇인가를 앎' 때에 획득된다는 것이다. '맑은 공기, 신선한 햇빛, 깨끗하고 푸른 숲'을 '최후까지 사수'하는 일이 여기에 해당한다. 이것이야말로 생명을 귀하게 여기는 마음이자 만물의 상호성을 수용하는 일이다. 이러한 마음을 지닌 자는 자연과 배리되지 않고 유기적 자연의 일부가 될 수 있다. 지구시스템 상 볼 경우에도 이러한 마음을 지닌 인간은 지구를 해하는 지구의 종양이 아니라 지구의 몸속에 있는 피와 살이 될 수 있는 것이다.

또한 이들은 '땅'이라는 '어머니'와의 관계망 속에서 순수성을 회복한 자들이자 지구의 분노서린 몸부림에도 멸망하지 않는 자들일 터이다. '쓰나미, 해일, 지진, 기근'을 통한 지구의 자정작용은 자기 몸의 일부가 되어 있는 인간을 쓸어내지 않을 것이기 때문이다. 자연과의 상호의존성을 이야기하는 관점들은 인간이 더욱 적극적으로 자연과 닮아가야 할 이유를 암시해주고 있다. 시인이 「경작을 하며」에서 "비료나 제초제는 가능한/ 쓰지 마라./ 온종일 들판에서 생명을 키우는/ 유기농경작 농부, 우리들 시인"이라 말한 것도 이 때문이다.

이처럼 인간이 자연에 의한 존재임을 자각하는 일은 인간이 자연과 대척하는 대신 조화하게 됨을 의미하는 것으로서, 이 속에서 인간은 생명과 인간성 그리고 천성(天性) 모두를 회복할 수 있게 된다.[13] '땅'에 대한 경외는 '하늘'에 대한 경외와 다르지 않으며,[14] 이를 행함으로써

---

13) 一指 李承憲은 『天地人』(한문화원출판부편, 한문화, 1991, p.9) 서문에서 자연과 인간, 그리고 하늘이 통합된 인간에 대해 '天地人'이라 명명하고 "『천부경』의 내용 중의 '人中天地'라는 말은 사람안에 천지가 있고 하나로써 조화되어 있는 사람을 가리킨다. 이를 天地人이라고 할 수 있거니와 천지인은 인간성이 회복된 깨달은 자이자 天人이고 예수가 말한 하나님의 아들이자 붇다가 말한 '天上天下 唯我獨尊'을, 공자가 말한 군자(君子)와 노자가 말한 도인(道人)을 의미한다"고 말하고 있다.

인간은 온전한 '땅과 하늘'의, '지상과 천상'의 구현체로서 존립할 수 있게 된다는 것이다. 땅은 하늘과 분리된 것이 아니라 하나이므로 자연의 훼손은 하늘에 대한 훼절이 된다. 인간이 자연을 얼마나 소중하게 다루어야 하는지 이 점에서도 드러난다.

결국 자연에 대한 윤리적 관점을 추구하는 오세영의 생태주의는 그 성격이 단순히 환경 문제를 다루는 데서 그치는 것이 아니라 철학적 통찰에 기반하고 있음을 알 수 있다. 그것은 피상적 차원의 것이 아니라 세계관적 기반에 근거한 심층적 생태주의인 것이다. 뿐만 아니라 그의 생태주의는 영적 세계 인식 아래 조망된 근원적인 것이다. 따라서 그것이 근작 시편들을 통해 표출될지라도 최근의 독립된 한 경향에 해당되는 것이 아니라 그가 지금껏 일관되게 추구해왔던 정신주의적이고 초월적인 세계관의 일부분에 속한다는 사실임을 짐작할 수 있다. 다시 말해 시인의 환경오염에 대한 경고 및 자연에의 관심 촉구는 일시적이고 생경한 선언이 아니라 그가 평생을 궁구하였던 우주적 성(聖)의 세계관을 공고히 하기 위한 구체적 매개였던 셈이다. 그가 보여주는 자연의 '향일성(向日性)', 그리고 인간의 '자연지향성'이 모두 동일한 하나의 세계인 이유도 여기에 있다.

① 나무가 쑥쑥 위로 키를 올리는 것은
　　밝은 해를 닮고자 함이다.

그 향일성向日性

---

14) 『천부경』에 의하면 "하나(一)는 하늘(天)과 땅(地)과 사람(人) 세 갈래로 이루어져 나오지만 그 근본은 변함도 없고 다함도 없다"고 되어 있다. 이는 하늘과 땅과 사람의 근원적 동일성을 의미하는 것이다. 위의 책, p.15.

나무가 날로 푸르러지는 것은
하늘을 닮고자 함이다.
잎새마다 어리는
그 눈빛.

「나무 3」 부분

② 예나제나 땅에 나무를 심는 마음은
생명에 대한 확신이 있기 때문이다.
신라시조 혁거세도
계림에서 태어났다 하지 않던가.
예나제나
땅에 또 나무를 심는 마음은
미래에 대한 확신이 있기 때문이다.

「함양 상림上林」 부분

인용시 ①은 '하늘'을 향한 자연의 의미에 대해 다루고 있는 시이다. 「나무 3」에서 '나무'의 '하늘'을 향한 의지, 즉 '향일성(向日性)'은 매우 완고하다. 총 7연으로 이루어진 시에서 '나무'의 '하늘 지향성'은 4가지 이유에서 조망되고 있다. 그것을 시인은 '밝은 해를 닮고자', '하늘을 닮고자', '별들을 닮고자', '은핫물을 닮고자' 하는 측면에서 진술하고 있다. '나무'의 '하늘'에의 의지는 거의 본능적이고 불가항력적임을 알 수 있다. 시인은 '나무'의 살아있음이 전적으로 '하늘'에 닿기 위한 행위임을 암시한다. 이 아름다운 시는 땅과 하늘이 위와 아래로 분리되어 있는 것이 아니라 본래 하나였고, '나무'는 더욱 완전하게 지상과 천상을 합일시키기 위해 부벼대는 듯한 모습으로 그려지고 있다.

그렇다면 땅과 하늘, 지상과 천상이 하나로 껴안고 있는 형상 안에서 인간의 자리는 어디인가? 이때 인간이 자연을 지향하는 것은 지극히 당연한 일일 것이다. 시인은 "경상도 함양 땅 상림 숲 속을 오늘은/ 현대 시인 오세영이/ 시 쓰러 간다"(「함양 상림上林」)고 하면서 인간의 자연을 향한 걸음의 역시 집요함을 묘하고 있다. 시인은 인간의 자연에의 지향성이야말로 '생명'과 '미래'에 대한 보장으로 파악한다. 시인은 자연의 일부가 되고자 하는 인간의 의지가 인간을 땅과 하늘과 더불어 하나가 되도록 하는 것이라 보고 있다.

이는 지구라는 생명체 안에서 인간이 자연과 분리되어 있는 존재가 아니라 같은 존재임을 말하는 동시에 이러한 근원적 인식이야말로 우주적 통찰에 이르는 것임을 의미하고 있다. 또한 이러한 사태에 대한 각성이 이루어질 때 인간은 비로소 영성(靈性)을 회복한 통합적 인간, 신성(神性)을 지닌 심오한 인간이 될 수 있다고 본다. 사실상 이러한 인간형은 그 내면에 '하늘과 땅'을 통합시키는 천지인(天地人)에 해당한다. 이처럼 오세영은 생태론에 대한 심층적 접근을 통해 자연에 관한 바른 가치관을 정립하고, 이를 통해 보다 근원적 차원의 세계로 나아가는 계기를 마련하고 있음을 알 수 있다.

5. 심층생태론적 측면에서 본 오세영 시의 의의

오세영은 『전집』(2007)이 발간된 이후 『바람의 그림자』(2009), 『푸른 스커트의 지퍼』(2010) 두 권의 시집을 통해 선명한 생태주의 시를 발표한다. 이들 시집에서 오세영은 환경 오염과 지구 생태계 파괴에 대한 비판의 목소리를 높이고 있다. 본고는 최근에 발표된 생태주의시를 논의의 중심에 두고 있다.

생태주의 시는 일반적으로 물질과 현상에 천착한 상식적이고 피상적인 시가 될 가능성이 크다. 그러나 그간 일관되게 정신주의 세계를 탐색해 갔던 오세영의 경우 그것은 보다 깊이 있는 철학적 맥락들과 닿아있을 것이라는 판단 하에 심층생태학의 논의틀을 도입하여 살펴보았다. 심층생태학이란 단순히 환경이라는 물리적 현상에 대한 비판에 그치는 것이 아니라 삶의 양식과 세계관의 정립을 논하는 학문으로서, 본고에서 다루어진 심층생태학은 불교 생태학 및 러브록의 가이아이론이다. 이 두 이론은 공통적으로 지구에 존재하고 있는 모든 요소, 모든 성분, 모든 생물체와 무생물 등이 하나의 유기적 질서를 이루고 있다고 본다. 지구상의 모든 존재와 환경, 생물과 무생물은 모두 서로에게 존재 조건이 되는 상호 의존의 관계를 지니고 있다는 것이다. 불교에서는 이를 우주만물의 연기성(緣起性)이라 말한다. 이는 지구가 물리적이고 기계적 대상임을 부정하고 지구를 살아있는 생명체로 여기는 것이다.

이러한 관점에서 먼저 오세영의 생태주의 시에서 지구를 생명체로 보는 지점들을 살펴보았다. 이것은 지구가 인간의 지배 대상이 아니라 독립된 주체로서 스스로 순환과 보존 작용을 하는 양상과 관련되는바, 본 논문에서는 지구의 생산자로서의 모성적 면모, 파괴로 인해 고통스러워하는 면모, 불균형을 해소하고자 지각 변동을 일으키는 면모로 나누어 살펴보았다. 이를 통해 지구를 생명체로서 바라보는 오세영의 관점을 확인할 수 있었다.

지구를 생명체로서 바라보는 관점은 필연적으로 인간의 삶의 양식에 관한 반성과 재정립을 요구하게 된다. 생명체로서의 지구 안에는 인간이 유기적 성분의 일부분으로 구성되어 있기 때문이다. 여기에서 인간의 자연에 대한 독립성이 아닌 상호연기성에 대한 인식과 그에 따른 상호존중의 삶의 방식이 도출될 수 있다. 더욱이 자연과의 상호존중은 지구를 영혼을 지닌 존재로 간주한다는 것을 의미하기 때문에 인간의 세계관을 단순히 관념의 차원에서 머물게 하지 않고 영적 차원으로까지 열어주는 기능을 한다. 실제로 오세영은 생태주의 시를 통해 지구에 대한 존중이 '하늘'에 대한 공경임을 제시하고 있다.

본고에서 살펴본 '지구의 생명체로서의 관점', '상호의존성과 존중의 의식', '지상과 천상의 합일에 대한 관념' 등의 일련의 고찰들은 오세영의 생태주의 시가 심층적 성격을 지니는 것임을 말해준다. 또한 생태주의를 통해 그가 제시한 세계관이 단순히 물리적이거나 혹은 관념적인 차원을 넘어서서 초월적이고 영적인 세계에 닿아있음을 확인할 수 있었다. 이는 오세영의 생태주의 시가 최근의 일시적이고 독립된 한 경향에 불과한 것이 아니라 그가 지금까지 일관되게 추구해 왔던 우주적이고 초월적인 세계와 동일한 맥락에 놓여 있는 것임을 의미하는 것이다.

제 2 부

언어적 측면에서의 문학과 종교의 유사성 ▍

'히스테리' 문화 현상과 현대시 ▍

이항대립 시대의 민중의 주체화 ▍

언어적 측면에서의
문학과 종교의 유사성

1. 문학에서의 종교

　문학과 종교의 관련성을 논할 때 우리가 가장 먼저 부딪히는 문제는 그 만남의 차원을 어느 지점으로 할 것인지를 결정하는 일이 될 것이다. 우선 문학과 종교는 함께 논의될 만큼 유사점을 지니는가, 그렇다면 어느 지점에서 그러한가, 그리고 종교가 문학의 내부로 수용된다면 어떻게 수용될 수 있는가의 방법론 문제, 문학 속에 수용된 종교의 다양성에 관한 고찰 등이 이에 관한 문제의식들이 될 것이다. 대체로 우리 근현대시에 그 모습을 드러내고 있는 종교를 꼽으라고 한다면 불교, 기독교, 샤머니즘, 동학 정도가 될 것인데, 이들 종교의 문학적 수용에 관한 논구는 지금까지 주로 사상체계를 다루는 세계관적 접근으로서 이루어지곤 하였다. 즉 종교적 교리나 이념이 소재나 주제적 측면에서 어떻게 구현되었는가를 살펴보는 것이 그것이다.[1] 종교는 다른 정치·사

---

[1] 최동호는 「한국 현대시와 종교적 상상」에서 20세기 한국 현대시에 나타난 종교적 세계관을 크게 샤머니즘, 불교, 기독교로 구분하면서 대표적 시인으로 샤머

회적 이념과 마찬가지로 의식의 체계성과 정신의 강렬함을 특징으로 하기 때문에 하나의 사상으로서 문학에 수용되는 일은 자연스러운 일이라 할 것이다. 또한 심오함이라는 측면에서 어느 사상보다 우위에 놓여 있는 까닭에 문학 속에 담기는 종교적 세계관을 탐구하는 일은 연구자들의 의욕을 불러일으키기에 충분하다.

이들을 통칭하여 종교 문학이라 한다면, 그러나 지금까지 종교 문학을 둘러싸고 이루어진 고찰들은 접근 방법에 있어서 상당히 단선적인 것이었다고 말할 수 있을 듯하다. 앞서 언급한 대로 종교의 문학에의 수용을 거의 대부분 소재나 교리와 같은 이념적이고 주제적인 차원에서 고찰하였기 때문이다. 이는 문학의 구조적이고 형식적인 측면을 도외시한 매우 피상적인 탐색이라 할 수 있다. 이러한 사실은 우리가 불교적 세계관을 다룬 시인들의 시에서 불교의 대표 원리들을, 기독교적 세계관을 추구한 시인들의 시에서 기독교의 교리들을 확인하곤 한다는 점에서 증명 가능하다. 그러나 이러한 접근은 문학과 종교의 만남을 가장 표면적이고 단선적인 차원에서 규정짓는 것이다.

종교를 통한 문학의 사상적 연구는 문학의 범위의 확장이라는 점에서 보면 분명 큰 장점을 지닌다고 볼 수 있다. 문학의 세계는 종교적 내용을 통해 보다 넓어질 것이기 때문이다. 그러나 이러한 단선적 연구는 문학의 본질적 성격에 대한 이해를 심화시키는 데에는 기여하지 못한다. 종교에의 지향성이 왜 비단 문학을 통해 이루어져야 하는가, 문학이 종교적 세계를 더욱 심오하게 하는 데 어떤 필연적 요소를 내장하고

니즘에 김소월, 백석, 서정주를, 불교에 서정주, 조지훈, 고은 등을, 기독교에 정지용, 윤동주, 박두진, 박목월, 김현승 등을 꼽은 바 있다. 『한국시학연구』 제11호, 2004, pp.11~5.

있는가, 문학과 종교 사이엔 어떠한 강한 친연성이 있는가와 같은 질문을 통해 드러나게 되는 문학의 특수한 영역에 관한 이해는 단지 종교적 내용만을 고려했을 때 얻을 수 없는 것이라는 점이다. 만일 이들 질문에 대한 답을 찾아나간다면 문학은 종교에게 그의 내용을 전달케 하는 수단이자 도구의 차원에 머물지 않을 만한 고유하고 고귀한 특질을 소유하고 있음을 확인하게 될 것이다. 또한 문학은 종교와 버금갈 만한 근원성과 차원 높음 역시 지닌다는 것을 알게 될 것이다.

따라서 '종교를 담는 문학'이 아니라 '종교와 문학의 친연성'을 논하는 것은 곧 이 둘 간의 만남의 차원을 높이 책정하는 것을 의미한다. 종교와 문학 사이엔 유사성이 있다는 점이다. 유사성이 있기 때문에 종교가 문학 속에 수용되는 것은 자연스러우며 의미있는 행위이다. 그러나 비단 특정 종교를 수용하지 않더라도 문학과 종교 사이의 관련성은 유효하다. 이는 문학이 사상을 전달하는 도구의 차원이 아니라 그 자체로 종교와 속성 면에서 공유되는 바가 있음을 의미한다. 둘 사이의 유사성을 고찰하는 것이 왜 문학의 본질에 육박하는 수준의 논의인가를 이 점에서 확인할 수 있다.

2. '상징'과 '역설'의 종교적 언어

문학과 종교의 친연성을 이해하기 위해 가장 먼저 할 수 있는 일은 이들의 기원을 따져보는 일일 것이다. 인류가 생기고부터 행해졌던 초월적 힘에의 제의 행위에서 춤과 노래, 시가 사용되었다는 문학의 기원에 관한 설이라든가 제의가 곧 신화인 이야기로 번역되어 전승되었다고 하는 사실은 문학과 종교와의 관련성에 관한 통설이 되다시피 하고 있다. 즉 문학은 제의라고 하는 종교적 행위에 있어서 빠지지 않던 부분이었다. 문학은 종교적 교리를 전달하는 도구가 아니라 종교의 한 부분으로서 종교와 동일한 의식(儀式)과 기능을 추구하였던 것이다.

문학의 이러함은 일차적으로 언어가 지닌 의사소통적 기능에서 비롯할 것이나 신을 향한 제의의 한 부분으로 수용될 때 언어란 특수한 구조적 양상을 지니게 될 것이다. 그것이 곧 시이고 이야기였던 셈이다. 그렇다면 시와 이야기는 초월적인 대상과의 관계 속에서 탄생한 특수한 언어라고 할 수 있다. 특히 제의 가운데 발화되었던 시는 신이나 정령과 같은 초월적 대상과의 순간적 합일이 강조됨으로써 언어의 존재화에 기여하였을 터이다. 언어의 존재화란 곧 하이데거가 말하듯 언어가 존재를 개시(開示)하는 일, 언어가 '공' 혹은 '무'인 세계 내에서 존재를 틈입시키는 일을 의미하거니와2) 이를 두고 언어의 현상학적 기능이라 함은 주지의 사실이다.

요컨대 시는 존재론적이고 현상학적인 기능을 추구하는 가운데 제의의 언어로 자리매김하게 된다는 점이다. 존재론적인 언어의 시를 일컬어 신성한 언어, 종교의 언어라 하는 까닭이 여기에 있다. 물론 시의 제의적 성격은 세계의 속화와 더불어 급격히 감소하였고 급기야 근대에 이르러서는 언어의 여타의 기능들에 의해 시는 자신의 전문적이고 자율적인 성격을 확대해갔다. 그러나 시는 여전히 시가 근원적으로 지니고 있던 기능인 제의적 속성을 함의하고 또 지향하고 있다. 또한 그것은 현대의 수사법(修辭法)에 의해 기술(技術)화됨으로써 방법론적인 정착을 꾀하

---

2) 하이데거의 언어의 존재성에 관한 내용은 오세영의 「시와 언어」(『문학과 그 이해』, 국학자료원, 2003, pp.439~441)참조.

게 되었다고도 말할 수 있다. 그 대표적인 것이 '상징'과 '역설'이다.

2.1. '상징'적 언어의 초월성

현대시의 수사법에서 '상징'은 미학적인 창조의 영역으로 격하되어 있지만[3] 보이는 사물과 보이지 않는 세계의 결합이라는 상징이 구현코자 하는 세계는 과학 이론, 철학체계, 예술 세계, 종교적 신화, 제의 등 다양하다. 이 모든 것들은 자아의 마음이 지향하는 궁극적 목적지라는 점에서 동일한 성격을 지닌다.[4] '상징'은 상상력을 통해 복잡하고 상호 대립적인 마음의 충돌들을 결합시킨다. 특히 종교적 '상징'은 지존(至尊)한 실재를 상정함으로써 인간으로 하여금 일상적 삶의 초월을 유도, 인간을 성스러운 지평으로 인도하는 기능을 한다. 말하자면 '상징'은 단순한 수사법상의 차원에 그치는 것이 아니라, 현실과 대결하고 그 너머의 세계를 추구하게 하는 힘을 내장한다. '상징'은 현실을 초월하는 언어의 한 방법인 것이다.

우리 시사에서 '상징'의 이와 같은 성격에 주목하여 정통적 의미에서의 상징주의를 실천한 시인은 오장환이다.[5] 오장환은 조선 현실에 맞는 '상징 세계'를 구축하여 식민지적 현실을 넘어서는 힘과 방향을 구하고자 하였다. 오장환의 시에서 나타나는 '고향' 소재와 '모성' 상징 및 '여성' 이미지는 모두 그가 추구했던 상징 세계의 일단을 보여주는 것으로서,

---

3) L.K. 뒤프레, 권수경 역, 『종교에서의 상징과 신화』, 서광사, 1996, p.32.
4) 위의 책, p.44.
5) 오장환은 조선에서 이루어진 '상징주의'가 본격적으로 '상징의 세계'를 구현하지 못하였다고 비판한다. 그는 낭만주의적 수준에 머문 '기분 상징'을 극복하여 진정한 '상징주의' 실천에 주력할 것을 당대 시인들에게 역설하였다. 오장환 시세계의 '상징주의'의 성격에 관하여는 졸고, 「오장환 문학에서의 '상징주의'의 의미 연구」(『한민족어문학회』 52집, 2008, pp.305~330 참조.

오장환은 여성주의적 신화를 통해 그의 독자적인 세계를 확보해 나갔
다.6)

    돌아온 탕아라 할까
    여기에 비하긴
    늙으신 홀어머니 너무나 가난하시어

    돌아온 자식의 상머리에는
    지나치게 큰 냄비에
    닭이 한 마리

    아즉도 어머니 가슴에
    또 내 가슴에
    남은 것은 무엇이냐.

    서슴없이 고깃점을 베어물다가
    여기에 다만 헛되이 울렁이는 내 가슴
    여기 그냥 뉘우침에 앞을 서는 내 눈물

    조용한 슬픔은 알련만
    아 내개 있는 모든 것은
    당신에게 바치었음을……

    크나큰 사랑이여
    어머니 같으신

---

6) 위의 글, pp.321~8.

바치옴이여!

그러나 당신은
언제든 괴로움에 못이기는 내 말을 막고
이냥 넓이 없는 눈물을 싸주시어라.
「다시 美堂里」 전문7)

    위의 시는 오장환의 3시집『나사는 곳』에 수록되어 있다. 오장환 연구자들은 그의 시적 세계가『성벽』,『헌사』,『나사는 곳』에 이르기까지 가출과 방랑, 고향발견의 구조로 이루어져 있다는 데 동의8)하거니와 실제로 오장환은 초기 시집에서 불안정하고 혼돈스런 여성이미지를 제시하는 과정을 거쳐 후기에 이를수록 모성과 고향이라고 하는 안정된 상징에 귀착하고 있다. 그런 점에서 위의「다시 美堂里」는 그가 방황 속에 추구하였던 고귀하고 성스러운 세계, 완전하고 이상적인 세계를 단적으로 보여주는 시라 할 수 있다.

    시에서 '어머니'는 그저 내 눈 앞에 실재하는 단순한 대상으로서만 존재하지 않는다. '어머니'는 '돌아온 탕아'를 아무말없이 받아주는, '나'를 절대 긍정하는 자아이다. 어머니는 '늙고 너무나 가난하시'지만 자식에게 베푸는 '사랑'은 '내 가슴'을, 모든 세월을 '울렁이게' 한다. 그녀의 사랑은 세상의 전체를 덮고도 남음이 있는 것이다. 아들은 서슴지 않고 "내게 있는 모든 것을 당신에게 바치었"다고 고백한다. 자신의 시세계를 구축하기 위해 지나왔던 오랜 방황의 시간들은 바로 지금의 '어머니의 사랑'을 조우하기 위한 고투에 해당되었음을 시인은 말하고 있다. 이러

---

7) 오장환,『오장환 전집1』, 창작과비평사, 1989, p.85~6.
8) 송기한,「전향의 방법과 그 한계」,『문학비평의 욕망과 절제』, 새미, 1998, p.309.

한 언술은 '어머니'가 종교의 신과 다르지 않는 높이와 깊이에서 자아와 대면하고 있는 형국을 말해준다. 곧 '어머니'는 단순히 내 앞에 밥상을 차려주는 일상적 존재가 아니라 숱한 마음과 세월을 받아 안아 그것에 아름다운 질서를 부여하고 있는 높은 차원의 존재, 온갖 부조화하고 충동적인 마음을 용해하고 다스리는 상징적 차원의 존재인 것이다.

위의 시에서처럼 어느 정도 안착된 지향점을 발견할 수 있는 경우 이외에도 오장환의 시 곳곳에는 그 지향점을 단정할 수 없는 상징의 언어가 상당 부분 나타난다. 사실상 '상징'의 언어는 모든 시인이 구사하는 창작 방법이라 할 수 있을 것이지만 오장환은 상징적 세계에의 지향과 의지가 누구보다도 두드러지는 것이다. 그의 시에 등장하는 '城(「구름과 눈물의 노래」), '탑'(「절정의 노래」), '鐘(「종소리」) 등은 시인의 궁극을 향한 강한 열망을 담고 있는 상징어라 할 수 있다. 궁극의 차원에 놓인 이들 상징어는 모순과 혼돈 속에 처한 현실적 자아의 온갖 무질서한 정서와 의식을 포용하여 질서의 동일성을 행사하는 역할을 한다.

　　나의 노래가 끝나는 날은
　　내 가슴에 아름다운 꽃이 피리라.

　　새로운 묘에는
　　옛 흙이 향그러

　　단 한번
　　나는 울지도 않았다.

　　새야 새 중에도 종다리야

화살같이 날러가거라

나의 슬픔은
오직 님을 향하야

나의 과녁은
오직 님을 향하야

단 한번
기꺼운 적도 없었더란다.

슬피 바래는 마음만이
그를 좇아
내 노래는 벗과 함께 느끼었노라.

나의 노래가 끝나는 날은
내 무덤에 아름다운 꽃이 피리라.
　　　　　　「나의 노래」 전문9)

　위의 시에서 가장 강하게 형상화되고 있는 정서는 '열망'이다. 목적을
향한 강한 소망과 의지, 목적에 이르기 위한 뜨거운 인내와 집념의 과정,
목적에 대한 숭고한 미화 등, 이 모든 것이 어우러질 때 지향점을 향한
순수한 열정의 정서가 비롯된다. 그리고 이러한 마음은 절대자를 숭앙
할 때의 인간의 정서 구조와 동일하게 구조화된다. 말하자면 궁극의
지향점을 강하고 순수하게 열망할 때 그곳엔 대상이 무엇이건 간에 종

---

9) 오장환, 앞의 책, pp.52~3.

교적 상태가 현상하는 셈이다. 여기에서 시는 기도가 된다.

'신'과 같은 전체성의 대상은 현실적이고 일상적인 자아에 속한 부유하는 모든 것을 감싸안는다. '과녁'으로서의 '님'이 있다면 '슬픔'조차도 승화된다. 그것은 '죽음'도 무화시킨다. 목적에 이름으로써 '무덤'에는 '아름다운 꽃'이 필 것이기 때문이다. 시에서 '님'은 인간의 일회적이고 유한한 속성을 모두 아우르는 전체적인 존재이고 그러한 인간의 속성을 모두 아름다움과 숭고함으로 승화시키는 절대적인 대상이다. 곧 '님'은 자아와의 만남에 의해 '신'으로 현상한다. 비단 종교적 신이 아닐지라도 '님'은 종교적 '신'과 같은 차원에서 자아를 존재케 한다. '님'이 펼치는 지평은 절대적이고 완전한 것이라 할 수 있다. 이는 식민지 치하에서 우리 시인들이 그토록 '님'을 열렬하게 부르짖었던 이유를 말해준다. '님'은 숭고함의 위치에서 시인들을 추동했던 절대자에 다름 아니었다. 오장환 역시 '님'이라는 상징어를 현실 회복의 방법으로 구사한 시인이었던 것이다. 그가 보였던 다수의 상징어들은 억압적 현실을 초탈하고자 하였던 시인의 열망의 표현에 해당된다.

'님'을 둘러싼 이와 같은 의미 구조는 우리가 시 작품을 감상할 때 체험하게 되는 초월적 지평에 대한 한 예증이 된다. 유한하고 혼란에 찬 일상적 세계가 존재하는 곳이라면 반드시 이를 초월하고자 하는 인간의 의지가 발생하고 이러한 열망을 대변하는 무한하고 완전한 세계가 현상하는 것은 인류가 존재한 이래 불가피했던 삶의 체계다. 인류는 현실을 초월하는 다른 차원의 지평을 통해 초월과 해방을 경험하게 된다. 이러한 삶의 체계에서 종교가 탄생하고 문학이 탄생한 것이거니와, 따라서 문학의 현상은 종교 현상과 그 본질 면에서 크게 다르지 않다는 것을 알 수 있다.

2.2. '역설'적 언어의 초월성

'상징'이 초월적 대상을 지향하는 언어로서 문학과 종교 현상을 매개시켜 주는 기능을 하는 것처럼 '역설' 또한 독특한 구조로 인해 문학의 종교적 특질을 구가한다. 서로 대립하는 관념이 보다 높은 차원에서 진리로 수용되는 '역설'[10]이 종교적 언어로 기능하는 까닭은 종교가 이미 서로 다른 차원을 매개하는 현상이라는 점에서 비롯한다. 인간과 신, 유한과 무한, 일시성과 영원성, 육신과 영성, 세속과 신성과 같은 서로 다른 차원에 속해 있는 존재들을 서로 관계지우고 그 안의 총체적 진리를 모색하는 것이 종교이기 때문이다. 종교적 진리는 일상의 진리 및 과학적 진리가 단일 차원에서 단선적 논리로 파악되는 것과 다르다는 사실이다. 종교적 진실에 대해 합리적 이해로 접근하는 것이 언제나 한계에 부딪히는 이유도 여기에 있다. 종교적 진실은 어찌보면 비합리적이다. 그러나 그것은 여전히 '로고스(logos)'이다. 이는 종교적 진실이 보다 차원 높은 이성이지 반이성이 아님을 의미한다. 키에르케고르는 종교적 역설이 모순된 표현들을 사용하는 것은 이성적 표현을 넘어서려는 의도를 나타내고자 함이지 이성의 법칙들을 파괴하고자 함이 아니라고 역설한 바 있다.[11]

종교적 언어의 이러한 특성은 시적 언어에도 그대로 적용된다. 시적 언어에서 빈번히 사용되는 수사법상의 역설은 단순히 기교적 측면에서 즐거움을 주는 데서 그치지 않고 더 깊은 통찰을 제공하는 데 기여한다. 시에서의 역설의 언어를 대하면서 우리는 인생의 더 높은 인식에 도달하게 된다. 역설은 한계 지워진 시간 안의 현상들을 무시간적 시간성

---

10) 오세영, 앞의 책, p.526.
11) L.K.뒤프레, 앞의 책, p.123.

속에서 투시하게 한다. 그 안에서 삶과 죽음, 현실과 영적 세계 사이의
경계는 붕괴되고 모순은 곧 초월을 위한 동력이 된다. 보다 높은 차원에
서 조망하는 역설의 언어는 모순되는 두 차원을 통합시켜 새로운 진실
을 창조해낸다. 이와 같은 성격의 역설적 언어를 가장 순연하게 노래한
시인으로 우리는 제일 앞서 한용운을 꼽을 수 있을 것이다.

> 꽃은 떨어지는 향기가 아름답습니다.
> 해는 지는 빛이 곱습니다.
> 노래는 목마친 가락이 묘합니다.
> 님은 떠날 때의 얼굴이 더욱 어여쁩니다.
>
> 떠나신 뒤에 나의 환상의 눈에 비치는 님의 얼굴은 눈물이 없는 눈으로는
> 바라볼 수가 없을 만치 어여쁠 것입니다.
> 님의 떠날 때의 어여쁜 얼굴을 나의 눈에 새기겠습니다.
> 님의 얼굴은 나를 울리기에는 너무도 야속한 듯하지마는, 님을 사랑하기
> 위하여는 나의 마음을 즐거웁게 할 수가 없습니다.
> 만일 그 어여쁜 얼굴이 영원히 나의 눈을 떠난다면, 그때의 슬픔은 우는
> 것보다도 아프겠습니다.

「떠날 때의 님의 얼굴」 전문[12]

  한용운의 시에서 가장 인상적인 구절은 아마도 「님의 침묵」에 나오
는 한 부분일 것이다. 역설을 이야기할 때 빠트리지 않고 인용하는 구절
이기도 한 "아아 님은 갔지마는 나는 님을 보내지 아니하였습니다."를
듣고 감동받지 않은 이는 거의 없을 것이다. 그것은 '님의 떠남'과 '님의

---

12) 한용운, 『님의 침묵』, 미래사, 1991, p.96.

머묾'이라는 상반된 사실이 그러나 마음의 영역에서는 모순 없이 공존할 수 있다는 것을 누구든 체험을 통해 알고 있기 때문이다. 그것도 두 대립되는 사실을 한데 존재케 할 수 있는 마음의 영역이란 보통의 마음자리가 아니라 일상을 넘어서는 보다 완전한 자리라는 것을 인정하기 때문이다. 가령 세심함이라든가 따뜻함, 간절함, 순수함 등의 훼손되거나 오염되지 않은 마음의 영역이 없다면 이 대립하는 두 사실은 서로 모순되는 내용으로서 충돌하고 해체될 것이다. '님의 떠남'은 '님의 부재'와 함께 해야 논리적으로 모순되지 않기 때문이다. 이처럼 마음의 영역은 대립되고 모순되는 사실들을 기묘하게 연결시켜 서로 충돌하지 않게 빚어내는 차원이라 할 수 있다. 여기에서 신비가 발생하고 새로운 의미가 창조된다.

인용된 시들도 역시 같은 차원에서 발화되고 있음을 알 수 있다. 「떠날 때의 님의 얼굴」에서처럼 '꽃의 떨어지는' 순간의, '해의 지는' 순간의, '노래의 목마친' 순간의, '님의 떠날' 순간의 미란 세계의 역설적 구조가 빚어내는 현상에 다름 아니다. 이들 순간들은 모두 삶과 죽음, 만남과 이별, 지속과 정지라는 두 대립적 사태들이 부딪힘으로써 생겨나는 기묘한 현상학적 시간들이기 때문이다. 그런데 이 찰나적 시간을 포착하는 일은 일상적 시간의 차원에서는 불가능하다. '떨어짐', '짐', '마침', '떠남'은 모두 흘러가는 일상적 시간 속의 일 계기들에 불과하므로 결코 의미있게 전유되기 힘들다. 이들이 여운과 울림을 가지려면 '꽃'이라는, '해'라든가 '노래', '님'이라는 존재들이 지닌 현존성이 전제되어야 한다. 이들 존재들은 현존성으로 인해 정지와 떠남 등의 일시성의 사태들과 부딪히게 되고 이 속에서 기묘한 울림을 빚어내게 된다. 이것이 곧 시인에게 가장 아름다운 순간으로 인식된 셈이다.

　화자의 발화 가운데 더욱 의미있게 들리는 부분은 '님을 사랑하기 위하여는 나의 마음을 즐거웁게 할 수가 없습니다'라는 구절이다. '님의 얼굴'을 그리워하는 일이 '야속하고' 힘들지만, 때문에 '님'을 버리는 일이 '즐거웁'지만 화자는 '나의 마음을 즐거웁게 할 수가 없다'라고 단언하는 것이다. 여기에 한용운 특유의 역설이 나타난다. 그는 가벼움보다는 무거움을, 즐거움보다는 아픔을 택한다. 이러한 선택은 현실적으로 합리적이지 못하다. 이는 비논리적이고 어리석기까지 하다. 그러나 시인의 선택은 단호한 것이다. 현실의 일상적 시각에서 보았을 때 비합리적이고 비생산적인 일이지만 이를 거부하지 않는 것은 또 다른 차원에서 이들 사태가 지극히 이성적인 행위이기 때문일 것이다. 그것은 자연의 이치에 거스르지 않는 합당한 로고스에 해당될 터이다. 이 차원은 물론 현실을 초월한 지점에 있으며 역시 순수하고 훼손되지 않은 마음의 영역이라 할 수 있다. 이 마음의 영역은 일시적으로 흘러가버리는 일상의 시간성 속에 놓이지 않는다. 그곳은 무시간적이고 영원한 지대이다. 이러한 곳이야말로 '님'이 머물 수 있는 자리이며 사랑을 완성시킬 수 있는 공간이다.

　한용운이 보여주고 있는 '사랑'의 실천은 신앙인들의 '신'을 향한 헌신과 흡사하다. 자아를 비워내가며 신의 음성에 따르려는 종교인들의 치열한 삶들은 일상인의 시각에서 보면 불합리하고 심지어 노예적으로 보이기까지 하다. 그러나 초월적 영역에서 보았을 때 그러한 행위들은 곧 더함도 덜함도 없는 로고스다. 이 두 경우는 모두 일상성을 초월한 시공 안에서 분명한 관점을 획득하고 있다는 점에서 공통적이다. 이들 차원의 시공은 현실의 역설을 모순되지 않게 조화시키며 대립적 사태를 기묘하게 이어붙인다. 여기에서 숭고한 감동과 울림이 빚어지거니와 우리는 또한 역설의 언어를 통해 시적 현상과 종교 현상의 유사성을 확인케 되는 것이다.

시와 종교의 동일한 현상을 빚어내는 마음의 특수한 자리가 현실의 모순을 통합하는 지점이고 그 모순 통합의 방법이 역설이라면 역설은 곧 구원의 한 방법론이 될 수 있다. 불교에서 말하는 '진흙 속의 연꽃'이라든가 기독교에서 내건 그리스도의 '인간적이고도 신적 속성', 동양의 태극이론에서 말하는 '음양의 결합' 등은 모두 종교가 제시하는 구원의 공통적이고 구체적인 방법론들이다. 한용운의 일관된 역설의 언어 역시 '사랑'이라는 구원을 위한 방법론의 성격에 해당한다.

> 내가 본 사람 가운데는, 눈물을 진주라고 하는 사람처럼 미친 사람은 없습니다.
> 그 사람은 피를 紅寶石이라고 하는 사람보다도, 더 미친 사람입니다.
> 그것은 연애에 실패하고 黑闇의 기로에서 헤매는 늙은 처녀가 아니면, 신경이 기형적으로 된 시인의 말입니다.
>
> 나는 눈물로 장식한 玉珮를 보지 못하였습니다.
> 나는 평화의 잔치에 눈물의 술을 마시는 것을 보지 못하였습니다.
> 내가 본 사람 가운데는, 눈물을 진주라고 하는 사람처럼 어리석은 사람은 없습니다.
>
> 아니어요, 님의 주신 눈물은 진주 눈물이어요.
> 나는 나의 그림자가 나의 몸을 떠날 때까지, 님을 위하여 진주 눈물을 흘리겠습니다.
> 아아 나는 날마다 날마다 눈물의 仙境에서 한숨의 玉笛을 듣습니다.
> 나의 눈물은 百千 줄기라도, 방울방울이 창조입니다.

> 눈물의 구슬이여, 한숨의 봄바람이여, 사랑의 聖殿을 장엄하는 無等等의 보물이여.
> 아아 언제나 공간과 시간을 눈물로 채워서 사랑의 세계를 완성할까요.
>
> 「눈물」 전문[13]

위의 시는 역설에 의해 도달한 진실이 얼마나 숭고한 것인지를 잘 표현하고 있다. 시인은 상식의 차원에서 볼 때의 '눈물'이 얼마나 비정상적이고 어리석은 것인가를 매우 노골적으로 표현하고 있다. 1연과 2연은 '눈물'의 비루함에 대한 구체적인 묘사들이다. '눈물'을 미화시키는 이들에 대해 화자는 '미친 짓'이라는 비속어도 서슴지 않고 내뱉는다. 그들은 넋이 빠진 '늙은 처녀'이며 '기형적 시인'이라는 것이다. 또한 화자에 의하면 눈물은 고귀한 것, 영예로운 것과 가장 대척점에 놓이는 것이다.

그러나 1연과 2연에서 장황하게 제시하고 있는 '눈물'에 관한 독설들은 화자의 역설을 위한 장치에 속한다. 시인은 3연에서 한 순간에 '눈물'의 상식적 의미망에 대한 뒤집기를 시도한다. 곧바로 '눈물'은 '仙境의 매개이고 '창조'의 근원이 된다. 물론 모든 '눈물'이 그러한 것이 아니고 '님이 주신 눈물'이 그러한 것이다. 여기에서 '님'은 '눈물'에 관한 역설적 의미망을 가능하게 한 계기이자 근거가 된다. '님'은 역설적 진실이 성립되기 위한 변경된 차원을 내포한다. '님'에 의해 모순은 진리가 되고 부조리는 진실이 된다. '님'은 화자의 의식을 상식의 차원에서부터 차원이동시킨다. '님'과 관련되는 한 사실의 초월과 의미의 현현이 이루어지는 것이다. 비루하고 저급한 사실은 '님'의 차원에 이르러 숭고하고 아름

---

13) 한용운, 위의 책, pp.90~1.

다운 의미가 된다. 때문에 '님'의 차원에서, '님'의 차원에서라야 비로소 '눈물'은 완성을 향한 도정 위에 놓이게 된다. 마지막 연에서의 '눈물'에 대한 미적 진술들은 완전하고 절대적인 세계를 향한 화자의 의지를 반영하는 것이다. 이때 '눈물'은 억제되거나 부정되어야 할 무엇이 아니라 세계의 완성을 위해서 끊임없이 바쳐져야 할 성질의 것이 된다.

이와 같은 의미 구조는 종교적 현상에서 흔히 볼 수 있는 희생과 헌신의 의미망과 다르지 않다. 그것은 세상에 편만한 악으로부터 멀리 떨어져 있는 것이 아니라 악에 다가가 그것과 뒤섞이고 대결하며 그 속에서 초월의 힘을 찾아낸다고 하는 과정과 흡사한 것이다. 그것은 원죄를 안고 사는 인간의 추악함을 외면하지 않고 그의 죄를 대속한 예수의 신성 구현법과 같으며 또한 동양철학에서 말하듯 양(陽)만으로써는 존재할 수도, 생성과 초극의 힘을 낼 수도 없는 태극(太極)의 이치와도 일치하는 것이다. 신성과 반대되는 인간성, 양(陽)과 대립하는 음(陰)의 끌어안기는 곧 절대적 세계를 완성하기 위한 치열한 정신 하에서 가능하다. 그것이 곧 희생이자 헌신이며 절대적 세계로 나아가기 위한, 즉 구원에 이르기 위한 도정에 해당한다. 사정이 이러하므로 문학에서의 역설의 언어, 역설의 정신은 종교 현상과의 관련 속에서 검토할 때 그 의미가 선명하게 드러나게 된다.

3. '구원'을 위한 제의 행위

문학의 종교적 성격, 종교적 차원과 다르지 않은 문학의 속성을 구명하는 작업은 문학의 기원에 입각하여 문학의 본질을 추출하고자 하는 의도에 기인한다. 이는 근대와 더불어 전개되어 온 문학이 결코 바람직한 모습만 보이는 것은 아니라는 반성적 자각에 따른 것이기도 하다. 온통 기형적인 형태로 왜곡되어 수습하기 힘들 정도가 되어 버린 현대 문명에 대해 비판적 관점을 확보하지 못한다면 문학은 존재 근거를 박탈당할 것이다. 이때 문학이 취할 수 있는 조망의 시각이라면 인간의 근본을 회복하는 일에 해당된다. 이것은 근대의 물질문명에 적응된 인간과 가장 대척점에 놓이는 것이다. 종교와의 공통성을 통해 문학의 정신성을 확인하는 작업은, 따라서 물질문명과 대결할 수 있는 거점을 확보하는 작업이 될 것이다.

앞서 살펴보았듯 문학은 언어의 특수한 구조화에 의해 종교 현상과 만난다. 상징의 언어와 역설의 언어는 '지금 여기'의 유한성을 초극하는 언어가 된다. 상징과 역설은 초월적 지대를 마련하기 위한 상승과 초월의 사다리이다. 이들 언어를 매개로 하여 인간은 완전하고 절대적인 세계에 이르고자 한다. 현실이 비루하고 고단할수록 종교 행위에 몰입하듯 인류는 이들 언어의 사다리를 놓지 못할 것이다. 말하자면 종교와 문학은 유한한 인간에게 구원의 계기로 작용한다.

근대의 물질문명에 대한 비판이 되는 동시에 인류의 구원이 되는 종교와 문학의 입지는 무엇일까? 종교 행위의 가장 큰 목표라 할 수 있는 '구원'의 의미는 무엇인가? 기독교에서 말하는 영생을 얻는 것, 혹은 불교에서 말하는 해탈을 이루는 것을 의미하는 것은 아닐까? 영생과 해탈은 결국 같은 내포를 지니는 동일한 진리가를 지니는 것으로 구원의 궁극적 양태에 해당될 것이다. 그러나 점진적인 의미에서 구원은 지금 여기의 상태로부터의 변화된 상태, 다만 지금 여기의 존재를 다른 열린 우주로 전이시키면서 그 존재양태를 근원적으로 변화시키는 것[14]이라 할 수 있다. 특정한 종교적 교리가 아니더라도 이곳을 넘어서는 우주적 지평을 열어준다면 우리는 보다 큰 우주적 자아로 성장할 수 있게 된다. 이러한 관점에 서면 종교적으로 현현하는 문학 현상은 구원에 이르기 위한 하나의 경로가 된다. 나아가 존재 양태를 변화시켜 구원에 이르게 한다는 점에서 문학은 곧 제의 행위가 된다.[15]

　본래 제의는 인간이 지닌 악과 고통의 문제로부터 시작되었다. 인간이 직면하게 된 고통으로부터 벗어나기 위해 스스로를 정화하고 신과 합일되기 위해 치렀던 의식(儀式)이 제의이기 때문이다. 인간에게 있는 미움과 탐욕과 같은 부정적인 악의 실체들을 씻어내는 일이란 인간이 본래 지니고 있는 순수성을 회복하는 것에 다름 아니다. 순수성은 인간으로 하여금 신과 닮음으로써 그에게 다가갈 수 있는 조건이 된다. 곧 순수성을 통해 인간은 신이 지닌 영성(靈性)을 얻게 된다. 이러한 사정은 기독교에서 '어린아이와 같은 마음'의 회복을 왜 그토록 누누이 강조하는지에 대해 설명해준다. 순수한 영성이야말로 구원을 얻을 수 있는 방편인 것이다.

　그러나 우리 근대시는 근대의 형성과 더불어 '영성(靈性)'을 향한 루트를 차단당하게 된다. '영', '넋', '혼'과 같은 영성과 관련된 어휘는 샤머니즘의 그것이라 하여 배척되어 왔기 때문이다. 이 시기 샤머니즘이 근대 계몽주의에 의해 미신으로 억압되었던 것은 주지의 사실이거니와, 대신 '영'과 관련한 담론은 근대 문명과 더불어 유입된 기독교에 의해 근근이 명맥을 유지하게 된다. 이러한 시대적 상황을 가장 억압적으로

---

14) 정진홍, 『경험과 기억』, 당대, 2003, p.407.
15) 문학의 제의성, 문학의 구원론적 기능에 관해 문제제기 하면서 정진홍은 연희와 같은 제의 문화와 이야기문화는 인간의 존재양태의 변화를 지향하는 두 축이라 말하고 있다. 정진홍, 위의 책, pp.376~7.

느꼈던 시인은 아마도 김소월일 것이다. '영'의 순수성을 통해 죄를 면제받고 구원에 이를 수 있을진대 '영'에 대해 배척하고 억압하는 일은 구원에의 통로를 원천봉쇄하는 일과 다르지 않기 때문이다. 어쩌면 김소월 시에 배어 있는 통렬한 정한(情恨)의 의식이란 근대가 자행한 '영'에 대한 가혹한 억압에서 비롯된 것이라 할 수 있다. '넋'에 화답하고(「무덤」) 절절하게 '초혼(招魂)'하는 의식(儀式)(「招魂」)이 발생하는 것도 이 지점이다.

> 그 누가 나를 헤내는 부르는 소리
> 불그스름한 언덕, 여기저기
> 돌무더기도 움직이며, 달빛에,
> 소리만 남은 노래 서러워 엉겨라,
> 옛 조상들의 기록을 묻어둔 그곳!
> 나는 두루 찾노라, 그곳에서!
> 형적 없는 노래 흘러퍼져,
> 그림자 가득한 언덕으로 여기저기,
> 그 누구가 나를 헤내는 부르는 소리.
> 부르는 소리, 부르는 소리,
> 내 넋을 잡아 끌어 헤내는 부르는 소리.
>
> 「무덤」[16] 전문

위의 시에서 시적 자아를 '부르는' 존재는 눈에 보이는 살아있는 사람이 아니다. 분명히 '나'를 '헤내어 부르'는데, 분명히 '서러운 노래'가 들리는데 그 소리는 '형적'도 출처도 명확하지 않다. 그것은 돌아보지만

---

16) 김소월, 『진달래꽃』, 미래사, 1991, p.64.

찾을 수 없고 보고자 하지만 볼 수 없을 따름인, 그러나 그 소리와 그 느낌을 부정할 수도 없는 존재의 호출이다. 명백히 다른 존재, 다른 차원에서의 부름인 것이다. 이러한 일이 가능했던 것은 자아가 처해있는 공간이 '옛 조상들의 기록이 묻'힌 '무덤' 근처이기 때문일 것이다. '영(靈)'의 밀도가 강한 곳, 즉 영적 세계 안에서 시적 자아는 '부름 소리'를 듣는다. 여기에서 영적 세계 안에서 '영'의 소리를 들을 수 있는 존재란 인간의 다른 면이 아니라 '넋'이라는 점도 기억할 만하다. 이는 신의 매개자인 샤먼이 '신의 목소리를 들을 수 있는 자'라는 점에 비추어볼 때 그 의미가 드러난다. 김소월이 '영'의 소리와 '넋'을 연결시키고 있는 것은 '영성'의 회복이야말로 다른 차원의 세계와의 교통을 가능하게 하는 길임을 말해주고 있는 것이다. '영성'의 회복은 단순히 신기성(神奇性)의 측면에서 유의미한 것이 아니라 차안의 차원을 넘어서는 방법에 해당된다는 점에서 의미를 획득한다. 이러한 관점에 서면 김소월이 부른 「초혼」이 단지 죽은 임에 대한 안타까움을 드러내는 데서 그치는 시가 아니라는 것을 알 수 있다. 「초혼」은 영성의 회복을 통해 영적 세계로 진입하고자 하는 시인의 갈망을 잘 표현하는 시인 것이다.

> 산산이 부서진 이름이여!
> 허공중에 헤어진 이름이여!
> 불러도 주인 없는 이름이여!
> 부르다가 내가 죽을 이름이여!
>
> (중략)
>
> 설움에 겹도록 부르노라.

설움에 겹도록 부르노라.
부르는 소리는 비껴가지만
하늘과 땅 사이가 너무 넓구나.
「초혼」 부분17)

「초혼」이 우리의 정서에 호소하는 것은 죽음 앞에서의 절박한 심회를 누구보다도 생생하게 표현하고 있기 때문일 것이다. 1연의 '산산이 부서진', '허공중에 헤어진', '불러도 주인 없는', '부르다가 내가 죽을'과 같은 언사들보다 이별이 주는 막막함을 잘 표현할 수 있는 말은 아마 별로 없을 것이다. 그것은 정(情)의 끊어짐, 기(氣)의 흩어짐, 존재의 완전한 해체를 있는 그대로 묘사하고 있다. 그리고 이때의 소멸은 죽은 이에게만 해당하는 것이 아니라 그를 연모하는 시적 자아에게도 고스란히 적용되는 사항이다. '그'의 사라짐, 그의 부재는 곧 '나'의 소멸, '나'의 존립의 허약성을 의미한다. 또한 이러한 상황은 시적 자아가 '설움에 겨운 호소'에 몰입하는 이유에 대해 설명해준다. 죽은 자의 '초혼'은 흔히 무당이 접신(接神)할 때의 신비한 체험을 위한 것도 아니고 절박한 '그리움' 때문에 행하는 일도 아니다. 그것은 '나'의 존립을 위한 불가피한 행위이다. 그것은 '혼'을 '부름', 영적 세계와의 교통을 이룰 경우 말 그대로 죽은 '그'와 만날 수 있고, 그렇게 할 때 '내'가 살아갈 수 있다는 점과 관련된다.

그러나 차원을 달리하는 영적 세계로의 진입은 쉽게 이루어지지 않는다. '부르는 소리는 비껴가'고 '하늘과 땅 사이는 너무 넓'기 때문이다. 이때 '하늘'과 '땅'은 각기 서로 다른 차원의 시공을 의미하는 것으로,

---

17) 김소월, 위의 책, p.66.

'부름'에 대한 침묵은 이러한 차원간의 이동, 차원간의 소통이 불가능하다는 사실을 반영한다. 그러나 종교의 영적 세계 안에서 신과의 소통이 불가능한 것이 아니라는 점을 고려해보면, 또한 종교생활을 함으로써 거듭남이라고 하는 존재 변환을 이루게 되는 점을 상기해보면 영적 세계로 진입하는 일이 가상적인 일만은 아니라는 사실을 알 수 있다. 이는 구원을 향한 인간의 열정과 의지에 의해 충분히 성립될 수 있는 일인 것이다.

이러한 관점에서 보면 '부름'의 행위는 단순히 넋두리가 아니라 차원을 초월하여 사랑하는 이와 만나기 위한 치열한 인간적 노력이라 할 수 있다. 이 치열한 고투는 그 대상자가 절대자인지의 여부에서만 다를 뿐 영적 세계로 진입함으로써 만남이 성립된다는 점에서는 일치한다. 즉 그 만남이 전혀 허구적인 것은 아니라는 점이다. 더욱이 차원의 초월이 가능하다면 만남을 막는 장애는 없다. 어쩌면 죽음이라는 상황은 그 만남을 더욱 용이하게 할 것이다. 이는 현실에서 이루어지기 힘든 사랑을 위해 죽음을 선택하는 연인들의 경우를 보면 쉽게 알 수 있다. 이들 연인들은 영혼의 결합을 통해 피안에서 사랑을 완성하고자 하는 자들이기 때문이다.

사정이 그러하므로 김소월의 절규는 '임의 죽음' 때문이라기보다 영적 세계와의 단절에서 비롯된 것이라고 말하는 편이 더욱 본질에 가깝다. 영적 세계와의 차단, 영적 세계 안에서의 절연(絶緣)이 연인들 사이의 이별을 더욱 확고히 실증하는 것이다. 말하자면 소월의 비통함은 죽음 자체보다 오히려 지금 여기가 아닌 다른 차원에의 접근이 불가능해진 상황에 기인한다고 말할 수 있다. 그리고 소월이 괴로워하던 영적 세계로의 진입 불가능성은 근대가 확대되면서 더욱 심화되고 만다.

김소월의 시에 나타나는 다채롭고 진폭이 큰 정서들, 가령 '그리움'이라든가 '설움', '괴로움', '외로움', '슬픔' 등은 모두 '영(靈)'의 상태에 관한 표현들이다. 김소월의 '영'은 온통 절규와 흐느낌으로 점철되어 있다. 이들에 비하면 위의 시 「무덤」은 '영'을 다루되 '영'의 상태에 관한 직접적 언술로부터 비껴나 있다. 곧 「무덤」은 '영'에 대한 즉자적 진술을 벗어나 미약하게나마 대자화시켜 언급하고 있음을 알 수 있다. '영'은 외부의 타자에 의해 '호출'되고 있기 때문이다. 그리고 외부의 타자는 '옛 조상들의 기록을 묻어둔 그곳'에서처럼 어렴풋이 실체도 드러낸다.

우리 시단에 서구의 정통 상징주의를 실현코자 하였던 오장환은 김소월에 관해 자주 언급한 바 있다. 그는 「초혼」이 우리 민족이 처한 '부당한 학정'에 대한 정당한 '부르짖음'이라 하면서 소월의 시를 높이 평가한다.[18] 그러나 김소월의 시 역시 당시의 상징주의자들이 보여주었던 낭만주의의 수준에서 벗어나지 못하였다고 비판한다. 그 중 「무덤」이 상징성을 획득하는 듯 보이지만 소월은 정신의 자기세계를 파악하지 못함으로써 완성된 상징 세계를 구축하지 못하였다는 것이다.[19]

이러한 진술에 의하면, 오장환은 「무덤」이 소월의 여타의 시와 상당히 다른 지점에 놓여 있는 것으로 파악하고 있었다. 또한 서구의 상징주의가 영적 세계 내에서 건설되는 성질의 것임도 이해한 듯하다. 그러나 서구의 상징주의가 영적 건강성에 의해 구축되는 완성된 의미체계라 한다면 소월은 그에 미치지 못하였음을 일컫는 것일 터이다. 소월의 「무덤」은 단지 직정적 형태를 넘었을 뿐 그 이상의 질서의 구축에는 나아가지 못한 것이다.

---

18) 오장환, 「조선시에 있어서의 상징」, 『전집2』, 창작과비평사, 1989, p.71.
19) 위의 글, p.72.

오장환의 질문대로 우리 근대 시단에서 영성을 억압하지 않으면서 우리 민족에게 맞는 상징세계를 건설한 시인은 누구인가? 그것이 서구의 의미 체계에 기대거나 기성 종교에 의탁하지 않고 자기 영성에 따른 의미체계를 구한 이는 누구일까 하는 점이다. 이는 달리 논의되어야 할 주제겠으나 분명한 것은 존재의 양태를 변화시킴으로써 구원에 기여한다는 문학이 다루는 부분은 곧 '영'의 영역에 다름 아니라는 사실이다. 존재의 변화는 영성의 변화에 의한 것이지 물질에 의해서도 지식에 의해서도 이루어지는 것이 아니기 때문이다.

4. 문학과 종교의 접점

문학의 언어는 본래 신성한 것이었다. 문학의 언어는 일상의 언어와 구분되는 것으로 신성한 존재와의 교감을 위해 존재하는 특수한 것이었다. 그러던 것이 근대에 이르러서는 비논리적이라거나 비합리적이라는 이유로 과학의 언어에 밀려나게 된다. 과학의 논리적인 언어에 밀리면서 문학의 세계 또한 합리성에 의해 밀렸다.

그런데 이것은 단지 한 전문적 영역이 다른 전문 영역에 의해 자리를 내주었다는 데서 그치지 않는 중대한 사건임을 뜻한다. 문학의 밀림은 인간성의 파괴를 의미하기 때문이다. 보다 정확히 말하면 영성이 물질성에 의해 사장되는 사실을 가리킨다. 이는 심각한 문제가 아닐 수 없다. 자연과의, 신과의, 우주와의 교감이 차단되었을 때 인간은 파괴적인 형태로 드러날 것이기 때문이다. 파괴적 인간은 자연은 물론이고 인간을, 또한 신을 파괴하려 들 것이다. 스스로 파멸의 길을 걷고 있는 형국이 아닐 수 없는 것이다.

문학이 종교 현상과의 조우하는 지점을 찾는 일은 문학이 본래 지녔던 신성함을 되찾는 일에 해당될 것이다. 종교와 동일한 차원에 놓이는 문학은 종교와 함께 영적 건강성을 회복하는 일에 기여할 것으로 보인다. 나아가 문학은 종교 경험처럼 강렬하지는 않더라도 인간적인 문제를 보다 폭넓게 다룰 수 있다는 측면에서 나름의 고유한 영역을 가꾸어 가게 될 것이다.

'히스테리' 문화 현상과 현대시

1. 히스테리와 현대

정신분석학자들에 의해 여성의 신경증적 형태의 하나로 규정된 이후로 '히스테리'는 일반적으로 여성의 비정상적인 심리상태를 표현하는 용어가 되었다. 그것은 여성의 불만과 신경질, 과도하게 예민한 감정을 드러내는 것으로 인식되었고 사회에의 비적응을 의미하는 열등한 것으로 취급되었다. 따라서 그것은 사회와 부조화한 대상을 향한 비난의 담론 속에서 빈번하게 유통될 따름이었다. '히스테리'는 단지 개인 차원의 불완전한 정체성 혼란의 문제로 인식되었던 것이다.

그러나 '히스테리'를 문화적 측면에서 볼 경우 그것은 전혀 다른 의미로 재구성된다. 사회적 관점에서 볼 때 '히스테리'는 사회 구조 안에 배태된 요인의 결과로서 사회의 구조적 문제점을 드러내는 징후에 해당되기 때문이다. '히스테리'는 사회의 권력 관계 내에서의 주체와 타자, 가해자와 피해자의 지위와 관련된 문제이자 이성중심적 이데올로기에 의한 억압의 한 형태이기도 하다. 따라서 '히스테리'에 관한 논의는 현시대가 안고 있는 부조리를 성찰하는 일이 될 것이며 이성이 주도하는 근대적 패러다임에 대한 대항적 담론이 될 것이다. 특히 '히스테리'는 자아의 성격에 관한 부분에 초점을 맞추고 있는 까닭에 근대에 대한 대항 담론 가운데서도 보다 구체적이고 진전된 논의를 이끌어낼 수 있을 것이라 판단된다. 이는 근대 이래 이성의 독보적 지위가 인간형에 대한 획일적 기준을 제공했던 데 비추어 볼 때 그 의의가 명확해진다고 할 수 있다. '히스테리'는 이성적 인간과 대비될 수 있는 또 다른 인간형에 해당되는 것으로서 이를 결핍과 모순으로 보는 시각을 넘어설 경우 인간형에 관한 새로운 관점이 제시될 것이다.

'히스테리'의 개념을 통해 현대시를 고찰하고자 하는 것도 이 때문이다. 현대시는 자아의 개인적 만족과 통합을 위해 존재한다기보다 특정 문화 현상에 대응하여 생산된 당대적 성격을 지닌다. 그것은 사회적 차원의 것이자 시대적 함의를 띠는 것이다. 당대 사회 현실에 반응하는 가운데 비로소 현대시는 자신의 존재의의를 구축하게 된다. 이 점에서 현대 시인 가운데서 히스테릭 자아의 성격을 끌어내는 일은 그가 사회와의 관계망 속에서 어떠한 기능을 하였으며 어떠한 위치에 놓이는지를 파악하는 일이 된다.

이를 위해 우리 시단을 대표하는 아방가르드 시인들 가운데 이들이 보여주고 있는 히스테릭적 양상을 살펴볼 것이다. 여기에는 1930년대 시인 이상을 비롯하여 최근 활동하고 있는 몇몇 젊은 당대 시인이 포함될 것이다. 이들 시인들에 대한 고찰을 통해 '히스테리'적 징후가 지닌 의미를 구하고자 하는 것이 본 논문의 목표이다.

2. ‘히스테리’의 사회·문화적 성격

갑작스런 숨막힘, 구토, 현기증, 실어증, 신경질의 경미한 증상에서부터 경기, 발작, 광기, 반사회적 행동 등의 격앙된 증상까지를 포괄하는 히스테리(hysteria) 신경증이 사회의 관심거리로 등장하게 된 것은 19세기 서양에서였다. 여성의 자궁을 뜻하는 그리이스어인 hystera에 어원을 두고 있는 만큼 히스테리적 징후의 발현 시기는 고대 이전이라 짐작할 수 있지만 그것이 사회 문제로서 과학적 성찰의 대상이 된 것은 이 시기에 이르러 의학자들에 의해서였다. 프랑스의 샤르코(J.M.Charcot), 낭시그룹(Nacy's Group), 그리고 프로이트(S.Freud) 등이 히스테리를 의학적으로 다룬 본격적 연구자들이다. 히스테리라는 원인도 불분명하고 기이한 증상에 대해 이들은 ‘질병’이라 규정하고 실질적인 임상실험에 돌입한다. 프로이트가 새로운 학문분야인 정신분석학을 개척하게 된 것도 히스테리 연구에서 비롯되었다.[1]

히스테리에 관한 과학적 연구는 히스테리를 ‘마녀’의 행동, 속임수나 꾀병 등의 죄악적 태도로 바라보았던 이전 시대의 관점으로부터 벗어나 물리적이고 정신적인 근거를 지닌 행태로 인식하게 하였다. 이 연구를 통해 인류의 시대적, 문화적 현상들을 고찰하게 된 것이다. 프로이트가 그의 이론의 초석이라 할 수 있는 외디푸스 콤플렉스를 정교화할 수 있었던 것도 이 히스테리 사례 분석을 통해서였다는 사실은[2] 이것이

---

1) 프로이트가 브로이어와 공동저술한 『히스테리 연구』가 출판된 것은 1895년으로, 이것은 서적의 형태로 출판된 프로이트의 최초의 저서에 해당된다. 임상실험을 통한 증례를 담고 있는 이 책에서 프로이트는 꿈 해석의 필요성, 억압 및 리비도 요소의 중요성, 대화에 의한 감정의 전이 기법 및 치료라는 프로이트 고유의 정신분석학적 개념을 제시하고 있다.

2) J.Borossa, 『히스테리』, 홍수현 역, 이제이북스, 2002, p.49.

시대 및 문화적 환경과의 연관성을 지니고 있음을 짐작하게 해준다.

히스테리는 특정한 억압에 기인하는 심리적 갈등의 표현이다. 다시 말해 히스테리 증상은 한계를 받아들이려 하지 않는 욕망과 사회가 부과하는 한계에 순응하려는 욕망 간의 모순에서 기인한다.[3] 사회적으로 허용되는 규율에의 순종과 그에 대한 거부라는 양가적 감정의 메커니즘 한가운데에 히스테리적 징후가 존재하고 있다. 히스테리가 각 시대와 문화 배경에 따라 각기 다른 형태로 발현되는 것도 이 때문이다. 히스테리라는 개인의 신경증은 단지 개인적 차원이 아니라 사회 문화적 맥락 아래 놓이는 것으로서 당대 사회의 구조에 대한 특수한 양태로서 그 징후를 드러낸다.

히스테리가 유독 19세기에 전성기를 구가한 것 역시 그것의 사회 문화적 성격을 암시해주는 것이다. 시민 사회의 정착과 그에 따른 다양한 갈래의 억압적 질서의 내재화는 억압과 갈등하는 자아들의 다변화된 히스테리적 징후들을 예비한다. 이는 히스테리가 의학, 철학, 신학, 법학 등 서양문화의 모든 영역에 공통되는 요소라 주장하는 크리스티나 폰 브라운(Christina von Braun)의 관점과도 같은 것이다.[4] 시민 사회를 성립시킨 이성이라는 전일적 코드가 존재하는 한 그 안에 함께 도사리고 있는 것이 히스테리인 것이다. 더욱이 신과 같은 초월적 권위자가 사라진 후 진리의 기준이 인간에 놓이게 된 시대에 억압 기제에의 저항과 갈등은 더욱 노골화되어 표출되었다는 사실이다. 히스테리가 근대적 징후인 까닭도 여기에 있다.

사회적 금기에 대한 복종을 강요하는 '법으로서의 존재'와 이에 대한

---

3) 위의 책, p.49.
4) C.V.Braun, 『논리 거짓말 리비도-히스테리』, 엄양선 외 역, 여이연 2003, p.11.

저항의 역학을 내재시키고 있다는 점에서 히스테리는 라캉의 주체 형성 과정을 상기시킨다. 결론부터 말하자면 라캉은 히스테리적 자아를 긍정한다. 그것은 히스테리적 자아가 '욕망'을 대변하기 때문에 그러하다. 라캉에 따르면 '욕망'은 사회적 규율 체계인 상징계에 자신을 동일시하려는 자아의 거짓된 이상을 교란시키는 작인이다. 그것은 기존 사회의 합리적 요구에 합치되려는 자아 이상을 배반하여 자아로 하여금 공허한 대타자로부터 분리되도록 요구하는 존재다.[5] 상징계에서 작용하는 대타자는 절대적이고 이상적인 존재로 여겨지지만 실상 그것은 가상적인 타자에 불과한 것이며, 자아의 성찰을 방해하고 맹목을 조장하는 존재라는 것이다. 따라서 그것에 종속되는 자아는 결여와 공허에 시달리게 된다. 이때 히스테릭 자아는 욕망의 결여를 인식하고 이에 대해 반응하는 자아, 결여와 타자의 자아를 부정하고 욕망의 경제력에 의거하여 자아를 회복하고자 시도하는 자아에 해당한다. 다시말해 히스테릭 자아의 충동은 타자에게 양도되었던 자신의 욕망을 되찾아 이를 통해 소외되지 않은 진정한 주체를 형성하도록 하는 동인이라 할 수 있다.

　주체 형성과 관련시킨 라캉의 히스테리에 대한 해석은 히스테리가 단순한 병증에 불과한 것이 아니라 특정한 행동의 방식이자 사회적 문맥 속에서의 의미있는 실천으로 작용함을 말해주고 있다. 그것은 개인의 신경증으로 발현되는 병적 징후이기 이전에 사회 문화적 배경 속에서 배태되고 또 그러한 사회 문화에 반응하는 자아와 사회의 살아있는 부분, 즉 병적 징후로 재단된 그것은 역설적으로 생의 징후이기도 한 것이다.

　히스테리의 이와 같은 속성은 상식과 통념을 넘어서 히스테리가 반응

---

5) S.Zizek, 『라캉읽기』, 박정수 역, 웅진, 2007, p.125.

하는 사회의 부면들에 대해 성찰하도록 유도한다. 특정 시대의 문화 속에서 거짓된 욕망으로 포장된 채 자아들의 억압과 맹목을 강요하는 부면이 있다면 그것은 히스테릭 자아들의 공격 지점이 된다. 히스테릭 자아는 순종하거나 인내하지 않을 것이며 그것의 허구성을 폭로할 것이기 때문이다. 히스테릭 자아는 문화의 다양한 영역에서 자신의 저항력을 드러낼 것이다.

사회 문화적 대응 양식이라는 관점에 설 경우 히스테리는 문화사적으로 풍부한 예증을 보여주고 있다. 그 문화적 반응 가운데 하나가 바로 아방가르드 문예운동이다. 19-20세기 반근대적 문화 운동으로 등장한 모더니즘의 갈래들은 이성중심주의적 근대 서양문화에 대한 파괴와 전복을 시도한 문화 운동이었다. 아방가르드 운동을 통해 서양의 견고했던 이성의 문화는 비합리와 비이성과 뒤섞여 새로운 요인을 배태하게 된다. 또한 아방가르드 운동은 보다 근본적으로 이성을 부정하는 포스트모더니즘 문화 운동을 통해 그것의 히스테릭적 성격을 드러낸다. 현대시에서 히스테릭적 면모에 대해 고찰할 수 있는 것도 여기에 근거를 두고 있다.

히스테리의 또다른 양상은 여성성과의 관련성이다. 히스테리(hysteria)가 자궁(hystera)에서 기원한다는 사실이 바로 그 근거가 되었다. 그리스의 고대 의학자들은 '자궁이동설'을 주장하며 hystera가 불만을 느끼면 몸속에서 돌아다님으로써 병증을 일으킨다고 보았다.[6] 물론 이후 부정된 의견이긴 하지만 이런 관점은 여전히 히스테리를 여성과 연관지우는 계기가 되도록 했다. 히스테리는 여성적 질병으로서, 여성의 신체, 특히 성의 불만족에서 비롯된 불안정하고 부정한 행동 방식이라는 것이다. 프로이트 역시 히스테리의 성격 진단을 여성 환자들에 대한 임상실

---

6) C.V.Broun, 앞의 책, p.12.

험을 통해 제시하였으며 이들에 대한 정신분석 결과 히스테리의 핵심에는 여성들의 성적 욕망의 충족불능이 놓여 있음을 인정해야 한다고 역설하였다.[7]

히스테리를 여성과 관련된, 가령 여성의 성적 욕망과 결부된 질병이라는 관점은 여성성을 억압하는 주요 기제 가운데 하나로 작용하였다. 여성성은 부정적이고 수치스러운 것이라는 인식이 팽배했으며 사회와 조화롭지 못한 여성이야말로 불온한 자로 낙인찍혔다. 여성을 이브의 후예로 보는 시각도 사실상 히스테리에 관한 여성적 규정과 밀접한 관련을 가질 뿐 아니라 중세에 자행되었던 '마녀사냥' 또한 여성성을 히스테리와 관련시킨 점에 기인한다. 말하자면 히스테리에 대한 여성적 규정은 여성을 억압하는 가장 직접적인 요인이었던 셈이다.

그렇기 때문에 근대에 이르러 페미니즘이 그들의 주장을 '히스테리'와 관련시켜 전개시킨 점은 그것이 단지 성별(sex)로서의 여성을 옹호하는 데 그치는 것이 아니라 젠더(gender)로서의 여성성을 긍정하는 적극적이고 근본적인 것임을 의미한다. 이 안에 히스테리 유발 요인이라 알려진 성에 관한 옹호가 포함되어 있음은 물론이다. 페미니스트들은 히스테리가 사회 현실에 대해 억압과 좌절을 느끼는 여성들의 자연스럽고 불가피한 자기표현이라 보고 여성성에 근거하여 사회 현실의 개혁을 요구하였다. 이때 히스테릭 자아는 현실의 부정성을 증명하고 또한 이에 대응해 나갈 수 있는 개혁의 주체가 된다. 초기 여성 억압의 기제였던 히스테리는 이제 억압에 대항하는 무기로서 전복되었다.

히스테리를 중심으로 하는 페미니스트들의 논의는 라캉의 주체 형성 이론과 유사하다. 라캉이 말한 바 상징계와 상상계의 갈등, 그리고 그

---

7) J.Borossa, 앞의 책, p.51.

속에서의 욕망의 긍정은 가부장적 사회 현실에 대응하는 여성성과 같은 구조를 보이기 때문이다. 이 두 이론의 기저에는 공통적으로 히스테릭 자아가 놓여 있다. 이 두 이론의 종합에 따르면 히스테릭 자아는 사회의 억압 구조에 저항하는 이로서, 이들은 성별로서가 아니라 사회 속에서 '여성성'으로서 규정된, 즉 소외된 성격들의 집단으로 분류해 볼 수 있을 것이다. 이 속에서 글쓰기의 특수한 양태가 도출되거니와 그것에 대해 여성적 글쓰기, 환유적 글쓰기, 해체적 글쓰기 등의 명칭을 부여할 수 있을 것이다. 이들 용어는 모두 동일한 내포를 지닌 다른 표현들임을 알 수 있다. 역시 기성의 현실에 순응하지 않고 이로부터의 탈출을 끊임 없이 꿈꾸는 현대의 시인들은 모두가 히스테릭 자아이다.

근·현대시를 히스테리 개념을 통해 고찰하는 일은 그것이 자아 범주와 관련된다는 점에서 의의가 있다.[8) 히스테리 개념은 근대의 규범적 자아 모델인 이성적 자아에 대비되는 다른 자아상을 제공해 줌으로써 근대의 패러다임을 반성할 수 있게 하는 핵심적 계기가 되어준다. 특히 그것이 단지 심리학적 범주에 국한된 것이 아니라 사회 문화적 범주로

---

8) 현대시의 해체적 양상은 지금까지의 연구에서 상당량 이루어진 바 있다. 그것은 아방가르드의 시적 형태로서, 포스트모더니즘과의 관련 양상으로서, 여성주의 및 분열증적 관점에서 시적 전략을 고구한 것을 가리킨다. 여기에서 대표적 대상 텍스트로 다루어진 작가를 꼽는다면 1930년대의 이상이 있을 것이나, 이외 조향으로 대표되는 1950년대의 초현실주의자들이나 1960년대 〈현대시〉 동인 가운데의 초기 오세영, 197.80년대 〈문학과 지성〉 동인들 등을 거론할 수 있을 것이다.(이들의 계보에 관해서는 김윤정, 「아방가르드 시의 양상」, 『한국 모더니즘 문학의 지형도』, 푸른사상, 2005 참조). 한편 이들 시적 양상에 대하여 자아의 범주를 통해 접근한다는 것은 이러한 양상을 발생시키는 동인을 확인케 하는 것은 물론 보다 통합적이고 완전한 자아 형성 메커니즘에 관해 통찰케 한다는 점에서 의미를 지닌다. 이는 자아 형성에 작용하는 심층 기제를 고찰하 는 것에 해당하는 것으로서 이에 관한 연구를 통해 이성적이고 합리적 자아가 지닌 일면적 성격과 이를 부정하고 개혁하는 과정에서 나타나는 분열적 자아의 총체적 성격이 드러날 것이다.

서의 성격을 띤다는 사실인 자아상에 대한 고찰을 통해 새로운 인간형을 모색하는 데 기여할 것으로 보인다.

3. 히스테릭 자아에 의한 시적 해체 전략

'히스테리' 현상이 사회·문화적 범주라는 사실은 자아가 보이는 '히스테리' 양상에 관한 사회적 발생 동인을 인정함과 동시에 '히스테리' 양상에 의거한 사회·문화적 문제 국면에 관한 탐색과 성찰을 유도한다. '히스테리' 양상을 통해 사회는 자신의 총체적 면모를 드러낼 뿐이며 스스로 배제시키고 억압했던 부분들이 있음을 확인하게 된다. 이러한 '히스테리' 양상은 사회·문화의 주체들인 자아들을 통해 표출될 것인바, 이는 곧 사회 안에서의 구성원들의 갈등의 복합적 요인으로 자리할 것이다. 따라서 자아들의 갈등의 양상을 추적하는 일이야말로 '히스테리' 양상이 발생하는 원인과 결과를 고찰하는 일에 해당될 것이다. 이들의 갈등은 구성원과 구성원 사이의 물리적 대립으로도 나타날 터이지만 다른 한편 '언어'라는 추상화된 수준에서의 저항과 부조화로도 나타날 것이다.

3.1. 기표-기의 탈각의 양상

한국 현대시에서 히스테릭 자아에 입각하여 씌어진 시는 많이 발견된다. 과거 30년대의 이상이 대표적이고, 해체적 경향의 시를 쓰고 있는 최근 시인들에게서도 쉽게 찾아볼 수 있다. 시의 규범적 성격으로부터 벗어나 있는 이들 시는 기표-기의의 안정된 결합을 의도적으로 거부함으로써 탈서정성 및 자아의 반이성을 꾀하고 있다. 특히 우리 근현대시사 최초로 본격적인 해체시를 선보인 이상은 시가 전개할 수 있는 해체적 전략의 극대화된 범위를 실험한 바 있다. 뿐만 아니라 이러한 해체적 전략이 그의 고유한 자의식의 구조 및 개성에 의해 필연적으로 배태된 것임을 보여주고 있다.9) 이러한 특수성 때문에 이상의 시로부터 '히스테리' 현상에 관한 다양한 층위의 논거를 마련할 수 있을 것이다.10)

> 나는아아는것을아알며있었던典故로하여아알지못하고그만둔나에게의
> 執行의中間에서더욱새로운것을아알지아니하면아니되었다.

이상, 「出版法」11) 부분

> 原子는原子이고原子이고原子이다. 生理作用은變移하는것인가, 原子는
> 原子가아니고原子가아니고原子가아니다, 放射는崩壞인가, 사람은永劫인
> 永劫을살수있는것은生命은生도아니고命도아니고光線이라는것이다.

이상, 「線에關한覺書 1」12) 부분

이상의 시가 띄어쓰기를 무시하고 있다는 것은 익히 알려진 사실이다. 띄어쓰기는 말에서 호흡의 단위가 되고 의미의 효율적 전달을 위한 장치라는 점에서 볼 때 이상의 이러한 시쓰기는 의사소통의 가능성을

---

9) 이상 시가 보여준 해체적 양상의 종합적 국면에 관해서는 김윤정의 「이상 시에 나타난 탈근대적 사유」(서울대, 석사논문, 1999) 참조.

10) '히스테릭 자아'의 시적 전략을 살펴보기 위해 본고는 먼저 글쓰기의 양태 부분, 해체를 일으키는 자아의 내적 부분, 그리고 이러한 자아의 대표적 유형 부분으로 나누어 다룰 것이다. 이 때 이상은 해체적 전략에 관한 전폭적인 양태 및 모델을 제공하고 있다는 점에서 중점적으로 분석될 것이다. 또한 최근 활동하는 현대의 시인 가운데 이러한 전략을 구사하는 대표적 시인들을 분석함으로써 '히스테리' 현상이 일개인에 국한된 것이 아니라 근대라는 패러다임 속에서 지속적으로 생산 가능한 문화 현상임을 보이고자 한다.

11) 『이상전집1』, 김주현주해, 소명출판, 2005, p.71.

12) 위의 책, p.56.

크게 훼손하고 있는 것임을 알 수 있다. 이상은 의미의 교환관계를 거부하고 자폐적인 웅얼거림의 양상을 보여주고 있다. 특히 의사소통의 기능이 상실된 단자적 중얼거림의 언어는 기표-기의의 안정된 결합의 붕괴와 관련되어 있음을 알 수 있다. 언어의 안정적 사용에서 가능한 의미의 소통은 이상의 경우 의미의 단위를 교란시키고 나아가 사회적으로 협약된 기호 사용을 부정함으로써 철저하게 방해되고 있다. 위의 시들은 띄어쓰기 무시를 통한 의미 단위 교란이 곧 기표-기의의 안정된 결합의 붕괴로 직결되고 있음을 보여주고 있다. 제어되지 않는 무한히 연장된 호흡 속에는 기의를 지니지 않은 채 남발되는 기표의 연속이 놓이게 마련이기 때문이다. '아아는것을아알며있었던典故로하여아알지못하고' 내지 '아알지아니하면아니되었다'에 나타나는 '알다', '아니하다'는 기표-기의가 결합되어 일정 의미로서 기능하기보다는 음가 차원의 연쇄 및 유희적 성격을 지님을 알 수 있다. 이상은 이것들의 음가에 기초하여 장음으로 늘이거나 기표의 중복을 꾀하고 있다.

이러한 경향은 「線에關한覺書 1」에서도 그대로 확인된다. 시의 '原子는原子이고原子이고原子이다.' 및 '原子는原子가아니고原子가아니고原子가아니다'라는 서로 모순되는 진술에서 어떤 의미를 끌어내고자 하는 일은 무의미하다. '원자는'의 '원자이다'이거나 '원자가아니다'와의 조합은 '원자'라는 기표가 일정한 기의와 결합되어 있지 않음을 말해주고 있다. 그것은 기의가 소거된 기표만의 제시일 뿐이다. 그리고 기의가 제거되어 있는 비어있는 기표는 계속된 연쇄를 이루고 있다.

이들 시 외에도 이러한 방식의 언어 사용은 「運動」, 「線에關한覺書5」, 「線에 關한覺書6」, 「AU MAGASIN DE NOUVEAUTES」, 「且8氏의 出發」 등의 시에 나타난다. 이상은 소통을 가로막는 호흡의 자폐적 중얼거림을 통해 기의가 매개되어 있지 않은 빈 기표를 연발하고 있다. 기표의 계속적인 미끄러짐이다. 이러한 미끄러지는 기표는 의미에의 지향성을 포기하고 있는 것에 다름 아니다. 이는 타자와의 관계성을 상실한, 자아에 귀속된, 자기만의 언어사용에 해당한다. 그리고 사회적으로 협약된 언어 사용을 포기한 이상 시의 이와 같은 양상은 라캉의 관점에서 볼 때 '사회의 법'을 의미하는 상징계적 언어 대신 '욕망의 법'에 근거한 상상계적 언어를 따르는 것이라 할 수 있다. 여기엔 사회적 규약에의 동일시를 부정하는 분열적인 자아, 규율과 충동 사이에서 부조화하는 히스테릭적 자아가 가로놓여 있다.

언어 사용에서의 이같은 양상은 현대의 아방가르드 시에서도 쉽게 찾아볼 수 있다.

길은 계속해서 제 속에서 제 몸을 천천히 빼내고 있다
길은 미끈거린다 길에서는 늘 시간의 피비린내가 난다
길은 여기에 서서 멀리까지 간 제 몸을 그리워한다

오토바이는 계속해서 길 끝에서 길 끝으로 탈주한다
오토바이는 항문의 속도로 들끓는다 따가워 매워
오토바이는 길에서는 도저히 발을 떠올릴 수조차 없다

달리는 오토바이 위에서 몸은 계속해서 팽창하고 있다
두 발이 가까스로 남은 눈알처럼 허공을 더듬는다
빛 속에서 생겨난 그림자가 앙상하다
몸보다 커진 심장이 벌컥 벌컥 시간의 고삐를 잡고 간다

이원, 「길, 오토바이, 나이키」[13] 전문

위의 시는 두 지점을 잇는 가장 효율적인 위치에 놓이는 '길'의 의미를 부정하고 있다. 이 작품에서 '길'은 계속하여 연장되는 제 3의 공간이다. 그것은 '발을 댈 수도 없는' 공간으로서 사람과의 매개를 벗어나 자기 스스로 존재한다. '길'은 생물체처럼 '몸'을 늘이고 '피냄새'를 풍기며 과거를 '그리워' 하기도 한다. '길'은 언제나 그러했던 피동성을 버리고 살아나 능동적 주체가 된다. 시인은 '길'에서 기존의 의미를 소거하고 그 안에 새로운 육체를 부여한다. '길'은 사회적으로 협의된 의미를 벗어나 새로운 성질의 것으로 태어난다. '길'은 무한 연장되며 합리적 존재방식을 넘어선다. '오토바이' 역시 본래의 기의로부터 벗어나 있기는 마찬가지다. '오토바이'는 목적을 갖지 않는다. 그것은 스스로에게 있던 본연의 의미를 탈각시키고 끊임없이 '탈주'하고 '들끓는다'. 그것은 합리화된 의미 저편에 놓이며 스스로 운동하고 존재하는 새로운 것으로서 새로이 탄생한다.

시인은 '길'과 '오토바이'의 기존의 합리화된 의미를 부정함으로써 기표=기의의 고리를 끊는다. '길'과 '오토바이'는 더 이상 기표와 기의가 안정되게 결합한 기호가 아니다. 한껏 부풀려진 그것들은 기표의 재사용과 기의의 확장을 의미한다. 일정한 의미역 속에 있던 기존의 '길'과 '오토바이'는 시인의 상상적 연장과 팽창을 통해 의미의 새로운 영역으로 거듭 태어난다. 사회적 언표는 이제 더 이상 '길'과 '오토바이'를 '사람이 목적을 위해 다니고 타는 도구'로서 가리키지 않는다. 그것은 어쩌면 괴물처럼 기괴하기까지 한 상상적 사물일 뿐이다.

이들 기호를 다루는 시인의 방식은 라캉의 '욕망'을 연상시킨다. '욕망'은 상징화된 세계에 안주하지 않기 때문이다. 욕망은 기표와 기의가

---

13) 이원, 『세상에서 가장 가벼운 오토바이』, 문학과지성사, 2007, p.111.

어긋난 틈으로 틈입해서 기표를 무한 연쇄시키고 이를 통해 충동의 에
너지를 끝없이 실현한다. '길'이 '무한'히 늘어난다는 설정, '오토바이'가
끝없이 질주 한다는 설정에서 기표와 기의의 어긋남의 양태를 상상할
수 있다. 상실되지 않는 욕망의 존재로 인해 허울뿐인 기호는 붕괴되고
그 속에 새로운 의미가 태어난다. 라캉의 욕망은 상징계를 붕괴시키는
동력이거니와 '길'과 '오토바이'의 재의미화 과정에도 마찬가지로 기호
의 안착된 의미를 해체시키는 '욕망'이라는 동인이 있음을 알 수 있다.
또한 이 속엔 언어의 사회적 규약과 개인의 상상적 충동이라는 합치되
지 않는 갈등을 내재하고 있는 히스테릭 자아가 존재한다.

3.2. 부정을 통한 권력에의 저항

히스테릭 자아의 언어 사용이 '사회의 법'과 부조화 양상을 띠는 근본
적인 이유는 그것이 권력화되어 있기 때문이다. 그것은 개인 및 충동
앞에서 초법적 권위를 지닌 채 자신의 완전성과 우월성을 내세운다.
반면 발생 중의 자아는 이러한 존재 앞에서 무기력하다. '사회의 법'은
거울 단계에 놓인 자아가 자신의 욕망에 따라 상상적으로 만들어낸 행
복한 자아상을 파괴하고 조롱한다. 동시에 그것은 자아의 억압을 통해
자신의 힘을 보장받고 자신의 지위를 공고히 한다. 이러한 과정은 '사회
의 법'이 심리적 차원 및 사회적 차원에서의 관계 속에서 발생하는 것이
므로 필연적이다. '사회의 법'은 언제나 '욕망'에 대한 가학적 태도를 유
지하기 때문이다.

현대시를 고찰할 때 라캉의 관점이 유효한 것은 라캉이 '상징계'가
지닌 초월적 지위를 개인과의 총체적 관계망 속에서 맥락화시켰기 때문
이다. 라캉은 자아에게 '상징계'가 지니는 권력적 성격을 명시하고 발생

과정 중의 자아가 이와 결코 화해롭게 만날 수 없는 운명의 필연성을 말해주고 있다. 또한 이에 대한 총체적 인식 아래 '상징계'와의 대결의 자세를 지닐 때에 비로소 자아가 '주체'로서 거듭날 수 있다고 밝힌다. 이것이 소위 라캉이 말한 '주체 형성 과정'에 해당된다. 다시 말해 라캉의 관점에서 볼 때 주체는 상징계라는 권위적 질서에 굴복하고 귀속됨으로써가 아니라 자아의 욕망의 경제력을 끝까지 지속시키는 가운데의 경쟁과 투쟁 속에서 형성된다. 전자가 결핍된 자아라면 후자는 충만한 자아이고 전자가 허위의 자아라면 후자는 생명의 자아다. 따라서 여기에서 중요한 것은 자아의 '상징계'와의 대결의 정신, 부정의 정신이다.

> 墳塚에게신白骨까지가내게血淸의原價償還을强請하고잇다.　天下에달이밝아서나는오들오들떨면서到處에서들킨다.　당신의印鑑이이미失效된지오랜줄은꿈에도생각하지안으시나요-나는으것이대꾸를해야겟는데나는이러케실은決算의函數를내몸에진인내圖章처럼쉽사리끌러버릴수가참업다.
>
> 이상, 「門閥」14) 전문

　이상이 사회의 반항아적 태도로 삶을 보냈었다는 사실은 그의 전기적 사실로도 충분히 짐작할 수 있다. 그는 총독부 건축기사라는 부와 명예가 보장된 직업을 미련 없이 던져버렸을 뿐 아니라 당대의 독자들로부터 용납되기 힘든 전위적 시를 치열하게 써댔고 보란 듯이 사회의 하류층에 속하는 여성들과 인연을 맺으며 살아갔다. 내세울 만한 생계 수단을 도모치 않은 그는 도시의 유락 계층들이 드나드는 다방을 운영하면서 근근이 살았다. 그 속에서 그는 기행과 괴벽을 일삼았고 실험적 문학

---

14) 『전집1』, p.112.

행위에 몰두하였다. 이러한 삶의 양태는 그가 자신의 기득권에 합당한 권리를 누리며 규범적으로 살아가지 않았음을 말해준다. 그에게 다른 모든 것은 거추장스러운 허울에 불과했던 것으로 보인다. 그에게 유일하게 허위가 아니었던 것은 문학 실험이었다. 더 정확히 말하면 자아를 훼손하거나 억압하지 않는, 온전히 자아의 충동과 욕망에 의해 쓰여진 글쓰기에 해당한다. 그것만이 그를 살아있게 하였고 유의미하게 하였다. 그가 창조적인 자아로 남을 수 있었던 요인이 바로 이것이다.

그의 삶은 단순히 기괴함과 특이함으로 인식될 수 없다. 그것은 그의 삶과 자아 안에 기성의 질서와의 비타협적인 투쟁을 당당하게 펼쳐나갔던 내적 논리가 있기 때문이다. 그는 상징계의 압도적 권위에 동조하지 않고 이러한 권력이 지닌 횡포를 고발하려 했다. 위의 시는 '사회의 법'이 자아에게 어떤 성격의 것인지, 그 앞에서 자아가 어떠한 공황 상태에 놓이게 되는지를 매우 사실적으로 그려내고 있어 주목된다. 여기에서 이상에게 그를 압도하던 권력화된 세력은 '분총에게신백골까지'에 해당될 '가계', 즉 '門閥'로서 실질적인 인간관계 망속에 놓인 존재를 가리킨다.15) 대대로 이어져 내려오는 이것은 단순히 관념으로서 있는 것이 아니라 이상의 정신을 지배하는 실체로서 영향력을 행사한다. 계승되는 족벌(族閥) 안에서 개인은 자아의 자유를 주장할 수 없는 종속물이 된다. 족벌의 세(勢)는 자아의 영혼에까지 침투하여 손과 발을 묶어버린다. 이것이 가해오는 옥죄임을 시적 자아는 "천하에달이밝아서나는오들오들떨면서도처에서들킨다"로 표현한다. 그것은 개인 하나가 어느

---

15) 이상이 가족에게 느낀 부담은 의외로 대단히 컸다. 가족에 대한 이상의 마음에 관해서는 김윤정, 「이상의 성천 체험의 내적 의미」(『한국 모더니즘 문학의 지형도』, 푸른사상, 2005, pp.120-1.

한 곳에서도 편히 마음을 놓을 수 없는 형국을 묘사하고 있는 것이라 할 수 있다. 시적 자아가 느끼는 억압은 뼈 속 깊이 사무치는 것이자 무의식에까지 닿는 것이다. 때문에 아무리 '으젓이대꾸를하'려 해도 생각처럼 되지 않는다. 시적 자아는 옴쭉달싹할 수 없는 처지에 대해 "내몸에진인내圖章처럼쉽사리끌러버릴수가참업다."라고 고백한다.

여기에서 자신이 소속된 '족벌'에 대해 구속감을 지니는 것이 온당한 것인가를 질문하는 것은 별 의미가 없다. 그것은 시대 및 가문, 그리고 개인에 따라 각기 다르게 느낄 수 있는 것이기 때문이다. 그러나 이상이 '가계'에 대해 짊어졌던 억압의 느낌은 비교적 솔직하게 제시되었던 것으로 보인다. 가계에 관해 그가 표현한 부담감은 과장된 것이 아니었을 터이다. 이러한 중압감을 이상은 이 시 외에도 「詩第二號」, 「肉親」, 「失樂園-肉親의章」16) 등에서 반복하여 드러내고 있다. 물론 이상의 이러한 과도한 중압감은 대를 잇는다는 명목으로 유아기 때 부모를 떠나 백부에게 증여된 데 따른 정신적 외상에서 비롯되었을 터이다.

'문벌'은 '상징계'를 대표하는 기제라 할 수 있다. 그러나 이상이 억압으로 느꼈던 존재는 '문벌' 외에도 헤아릴 수 없이 많다는 것을 그의 시는 잘 말해주고 있다. 그의 억압은 이상의 감각의 예민함에 비례하는 것이었다. 이와 관련해 「悔恨의 章」에서 이상은 "역사는 지겨운 짐이다/ 세상에 대한 辭表 쓰기란 더욱 지겨운 짐이다/ 나는 나의 글자들을 가둬버렸다/ 圖書館에서 온 招待狀을 이제 난 읽지 못한다/ 나는 이젠 세상에 맞지 않는 입성이다 封墳보다도 나의 의무는 많지 않다"17)라고 술회하고 있거니와, 이는 이상이 억압으로 느꼈던 것이 세상살이의 거의

---

16) 시 「肉親의章」은 인용시 「門閥」과 동일한 모티프에 의해 쓰여진 다른 시이다.
17) 『전집1』, p.188.

전반에 걸쳐 있었던 것임을 암시하는 부분이다. 이상은 홀로, 누구도 알아주지 않는 '세상'과의 전면전을 벌였던 자이고, 결국에 이르러 '세상과의 결별' 및 '봉분'만을 남겨둔 상태로 남게 된다. 이에 이상은 "비로소 나는 완전히 卑怯해지기에 성공"하였다고 말한다. 나아가 "내가 무서워하는 支配는 어디서도 찾아 볼 수 없다"[18]고도 하였다. 이는 그가 그를 압도해오던 대상과의 자기 나름의 대결을 벌임으로써 그것의 지배력을 해소시켜 버렸음을 의미한다. 이 대결의 과정이 곧 자아의 존속을 꾀하기 위한 부정의 정신이라 할 수 있을 것이다. 그리고 이와 같은 부정의 정신은 현대시에서도 계속하여 나타나고 있다.

> 부정의 힘으로 여기까지 왔다
> 삶이여 내 혐오의 가장(家長)이여
>
> 그래, 누구나 자신과 가장 가까운 짐승 한 마리
> 앓다 가는 거지
>
> 식물은 자기 안의 짐승을 토하다 가는 거고
> 인간은 피를 토하고 죽는 것이 아니야
> 자기 안의 식물을 모두 토하고
> 가는 거지
> (나는 그 극의 이 부분이 수정되기를 원하지 않았다)
>
> 그래, 바깥에 무슨 일이 있어도 멈추지 말아야 할
> 참혹 같은 거

---

18) 위의 시, p.187.

> 부정의 힘으로 식물은 짐승을 앓고 있고
> 짐승은 식물의 소리로 울고 있지
>
> 생이란 부정을 저지르면서
> 매우 사적인 방식이 되어간다.
>
> 김경주, 「짐승을 토하고 죽는 식물이거나
> 식물을 토하고 죽는 짐승이거나」[19] 부분

현대 시인 김경주의 부정은 보다 직접적이다. 그는 시집 『기담』에서 더욱 대담한 양태로 '언어'를 다루고 있다. 이때 해체되는 언어는 시인의 부정의 표현이다. 「장 콕토」의 '문자 분향소', '언어'를 등장인물로 하여 연출하는 '시극(詩劇)', 「(오름)81/2팔과 이분의 일」에서 쓰여진 시 전체를 선을 그어 지우는 양태 등은 그가 '언어'를 다루는 방식이 어떠한가를 짐작하게 한다. 김경주 시인에게 '언어'는, 언어를 비롯한 모든 기존의 완결된 그 무엇들은 최소한의 경계도 존중받지 못한 채 부정당한다. 그의 부정의 정신은 '생의 방식'까지가 되고 있다. 그는 "부정의 힘으로 여기까지 왔다"고 말한다.

그에게 부정의 대상이 되는 '언어'는 그 중심에 권위를 내포하고 있다. '언어'는, 그것이 질서를 만들고 소통을 꾀하는 한 권력화 되는 것이다. 또한 그러는 한 언어는 표(表)와 리(裏)가 나뉘고 불일치하며, 분열을 삼킨 채 거짓 동일성을 내세우게 된다. 권력화된 그것은 곧 '삶'의 모습이자 '혐오스런 가장(家長)'의 모습이다.

언어와 삶에 관한 이러한 인식 아래 시적 자아는 기꺼이 '짐승'이 된

---

19) 김경주, 『기담』, 문학과지성사, p.14.

다. 그리고 그 '짐승'은 자신을 대면하기 위해 '앓다 간다'. 여기에서 '앓기'란 부정의 행위에 다름 아니거니와, '짐승'의 '앓기'는 겉과 안이 분리된 사태 속에서 '바깥에 무슨 일이 있어도 멈추지 않'은 채 치열하게 치러진다. 이러한 부정의 행위, 즉 앓기를 통해 인간은 상상할 수 없는 존재들을 품고 있는 비동일자임이 드러난다. 인간이 순수한 인간으로만 구성되어 있다는 생각은 인간의 오만에 불과하다고 시인은 말한다. 모든 존재들은 성질이 다른 기괴한 물질들의 무질서한 혼융의 결과물이다. 인간은 이질적 물질들의 복합물로서 처음부터 분열이 예견되어 있는 존재다. 다만 이러한 사실은 그가 권위와 질서에 정주한 채 부정을 거부할 경우 결코 드러나지 않는다. 치열한 부정의 정신만이 자기 안의 다른 존재들을 대면케 해 줄 것이며 그것이 자아의 진정한 동일성을 보장해 줄 것이다. 외면상의 동일성을 부정하고 파괴하는 시적 자아의 목소리는 히스테리컬하게 들린다. 안정을 거부하는 그는 알 수 없는 점을 향해 쉬지 않고 질주하는 모습을 연상시킨다. 곧 히스테릭 자아이다. 이 자아는 기성의 권력에 문제제기함으로써 '참혹하리만큼' 진실과 거짓의 잘못된 질서를 뒤집는다.

3.3. 권력에 대한 여성적 부정

권력화된 질서에 대항한 부정과 대결은 그것이 욕망에 근거를 두고 있다는 점에서 갈등과 분열의 자아와 밀접히 관련되어 있다. 주도적 상징 질서로부터 이탈되어 있는 자아는 끊임없는 불안과 고통에 노출된 채 이에 대한 저항을 이끌어나가는 존재이다. 이들 가운데 여성은 존재성 자체로 인해 사회의 중심과 동일시되지 못하는 부류라 할 수 있다. 여성에게 '사회의 법'은 그것이 남성에 의해 주도되었던 까닭에 항상 타자의 것에 속한다. 그런 점에서 여성이 이에 동일시되고자 한다면 여성은 다른 성, 즉 타자로 전환되는 대가를 치르고서야 비로소 가능하다는 논리가 성립된다. 따라서 여성의 부정은 더욱 집요하고 빈번할 수밖에 없다. 이것이 여성을 히스테릭한 존재로 규정한 주된 이유이다. 다시 말하면 여성은 히스테리적 증상을 통해 자기를 주장해왔고 또한 히스테리를 통해 상징 조직의 시선에 의해 제한적으로 포착될 수 있었다. 그것이 아니라면 여성은 남성적 질서 속에 모순 없이 은폐되어 있는 존재, 즉 죽어있는 존재가 된다.

여성주의 철학자 폰 브라운은 여성의 전유물로 인식되는 히스테리가 남성 중심의 문화에 기인한다고 본다. 그녀는 히스테리 증상이 여성의 신체 때문이 아니라 남성 젠더적 사회 질서에 반응하는 여성의 심리적 현상으로서의 성격이 강하다고 주장하고 있다. 이때 남성중심적 상징체계는 곧 '알파벳'이라는 문자를 통해 세밀하고 전면화되어 침투해있다고 분석한다.[20] 즉 여성은 자아 표현의 가장 기본적이고 직접적인 도구인 언어로부터 이미 소외되어 있다는 것이다. 그녀에 의하면 '알파벳'은 이성의 언어이고 완전한 질서의 형태에 해당한다.

이를 전제로 한다면 언어의 이성적이고 완성된 형태에 대한 해체적 시도야말로 여성의 언어를 찾아가는 첫걸음에 해당된다.

긴것
짧은것
열十字

×

---

20) C.V.Broun, 앞의 책, p.34.

그러나 CROSS 에는기름이묻어있었다

墜落

不得已한平行

物理的으로아펐었다

(以上平面幾何學)

×

오렌지

大砲

匍匐

萬若자네가重傷을입었다할지라도피를흘리었다고한다면참멋적은일이다

오—

沈默을打撲하여주면좋겠다

沈默을如何히打撲하여나는洪水와같이騷亂할것인가

「BOITEUX · BOITEUSE」[21] 부분

이상이 통사구조의 완결성을 파괴하고 논리상 모순어법을 사용한 것은 주지의 사실이다. 기존 연구 가운데엔 이러한 이상의 시를 해체시[22] 및 여성적 글쓰기[23], 탈근대적 사유의 방법틀[24]로서 해석한 것들도 있다. 이들은 이상의 해체적 시가 이성적 언어 사용을 부정하고 이를 통해 근대의 패러다임에 저항적 태도를 견지하였음을 논증하고 있다. 위의

---

21) 이상, 『전집1』, pp.39-40.
22) 이강수, 「이상 텍스트 생산과정 연구」, 서울대석사, 1997.
23) 박진임, 「이상시의 페미니즘적 연구」, 서울대석사, 1991.
24) 김윤정, 「이상 시에 나타난 탈근대적 사유」, 서울대석사, 1998.

시 또한 이들의 논의 범위에서 크게 벗어나지 않을 것이다. 위의 시 역시 이상의 많은 시가 그러하듯 문장을 기본 단위로 하는 의미 형성에 기여하고 있지 않기 때문이다. 위 시의 각 행은 단지 단어가 한 개씩 암호화되듯 던져져 있다. 각 행과 행 사이에는 의미상의 맥락을 구할 수 없을 정도로 비논리적이고 무차별적으로 기호들이 제시되어 있다. 비교적 완성된 문장이 있을지라도 이 안엔 "침묵은침묵이냐"라든가 "나는屍體이고저하면서屍體이지아니할것인가"[25]와 같은 모순어법으로 채워지고 있다. 때문에 암호해독하듯 혹은 퍼즐맞추기하듯 이들 사이에 의미의 연관성을 찾는 작업은 무의미하다. 이상의 이러한 시는 일정한 글쓰기의 양식일 따름이다. 문제는 이러한 양상의 글쓰기를 만들어내는 자아의 특수한 성격에 놓여 있을 것이다. 그것은 로고스적 언어를 위반하고 불완전하고 충동에 기반한 언어를 사용하고자 하는 작은 자아[26], 상징 세계의 완고함에 의해 억압당하는 히스테리적 자아의 성격을 가리킨다. 그리고 이때의 히스테리적 자아란 남성젠더의 상징 사회에서의 소외로 인해 비이성적이고 불완전한 양상 그대로 자신을 표현하는 존재를 의미한다.

이상 시에 나타난 자아의 히스테리적 성격은 「狂女의告白」, 「興行物天使」, 「白晝」 등의 시에서 '여성'에 관한 독특한 관심으로 드러나기도 한다. 이들 시에서 '여성'들은 대개 성애적 이미지로 그려지고 있는바, 이들의 성은 그러나 자유롭거나 주체적이기보다는 타자에 의해 도구화되고 대상화되어 있음을 알 수 있다. 때문에 이들 시에서 그려지고 있는

---

25) 이상, 「BOITEUX · BOITEUSE」, 『전집1』 p.40.
26) 크리스티나 폰 브라운은 남성주도 사회에서 로고스적 자아인 남성이 대문자ch 라면 여성은 불완전하고 이성적일 수 없다는 의미에서 소문자ch 자아로 구별된다고 말하고 있다.

여성들은 무방비하거나[27] 유린당하거나[28] 성을 매매[29]한다. 이상의 시선에 잡힌 여성들은 사회의 구석지고 어두운 자리에서 남성의 횡포에 노출된 채 위험을 안고 사는 자아들이다. 요컨대 여성의 섹슈얼리티는 남성의 섹슈얼리티에 의해 규정되고 통합되는 종속적 성질의 것일 뿐이다. 또한 이러한 여성의 성격은 하류계층에만 적용되는 사실은 아니다. 중산층 여성들의 섹슈얼리티 역시 근대의 주체인 남성에 의해 주도되고 관리되어 왔기 때문이다. 근대를 포함한 가부장적 사회에서 여성은 독자적이고 자율적인 존재로서가 아니라 출산과 양육의 역할을 담당해야 했고 그러한 한에서만 가정과 사회의 일원으로 자신을 유지할 수 있었다. 여성의 성은 이성을 무기화한 남성 타자의 것이었다.

> 바보야, 병신
> 나쁜 년아…
>
> 그런 게 들어 있어서
> 그렇게 힘들었니?
> 그렇게 아름답고 끔찍한 걸 뱃속에 키우고 있었으니…네게서
>
> 태어난 것들이 하늘로 가는 걸
> 아쉬워하지도 않는구나. 반쯤 텅 빈 넌
> 오만한 여자의 얼굴로…

---

27) "여자의皮膚는벗기이고벗기인皮膚는仙女의옷자락과같이바람에나부끼고있는 참서늘한풍경이라는점을깨닫고"(「狂女의告白」, 전집1, p.51)
28) "여자는트렁크속에흙탕투성이가된즈로오스와함께엎드러져운다"(「興行物天使」, 전집1, p.53)
29) "女人이바로제게좀鮮明한貞操가잇으니어떠난다, 나더러世上에서얼마짜리貨幣 노릇을하는셰음이냐는뜻이다"(「白晝」, 전집1, p.112)

(중략)

힘들었다. 울기만 했다. 건드리지 말라고
으르렁거리곤 했다. 우린 막대기로 쿡쿡 찔러보기도 하고, 재 좀 보래요!
놀려보기도

하고, 우리 랑 놀아주지 않는 네가 미웠다. 마리아

텅 빈 엄마

고통의 침심을 나와서
가버려. 증발해버리렴. 체셔 주의 고양이처럼 미소만 남은 넌

이젠 안을 수도 없구나

황강록, 「마리아, 사나운 연인」[30] 부분

　가부장제 하에서 권력화되어 있는 것은 남성뿐일까? 여성은 남성중심의 사회 질서에 대해 어느 정도 저항 의식을 가질까? 위의 시에 제시된 '마리아'는 동서고금에 있어 모든 여성의 모델이 되고 있는 이상적 인물을 가리킨다. '마리아'는 처녀의 몸으로 예수를 잉태한 바로 그 성모이며 모든 어머니들이 지향하는 어머니상을 의미한다. 그러한 '마리아'를 황강록 시인은 심하게 모독하고 있다. 처음부터 던져진 '욕설'은 '마리아'를 향한 화자의 냉소가 얼마나 노골적인가를 말해준다.
　시적 화자가 볼 때 '마리아'는 위선적 존재다. 그는 겉으로는 항상 '미소' 짓고 있지만 뱃속엔 다른 어떤 것, '아름답고 끔찍한' 그 무엇을

---

30) 황강록, 『지옥에서 뛰어놀다』, 문학의전당, 2009, p.146.

'키우고' 있기 때문이다. 그것은 '말할 수 없는 비밀'이므로 그녀는 '짐승처럼 어두운 털로 모든 표정을 가리'고 있다는 것이다. 내면에 다른 것을 품되 이를 철저히 은폐하고 있는 존재가 바로 '마리아'라고 화자는 말한다.

'마리아'를 모독하는 시인의 시각은 예의 페미니스트의 그것을 떠올린다. 기독교에서의 '마리아'는 수치스럽고 불완전한 여성이자 모든 인류에게 원죄를 안겨준 '이브'를 극복한 여성, 동정녀로 완전한 인간인 예수를 낳음으로써 이브가 지었던 죄를 속죄할 수 있었던 여성으로 자리매김되어 있다. 따라서 여성들은 '마리아'를 통해 '이브'와 다른 여성성을 획득할 수 있었고 이렇게 함으로써 비로소 사회의 일원으로 떳떳하게 귀환할 수 있었다. '마리아'는 여성들에게 제시된 가장 바람직한 최선의 범례였던 것이다. 반면 비'마리아'적인 것, '이브'적 여성은 여전히 환영받지 못할 여성에 해당한다. 때문에 '마리아'를 모델로 삼아 여성들은 '동정녀'이어야 했고, 어머니여야 했다. 여성들은 성적으로 순결해야 했으며 항상 미소를 잃지 않은 채 누군가를 위한 희생에 자신을 내맡겨야 했다. 여성들에게 중요한 것은 자기 자신이나 욕망이 아니라 언제나 다른 무엇인 셈이었던 것이다. 바로 가부장제를 지탱시켜 주는 모든 것들이 여성들이 지켜야 했던 최고의 가치였기 때문이다. 여성들이 지키고 보존해야 하는 것은 자아가 아니라 타자다.

여성에 관한 남성중심적이고 타자지향적인 허위의식은 그러나 남성들만의 것이 아니다. 그것은 권력화된 사회질서에 동조함으로써 동시에 권력의 일부가 되고자 했던 여성들의 것이기도 하다. 여성은 자발적으로 허위의식을 자기화함으로써 스스로를 타자화하고 자신을 소외시키는 길을 걷는다. 여성은 '고양이처럼 미소만 남'게 된다.

따라서 '마리아'를 조롱하는 일은 허위적 질서에 순응하는 것을 대가로 권력의 일부가 된 여성을 향한 분노의 표현에 해당한다. '마리아'는 이성적일지 모르나 거짓이고 비히스테릭할지 모르나 공허하다. 시인의 표현대로라면 '마리아'는 '텅 빈 엄마'다. 그는 '힘들었'으되 힘들다고 소리치지 않았으며 '울기만 했다'. '으르렁거리곤 했'지만 터뜨리지 않았으며 '막대기로 쿡쿡 찔'리되 웅크리고 있었다. '마리아'는 '증발'해도 모를 존재가 되어 버렸다. 이는 가부장제 하 여성들의 자화상이다. 히스테릭 자아가 요구되는 부분이 바로 여기이다. 크리스티나 폰 브라운에 의하면 히스테리는 이성의 대립어이다. 히스테릭 자아는 지금까지 권장되었던 이성적 자아에 반기를 들고 명징하지만 근거 박약한 권력의 세계에 저항할 수 있는 적극적 인물상에 해당되는 것이다.

4. 히스테리의 시사적 의미

'히스테리'의 개념은 개인의 심리적 차원에 국한된 병증을 가리킨다기보다 문화적 범주에서 논의될 수 있는 사회적 성격을 띠는 것이다. 때문에 '히스테리'에 관한 고찰은 사회 구조적 문제점에 관해 성찰케 한다는 의의를 지닌다.

이러한 관점에서 본고는 '히스테리'가 근대적 패러다임에 대항하는 저항 담론의 성격을 지니고 있음을 라캉의 주체 형성 이론 및 여성주의적 입장에서 살펴보고자 하였다. 이들은 이성중심주의를 내세우는 근대 사회가 타자에 억압적이라는 판단을 바탕으로 '히스테리'가 이러한 근대 사회의 성격으로 인해 유발된 필연적 결과이자 이에 대해 저항할 수 있는 근거가 된다고 보고 있다. 이들은 '히스테리'가 결핍되고 열등한 것이 아니라 독자적 성격의 것으로서 이성에 대립하는 또 다른 인간형을 나타낸다고 말한다.

'히스테리'의 개념이 이러할 때 현대시에 나타난 시적 자아는 주로 '히스테릭' 자아로 대변된다고 말할 수 있다. 현대시의 시적 자아는 당대 현실 및 사회에 저항적으로 반응하며 시의 완성된 형태를 파괴하고 부정하는 양상을 보여주고 있기 때문이다. 따라서 본고에서는 이들의 히스테릭적 양상을 기표-기의의 붕괴의 양상, 상징 질서에 대한 부정의 자세, 남성 권력에 대한 여성주의적 저항의 측면에서 살펴보았다.

이로써 우리 시단에 히스테릭적 양상에 관한 풍부한 범례들이 있음을 확인할 수 있었던바, 이는 이성중심적 획일적이고 단일한 인간형이 누리고 있는 지배적 지위를 비판하고 견제할 수 있는 또 다른 인간형이 존립할 수 있음을 예증하는 것이라 할 수 있다.

이항대립 시대의 민중의 주체화

1. 1970년대 사회와 문학

1970년대는 산업화와 그에 따른 사회·정치구조 급변의 역사였다. 근대화가 본격적인 궤도에 진입하여 가시적인 성과를 낳기 시작하였던 시점이었고, 따라서 사회의 구성원들은 경제 개발의 기대 효과에 맹목적인 들림 현상을 나타내었다. 정권은 지속적인 이데올로기 공세로 사회를 단일하게 주도해나가 급기야 '유신체제'라는 가공할 전제적 정치 형태를 선포하게 된다. 이에 국민들은 폭압의 공포와 풍요의 꿈이라는 심리적 양면성을 지닌 채 끝을 알 수 없는 인내의 터널에 자신을 내맡기게 된다. 사태를 긍정하든 부정하든 모든 국민들이 성장 드라이브로 사회를 몰아갔던 강력한 카리스마로부터 자유로울 수 없었다. 권력이 군사, 경제, 사회, 정치 전 영역을 장악하며 구성원들을 압도함에 따라 국민들은 숨죽인 채 자신의 개인적 꿈과 자유를 막강한 힘에 양도해 나갔다.

사회에 대한 강력한 통제를 바탕으로 독재적 주도권을 행사해나갔던 권력은 그러나 모든 구성원들을 평등한 터전으로 이끌지는 못하였다.

격변의 소용돌이가 거세게 일던 가운데 사회는 점차적으로 구조화되어 갔지만 그것은 허점과 모순을 지닌 채 이루어졌다. 전체 국민을 희생으로 하여 정부가 기업체에 부여했던 특혜의 결과는 전체 국민에게 배분되기는커녕 기업소유자의 몫으로만 귀속되었다. 철저하게 사적 소유 원칙이 관철된 것이다. 기업가는 부조리한 농촌 정책에 의해 양산된 막대한 노동인력들을 무차별적으로 이용하여 이윤을 극대화할 수 있었다. 자본가가 탄생한 것이다. 그것도 단시일에 의한 독점 자본가였다. 정권의 일방적 특례에 의해 기형적으로 형성된 독점 자본가는 괴물처럼 사회의 양분을 독식하며 사회의 전체 구성원들을 소외시켰다.

당시 권력과 자본으로부터 소외된 대다수 국민들의 생활은 처참할 지경이었다. 농촌이 뿌리 뽑히기 시작한 것도 이 시점이고 도시빈민이 급속도로 증가한 것도 이때이다. 도시로 몰려든 이농민들은 '달동네'라 일컬어지는 빈민촌에서 열악한 주거 생활을 해야 했다. 또한 이들은 살인적 작업 환경 속의 노동자가 되거나 날품팔이로 도시를 전전해야 했다. 그러나 권력욕에 취해 있던 정권은 이들의 삶을 돌아보지 못하였다. 사회의 전체 국민들이 힘으로부터 버림받은 시점이 이 시기이다.

이러한 부조리한 사회를 위한 구원의 움직임은 지식인으로부터 시작된다. 지식인들은 구조화되어 갔던 사회를 인식하였고 이 속에서 철저한 이항의 대립이 이루어지고 있음을 보았다. 사회가 양분되어 갔으며 그 분리가 사회를 구성하는 틀이 되어갔음을, 그리고 그 가운데 사회의 바탕이 되고 근간이 되는 대다수 민중의 삶이 처절하게 유린되어 가고 있음을 목도한다. 이 시기 지식인들은 그 무엇보다도 사회의 구조적 모순에 대한 이해와 통찰을 위해 열정을 바쳤다. 오류에 가득찬 사회 구조, 그 속에서 파괴되는 민중의 삶은 지식인들을 끝없이 고통으로 몰아갔다. 지식인들은 사회의 부조리를 온몸으로 감당하며 악에 휩싸인 권력의 힘에 맞섰다. 이미 60년대 4.19로 그 혁명적 힘을 경험한 지식인들은 사회의 민주주의화를 위해 감연히 일어설 수 있었다. 지식인들은 오도된 정치 세력에 목숨을 바쳐 저항했으며 소외된 민중들을 당당한 사회의 세력으로 주체화시키는 데 주력하였다.

이 시기 문학은 이와 같은 사회의 흐름에서 비껴서 있지 않았다. 오히려 문학은 이와 같은 사회적 양상의 한가운데 있었다. 비평은 '민족문학론'으로 대표되는 사회 참여적 담론 활동을 펼쳐나갔고 시와 소설은 농민과 노동자를 비롯한 소외된 민중의 삶을 사실적으로 그려나갔다. 비로소 민중들의 생활상이 작품화되기 시작하여 민중들의 목소리가 사회에 발화될 수 있었다. 문학은 소외된 채 침묵하고 있는 민중들을 차례로 호명함으로써 민중들이 사회의 약한 피지배자가 아니라 사회의 구조를 지탱하는 당당한 축으로서 지배자와 동등한 세력에 해당됨을 깨우쳐 나갔다. 문학의 사회 참여를 통해 민중들은 자신의 존재에 대해 점차 각성하기 시작하였고 이를 바탕으로 새로운 구조의 사회에 대해 전망할 수 있게 되었다. 문학으로 인해 민중들이 계몽될 수 있었던 것이다.

2. 사회의 구조적 인식과 민중들에 대한 호명

구조화된 사회는 그 속에 안과 밖, 선택과 배제, 지배와 피지배의 이항대립을 양산한다. 60년대부터 공고하게 진행된 산업화 도시화로 인해 우리 사회는 서구와 비서구, 도시와 농촌, 부유함과 가난, 근대와 전근대 사이의 이분법적 가치를 형성해 나갔고 이 중 전자의 것들은 후자의 것들을 배제시켜 가면서 자기의 자리를 선택적으로 구축하였다. 후자는 사회의 가치로부터 밀려난 후진적인 것이었으며 전자를 취득하지 못한 이들은 낙오자로 낙인찍혔다. 흑백논리로 인한 천박한 졸속 근대화가 이루어진 것이다. 이때 지식인들은 사회의 권력에 투항하여 관료화될 수 있었지만 양심적 지식인은 대신 민중의 편에 섬으로써 민중과 함께 하는 길을 선택하였다. 지식인들은 부패하고 타락한 권력이 사회의 악을 양산하고 민중을 고통의 나락으로 몰아가고 있음을 비판하였다. 이러한 지식인을 대표하는 인물로 우리는 가장 먼저 김지하를 꼽을 수 있거니와 김지하는 1970년에 담시 「五賊」을 발표함으로써 사회의 권력 구조를 고발하는 한편 웅크린 민중의 존재를 드러내는 데 앞장섰다.

> 시를 쓰되 좀스럽게 쓰지말고 똑 이렇게 쓰랏다.
> 내 어쩌다 붓끝이 험한 죄로 칠전에 끌려가
> 볼기를 맞은지도 하도 오래라 삭신이 근질근질
> 방정맞은 조동아리 손목댕이 오물오물 수물수물
> 뭐든 자꾸 쓰고 싶어 견딜 수가 없으니, 에라 모르겠다
> 볼기가 확확 불이 나게 맞을 때는 맞더라도
> 내 별별 이상한 도둑이야길 하나 쓰겄다.
>   (중략)
> 예가 바로 재벌, 국회의원, 고급공무원, 장성, 장차관이라 이름하는,
> 간뗑이 부어 남산만 하고 목질기기 동탁배꼽 같은
> 천하흉폭 오적의 소굴이렷다.
> 사람마다 뱃속이 오장육보로 되었으되
> 이놈들의 배안에는 큰 황소불알만한 도둑보가 곁붙어 오장칠보,

본시 한 왕초에게 도둑질을 배웠으나 재조는 각각이라
밤낮없이 도둑질만 일삼으니 그 재조 또한 신기에 이르렀것다.

「오적」 부분

「오적」은 1970년 5월 『사상계』에 발표되어 필화사건을 일으킨 김지하의 대표작이다. 「오적」을 계기로 사상계가 폐간되고 김지하는 구속되는 등 험난한 사태를 겪게 된다. 이후 지속적으로 사회 비판시를 써 정권과 대치한 김지하가 1974년 민청학련 사건으로 사형선고를 받게 되었던 것도 유명한 사실이다. 이 시기 김지하는 신랄한 풍자를 통해 권력에 저항하는 한편 지식인들의 사회 참여를 이끌어내었다. 역시 풍자시라 할 수 있는 「오적」에서 김지하는 과거 일제에 국가를 팔아먹은 을사오적에 빗대어 당대 권력층의 부패상을 비판한다. 온갖 특혜로 자본을 끌어들여 이권을 챙긴 재벌, 입으로는 개혁을 외치면서 부정선거, 부정축재를 일삼는 국회의원, 권위주의의 길들여져 청탁과 비리에 물든 고급공무원, 젊은 군인들을 폭압으로 착취하는 장성들, 청렴결백 외치지만 퇴폐와 외국 병에 빠져있는 장성들, 이들은 모두 부패한 권력과 야합하여 자신의 잇속을 차리고 민중을 피폐하게 한 장본인에 해당되는 바, 김지하는 이들의 타락한 모습을 사실적으로 고발함으로써 사회가 기형적 모습으로 일그러져 있음을 극명하게 드러내었다.

더욱이 김지하는 「오적」에서 이야기시라는 시의 새로운 형식을 개척하여 민중시의 대중화에도 기여하게 된다. 「오적」은 판소리라는 전통적 장르에서 경험할 수 있던 해학의 목소리와 당대 민중의 존재를 함께 떠올리게 함으로써 민중이 역사 속에서 면면히 존재해 왔던 세력이자 당대 권력층에 대적할 수 있는 당당한 목소리를 지니고 있는 자임을 보여주었다. 다시 말해 「오적」은 시적 화자와 등장인물 사이의 대립적 관계 설정으로 두 세력의 실재 및 둘 사이의 지위 전복을 암시하는 효과를 나타내었던 것이다. 특히 이야기시 형식은 당시 현실상을 폭로함에 있어 객관성을 부여해주는 장치에 해당되었으므로 「오적」의 사회·정치시로서의 성격을 확고히 하는 데 기여하게 된다. 「오적」을 통해 정권은 사회 비판 세력의 거대한 실체를 감지할 수 있었으며 민중은 정권이 지닌 구조적 문제점을 통렬히 인식할 수 있었다.

이외에도 김지하는 「앵적가」(1971), 「蜚語」(1972) 등의 풍자적 담시를 통해 '폭군'과 '백성' 사이의 상극의 관계가 사회를 폭력과 혼란으로 몰아간다는 점을 역설함으로써 민중들로 하여금 사회에 대해 구조적으로 인식하도록 유도하고 나아가 이들의 정치적 세력화를 꾀하고 있음을 알 수 있다. 실제로 김지하의 선동적 정치시는 지식인들과 민중이 사회를 정치적 대결구도로 파악하도록 함에 따라 정권을 압박하는 거점으로 작용하였다.

김지하가 주로 지식인의 존재적 입장에서 사회의 모순 구조에 대해 폭로하고, 사회 구성원의 의식 각성과 정권에 대한 정치적 압박을 이루는 데 주력하였다면 신경림은 70년대 터전을 상실해 가는 농촌 현실 속에서 소외되고 분노하는 농민의 입장을 대변하는 데 초점을 두고 시를 썼다.

징이 울린다 막이 내렸다
오동나무 전등이 매어달린 가설무대
구경꾼이 돌아가고 난 텅 빈 운동장
우리는 분이 얼룩진 얼굴로

학교 앞 소줏집에 몰려 술을 마신다
답답하고 고달프게 사는 것이 원통하다
꽹가리를 앞장세워 장거리로 나서면
따라붙어 악을 쓰는 건 조무래기들뿐
처녀애들은 기름집 담벽에 붙어 서서
철없이 킬킬대는구나
보름달은 밝아 어떤 녀석은
꺽정이처럼 울부짖고 또 어떤 녀석은
서림이처럼 해해대지만 이까짓
산구석에 처박혀 발버둥친들 무엇하랴
비료값도 안 나오는 농사 따위야
아예 여편네에게나 맡겨두고
쇠전을 거쳐 도수장 앞에 와 돌 때
우리는 점점 신명이 난다
한 다리를 들고 날라리를 불꺼나
고갯짓을 하고 어깨를 흔들꺼나
　　　　　　　　「농무」 전문

　1974년 발표된『농무』의 표제시인「농무」는 현실에 대한 날선 비판
의 목소리보다는 부드럽고 따스한 음색이 배어있지만 당시 농촌이 겪어
야 했던 소외감과 농민들의 울분과 비애는 그 무엇보다 선명하게 드러
나고 있다. 시적 화자는 폐막 후 모두가 돌아가 버린 쓸쓸함 속에서
'답답하고 고달프게 사는 것이 원통하다'고 호소하는데, 이때의 쓸쓸함
은 단지 공연 후의 감상이 아니라 이농에 의해 텅 비어 버린 농촌의
현실에 기인하는 것이다. 화자는 사람을 모으러 꽹과리를 쳐대 보았자
'조무래기'나 '처녀애들'만이 농촌을 지키고 있다고 한탄한다. 농민들은

'울부짖으며' '산구석에 처박혀 발버둥치는' 일이 한갓 도로에 불과하다는 인식을 공유하고 있다.

신경림이 그려내고 있는 이 시의 화자는 물론 주관적 개인이 아니라 1970년대 농촌 현실을 단적으로 보여주는 전형적 인물에 해당한다. 화자는 모두가 도시로 떠나버려 붕괴하기 시작한 농촌의 참상을 정서적으로 표현하고 있음을 알 수 있다. 농촌은 더 이상 생존의 터전이 될 수 없다는 것, 농사를 지어도 인건비는커녕 '비료값'도 안 나오는 현실은 삶의 포기를 강요하는 것이다. 신경림은 정서적 표현이라는 우회적 방법을 통해 당대 현실의 사태를 사실적으로 인식시켰다는 점에서 문제적 시인으로 자리매김 되고 있다.

신경림이 시화하고 있는 농민의 소외는 물론 일시적이거나 우연적인 현상이 아니라 당시 박정권에 의한 산업화, 도시화 시책에 따른 것이었다. 정부는 산업화를 위한 안정적 노동력 확보를 위해 저임금, 저곡가 정책을 시행하였던바, 이는 농민에 가해진 직격탄이었다. 도시 중심의 산업화 정책 아래서 농민은 빚을 떠안은 채 도시로 몰려들 수밖에 없었다. 그리고 이들은 도시의 빈민가에서 거대한 산업예비군으로 전락하게 된다. 이들로 인해 저임금 정책은 더욱더 공고해질 수 있었고 임금노동자들은 극한의 노동환경일지라도 이를 감내해야 했다. 정권이 추진했던 도시화 산업화는 이처럼 조직적이고 구조적으로 지지되었던 것이다. 1970년대의 신경림은 도시와 농촌이라는 역시 이분법적 구도 속에서 희생적 기반이 되고 있던 농촌에 주목하고 현실주의적 시를 통해 농민의 목소리를 실감있게 담아내는 데 주력함으로써 농민들의 대자적 현실 인식에 기여하였다. 농촌에 대한 사실주의적 시들을 통해 농민들은 자신들의 소외와 울분이 모순된 사회 구조로 인한 필연적인 것이며 자신들의 근원적 생명력을 통해 이를 극복해 나가야 함을 인식할 수 있었다.

한편 신경림이 농촌 현실을 바탕으로 농민들의 입장을 반영하는 데 주력하였다면 정작 산업화의 일꾼으로 사회의 근대화를 이룩해 냈던 노동자들의 목소리는 1978년이 되어서야 발화될 수 있었다. 이를 본격적으로 담아내며 노동시의 가능성을 보여준, 그리고 이후 80년대의 폭발적인 노동시 창작의 모태를 제공한 시인은 시집『저문 강에 삽을 씻고』를 낸 정희성이다.

흐르는 것이 물뿐이랴
우리가 저와 같아서
강변에 나가 삽을 씻으며
거기 슬픔도 퍼다 버린다
일이 끝나 저물어
스스로 깊어가는 강을 보며
쭈그려 앉아 담배나 피우고
나는 돌아갈 뿐이다
삽자루에 맡긴 한 생애가
이렇게 저물고, 저물어서
샛강바닥에 썩은 물에
달이 뜨는구나
우리가 저와 같아서
흐르는 물에 삽을 씻고
먹을 것 없는 사람들의 마을로
다시 어두워 돌아가야 한다
　　「저문 강에 삽을 씻고」 전문

「새벽이 오기까지는」, 「쇠를 치면서」 등과 함께 노동자들의 삶의 모습을 구체적으로 담아내고 있는 위의 시는 정희성의 현실주의적 시작 경향을 대표하고 있다. 시에서 정희성은 일용직 노동자의 고단한 일상과 그로 인한 서글픔을 애잔한 목소리로 조용하게 전하고 있다. 시인 자신은 일류대출신의 엘리트이자 지식인이지만 노동자 화자를 통해 이들의 구체적 삶에 다가서려 한 점에서 작품 발표 당시 관심과 주목을 받았던 정희성은 뚜렷한 역사의식이야말로 시 창작의 근간이 됨을 실천적으로 보여준 작가이다. 그는 노동자가 당대 사회의 주축이 되고 있음에도 불구하고 사회적으로 정당한 대우를 받지 못하는 모순된 현실을 노동자의 슬픔과 울분의 감정으로 표출했던 것이다. 정희성에 의해 비로소 '삽' 하나에 의지하여 살아가는 날품팔이꾼의 한숨과 탄광촌에서 남편을 잃은 노동자 아내의 설움(「석탄」)과 '펄펄 끓는 쇳물에 팔을 먹힌' 대장장이의 아픔(「쇠를 치면서」)과 월남전에 오빠를 잃고 식모살이를 하는 '분이'의 한맺힌 울먹임(「어머니, 그 사슴은 어찌 되었을까요」)은 사회에 그 음성을 들려줄 수 있었다. 정희성은 설움과 고통에 짓눌려 온전히 제 목소리를 내지 못하던 당시 노동자들의 대변자가 되어 노동자들의 삶과 감정을 사실적으로 제시하였다.

노동자들을 화자로 설정하여 그들의 삶 역시 문학적으로 조명되어야 한다는 인식은 그러나 결코 쉽게 이루어질 수 있는 것은 아니었다. 그것은 노동자가 '아무것도 가지지 못한' 사회의 소외 계층에 해당되었기 때문이다. 도시의 구석진 곳에서 굴종과 인내를 감내하며 살아가야 했던 이들에게 삶은 부끄럽고 감추어야 하는 것이었다. 묵묵히 고통을 감수하는 것이야말로 소외된 자들의 역할이라 여겨졌으므로 이들은 자신의 정당한 권리도 떳떳하게 말할 수 없었다. 말 그대로 당시 노동자들은 사회의 희생양들이었고 사회로부터 강요된 핍박을 운명으로 받아들여야 했다.

그러나 1970년대는 더 이상 이러한 부조리한 현실이 옳은 것이 아님을 말하기 시작한다. 그것은 1970년 근로기준법 준수를 외치며 분신한 전태일에게서 처음으로 비롯된 것이었다. 전태일의 분신은 산업화의 주체면서도 당당히 생존권조차 요구할 수 없던 당시 비인간적 현실에 대한 항거였다. 전태일의 분신을 계기로 이후 노동자들이 단합된 투쟁으로 노동조건의 개선과 임금인상을 요구하기 시작한 것은 주지의 사실이다. 전태일의 분신 사건으로 정부의 강도 높은 성장 정책 아래에서 일방적으로 희생당해야 했던 노동자들의 존재가 사회에 알려지기 시작하였고 이로부터 노동자들은 부조리한 현실에 순응해야 하는 것이 아니라 치열하게 맞서 싸워야 하는 것임을 깨닫게 된다. 노동자들이 모순된 사회 구조의 피해자인 동시에 사회 구조를 지탱하는 중요한 한 축임을 인식하게 된 것이다.

정희성의 노동시는 이와 같은 1970년대의 역사 속에 놓여 있던 것으로서 노동자들에게 근대화의 주체로서의 목소리와 정체성을 부여한 것에 해당한다. 노동시의 등장으로 노동자들은 자신의 삶의 모습을 객관화시켜 볼 수 있었고 이를 통해 스스로의 위상과 사회의 모순 구조를 확연히 알 수 있었다. 또한 이것은 노동자들에게 자신들의 권한이 정권에 의해 주어지는 것이 아니라 목숨을 건 투쟁에 의해서 비로소 쟁취될 수 있다는 것이라는 점도 알게 해 주었다. 즉 1970년대의 노동시는 이후 노동 운동의 조직적 전개의 필요성과 당위성을 깨닫게 해 준 계기가 된 것이다.

3. 계몽의 1970년대

1970년대 계몽주의는 1960년대부터 이루어진 근대화 산업화 정책의 가시적 성과가 사회의 구조적 모순을 양산하면서 이루어지는 것을 인식하는 일로부터 시작되었다. 성장과 발전의 혼란 속에서 나타났던 '빈익빈 부익부' 현상은 자본주의의 모순 구조를 극명하게 보여주는 것이었으므로 이에 대한 본질적 인식이야말로 사회 정의를 위한 첫걸음에 해당되었다. 1970년대 지식인들이 이에 대해 외면하지 않은 것은 지극히 당연한 일이다. 물론 유신체제라는 전제정치 하에서 지식인들의 정의를 위한 투쟁은 목숨을 바쳐 이루어내야 하는 것이었다. 사회의 모순 구조의 직접적 피해자였던 당시의 민중들은 지식인들의 투쟁에 힘입어 자신의 정체성에 대해 깨닫기 시작하였고 이후 당당하게 역사의 주체로 우뚝 서게 된다.

민중들의 주체화는 이항대립의 체계로 구조화되어 있던 사회 속에서 피지배계급의 정치 세력화를 의미하는 것이었다. 민중들은 스스로 자신을 지키지 않는다면 지배자의 핍박 아래 짓눌리고 삶을 저당 잡혀야 한다는 사실을 현실로써 체험한다. 소외하는 자와 소외당하는 자, 권력을 누리는 자와 권력에 의해 억압받는 자 사이의 힘의 대결이 불가피하다는 인식이 이루어진 것이다. 이러한 각성은 민중이 더 이상 모순 구조의 희생자가 아니라 모순 구조의 개혁자로 나서야 한다는 사실로도 이어진다. 즉 1970년대 민중의 각성은 이후 1980년대 민중 운동의 체계화, 조직화를 위한 예고가 되었다.

∴ 찾아보기 ∴

(ㅂ)

(ㅊ)

▌저자약력▌

김윤정

서울대학교 국문과 및 동대학원 졸업
문학박사, 문학평론가
충북대 강사
[저서] 『김기림의 그의 세계』, 『언어의 진화를 향한 꿈』 등이 있음

한국현대시와 구원의 담론

초판인쇄 2010년 9월 30일
초판발행 2010년 10월 5일

저   자 김윤정
발 행 인 윤석현
발 행 처 박문사
등록번호 제2009-11호
책임편집 박채린

우편주소 132-702 서울시 도봉구 창동 624-1 현대홈시티 102-1206
대표전화 (02) 992-3253(대)
전   송 (02) 991-1285
홈페이지 www.jncbms.co.kr
전자우편 bakmunsa@hanmail.net

ⓒ 김윤정 2010 All rights reserved. Printed in KOREA

ISBN 978-89-94024-46-2 93810   **정가** 15,000원